HEYNE BÜCHER

W0393971

SCIENCE FICTION

Herausgegeben
von Wolfgang Jeschke

Ein Verzeichnis aller im HEYNE VERLAG erschienenen STAR-TREK®-Romane finden Sie am Schluß des Bandes.

BRAD FERGUSON

STAR TREK®
THE NEXT GENERATION™

DAS LETZTE AUFGEBOT

Roman

Star Trek®
The Next Generation™
Band 49

Deutsche Erstausgabe

WILHELM HEYNE VERLAG
MÜNCHEN

HEYNE SCIENCE FICTION & FANTASY
Band 06/5449

Titel der amerikanischen Originalausgabe
THE LAST STAND
Deutsche Übersetzung von Bernhard Kempen

Umwelthinweis:
Dieses Buch wurde auf chlor- und
säurefreiem Papier gedruckt

Redaktion: Rainer-Michael Rahn

Erstausgabe by Pocket Books/Simon & Schuster Inc., New York

Printed in Germany 1998
Umschlagbild: Pocket Books/Simon & Schuster, New York
Umschlaggestaltung: Atelier Ingrid Schütz, München
Technische Betreuung: M. Spinola
Satz: Schaber Satz- und Datentechnik, Wels
Druck und Bindung: Ebner Ulm

ISBN 3-453-14879-7

Für Sammie,
meinen treuen und pelzigen
Mitarbeiter

PROLOG

Es war ein klarer, schöner Morgen. Die Sonne strahlte hell und heiß von einem wolkenlosen grünen Himmel. Kerajem zan Trikotta hatte die Hände hinter dem Rücken verschränkt, als er am östlichen Fenster seines geschmackvoll eingerichteten Büros an der Spitze des hohen Regierungshauses stand. Hinter ihm saßen die sieben Mitglieder des Ministerrats schweigend in bequemen Sesseln und hingen ihren eigenen Gedanken nach.

Die Minister waren bereits seit gestern hier. Sie hatten unablässig über Frieden und Krieg gesprochen, über Gut und Böse, über Leben und Tod. Sie hatten diskutiert, bis ihnen die Stimme versagt hatte und die Geduld ausgegangen war. Im Raum hing der abgestandene Geruch ihres Schweißes und ihrer Anstrengung.

Jetzt war der Morgen des zweiten Tages angebrochen, und ihnen blieb nicht mehr viel Zeit. Der Erste unter Gleichen mußte eine Entscheidung treffen, und Kerajem hatte sich dafür einen Augenblick gegönnt, um ungestört nachdenken zu können.

Er blickte auf die Straße hinunter, die einundvierzig Stockwerke tiefer lag. Es schien, daß heute jeder Bewohner dieser Welt auf den Beinen war, um das unverhoffte schöne Wetter zu genießen. Kerajem wußte, daß es sich bei den meisten Passanten um Verwaltungsbeamte handelte, die diesen Arbeitstag eigentlich an ihren Schreibtischen verbringen sollten. Er erlaubte sich ein leichtes Lächeln. Es schadete nicht, wenn sich die kleineren Zahnräder, die die schwere Maschinerie der Regierung antrieben, ein oder zwei Stunden Leerlauf gönnten. Der Winter war lang und hart gewesen, und dies war der erste wirklich angenehme Tag, den die Hauptstadt seit Monaten erlebt hatte.

Trotzdem gab es nichts an den Tatsachen zu rütteln. Das hatte einige der Minister nicht daran gehindert, zu diskutieren und auf Zeit zu spielen, in der illusorischen Hoffnung, daß die Dinge trotz allem wieder ins Lot kamen und daß eine Lösung der Krise gefunden wurde.

Kerajem blickte zum östlichen Horizont. Heute war die Luft so klar, daß er bis zu den Bergen schauen konnte, die noch weiß von Eis und Schnee waren. Es war das Vorgebirge des großen Kajja-Kojja-Massivs, das die Ostküste dieses Kontinents von den Ebenen im Landesinnern trennte.

Kerajem kannte diese Berge sehr gut. Dort war er in einem alten Bergbaustädtchen geboren worden. Es war ein hartes Leben gewesen. Kerajem war mit sechs Jahren eingezogen worden, um in den Minen zu arbeiten, wie es das Gesetz verlangte. Man schickte Kinder beiderlei Geschlechts in die Minen, weil sie klein waren und sich besser als Erwachsene in enge und dunkle Stollen zwängen konnten. Die Arbeit war sehr gefährlich, und der Lohn konnte die Familien der Kinder kaum ernähren.

»Sie stammen ebenfalls von dort, Rikkadar«, sagte Kerajem und blickte kurz über die Schulter. »Von den Bergen. Sie erinnern sich, wie es dort war.«

»Ja, Erster«, antwortete der Finanzminister. Neben Kerajem war er der einzige Anwesende im Raum, der über sechzig Jahre alt war. Und er war der einzige, den Kerajem als seinen Freund bezeichnen konnte. »Es ist schon sehr lange her.«

»Ein paar Jahrzehnte sind nicht viel.« Kerajem blickte auf seine Hände. Er konnte sich nicht mehr an die Zeit erinnern, als er noch alle zehn Finger besessen hatte. Ganz gleich, wer er jetzt war, seine Zeit in den Minen war allgegenwärtig, wenn er versuchte, eine Tasse zu heben oder eine Unterschrift zu leisten.

Es war Kerajems Generation gewesen, die die Machtpositionen besetzt hatte, nachdem sie erwachsen geworden war, die die erbarmungslosen Kriegsvorbereitungen wenigstens etwas abgemindert hatte, nachdem sie vor Jahrtausenden von ihren Vorvätern angekurbelt worden waren. Kerajem war in jüngeren Jahren für eine modernere und sozialere Politik eingetreten. Die Opposition der Alten, Selbstsüchtigen und Abergläubischen war stark gewesen, aber schließlich hatten sich die Reformen durchgesetzt. Insgesamt waren die Lebensbedingungen für die Bevölkerung heute wesentlich besser als zu Kerajems Kindheit.

Die sozialen Reformen waren schließlich durch die Überzeugung möglich geworden, daß die alten Geschichten von Tod und Vernichtung lediglich maßlose Übertreibungen verstaubter Legenden waren, daß nur die Dummen, Leichtgläubigen und Fanatiker von der Wahrheit der Schauermärchen überzeugt sein konnten. Doch erst vor dreiunddreißig Jahren hatte die Welt die schreckliche Wahrheit entdeckt, als man die ersten Signale aus dem Weltraum auffing und die ersten Sonden startete. Die drohende Vernichtung der Welt war real und kam immer näher. Bald war es soweit, und es gab keinen Zweifel, daß alles, was Kerajem kannte, bald in Feuer und Blut untergehen würde.

Diese Aussicht ließ dem Ersten unter Gleichen keine große Wahl.

Auf Kerajems Schreibtisch stand ein Funksender, der direkt mit der Kriegszentrale verbunden war. Plötzlich machte das Gerät mit einem dezenten Piepen auf sich aufmerksam. Kerajem durchquerte den Raum und drückte auf einen Knopf an der Seite des Senders, um in das Mikrophon zu sprechen. Die Blicke aller Anwesenden waren auf ihn gerichtet.

»General, hier spricht der Erste«, sagte Kerajem und machte es sich im Sessel hinter dem Schreibtisch bequem, obwohl es in dieser Situation für ihn im Grunde keine Bequemlichkeit gab. »Sie sprechen mit dem gesamten Kabinett.«

»Ja, Erster. Ich habe eine Meldung zu machen.«

»Sprechen Sie!«

»Der planmäßige Testlauf wurde abgeschlossen. Die Resultate entsprechen den Sollwerten.«

»Sehr gut«, sagte Kerajem leise. »Bitte halten Sie sich bereit.«

Der Erste zögerte noch einen Augenblick, bevor er seine Entscheidung fällte. Rikkadar erkannte das drohende Verhängnis in den Augen seines Freundes. »Plan Blau enthält keinerlei Aussicht auf eine wirksame Verteidigung«, sagte der Finanzminister mit brechender Stimme. »Sagen Sie ab, Kerajem. Stoppen Sie das Vorhaben, bevor alles zu spät ist!«

»Plan Blau verlangt einen hohen Preis für unser Ende«, sagte Hattajek, der Verteidigungsminister, und rieb sich ermüdet die Augen. »Wir haben bereits ausführlich darüber gesprochen, Erster.«

»Das ist richtig, Hatta«, sagte Kerajem behutsam, »aber ich wäre offen gesagt enttäuscht, wenn es keinerlei Widerspruch zu diesem Befehl gäbe.«

In der hinteren Ecke des unordentlichen Schreibtisches standen ein paar kleine, kunstvoll gerahmte Fotografien. Auf dem vordersten Foto war Kerajems einzige Enkelin zu sehen – ein hübsches Porträt eines sommersprossigen Mädchens mit rabenschwarzen Haaren, auf deren Gesicht das Leben und das Schicksal noch keinerlei Spuren hinterlassen hatten. Die kleine

Kara und ihre Generation hatte die Minen und Fabriken niemals von innen kennengelernt. Zumindest das hatten Kerajem und seine Reformpartei erreicht.

Natürlich war es noch lange nicht genug.

Der Erste betrachtete Karas Foto noch einen Augenblick lang, bis er schließlich den Befehl gab. »General, führen Sie Plan Blau gemäß der Vorgaben aus.«

»Ja, Erster.«

»Ich werde in Kürze mit Minister Hattajek bei Ihnen eintreffen.« Damit unterbrach Kerajem die Verbindung. »Ich möchte Ihnen allen danken«, sagte er zu seinen Ministern und entließ sie. »Hatta, Sie gehen voraus. Ich werde nachkommen.«

»Ja, Erster.« Hattajek ging, und die anderen verließen ebenfalls den Raum.

Rikkadar blieb noch einen Augenblick. »Sind Sie sicher, Kerajem?« fragte er leise, als sie allein waren. »Sind Sie wirklich absolut sicher, das Richtige zu tun?«

»Natürlich nicht, Rikka«, erwiderte der Erste freundlich, »aber mehr können wir ohnehin nicht erwarten.«

Rikkadar seufzte. »Es scheint so. Ich wünschte mir, es wäre anders.«

»Mir geht es genauso. Gehen Sie nach Hause. Holen Sie etwas Schlaf nach.«

»Das sollten Sie ebenfalls tun, Kerajem.«

Der Erste unter Gleichen schüttelte den Kopf. »Ich werde jetzt in der Kriegszentrale gebraucht«, sagte er leise. »Plan Blau ist in Kraft getreten. Ich ... werde längere Zeit nicht nach Hause gehen können.«

»Also gut«, sagte Rikkadar, »aber ich werde mich später noch einmal melden.«

»Natürlich.«

»Alles Gute, mein Freund!« Rikkadar ging hinaus und schloß die Tür.

Jetzt war Kerajem ganz allein. Er schloß die Augen und versuchte sich an das Gebet aus seiner Kindheit zu erinnern, das seine Mutter ihn gelehrt hatte, damit er in den Minen vor Gefahren geschützt war. Die Welt konnte nur noch durch ein Wunder gerettet werden. Obwohl er nicht daran glaubte, senkte Kerajem den Kopf und betete zum Gott seiner Mutter, daß ein Wunder geschehen möge.

1

Logbuch des Captains, Sternzeit 45523.6.

Wir sind nun bereits die zweite Woche damit beschäftigt, diesen bislang unerforschten Sektor zu erkunden. Wir haben das Sternsystem, dem wir die vorläufige Katalognummer 30452 zugewiesen haben, verlassen und befinden uns auf dem Kurs zum nächsten System auf unserer Liste.

Ich werde jetzt damit beginnen, die verschiedenen Berichte, die von den einzelnen Abteilungen bezüglich 30452 eingereicht wurden, durchzusehen. Bereits jetzt läßt sich erkennen, daß wir einen größeren Beitrag zum Wissensschatz der Kosmologie leisten können.

Die Arbeit unserer wissenschaftlichen Abteilung verschafft uns nicht nur neue Erkenntnisse, sondern auch eine Ruhepause. Viele Besatzungsmitglieder, die nicht unmittelbar in die Forschungen involviert sind, nutzen diese zugegebenermaßen willkommene Flaute, um sich außerhalb der gewöhnlich hektischen Routine zu entspannen ... oh!

Als der Türmelder erklang, unterbrach Jean-Luc Picard die Logbuchaufzeichnung. »Herein!« rief er, worauf die Tür zum Bereitschaftsraum sofort aufglitt. »Ah, Nummer Eins!« begrüßte Picard den Offizier. »Was führt Sie zu mir? Sind Sie nicht außer Dienst?«

»Ich hatte noch zu tun, Captain«, sagte Will Riker und reichte Picard einen Datenblock. »Hier sind die aufbereiteten Umweltdaten über den dritten und vierten Planeten von 452. Ich dachte, Sie wollten sie so schnell wie möglich einsehen.«

Picard lächelte, nahm den Datenblock entgegen und lehnte sich in seinem Sessel zurück. »Danke, Will«, sagte der Captain, während er den Inhalt des Speichers abrief. »Angesichts der Datenberge, durch die wir uns noch wühlen müssen, wollte ich dieser Sache keinen besonderen Vorrang geben. Es war sehr umsichtig von Ihnen, daß Sie sich selbst darum gekümmert haben.« Er tippte mit einem Finger auf den Datenblock. »Ah, genau das hatte ich zu sehen erwartet.«

»Lassen Sie mich raten. Die Strahlungsspitze des dritten Planeten?«

Picard nickte langsam. »Exakt. Wie wir vermutet hatten, passen die Daten zum Alter der Ruinen – innerhalb der üblichen Toleranzgrenzen. Daß heißt, die erhöhte Umweltstrahlung bestätigt die Daten, die wir durch andere Beweise ermittelt haben. Wer oder was auch immer diese Zivilisation ausgelöscht hat, es geschah schnell, und es wurde nicht viel übriggelassen.«

»Alles deutet darauf hin, daß ein schwerer thermonuklearer Schlag aus dem Weltraum gegen Planet Drei geführt wurde«, pflichtete Riker ihm bei. »Die eingesetzten Waffen sollten möglichst viel tödliche Strahlung abgeben. Man wollte, daß jedes Leben vernichtet wird, und der Planet ist praktisch tot. Es sind nur noch ein paar Bakterien und Insekten neben einigen zählebigen Pflanzen übrig, mehr nicht.«

Picard ging den Bericht weiter durch. »Wir schätzen, daß sechstausend Jahre seit der Bombardierung vergangen sind«, sagte er, »doch der Planet ist immer noch stark strahlenverseucht. Die Überreste der Ökosphäre befinden sich in einem äußerst labilen Gleichgewicht.« Der Captain hob einen anderen Datenblock von seinem Schreibtisch auf und reichte ihn Riker. »Die geologische Abteilung hat mehrere Bereiche auf Planet Drei identifiziert, an denen sich Startrampen befunden haben könnten«, teilte der Captain ihm mit. »Raumhäfen sozusagen. Und zwar recht große.«

Riker blickte auf die Anzeigen. »Das sehe ich genauso«, sagte er. »Es muß sich um Startrampen gehandelt haben, wenn man die Größe der Anlagen und ihre Entfernung zu den größeren Städten berücksichtigt, die wir auf dem Planeten ermittelt haben. Glauben Sie, daß die Bewohner fliehen konnten?«

Picard schüttelte den Kopf. »Die Ruinen deuten auf eine Bevölkerung von über zwei Milliarden Humanoiden zum Zeitpunkt der Bombardierung hin. Die vermutlichen Startrampen hätten nicht ausgereicht, um eine solche Anzahl innerhalb eines sinnvollen Zeitrahmens zu evakuieren. Und ich denke, daß ihnen nur sehr wenig Zeit blieb. Wie sieht es auf Planet Vier aus, Will?«

»Die Analyse der Ruinen hat ergeben, daß Vier technisch nicht so weit entwickelt war wie Drei«, sagte Riker. »Doch die Bewohner von Planet Vier scheinen eine beschränkte Raumfahrt entwickelt zu haben. Was das Seuchenvirus betrifft, das wir im Verlauf unserer orbitalen Bioscans entdeckt haben, so arbeitet Dr. Crusher noch an der Auswertung«, antwortete Riker. »Ich zitiere: ›Es dauert nicht mehr lange. Es ist sehr kompliziert. Bitte gehen Sie jetzt.‹« Er grinste und wurde wieder ernst. »Beverly geht davon aus, daß das Virus künstlich gezüchtet wurde, um alle höheren Lebensformen auf Planet Vier zu töten.«

»Sie meinen, jemand hat die Seuche absichtlich verbreitet?«

»So lautet ihre Theorie, Captain«, sagte der Erste Offizier. »Das Virus existiert immer noch in der Ökosphäre von Planet Vier, und es ist nach wie vor gefährlich. Aufgrund ihrer vorliegenden Ergebnisse kann Beverly schon jetzt sagen, daß die statistische Wahrscheinlichkeit für eine natürliche Evolution eines solchen Virus, das daraufhin sechstausend Jahre lang virulent bleibt, verschwindend gering ist. So etwas gibt es bei natürlichen Viren einfach nicht.«

»Trotzdem ist Planet Vier gegenwärtig ökologisch stabil«, warf Picard ein. »Er machte sogar einen sehr idyllischen Eindruck.«

»Ja, Captain. Auf dem Land gibt es keine höher entwickelten Tierarten, aber jede Menge primitiver Lebensformen, und die Pflanzen sowie das Leben in den Meeren wurden durch die Katastrophe offenbar nicht beeinträchtigt.«

Picard überflog schnell den Bericht der exobiologischen Abteilung. »Was ist mit der Lebensform, die Bergeron kurz vor unserem Abflug entdeckt hat?« fragte der Captain. »Diese bunte Schnecke, die ein wenig an einen centaurischen *Bhobb* erinnert? Es schien sich um das am höchsten entwickelte Landlebewesen des Planeten zu handeln. Hat man etwas Genaueres herausgefunden?«

»Nicht viel, Captain«, erwiderte Riker. »Hibbert hat das Wesen repliziert, das Original in sein angestammtes Habitat zurückgebracht und das Duplikat seziert. Es gab anfangs eine geringe Hoffnung, daß die Lebensform intelligent sein könnte, doch Bergeron sagte, ich zitiere: ›Wenn Sie noch zehn Millionen Jahre abwarten, könnte sich vielleicht etwas daraus entwickeln. Die Betonung liegt auf *könnte.*‹ Zitat Ende.«

Picard nickte. »Ich verstehe. Schade.«

»Insgesamt«, sprach Riker weiter, »kommt Planet Vier einer Paradieswelt sehr nahe, wenn man davon absieht, daß die intelligenten Bewohner ausgerottet wurden, daß ihre Städte und sonstigen Artefakte in den letzten sechstausend Jahren zu Staub zerfallen sind und daß wir innerhalb von fünfzehn Minuten tot umfallen würden, wenn wir uns ohne Schutz auf die Oberfläche beamen ließen.«

Picard schüttelte den Kopf. »Ich frage mich, wer dafür verantwortlich war, Will. Zwei Planeten verwüstet, die Oberfläche des einen für alle Zeiten unbewohnbar. Es ist unbegreiflich ...«

»Worf an Captain Picard«, meldete sich eine tiefe Stimme.

»Was gibt es, Lieutenant?«

»Captain, unsere Sensoren haben einen Warpfeld-Erzeugungsimpuls entdeckt, Entfernung siebenundachtzig Komma drei Lichtjahre, Koordinaten vier neun fünf Komma zwei drei. Dauer des Impulses null Komma eins sieben Sekunden.«

»Gibt es Anzeichen für ein Raumschiff in diesem Bereich?«

»Nein, Captain. Augenblick! Da ist es wieder. An denselben Koordinaten. Diesmal dauerte der Impuls null Komma fünf acht Sekunden.«

»Commander Riker und ich machen uns auf den Weg«, sagte der Captain. »Picard Ende.«

»Das ist merkwürdig«, sagte Riker und erhob sich von seinem Stuhl.

»In der Tat.« Der Captain stand auf, rückte seine Jacke zurück – er wußte nicht, zum wievielten Mal an diesem Tag – und blickte auf die Forschungsberichte, die noch ungelesen auf seinem Schreibtisch lagen. *Man sagt, daß es keine nutzlosen Informationen gibt,* dachte Picard, *aber manchmal habe ich meine Zweifel.*

Der Captain und der Erste Offizier verließen den Bereitschaftsraum und traten direkt auf die Brücke. Fähnrich Ro Laren hatte den Kommandosessel übernommen. »Captain, Commander«, begrüßte sie die Männer, während sie aufstand. Ihr Tonfall war so formell und korrekt wie immer. Ohne ein weiteres Wort gab Ro das Kommando ab und löste ihren Vertreter an der Navigationskonsole ab.

»Gibt es einen Hinweis auf die Stärke des Warpfeldes, Mr. Worf?« fragte Picard, während er sich auf seinen Platz setzte. Riker ließ sich neben ihn in einen Sitz fallen.

Worf schüttelte den Kopf und blickte stirnrunzelnd auf seine taktische Konsole. »Die Impulse waren zu kurz für eine Bestimmung, Captain.«

Riker meldete sich zu Wort. »Etwas über siebenundachtzig Lichtjahre von hier entfernt an den angegebenen Koordinaten gibt es doch ein Sonnensystem, nicht wahr, Mr. Data?«

»Ja, Commander«, antwortete Data mit einem Nicken. »An diesen Koordinaten befindet sich ein Stern des Typs G_0.« Der Androide wartete einen Augenblick, bis die Resultate der Fernbereichsensoren vorlagen. »Die Sensordaten sind jetzt ausgewertet. Das fragliche System besteht aus elf Planeten. Der dritte und vierte könnten zur Klasse M gehören. Es liegt ein Stück abseits von unserem geplanten Kurs durch diesen Sektor, daher wurde es nicht in die Liste der zu erkundenden Systeme aufgenommen.«

»Das könnte sich ändern«, sagte Picard trocken. »Sonst noch etwas, Mr. Data?«

»Ich bin mir nicht sicher, Captain. Das Sternsystem scheint größere Interferenzen im mittleren elektromagnetischen Frequenzbereich zu erzeugen, als zu erwarten wäre.«

»Aha?« Picard dachte einen Moment darüber nach. »Ist irgend etwas an der Tatsache dieser Interferenzen ungewöhnlich?«

»Nein, Captain«, antwortete Data und schüttelte den Kopf. »Sie sind lediglich stärker, als man bei einem Stern dieses Typs erwarten würde.«

»Captain!« rief Worf. »Wir haben gerade einen dritten Impuls registriert. Gleiche Position, Dauer null Komma acht drei Sekunden. Das war lange genug, um den Wert der Feldstärke bestimmen zu können, Captain. Sie reicht für Warpfaktor eins aus.«

Damit war die Angelegenheit für Picard entschieden. »Fähnrich, setzen Sie Kurs auf dieses System, mit Warp drei.«

»Kurs liegt an, Captain.«

»Energie!«

1

Logbuch des Captains, Zusatzeintrag.

Die *Enterprise* hat soeben den Orbit des äußersten Planeten des Sternsystems gekreuzt, dem wir die Katalognummer 30453 gegeben haben. Während der Annäherung konnten wir feststellen, daß die außergewöhnlichen elektromagnetischen Interferenzen nicht auf natürliche Weise durch den Stern erzeugt werden, sondern vom dritten Planeten des Systems stammen. Daher kann die Interferenz keine natürliche Ursache haben. Jemand scheint sie absichtlich zu erzeugen – aber wer? Und zu welchem Zweck? Und wer ist für die Warpimpulse verantwortlich, die wir entdeckt haben?

Ich beabsichtige, der Sache auf den Grund zu gehen.

Wir werden kurz hinter der Umlaufbahn des fünften Planeten unter Warp gehen. Es handelt sich um einen Gasriesen der Jupiter-Klasse, der zur Zeit in Opposition zum dritten Planeten steht. Damit werden wir etwa sechshundertfünfzig Millionen Kilometer vom dritten Planeten entfernt sein. Von dort aus werden wir weitere Erkundungen starten. Zu diesem Zeitpunkt habe ich nicht die Absicht, Kontakt mit den Bewohnern des Planeten Nummer Drei aufzunehmen – sofern es welche gibt.

Die *Enterprise* ging planmäßig unter Warpgeschwindigkeit, und Data studierte die Anzeigen auf seiner Konsole. »Captain«, meldete er, »die Nahbereichssensoren haben pseudocetazoide Lebensformen in der oberen Atmosphäre von Planet Fünf entdeckt, wie sie für Gasriesen dieser Klasse typisch sind. Der Planet besitzt fünfzehn größere natürliche Satelliten und ein Ringsystem der Klasse zwei. Der Durchmesser beträgt knapp einhundertfünfundvierzigtausend Kilometer. Alle Daten bewegen sich innerhalb der zu erwartenden Parameter.«

»Irgendwelche Anzeichen für Besiedlung der Satelliten?« fragte Picard. »Kolonien oder vielleicht Bergbaueinrichtungen?«

»Nein, Captain. Allerdings ...«

»Ja?«

»Ich orte ein Objekt an den Koordinaten eins vier vier Komma zwei drei, Entfernung achtzehntausendsiebenhundert Kilometer.«

»Mr. Worf?« rief Riker.

»Es ist ein künstliches Gebilde unbekannter Konfiguration im Orbit um die Sonne«, sagte Worf. »Es bewegt sich ohne eigenen Antrieb, aber ich registriere schwache interne Energiewerte. Wie es aussieht, befinden sich keine Lebensformen an Bord.«

Picard warf Troi einen Seitenblick zu. Die Betazoidin nickte nur.

»Das wollen wir uns genauer ansehen, Mr. Worf«, sagte der Captain. »Auf den Schirm!«

Das majestätische Bild des fünften Planeten verblaßte auf dem Hauptsichtschirm und wurde durch einen nichtssagenden Sternenhintergrund ersetzt. In der Mitte war etwas sehr Kleines zu erkennen.

»Erhöhen Sie den Vergrößerungsfaktor«, befahl Riker, worauf das Objekt größer wurde.

»Es scheint kein Schiff zu sein«, sagte Picard leise.

»Es sieht eher wie ein Überwachungssatellit aus«, sagte Riker. »Ich erkenne Strukturen, bei denen es sich um Sensorstaffeln handeln könnte – und zwar sehr viele.«

Picard nickte. »Wenn es sich tatsächlich darum handelt, Nummer Eins, dann stellt dieses Objekt eine Überwachungssonde von geradezu monströser Komplexität dar. Die Ausrüstung ist beeindruckend. Ist es mit Waffensystemen ausgestattet, Mr. Worf?«

»Nein, Captain. Es ist völlig harmlos.«

Picard nickte wieder. »Mr. Data, gibt es in der Umgebung weitere solcher Objekte?«

Der Androide konsultierte seine Anzeigen. »Captain, ich erfasse ein Objekt von ähnlicher Größe und Konfiguration«, bestätigte er. »Koordinaten eins neun acht Komma vier null, Entfernung dreiundachtzigtausendsechshundert Kilometer. Ein drittes steht bei den Koordinaten null zwei drei Komma eins zwei, Entfernung dreihundertdreiundfünzigtausendeinhundert Kilometer. Ein viertes ...«

»Vielen Dank, Mr. Data«, unterbrach Picard den Androiden.

»Diese Objekte scheinen sehr dicht gestaffelt zu sein«, stellte Riker fest.

»So ist es, Nummer Eins«, pflichtete Picard ihm bei. »Jemand hat keine Mühe gescheut, eine möglichst geschlossene Reihe von Wachtposten einzurichten. Offensichtlich halten diese Sonden nach etwas Ausschau, und ich bezweifle sehr, daß sie auf uns warten. Mr. Worf, setzen Sie die Fernbereichsensoren ein. Ich möchte alles über den dritten Planeten wissen, was wir in Erfahrung bringen können, bevor wir dort eintreffen. Fähnrich, gehen Sie auf direkten Kurs zum Planeten Drei, ein Viertel Impuls.«

»Ein Viertel Impuls«, wiederholte Ro. »Kurs liegt an, Captain.«

»Energie! Wann werden wir den Planeten erreichen, Mr. Data?«

»Wir erreichen den Standardorbit in zwei Stunden, einundzwanzig Minuten und fünfunddreißig Sekunden, Captain.«

»Captain!« meldete sich Worf. »Wir werden gescannt. Die Sonde tastet uns mit einem Radarsignal ab.«

Picard blinzelte. »Radar?«

»Richtig, Radar, Captain«, bestätigte Data nickend. »Diese Abkürzung steht für ›Radio Detecting and Ranging‹ und bedeutet ...«

»Jetzt nicht, Mr. Data!« wurde er von Riker unterbrochen.

»Das ist unmöglich«, sprach Picard stirnrunzelnd weiter. »Radar ist viel zu primitiv, um uns damit orten zu können. Die *Enterprise* reflektiert keine Radiowellen, solange die Schilde aktiviert sind.«

Riker schien zu überlegen. »Vielleicht benutzen sie den Radar nur als Trägerwelle für etwas anderes, das wir nicht feststellen können. Wir müssen damit rechnen, daß wir entdeckt wurden, Captain.«

»Captain«, sagte Worf plötzlich. »Das Objekt hat soeben ein eng gebündeltes Signal aus Normalraum-Radiowellen abgestrahlt. Es scheint sich um eine kodierte und geraffte Übertragung zu handeln.«

Picard seufzte. »An wen ging die Sendung?«

»Die Übertragung wurde in Richtung des dritten Planeten abgestrahlt, Captain.«

»Das war zu erwarten. Können Sie die Nachricht entschlüsseln?«

Worf blickte auf seine Konsole. »Ich bezweifle es, Captain. Die Sendung scheint mit Hilfe mehrerer zufälliger Zahlenkombinationen chiffriert und komprimiert worden zu sein. Es könnte Jahre dauern, bis wir die Botschaft entschlüsselt haben.«

»In diesem Signal kann es nur um uns gehen«, sagte

Riker. »Die Sendung erfolgte, unmittelbar nachdem wir in der Nähe der Sonde in den Normalraum zurückfielen.«

»Vielleicht war es nur ein Zufall«, sagte Troi. »Die Sonde könnte regelmäßig in bestimmten Zeitabständen Statusmeldungen aussenden, so daß sich unser Auftauchen mit einer solchen Sendung überschnitten hat. Immerhin sind wir durch unsere Schilde abgeschirmt, so daß man uns eigentlich nicht entdeckt haben kann.«

Riker schüttelte den Kopf. »Ich glaube nicht an Zufälle. Wer immer diese Sonde hier plaziert hat, er weiß jetzt, daß wir hier sind. Oder er wird es wissen, sobald er das Signal empfangen hat. Captain, ich möchte vorschlagen, auf Alarmstufe Gelb zu gehen.«

Picard dachte eine halbe Sekunde darüber nach und nickte dann entschlossen. »Geben Sie die entsprechenden Anweisungen.«

Die schweren, bombensicheren Türen der Schachtkabine rollten langsam zur Seite, und Kerajem trat zusammen mit mehreren seiner Assistenten auf eine schmale Rampe, die tief unter der Oberfläche der Hauptstadt lag. Sie liefen ein paar Meter weiter, während ihre Schritte laut von den Metallwänden widerhallten, bis sie den Eingang zum Schrein erreicht hatten, der nur hochstehenden Personen zugänglich war. Die Soldaten, die am Tor Wache standen, nahmen Haltung an und salutierten, als der Erste und seine Begleiter vorbeigingen. Kerajems Assistenten folgten ihrem Anführer einer nach dem anderen durch das Tor, wie Entenküken ihrer Mutter.

Sie machten sich direkt auf den Weg zur Kriegszentrale, die genau in der Mitte des Schreins lag. Der Planetare Verteidigungskomplex, wie die offizielle Bezeichnung lautete, gehörte zu einer Reihe von Höhlen, dreihundert Meter unter einem unscheinbaren Gebäude, vom Regierungshaus aus gesehen auf der anderen Seite der Stadt.

Dies war der zweite Schrein. Der erste war vor über tausend Jahren an derselben Stelle eingerichtet worden, kurz nachdem die Höhlen von Forschern entdeckt worden waren. Damals war es ein richtiger Schrein gewesen. Er hatte der totalitären Theokratie, die damals und noch viele weitere Jahrhunderte lang den Planeten beherrschte, als Allerheiligstes gedient. Viele Generationen von Mönchen hatten im ersten Schrein ihr Leben damit verbracht, durch Gebete zu verhindern, daß der Feind ihre Welt eines Tages fand und vernichtete.

Als die Revolution kam, hatte man den Schrein aufgegeben, weil man glaubte, er würde nicht mehr gebraucht. Man war überzeugt, daß er von Anfang an überflüssig gewesen war, weil die Bedrohung, die er abwehren sollte, nur den Fieberträumen geistig umnachteter Fanatiker entsprungen war. Die Mönche, die hier gelebt und gearbeitet hatten, waren entlassen und fortgeschickt worden.

Als die Welt vor etwa einer Generation die schreckliche Wahrheit über die bevorstehende Vernichtung erfahren hatte, war plötzlich ein Hauptquartier für die planetare Verteidigung nötig geworden, die gegen jede denkbare Form eines Angriffs geschützt war. Die militärische Strategie hatte einen unverwundbaren Ort benötigt, Tradition und Bequemlichkeit hatten den Schrein als Vorschlag nahegelegt.

Heute erinnerte hier kaum noch etwas an ein Kloster. Alle Spuren aus dieser Zeit waren beseitigt worden. Viele Jahre der Mühe und Milliarden von Arbeitsstunden waren investiert worden, um eine hochmoderne Einrichtung zu installieren. Das Personal des neuen Schreins bestand nicht mehr aus Mönchen, sondern aus Militär, zivilen Technikern und einer Schar von Bürokraten.

Jetzt war der Schrein eine hochgezüchtete Kampfmaschine. Wenn die Probleme irgendwo gelöst werden konnten, dann hier.

Kerajems Volk würde nicht davonlaufen.

Diesmal nicht und auch in Zukunft nie wieder.

Verteidigungsminister Hattajek stand in der Kommandomulde und sprach leise mit verschiedenen hochrangigen Offizieren. Alle nahmen unwillkürlich Haltung an, als Kerajem sich näherte. Der Erste begrüßte sie mit einem Nicken. »Statusbericht?«

General Blakendet, der Stabschef, trat vor. »Erster, Plan Blau ist in Kraft getreten. Der Feind verzögert weiterhin auf unverändertem Kurs.« Er deutete auf den großen Anzeigeschirm, der eine Wand der Kriegszentrale einnahm. »Da sind sie, wie Sie sehen können, Erster.«

»Gut gemacht, General«, sagte Kerajem leise. »Ich denke, jetzt können wir nur noch abwarten ...«

Plötzlich war das leise, hartnäckige Signal des Eindringlingsalarms zu hören. Alle Köpfe fuhren herum, um den Hauptschirm zu studieren.

Darauf war jetzt eine leuchtende rote Scheibe zu sehen, die kurz zuvor noch nicht dagewesen war.

»Was im Namen der Finsternis ist das?« wollte Kerajem wissen. »Eine Störung, General?«

Blakendet warf einen Blick quer durch den Raum zu seinem Wachoffizier, der heftig den Kopf schüttelte. Sein Gesichtsausdruck verriet alles weitere.

Blakendet wandte sich wieder an Kerajem. »Erster, wir haben einen Eindringling kurz vor der Umlaufbahn von Ma'ak Unselbe festgestellt.« Er las die Anzeigen ab. »Geschwindigkeit ... bei den großen Göttern! Entschuldigen Sie, Erster. Der Unbekannte bewegt sich mit einem Viertel der Lichtgeschwindigkeit. Er hält direkten Kurs auf uns. Wir haben jetzt ein Bild von der Sonde, Erster.«

»Dann wollen wir es uns ansehen.«

Ein Teil der taktischen Anzeigen der Kriegszentrale wurde von einer verschwommenen Aufnahme ersetzt, die ... etwas zeigte. »Es sieht wie eine fliegende Sandschaufel aus«, sagte Kerajem. »Ich kann nichts damit anfangen. Was ist das für ein Ding, General?«

»Es sieht danach aus, als hätte der Feind etwas völlig Neues ins Rennen geschickt, Erster. Etwas, mit dem wir nicht rechnen konnten«, erwiderte der General. »Kontrollzentrale, versuchen Sie den Unbekannten zu rufen. Vielleicht bekommen wir eine Antwort.« Der alte Soldat studierte eine Weile schweigend die neuesten Daten, die von der Frühwarnsonde übermittelt wurden. »Erster«, sagte er schließlich, »die Energiewerte des Unbekannten liegen in unglaublichen Größenordnungen. Angesichts der Situation müssen wir von feindseligen Absichten ausgehen. Ich schlage vor, daß wir sofort auf Alarmstufe Eins gehen.«

Kerajem hatte das Gefühl, jeden Rest von Hoffnung zu verlieren, als er die notwendigen Befehle gab.

»Captain«, meldete sich Worfs kräftige Stimme. »Ich registriere Anzeichen für militärische Bewegungen auf dem dritten Planeten. In den letzten Minuten wurde eine große Zahl von Luftfahrzeugen und Boden-Weltraum-Raketen gestartet. Die pseudostellare Interferenz, die wir angemessen haben, hat sich ebenfalls erheblich verstärkt.« Er machte eine kurze Pause. »Es scheint, daß diese Interferenzen absichtlich erzeugt werden, um den Funkverkehr abzuschirmen.«

»Man legt offenbar keinen Wert darauf, belauscht zu werden«, sagte Riker.

»So sieht es aus«, sagte Picard. »Können Sie die Interferenzen inzwischen neutralisieren, Mr. Worf? Falls der dritte Planet irgendwelche Maßnahmen gegen uns in die Wege leitet, möchte ich wissen, was dort unten vor sich geht.«

»Ich werde es versuchen, Captain.«

»Sollen wir sie rufen, Captain?« fragte Riker.

»Ich würde es gerne tun, Nummer Eins, aber vorher möchte ich sicher sein, daß sie von unserer Anwesenheit wissen. Wir unterstehen immer noch der Ersten Direktive. Die Panik der Planetenbewohner könnte auf einen anderen Grund zurückzuführen sein, auch wenn es mir unwahrscheinlich vorkommt.«

»Captain«, sagte Data, »wenn ich vielleicht ...«

»Ja?«

»Die von Lieutenant Worf entdeckten militärischen Bewegungen auf dem dritten Planeten begannen innerhalb einer Minute nach dem vermuteten Eintreffen des lichtschnellen Radiosignals von der Sonde, die wir in der Nähe des fünften Planeten entdeckt haben.«

Riker blickte Picard von der Seite an. »Data hat recht, Captain. Alles paßt zusammen. Es gibt keinen Zweifel, daß man auf unsere Anwesenheit reagiert hat.«

»Ich verstehe«, sagte Picard. »Haben Sie etwas erreicht, Mr. Worf?«

»Einiges, Captain. Je näher wir dem dritten Planeten kommen, desto einfacher wird es, verständliche Botschaften aus den Interferenzen herauszufiltern.«

Picard nickte. »Sehr gut. Nummer Eins, ich möchte, daß diese Funknachrichten gründlich analysiert werden. Wenn diese Leute miteinander reden, will ich wissen, worüber sie reden.« Er blickte auf den Hauptsichtschirm.

Sie flogen weiter auf die Sonne zu, während sie in die Dunkelheit hinaushorchten.

3

»Captain«, sagte Worf, »wir werden erneut gescannt.«

»Verdammt«, keuchte Picard. »Von wem?«

»Von mehreren Punkten auf der Oberfläche des dritten Planeten sowie von verschiedenen Sonden im Orbit um den Planeten.«

»Nun«, sagte Riker, »damit wäre wenigstens eine Frage geklärt.«

»In der Tat«, brummte Picard.

Worf blickte auf. »Captain«, sagte er mit einer Spur von Resignation, »wir werden gerufen.«

»Auf den Schirm«, erwiderte Picard automatisch. Er stand auf und zupfte seine Uniformjacke zurecht.

»Captain, es handelt sich um ein Radiosignal, das im Normalraum-Spektrum gesendet wird.«

»Oh.« Picard setzte sich wieder und entspannte sich. »Also nur eine Audio-Übertragung.«

Das Radiosignal war sehr schwach und ging beinahe im statischen Rauschen unter. »Geht es nicht etwas deutlicher, Mr. Worf?« fragte Picard mit leichter Verärgerung.

»Ich arbeite daran, Captain!« Der Klingone schaltete die Übertragung an die Brückenlautsprecher ab und programmierte einen digitalen Echtzeitfilter, der das Rauschen aus der Sendung eliminieren und damit die eigentliche Nachricht verstärken sollte. »So«, sagte er nach einer Weile. »Jetzt müßte es besser sein, Captain. Ich lege die Sendung wieder auf die Lautsprecher.«

»Zentralkontrolle von Nem Ma'ak Bratuna an Raumschiff. Identifizieren Sie sich unverzüglich!«

Picard hielt einen Moment inne, um seine Gedanken zu sammeln, und sprach dann scheinbar ins Leere. »Hier spricht Captain Jean-Luc Picard vom Föderationsraumschiff *Enterprise.* Wir befinden uns auf einer friedlichen Erkundungsmission. Mit wem habe ich die Ehre, sprechen zu dürfen?«

Es folgte nur Stille. »Was ist geschehen, Mr. Worf?« fragte Picard nach einer Weile. »Haben wir die Verbindung verloren?«

»Sie benutzen ein Normalraum-Signal, Captain. Es bewegt sich mit Lichtgeschwindigkeit. Wir werden vor Ablauf einer gewissen Zeitspanne keine Antwort erhalten.«

Data meldete sich zu Wort. »In neunundzwanzig Minuten und dreiundfünfzig Sekunden, Captain. Wenn wir unsere Geschwindigkeit beibehalten und man sofort eine Antwort sendet.«

Picard runzelte die Stirn. »Eine halbe Stunde«, beschwerte er sich. »Lächerlich! Wie kann man unter diesen Bedingungen ein sinnvolles Gespräch führen?«

Riker dachte darüber nach. »Wir könnten kurz auf Warp drei gehen, um den Planeten schneller zu erreichen, Captain. Die Verzögerung durch die Lichtgeschwindigkeit im Standardorbit beträgt ungefähr eine Viertelsekunde in jeder Richtung. Das würde die Kommunikation erheblich vereinfachen.«

»Mr. Data?« fragte Picard.

»Bei Warp drei dauert die Reise zum dritten Planeten schätzungsweise zwei Minuten und neunundzwanzig Sekunden, Captain.«

»Danke.« Picard dachte nach und schüttelte schließlich den Kopf. »Nein. Wir haben diese Leute bereits mehr als nötig erschreckt. Zweifellos werden wir genauestens vom dritten Planeten beobachtet – beziehungsweise von Nem Ma'ak Bratuna. Es ist schlimm genug, daß wir entdeckt wurden. Wenn sie nun sehen, wie wir auf Warpgeschwindigkeit gehen, könnte ihre Kultur einen schweren Schock erleiden. Wir werden den gegenwärtigen Kurs und die Geschwindigkeit beibehalten.« Er dachte kurz nach. »Die Normalraum-Verzögerung wird allen Beteiligten eine kleine Denkpause verschaffen.«

»... Captain Jean-Luc Picard vom Föderationsraumschiff Enterprise. Wir befinden uns auf einer friedlichen Erkundungsmission. Mit wem habe ich die Ehre, sprechen zu dürfen?«

»Hier spricht die Zentralkontrolle von Nem Ma'ak Bratuna«, sagte der Kommunikationsoffizier der Kriegszentrale in sein Mikrofon. »*Wer* sind Sie? *Woher* kommen Sie?«

General Blakendet wirbelte herum. »Keine ungenehmigten Übertragungen!« bellte er. »Weisen Sie den Unbekannten an, er soll abwarten, und dann seien Sie still!«

»Ja, General.«

»Ein Föderationsraumschiff?« fragte Kerajem. »Was soll das sein?«

Klerran fes Dresnai, der Minister für Wissenschaft und Erziehung, räusperte sich. »Erster unter Gleichen, wenn ich vielleicht ...«

Kerajem drehte sich um. »Ja, Klerran?«

»Ich möchte darauf hinweisen, daß in der phantastischen Literatur immer wieder Raumschiffe beschrieben werden, die schneller als das Licht reisen können. Da sich interstellare Entfernungen auf diese Weise in kürzester Zeit überwinden lassen, könnte es tatsächlich von außerhalb unseres Sonnensystems stammen.«

Major Hassandit schnaufte verächtlich. »Das sind doch nur Fiktionen! Entschuldigen Sie, Erster, aber müssen wir uns diesen Unsinn anhören? Nichts kann sich schneller als das Licht bewegen. Wir verschwenden nur unsere Zeit.«

Klerrans Gesicht wurde rot. »Bei allem gebührenden Respekt, Major, dieser Punkt könnte äußerst wichtig sein. Ganz gleich, ob es sich um eine Fiktion handelt oder nicht – hier haben wir es mit der Realität zu tun!« Er zeigte auf den Bildschirm, wo die unbekannte Scheibe hellrot strahlte, als Zeichen für die hohe Annäherungsgeschwindigkeit.

»Lassen Sie den Minister ausreden, Major«, sagte Blakendet schroff. »Der Unbekannte hat selbst von einem Föderationsraumschiff gesprochen, und es handelt sich nun einmal um ein unbekanntes Schiff. Ich mache mir viel größere Sorgen wegen der Frage, wie der Unbekannte es geschafft hat, so tief in das System bis nach Ma'ak Unselbe einzudringen, ohne daß es früher bemerkt wurde.«

Hassandit ließ sich nicht beirren. »General, das Ganze stellt vielleicht nur eine List, um uns in diesem kritischen Augenblick abzulenken. Auf jeden Fall scheint die Taktik zu funktionieren.«

»Wenn die Krann so etwas bauen können, hätten sie schon vor langer Zeit hier sein können«, erwiderte Klerran schneidend. »Das ist kein Trick, Kerajem. Es ist echt. Das da draußen sind *Aliens.*«

Kerajem kratzte sich nachdenklich am Kinn. »Glauben Sie«, fragte er nach einer Weile, »wir hätten den Unbekannten entdecken können, wenn er sich schneller als das Licht durch den äußeren Bereich unseres Sonnensystems bewegt hätte?«

»Der Major hat recht«, sagte General Blakendet. »Es ist unmöglich, sich so schnell zu bewegen.«

»Gehen wir einfach mal davon aus, daß es irgendwie möglich ist«, erwiderte der Erste kühl. Er wurde allmählich ungeduldig. »Was dann?«

General Blakendet zuckte die Schultern. »Ich weiß es nicht, Erster. Unter diesen Umständen könnten wir es wahrscheinlich nicht orten.« Er dachte nach. »Die Tatsache, daß der Unbekannte bereits so weit vorgedrungen ist, deutet außerdem darauf hin, daß er auch unterwegs von niemandem bemerkt wurde.«

»Ein Schiff von anderswo«, sagte Kerajem – mehr zu sich selbst. »Von einem anderen Sternsystem. Ich frage mich ...«

Der Erste unter Gleichen wandte sich an General Blakendet. »General, wir werden vorläufig davon ausgehen, daß der Unbekannte der ist, der er zu sein behauptet. Grüßen Sie das Schiff und erlauben Sie ihm, sich unserem Planeten zu nähern. Versetzen Sie die Truppen zurück auf Alarmstufe zwei, und die zivile Verteidigung soll auf Stufe drei gehen.«

»Aber es könnte gefährlich werden, Erster«, warnte der General, »wenn wir unsere Bereitschaft in irgendeiner Form verringern.«

Kerajem legte dem alten General eine Hand auf die Schulter. »Ich weiß, Blakendet. Aber haben wir wirklich eine andere Wahl? Für uns gibt es ohnehin keinen Ausweg mehr. Ich möchte so friedlich wie möglich auftreten, und uns bleiben immerhin noch fünf Tage. Bevor alles zu Ende ist, müssen wir mit dem Mann auf diesem ... Föderationsraumschiff reden. Wir müssen mehr über ihn erfahren. Wir müssen herausfinden, ob er vielleicht etwas für uns tun kann.«

»Eine Übertragung kommt herein, Captain«, sagte Worf einige Zeit später. »Ich filtere sie ... und lege sie auf die Lautsprecher.«

»Hier spricht die Zentralkontrolle von Nem Ma'ak Bratuna. *Wer* sind Sie? *Woher* kommen Sie?«

»Ich wiederhole, Zentralkontrolle, hier spricht Captain Jean-Luc Picard vom Raumschiff *Enterprise*, einem interstellaren Erkundungsschiff der Vereinten Föderation der Planeten. Wir sind in Ihr Sonnensystem gekommen, um ...«

»Schon gut. Bitte warten Sie ab.« Plötzlich war nur noch leises Rauschen zu hören.

»Sie haben die Übertragung abgebrochen«, meldete Worf.

»Man hat mich gar nicht gehört«, sagte Picard. »Sie haben ihre eigene Sendung unterbrochen. Seltsam.«

»Nur vorübergehend, denke ich«, warf Riker ein. »Wir sollen abwarten. Vielleicht müssen Sie erst jemanden holen, der befugt ist, mit uns zu reden.«

»Dazu hätten sie eigentlich schon genügend Zeit gehabt, seit wir entdeckt wurden«, entgegnete Picard.

»Auf jeden Fall hatten sie uns bislang nicht allzuviel mitzuteilen«, stellte Riker fest. »Sie haben sich auch nicht damit aufgehalten, uns zu erklären, daß sie noch nie Besuch aus dem interstellaren Raum hatten.«

»Vielleicht hatten sie bereits Kontakt«, sagte Troi.

»Wir empfangen eine neue Nachricht, Captain«, meldete Worf. »Hier ist sie.«

»Captain Picard, hier spricht Kerajem zan Trikotta, der Erste unter Gleichen des Ministerrats. Wir sind das ausführende Organ der Zentralregierung von Nem Ma'ak Bratuna. Im Namen des Rates und aller Bewohner unseres Planeten heiße ich Sie und Ihr ... Föderationsraumschiff willkommen. Sie haben die Erlaubnis, mit Ihrem Fahrzeug auf dem Raumhafen außerhalb unserer Hauptstadt zu landen. Wir schicken Ihnen ein Peilsignal auf der Frequenz eins-null-fünf-fünf Kilohertz. Bitte folgen Sie dem Signal zum Raumhafen. Ich freue mich schon, Sie auf unserem Planeten begrüßen zu können.«

Picard gab Worf ein Zeichen, einen Kanal zu öffnen. »Wir wissen Ihr großes Entgegenkommen zu schätzen, daß Sie uns erlauben, Ihren Planeten anzufliegen, Erster unter Gleichen. Unser Raumschiff ist jedoch nicht für eine Landung konstruiert, sondern kann den Weltraum nicht verlassen. Wir werden in einen Parkorbit um Ihren Planeten einschwenken, dann werden ich und meine Offiziere mit anderen Mitteln auf Ihrem Raumhafen eintreffen. Unser Schiff wird den Orbit in etwa fünfzig Minuten erreichen. Ich freue mich ebenfalls, in Kürze Ihre Bekanntschaft machen zu dürfen. Picard Ende.« Der Captain winkte, worauf Worf den Kanal schloß.

»Sie werden diese Nachricht in zwölf Minuten und siebenundzwanzig Sekunden empfangen«, meldete der Klingone.

»Mit anderen Mitteln?« fragte Troi.

Picard nickte. »Nummer Eins, lassen Sie ein Shuttle für ein Landeteam startbereit machen.«

»Ja, Captain.«

Picard wandte sich dann an Troi. »Counselor«, sagte er, »ich bin nicht bereit, dieser Kultur zu demonstrieren, daß wir über Transportertechnologie verfügen. Wir müssen immer noch die Erste Direktive berücksichtigen. Wir werden einen Erstkontakt herstellen, doch wir werden diesen Kontakt auf ein Minimum beschränken.« Er seufzte. »Ich komme mir vor, als würde ich einen Steptanz auf dünnem Eis aufführen.«

»Ich möchte eine möglicherweise dumme Frage stellen, Captain«, erwiderte Troi. »Warum verschwinden wir nicht einfach? Dann wären wir für sie ein unerklärliches Mysterium, mehr nicht.«

»Wir können uns nicht mehr aus der Verantwortung ziehen, Counselor«, erklärte Picard. »Hier geht etwas vor sich, über das wir mehr in Erfahrung bringen müssen. Insbesondere müssen wir herausfinden, ob diese Zivilisation tatsächlich das Geheimnis des Warpantriebs gelöst hat. Abgesehen von den kurzen Impulsen, die auf die Erzeugung eines Warpfeldes hinweisen und durch die wir überhaupt auf dieses System aufmerksam wurden, haben wir bis jetzt keinen weiteren Hinweis auf Warptechnik entdeckt. Das ist recht merkwürdig.«

»Diese Zivilisation scheint keine Ahnung zu haben, daß der Transport und die Kommunikation mit Überlichtgeschwindigkeit mehr als eine theoretische Überlegung sein könnten«, sagte Riker. »Falls sie Raumschiffe mit Warptriebwerken bauen können, ist es ihnen gelungen, diese Tatsache sehr gut geheimzuhalten.«

»Sie scheinen eine ganze Menge geheimzuhalten«, erwiderte Picard. »Sie haben die Geheimniskrämerei zur Doktrin erhoben. Warum schirmt diese Zivilisation ihre Radiosendungen ab? Verstecken sie sich vor jemandem? Für wen haben sie uns gehalten, als wir entdeckt wurden? Und was erwarten sie jetzt plötzlich von uns?« Picard seufzte und fühlte sich auf einmal müde. Er rieb sich die Augen. »Nummer Eins, stellen Sie das Landeteam zusammen. Wir haben weniger als eine Stunde Zeit.«

»... wird den Orbit in etwa fünfzig Minuten erreichen. Ich freue mich ebenfalls, in Kürze Ihre Bekanntschaft machen zu dürfen. Picard Ende.«

»In weniger als einer Stunde«, sagte Kerajem. »Gut.«

»Die *Enterprise*, wie sich dieses Schiff nennt, wird den Orbit tatsächlich in siebenunddreißig Minuten und neunzehn Sekunden erreichen«, meldete ein Offizier. »Das korreliert mit der Verzögerung zwischen Captain Picards Botschaft und unserer Antwort.«

»Um so besser.« Kerajem beobachtete stumm die Anzeigen des großen Bildschirms, der den ganzen Raum beherrschte. Zur Zeit zeigte er den Himmel, wie er von der Oberfläche aus betrachtet aussehen würde. Kerajem blickte auf die hellrote Scheibe, die den

Annäherungskurs der *Enterprise* repräsentierte. Außerdem gab es Tausende weiterer hellweißer Lichtpunkte auf dem Schirm, die weiter entfernt waren. Dabei handelte es sich nicht um Sterne.

Kerajem rieb sich ermüdet die Augen.

»Stimmt etwas nicht, Erster?« fragte General Blakendet.

»Nicht mehr als gewöhnlich«, erwiderte Kerajem blinzelnd. »Ich werde den Raumhafen aufsuchen. Die anderen Minister sollen sich dort mit uns treffen, um Captain Picard und seine Leute zu begrüßen. General, sorgen Sie dafür, daß die *Enterprise* ungehindert durch unsere inneren und äußeren Verteidigungsgürtel fliegen kann. Hattajek, Sie bleiben hier beim General. Wenn etwas geschieht und ich nicht mehr erreichbar bin, geht die Befehlsgewalt an Sie über. Sie wissen, was zu tun ist.«

»Ja, Kerajem.«

4

Das Shuttle *Justman* glitt elegant durch die Atmosphäre von Nem Ma'ak Bratuna. Worf achtete als Pilot darauf, nicht so schnell zu fliegen, daß sich eine glühende Korona um das kleine Schiff bilden konnte. Der klingonische Sicherheitsoffizier wollte, daß die Sensoren des Shuttles ohne Interferenzen arbeiteten, da der Himmel ringsum voller Waffensysteme war. Die *Justman* hatte von den Verantwortlichen auf Nem Ma'ak Bratuna Landeerlaubnis erhalten, und man hatte dem Shuttle eine freie Einflugschneise geöffnet, doch Worf wollte keine Risiken eingehen ... vor allem, da sich der Captain an Bord befand.

Die *Enterprise*, die sich viel schneller als das Shuttle bewegte, war trotz des hohen Standardorbits bereits hinter der Planetenkrümmung verschwunden. Selbst das schärfste Auge eines Kriegers hätte sie jetzt nicht mehr ausmachen können.

»Es ist eine schöne Welt«, sagte Deanna Troi leise, die Nem Ma'ak Bratuna auf einem kleinen Bildschirm betrachtete. »Ein großer Teil der Oberfläche wirkt unberührt, obwohl die Umweltverschmutzung entlang der Küsten nicht zu übersehen ist.«

»Es gibt große Flächen bebaubaren Landes, das offenbar niemals besiedelt wurde«, sagte Picard. »Ich muß zugeben, daß mir dieser Umstand merkwürdig vorkommt. Der Planet hat eine Bevölkerung von über zwei Milliarden Individuen, was eine beträchtliche Anzahl ist, und diese Kultur besitzt zweifellos die technischen Möglichkeiten, jeden Punkt des Planeten zu erreichen.«

Data meldete sich zu Wort. »Vor allem die südlichen Kontinente sind kaum besiedelt. Die Konzentration der Bevölkerung auf die nördliche Hemisphäre ist in der Tat ungewöhnlich, Captain. Dieses Volk sammelt sich in den rohstoffreichen Gebieten entlang der Küstengebirge der drei nördlichen Kontinente.«

»Aber nicht im Süden«, sagte Troi. »Dort gibt es nur vereinzelte und weit verstreute Ansiedlungen. Und keine größeren Städte.«

»Es scheint keinen Faktor zu geben, der gegen eine Besiedlung der südlichen Hemisphäre spricht«, stellte Data fest. »Die Lebensbedingungen wären dort sogar besser als im Norden. Der Index der industriellen Umweltverschmutzung liegt für die nördliche Hemisphäre bei durchschnittlich acht Komma eins. Man unternimmt nur wenig, um die Freisetzung von Schadstoffen zu verhindern oder einzuschränken.«

»Vielleicht ist es ein kulturelles Problem«, spekulierte Troi. »Die Bewohner von Nem Ma'ak Bratuna bleiben freiwillig im Norden.«

»Das erscheint mir äußerst unwahrscheinlich«, widersprach Picard. »Nein, Counselor, hier geht etwas Merkwürdiges vor sich. Ich traue dem Frieden einfach nicht.« Er lächelte schwach. »Die Situation entspricht kaum einen normalen Erstkontakt.«

Data nickte.

»Data ...«

»Ja, Captain?«

»Data, bitte verstehen Sie mich nicht falsch, aber in letzter Zeit nicken Sie recht häufig mit dem Kopf. Stimmt etwas nicht?«

»Ach«, sagte Data nickend. »Nein, Captain, mit mir ist alles in Ordnung. Ich übe lediglich meine beiläufigen Kopfbewegungen. Ich habe festgestellt, daß Menschen dazu neigen, ihre verbalen Äußerungen mit gestischen Kopfbewegungen zu unterstreichen, um ihre gedankliche Übereinstimmung mit dem Gesagten zu demonstrieren. Da in meinem Fall immer eine solche Übereinstimmung vorliegt, muß ich häufiger nicken als beispielsweise Sie oder Counselor Troi.«

Picard nickte. »Ihre Kopfgestik ist in der Tat sehr überzeugend, Mr. Data«, pflichtete er ihm bei. »Sie können jetzt damit aufhören.«

Der Androide blinzelte. »Ja, Captain. Vielen Dank für Ihre Besorgnis.«

»Captain«, meldete sich Worf, »die *Enterprise* überträgt gerade die Ergebnisse der telemetrischen Analysen der vergangenen Stunde. Einen Augenblick, bitte.« Der Klingone zog einen isolinearen optischen Chip aus einem Lesegerät und reichte ihn Troi, die genau hinter ihm saß.

»Danke«, sagte Picard zu beiden, als er den Chip von Troi entgegennahm. Er wechselte an die kompakte wissenschaftliche Station des Shuttles und schob den Speicher in das dortige Lesegerät. Schweigend sah er zu, wie Textpassagen und Grafiken über den Bildschirm wanderten.

»Das ist interessant«, sagte Picard. Es klang beinahe, als hätte er nur mit sich selbst geredet. »Kommen Sie, und schauen Sie es sich an.« Der Captain kehrte zum Beginn der biologischen Analysen zurück, während Troi und Data hinter ihn traten und ihm über die Schulter sahen.

Data erfaßte die Daten sofort. »Bemerkenswert, Captain«, sagte er.

»Einen Augenblick, bitte«, beschwerte sich Troi. »Ich lese noch … Oh! Jetzt sehe ich es. Nun, das könnte vielleicht einiges erklären, aber ich bin mir nicht sicher, was es zu bedeuten hat.« Sie seufzte.

»Sie wissen, daß sich jede einheimische Lebensform eines bestimmten Planeten durch DNS-Analysen in verwandtschaftliche Beziehungen zu allen anderen Lebensformen dieses Planeten setzen läßt. Es gibt elementare Muster, die sich in jeder Spezies über den gesamten Stammbaum wiederholen. Das Prinzip ist allgemein bekannt. Wir haben jedoch festgestellt, daß die DNS der Humanoiden von Nem Ma'ak Bratuna nicht mit der Mehrheit der hiesigen Lebensformen verwandt ist. Mit anderen Worten, die intelligenten Bewohner von Nem Ma'ak Bratuna haben sich nicht auf diesem Planeten entwickelt.«

»Es könnte natürlich auch bedeuten, daß sich die meisten Lebensformen mit Ausnahme der Humanoiden und ihrer verwandten Parasiten und Symbionten nicht hier entwickelt haben«, fügte Data hinzu, »aber das ist nicht sehr wahrscheinlich.«

»Vielen Dank, Mr. Data«, sagte der Captain geistesabwesend, während er den Bericht weiterlas. Er suchte nach etwas Bestimmtem und hatte es schon bald gefunden. »Hier ist es«, sagte er zu den anderen und zeigte auf den Monitor. »Das haben unsere Linguisten den Radiosendungen entnommen.«

Troi las die Passage vom Bildschirm ab. »Der Stern, dem wir die Nummer 30453 gegeben haben, wird von den Planetenbewohnern Ma'ak Indawe genannt. Dieser Begriff läßt sich mit ›Festung‹ übersetzen.«

»Eine Festung, Captain?« sagte Worf und drehte sich kurz an seiner Pilotenkonsole um. »Dann scheinen sie mit einem Kampf zu rechnen.«

Picard nickte. »Eine Kultur auf diesem soziologischen Entwicklungsstand bezeichnet ihren Stern gewöhnlich als ›die Sonne‹, falls sich der Name nicht auf irgendeine mythologische Gestalt oder eine besondere Gottheit bezieht. Ein Name wie ›Festung‹ paßt überhaupt nicht ins Muster. Und schauen Sie hier: Der

Name des Planeten – Nem Ma'ak Bratuna – ist vom Namen des Sterns abgeleitet und hat eine wesentlich konkretere Bedeutung – ›Das letzte Aufgebot‹.«

»Das letzte Aufgebot?« wiederholte Troi. »Was hat das zu bedeuten?«

»Wenn die Bewohner diesem Planeten einen solchen Namen gegeben haben, deutet das nicht nur darauf hin, daß sie nicht von hier stammen«, sagte Data, »sondern auch, daß sie sich dieser Tatsache bewußt sind. Ein weiterer Hinweis ist der Umstand, daß dieser Name jüngeren Datums ist.«

»Heißt das, sie haben vor kurzem ihren Planeten umbenannt?« fragte Troi. »Seltsam. Aber wenn sie nicht von hier stammen, woher dann?«

»Ich habe über diesen Punkt nachgedacht«, sagte Picard. »Mr. Data, ich möchte, daß Sie Verbindung mit der *Enterprise* aufnehmen und sich von der wissenschaftlichen Abteilung die biologischen Forschungsergebnisse des dritten und vierten Planeten von 30452 schicken lassen. Vergleichen Sie die DNS-Profile der überlebenden Spezies auf diesen Planeten mit denen der humanoiden Bevölkerung von Nem Ma'ak Bratuna. Vielleicht gibt es eine Übereinstimmung.«

»Ja, Captain. Es wird nicht lange dauern, um die Daten zu überspielen.«

Picard nickte.

»Captain«, fragte Troi, »haben Sie den linguistischen Bericht schon bis zu Ende gelesen?«

»Noch nicht ganz, Counselor. Was haben Sie entdeckt?«

»Wir müssen jetzt nicht mehr umständlich von den ›Bewohnern von Nem Ma'ak Bratuna‹ reden, Captain. Sie bezeichnen sich selbst als ›die Lethanta‹.«

Picard las die Zusammenfassung. »Wie sie wohl zu diesem Namen gekommen sind?« überlegte er laut. »Er scheint unübersetzbar zu sein.«

»Geschätzte Ankunftszeit am Raumhaufen in zehn Minuten«, meldete Worf. Dann änderte sich plötzlich sein Tonfall. »Captain«, sagte er hastig, »drei nicht identifizierte Fluggefährte nähern sich aus westlicher Richtung.«

»Entfernung und Geschwindigkeit?«

»Einhundertfünfzehn Kilometer, Captain. Geschwindigkeit elfhundertsiebzig Stundenkilometer.«

»Irgendwelche Anzeichen für aktivierte Bewaffnung?«

»Ich habe die Flugobjekte bereits gescannt, Captain. Sie sind nur leicht bewaffnet. Ich registriere Luft-Luft-Raketen mit taktischen nuklearen Sprengköpfen, vier an Bord jedes Flugobjekts, also insgesamt zwölf. Sie wurden nicht aktiviert. Keine Energiewaffen, Captain.«

»Sie können nicht erwarten, uns mit solcher Munition zu überraschen«, sagte Picard mit gerunzelter Stirn. »Können sie uns in den Weltraum folgen, Mr. Worf?«

»Nein, Captain. Die Fluggefährte werden von Turbinen angetrieben, in denen ein Gemisch aus Treibstoff und Luft verbrannt wird. Solche Systeme funktionieren nur innerhalb einer Atmosphäre. Die Raketen verfügen über eigenen Treibstoff, aber ihre Reichweite und Geschwindigkeit stellen für uns keine Bedrohung dar.«

Picard nickte. »Verstanden. Mr. Worf, beim ersten Anzeichen einer Aktivierung dieser Waffen oder eines Raketenabschusses bringen Sie uns sofort von hier weg und zurück zur *Enterprise*. In der Zwischenzeit halten Sie den Kurs.«

»Captain«, sagte Worf plötzlich, »der Leiter der Luftabwehr ruft uns.«

»Gut, ich werde mit ihm sprechen.«

»Shuttle *Justman*, hier spricht Captain Fesnerkall von der Luftabwehr der Verteidigungskräfte. Willkommen auf Nem Ma'ak Bratuna, Captain Picard. Mir und zwei weiteren Mitgliedern unserer Flugstaffeln wurde die Ehre zuteil, Ihr Raumschiff zum Raumhafen unserer Hauptstadt zu eskortieren.«

»Öffnen Sie bitte einen Kanal, Mr. Worf«, befahl Picard. »Captain, hier spricht Captain Picard an Bord der *Justman*. Vielen Dank. Wir fühlen uns durch Ihre Eskorte geehrt und werden uns von Ihnen gerne den Weg zeigen lassen.«

»Sehr gut, Captain. Wir werden in schätzungsweise dreiundneunzig Sekunden zu Ihnen aufgeschlossen haben. Ach, Captain, würde es Ihnen etwas ausmachen, Ihre Geschwindigkeit ein wenig zu drosseln? Dann könnten wir auf die Nachbrenner verzichten.«

»Natürlich, Captain Fesnerkall. Nochmals vielen Dank. Picard Ende.« Dann wandte er sich an Worf. »Gehen Sie nach dem Rendezvous mit der Geschwindigkeit herunter, Lieutenant – aber halten Sie sich bereit, im Notfall jederzeit schnellstens von hier verschwinden zu können.«

»Verstanden, Captain.«

Data erhob sich von seinem Platz an der wissenschaftlichen Station. »Captain«, sagte er, »ich habe wie angewiesen den DNS-Vergleich abgeschlossen. Die Lethanta haben ihren evolutionären Ursprung ohne Zweifel auf dem dritten Planeten von 30542. Das ist ihre eigentliche Heimat.«

»Aha! Danke, Mr. Data«, sagte Picard. »Also war dieser Planet möglicherweise ebenfalls eine Art ›letztes Aufgebot‹.«

»Und irgend jemand hat die Heimatwelt der Lethanta verwüstet und sie von dort vertrieben«, fügte Troi hinzu. »Vor sechstausend Jahren.«

Der Captain nickte. »Wir sollten in Erfahrung bringen, was damals im einzelnen geschah«, sagte er. »Auch wenn dieser Gedanke im Augenblick phantastisch erscheint, aber dieser Jemand könnte immer noch in der Nähe sein.«

Nemtar Schiffskommandant, der in Ungnade gefallene Captain des gleichermaßen in Ungnade gefallenen Erkundungsschiffs *JTO-52D*, stand am Gefängnisdock, das sich in einem kleinen Raum befand, der traditionell als Versammlungsort für Kriegsgerichte der Flotte benutzt wurde. Nemtar stand im hellen Licht eines Punktstrahlers, der genau über seinem Kopf an der Decke angebracht war. Der Rest des Raumes lag in Dunkelheit. Er konnte seine Ankläger zwar hören, aber nicht sehen. Gelegentlich konnte Nemtar auch einen der ansonsten stillen Richter hören, wenn jemand von ihnen hustete oder sich rührte. Nemtar konnte sich also trotzdem gewisse Daten verschaffen. Es amüsierte ihn, daß er in den vermutlich letzten Augenblicken seines Lebens immer noch alles analysierte, was er wahrnahm, wie man es ihm seit seiner Geburt antrainiert hatte. Den wenigen Hinweisen entnahm er, daß offenbar fünf Personen etwa drei Meter vor ihm in einem Halbkreis saßen. Und zufällig entsprach diese Vermutung genau den Tatsachen.

Vor ihm befand sich ein Geländer, an dem sich die Nervösen und Ängstlichen festhalten konnten. Die waagerechte Metallstange glänzte an der Stelle, an die jemand mit größter Wahrscheinlichkeit seine Hände legen würde. Nemtar ignorierte das Geländer. Er stand ruhig und äußerlich entspannt da und hatte die Hände hinter dem Rücken verschränkt, als würde er lediglich einem Vortrag über Luftaufbereitung zuhören.

Am heutigen Tag würde Nemtar wahrscheinlich sterben. Er konnte nichts dagegen tun, und er hatte diese Tatsache akzeptiert.

Aber er konnte immer noch versuchen, sein Schiff zu retten.

Präsident Hek leitete persönlich diese Verhandlung. Diese Tatsache war ein deutlicher Hinweis auf das Ausmaß seines Zorns. »Es war nicht allzu schwierig, den Kurs des fremden Schiffes zu extrapolieren, nachdem es endlich von den Einheiten in der Nähe der Umlaufbahn von Ma'ak Unselbe entdeckt wurde«, sagte er und setzte damit seine Befragung Nemtars fort. »Dieses Schiff soll sich völlig unbeobachtet durch Ihren Patrouillenabschnitt bewegt haben. Ein Klotz von sechshundert Metern Länge ohne jede Tarnung soll sich unsichtbar in einer Entfernung von zweiundsiebzigtausend Kilometern an Ihnen vorbeigeschoben haben. Wieso konnte Ihnen und Ihren Leuten so etwas entgehen?«

»Es gab kein Anzeichen für die Anwesenheit des fremden Schiffes in unserem Abschnitt, Präsident«, entgegnete Nemtar Schiffskommandant ruhig. »Das plötzliche Erscheinen des Schiffes in der Nähe von Ma'ak Unselbe wurde von unseren Fernbereichdetektoren registriert, wie ich in meinem Bericht erwähnt habe. Als es auf unseren Sensoranzeigen erschien, schickte ich unverzüglich eine Meldung der Stufe eins an das Flaggschiff ...«

Hek unterbrach ihn. »Doch zu diesem Augenblick befand das fremde Schiff bereits einhundert Millionen Kilometer hinter dem Patrouillengürtel und längst auf Kurs nach Nem Ma'ak Bratuna. Ihre Alarmmeldung war sinnlos.«

»Sie haben die vollständigen Berichte über alle Ereignisse während dieser Wache erhalten, Präsident«, erwiderte Nemtar. »Unsere Geräte funktionierten ohne Störung. Meine Leute haben mit höchster Effizienz gearbeitet. Wie Sie den Protokollen entnehmen können, wurden sämtliche Daten und Vorgänge an Bord unserer eigenen Schiffe, die sich im betreffenden Zeitraum in unserem Sektor aufhielten, ohne Unterbrechung aufgezeichnet.«

Der Präsident wurde ungeduldig. »Trotzdem bleibt die Frage, Nemtar, warum Sie und Ihre angeblich so fähigen Kollegen die Anwesenheit des fremden Schiffes erst zu einem Zeitpunkt gemeldet haben, als es längst zu spät war?«

»Die Fakten erlauben keine Erklärung, Präsident.«

»Ich verstehe«, sagte Hek aus der Dunkelheit. Eine ganze Weile herrschte Schweigen, bis er wieder sprach. »Bringen Sie Nemtar Schiffskommandant in ... in den Arrestbereich zurück.«

Plötzlich traten drei Wachleute aus der Finsternis. Sie hatten die Hände an ihre Waffen gelegt. Nemtar nickte ihnen fast freundlich zu und folgte ihnen aus dem Lichtkegel in die umgebende Dunkelheit.

Die anderen Anwesenden im Sternenraum hörten, wie Nemtar seinen Wachen mit sicheren Schritten vorausging, bis er anhielt. Einen Augenblick später kam das tiefe Zischen eines sich schließenden luftdichten Schotts. Die Personen im Sternenraum hörten nicht mehr, was sich im kleinen Raum hinter dem Schott abspielte, als sich die äußere Tür zum Vakuum des Weltraums öffnete.

»Er war ein tapferer Mann«, war eine neue Stimme zu hören. »Es ist bedauerlich, daß wir auf seine Dienste verzichten mußten.«

»Was machen wir jetzt mit seinem Schiff?« fragte jemand. »Ein Exekutivschiff der Flotte hält sich bereit.«

»Wir haben keine Hinweise auf Protokollverletzungen oder Systemfehler in den Berichten entdeckt«, stellte eine dritte Stimme fest. »Vielleicht müssen wir diesmal nicht die letzte Konsequenz ziehen.«

»Ich halte diese Art der Beseitigung für eine Verschwendung«, beklagte sich ein anderer. »Jedesmal wenn wir jemanden entsorgen, verlieren wir fast vier Kubikmeter Luft, ganz zu schweigen vom biologischen Material und so weiter.«

»Die Disziplin muß aufrechterhalten werden«, erwiderte jemand streng.

»Diese Verluste spielen keine Rolle mehr, da wir unserem Ziel jetzt so nahe sind«, warf ein anderer ein. »Wir werden sie ersetzen.«

»Und was machen wir mit Nemtars Schiff?« fragte der erste erneut.

»Eine Einsatzgruppe des Exekutivschiffs soll an Bord der *JTO-52D* gehen und die Offiziere beseitigen«, sagte Hek fast beiläufig. »Es besteht kein Grund, das ganze Schiff aufzugeben, zumindest in Anbetracht der gegebenen Umstände. Die *JTO-52D* soll dem Versorgungsdienst im inneren Sektor zugewiesen werden, bis wir die Offiziere ersetzen und das Schiff wieder in den normalen Dienst schicken können. Als Ersatz werden wir eins der altgedienten Frachtschiffe an die vorderste Front versetzen.«

Die Beleuchtung des Raumes wurde verstärkt, bis die Mitglieder des Kriegsgerichts sich wieder gegenseitig sehen konnten. Die fünf Richter saßen hinter einem gekrümmten Tisch, der genau vor dem Gefängnisdock stand. Hek Backbord-Außenhüllentechniker, gegenwärtig der Präsident des Flottenkongresses, saß genau in der Mitte. Hek war ein stämmiger Mann mittleren Alters, der aussah, als hätte er einen großen Teil seines Lebens im Druckanzug verbracht und im Weltraum gearbeitet. Und genau das hatte er tagein tagaus getan, bis er in die höhere Politik gegangen war. Jetzt war er der jüngste Präsident seit sechs Generationen.

»Es wäre schön gewesen, wenn Nemtar eine Antwort für uns gehabt hätte«, sagte Hek zu seinen Kollegen. »Wir müssen unbedingt herausfinden, wie das fremde Schiff sich an unseren Sicherheitslinien vorbeischleichen konnte.«

»Die Hochgeschwindigkeitssonden werden Nem

Ma'ak Bratuna in wenigen Stunden erreicht haben«, sagte jemand. »Sie wurden programmiert, das fremde Schiff im Rahmen ihrer Routineüberwachung zu untersuchen. Dann werden wir mehr wissen.«

Pelaka Theoretiker seufzte. »Wir wissen bereits genug darüber«, sagte der alte Mann. »Ich wünsche mir fast, Nemtar Schiffskommandant und seine Leute hätten tatsächlich einen Fehler begangen. Damit hätten alle Vorfälle eine elegante Erklärung gefunden.«

»Ich denke, wir alle sind gespannt darauf zu hören, Pelaka«, sagte der Präsident, »was sich Ihrer geschätzten Meinung nach zugetragen hat.«

Pelaka räusperte sich. »Wie soeben der verstorbene Schiffskommandant zu uns sagte, Präsident, die Fakten erlauben keine Erklärung.«

»Doch der Tonfall Ihrer Stimme deutet an, daß Sie mehr dazu zu sagen haben.«

Pelaka nickte. »So ist es, Hek. Ich denke, ich hätte eine Vermutung anzubieten.«

»Dann lassen Sie uns daran teilhaben.«

»Gut«, sagte Pelaka. »Unsere Erkundungsschiffe der JTO-Serie sind technisch und personell optimal ausgestattet, um alles zu entdecken und zu registrieren, was es zu entdecken und zu registrieren gibt. Ich glaube, das fremde Schiff wurde deshalb nicht entdeckt, weil es sich niemals dort befunden hat, wo es unserer Ansicht nach hätte entdeckt werden müssen.«

»Wie bitte?« Der Präsident war nur selten um Worte verlegen, doch diesmal wußte er tatsächlich nichts Besseres zu erwidern. »Natürlich war es das, Pelaka. Es kann gar nicht anders sein.«

»Nein, Hek, es muß sich gar nicht dort befunden haben. Das fremde Schiff *schien* nicht nur plötzlich in der Nähe des Orbits von Ma'ak Unselbe aufgetaucht zu sein. Es tauchte tatsächlich dort auf.«

Der Präsident lachte gönnerhaft. Es war ein gefährliches Geräusch, bei dem die anderen unruhig wurden. »Wie stellen Sie sich das vor?« fragte er.

Der alte Theoretiker ließ sich nicht einschüchtern. »Durch unsere Fernmessungen wissen wir eine Menge über dieses Schiff«, erklärte Pelaka. »Es ist ein interstellares Raumschiff, das offenbar aus einer technologisch hochentwickelten Organisation stammt, die sich Vereinte Föderation der Planeten nennt. Es ist ein Schiff von gewaltiger Größe, aber es ist nicht groß genug für interstellare Reisen – das heißt, nach unseren Maßstäben für interstellare Reisen. In diesem Schiff könnte nicht einmal eine Generation die Dauer einer Reise zwischen den Sternen überleben.«

»Woher wollen Sie das wissen?« fragte Hek.

»Ganz einfach, Präsident. Wir haben festgestellt, daß sich mehr als tausend Lebewesen an Bord befinden, doch ihre Vorräte reichen höchstens für einige Monate. Was die Triebwerke des Schiffes betrifft, so ist uns ihre Konstruktion und Arbeitsweise unbekannt, aber wir konnten ohne Schwierigkeit die Energiereserven des fremden Schiffes anmessen. Sie sind gewaltig und können fast unvorstellbare Bewegungsenergien erzeugen.«

»Und Ihre Schlußfolgerung?«

»Es kann nur eine Schlußfolgerung geben, Präsident«, sagte Pelaka. »Das fremde Schiff kann mit einer Geschwindigkeit reisen, die weit über der des Lichts liegt.«

Alle Anwesenden einschließlich Hek keuchten auf.

»Da wir wissen, daß Bewegungen mit Überlichtgeschwindigkeit im Normalraum unmöglich sind«, erklärte Pelaka weiter, »müssen die Aliens für die Fortbewegung eine andere Art von Raum nutzen. Vielleicht ist es ein Raum, der neben unserem existiert. Wenn diese Vermutung richtig ist, dann hat sich das fremde Schiff überhaupt nicht durch den Sektor bewegt, der vom Erkundungsschiff *JTO-52D* überwacht wurde. Statt dessen kehrte es in der Nähe von Ma'ak Unselbe in den Weltraum, das heißt, den Normalraum, zurück. Dann bewegte es sich bei einem Viertel der Lichtgeschwindigkeit mit Kurs auf Ma'ak Indawe weiter.«

»Ein überlichtschnelles Raumschiff!« flüsterte Hek. Er ballte eine Hand zur Faust. Instinktiv wußte er, daß der alte Mann recht hatte. »Endlich!«

»Es ist ein Wunder, Präsident«, sagte Pelaka mit leuchtenden Augen. »Ein Wunder, daß wir in diesem historischen Augenblick auf ein solches Schiff gestoßen sind.«

»Ich will dieses Schiff«, sagte der Präsident. »Ich will es haben!«

5

Die *Justman* näherte sich dem Landefeld für prominente Besucher, das sich auf dem Raumhafen befand, der die Hauptstadt der Lethanta versorgte. Die Eskorte flog über das Shuttle hinweg, und Captain Fesnerkall grüßte das Landungsteam der *Enterprise* noch einmal, indem er die Flügel seines Gefährtes schwenkte.

»Ein freundlicher Empfang«, sagte Picard anerkennend. »Dieser Fesnerkall weiß, was dem Protokoll angemessen ist.«

Deanna Troi nickte. »Ich habe keine feindseligen Empfindungen von ihnen empfangen, Captain. Sie waren neugierig, vielleicht ein wenig ängstlich, aber insgesamt freundlich gestimmt. Das andere, die allgemeine Besorgnis, von der ich Ihnen vor einer Weile erzählte, überlagert alle ihre Gedanken und färbt jede ihrer Handlungen.«

»Und über dieses andere müssen wir mehr herausfinden«, erwiderte Picard.

»Ja«, sagte Troi und berührte ihre Stirn, als wäre sie erschöpft. »Diese Angst liegt über allem, was sie denken und tun. Wie eine düstere Decke, die einem die Luft zum Atmen raubt.«

»Captain«, rief Worf. »Da unten warten einige Leute auf uns.«

Picard drehte sich zu einem kleinen Monitor um und stellte den entsprechenden Erfassungswinkel ein. Kurz darauf hatte er eine Gruppe von vielleicht dreißig Personen entdeckt, die sich nicht weit von ihrem zugewiesenen Landeplatz entfernt aufhielten.

»Was sagen Sie dazu, Counselor?« fragte er.

Troi schürzte die Lippen. »In diesen Menschen geht sehr viel vor. Ihre Emotionen ... sind ein einziger Tumult.« Sie hielt inne. »Die stärksten Gefühle kommen von diesem hier, Captain, dem großen, weißhaarigen Mann in der Mitte der Gruppe. Für ihn sind wir die Rettung, beinahe die Erlösung.«

Picard nickte. »Haben Sie irgendeine Ahnung, was es für eine Gefahr sein könnte, vor der sie sich fürchten?«

Troi zuckte zusammen, als sie versuchte, tiefer vorzudringen.

»Alles in Ordnung, Deanna?« fragte Picard besorgt.

»Entschuldigen Sie, Captain. Es ist nicht sehr einfach für mich. Alle sind sehr nervös wegen dieser Sache. Wenn ich versuche, tiefer einzutauchen, wird es recht unangenehm. Es ist, als wolle man den Text eines Liedes verstehen, indem man sein Ohr direkt an einen Lautsprecher legt, der mit voller Lautstärke arbeitet. Was immer diese Gefahr ist, für die Lethanta ist sie gleichzeitig riesig – und sehr nahe.«

»Niemand sonst ist in der Nähe«, sagte Data. »Es scheint einen Widerspruch zwischen den Wahrnehmungen von Counselor Troi und unserer Einschätzung der taktischen Situation vorzuliegen.«

»Der Anschein kann trügen«, stellte Troi fest.

»Wir landen jetzt, Captain«, meldete Worf.

»Geben Sie sich Mühe, Mr. Worf. Man erwartet, daß wir großen Eindruck machen.«

Jemmagar, der Sicherheitsminister, war irritiert. Er schirmte seine Augen ab und blinzelte in den hellen Himmel. »Ist *das* das fremde Schiff, auf das wir hier warten?« fragte er Kerajem enttäuscht. »Dieses winzige Ding? Dazu hätten wir wohl kaum den gesamten Raumhafen absperren müssen!«

»So klein ist es auch wieder nicht«, entgegnete Kerajem geduldig. »Auf jeden Fall nennen die Aliens ein solches Fahrzeug ein Shuttle. Das Mutterschiff befindet sich nach wie vor im Orbit. Es müßte groß genug sein, um Sie zu beeindrucken. Sie sollten versuchen, Jemmagar, sich gelegentlich die Berichte anzuhören, die Ihnen zugestellt werden.«

Jemmagar preßte die Lippen zu einem schmalen Strich zusammen. »Es blieb nicht viel Zeit, Erster«, versuchte er sich herauszureden. »Ich habe in den letzten drei Tagen etwa eine halbe Stunde geschlafen. Ich fürchte, ich bin eingenickt, als ich zum Raumhafen gefahren wurde.«

»Schon gut, Jemmagar«, sagte Kerajem und hob eine Hand. »Ich habe es nicht böse gemeint. Wir alle haben in letzter Zeit zuwenig geschlafen.«

Die Minister sahen zu, wie das Shuttle einen eleganten Bogen flog und dann sanft auf dem Landefeld aufsetzte. Es gab kaum ein Geräusch, als das kleine Beiboot den Boden berührte.

Die Maschinen erstarben, und nach einer Weile öffnete sich eine Luke. Captain Picard und seine Offiziere standen im Eingang. Alle lächelten so freundlich, wie es ihnen möglich war.

»Einer von ihnen sieht sehr fremdartig aus«, flüsterte Jemmagar. »Er wirkt sogar recht furchteinflößend.«

»Ich wünsche mir, er würde nicht auf diese Weise lächeln«, flüsterte Kerajem zurück.

»Der andere dort sieht ziemlich ... nun ja ... blaß aus.«

»Trotzdem scheinen sie uns freundlich gesonnen zu sein.«

Jemmagar schnaufte verächtlich. »Ich hoffe, Sie behalten recht. Diese Leute wirken jedenfalls nicht sehr besorgt, wenn man die allgemeine Lage berücksichtigt.«

»Vielleicht besteht für sie überhaupt kein Anlaß zur Besorgnis«, mutmaßte Kerajem. »In diesem Fall wäre es ein Zeichen, das uns Hoffnung machen könnte.«

Die Gruppe aus zwei Dutzend Sicherheitskräften, die den Ministerrat begleiteten, behielten Picard und seine Leute diskret im Auge, als sie die *Justman* verließen und über das Landefeld zu der Stelle gingen, wo Kerajem und die anderen Minister auf sie warteten.

»Captain Picard, vermute ich«, sagte Kerajem mit einem breiten Lächeln. Er streckte zum Zeichen friedlicher Absichten seine Hand aus, wie es in vielen humanoiden Kulturen üblich war, und Picard schüttelte sie.

Kerajem deutete auf die sechs Männer, die unmittelbar hinter ihm standen. »Der Ministerrat von Nem Ma'ak Bratuna möchte Sie und Ihre Leute im Namen der gesamten Bevölkerung unserer Welt begrüßen.«

Picard lächelte freundlich. »Und wir möchten Sie im Namen der Regierung und der Bürger der Vereinten Föderation der Planeten begrüßen. Vielen Dank für diesen überaus freundlichen Empfang. Möge dieses erste Treffen nur der Beginn einer langen und produktiven Beziehung zwischen unseren Kulturen sein!«

Kerajem nickte. »Ja.«

»Wenn ich Ihnen meine Kollegen vorstellen darf«, sprach Picard weiter. »Das ist Counselor Deanna Troi, meine engste und vertrauteste Beraterin. Neben ihr steht Lieutenant Commander Data, der Zweite Offizier der *Enterprise*, und das ist Lieutenant Worf, unser Sicherheitsoffizier.«

»Es ist mir ein Vergnügen, Ihre Bekanntschaft zu machen«, sagte Kerajem. »Mit Ihrer Erlaubnis möchte ich Ihnen nun einige der Mitglieder des Ministerrats vorstellen.« Gemeinsam gingen Kerajem und Picard zum

Beginn der Reihe, die die sieben wartenden Männer gebildet hatten.

Der erste Minister war ein stämmiger Mann mit entschiedenem Gesichtsausdruck. »Captain, das ist Presinget fes Kwaita, unser Arbeitsminister.«

»Es ist mir ein Vergnügen, Minister Presinget.«

»Das Vergnügen ist auf meiner Seite, Captain«, erwiderte der ehemalige Minenarbeiter und schüttelte mit schmerzhaft festem Griff Picards Hand. »Es freut mich, Sie kennenzulernen. Es ist sehr aufregend, wie Sie sich bestimmt vorstellen können. Schließlich bekommen wir nicht jeden Tag Besuch aus dem Weltraum.«

»Ja, ich kann es mir vorstellen«, sagte der Captain.

Dann kamen sie zu einem zierlich gebauten Mann mit Halbglatze. »Captain, das ist Umbeltag zan Swannet, unser Minister für soziale Dienste.«

»Wie geht es Ihnen, Captain?«

»Sehr gut. Danke, Minister. Es ist mir eine Ehre, Ihre Bekanntschaft zu machen.«

Der nächste Minister war ein kleiner, fahrig wirkender Mann. »Captain Picard«, sagte Kerajem, »das ist Jemmagar fes Kah, unser Sicherheitsminister.«

Picard streckte ihm seine Hand hin und lächelte. »Ich freue mich, Minister Jemmagar.«

Jemmagar blickte Picard so lange an, daß es bereits unhöflich wirkte. Er schwieg, bis er bemerkte, daß Kerajem mit den Zähnen knirschte. »Richtig, Captain, auch ich freue mich«, sagte Jemmagar leichthin und erwiderte Captain Picards Begrüßung mit einem kurzen, schlaffen Händedruck.

Kerajem sah mit Erleichterung, daß Picard sich nicht anmerken ließ, ob er sich durch Jemmagars einstudierte Unfreundlichkeit beleidigt fühlte. Dann traten sie vor den nächsten Mann, der jünger als die anderen zu sein schien. »Captain Picard, das ist Klerran fes Dresnai, unser Minister für Wissenschaft und Erziehung.«

Klerran grinste und streckte Picard die Hand hin. »Lassen Sie die anderen nicht an sich heran, bevor ich mit Ihnen gesprochen habe, Captain.«

Picard lächelte zurück. »Ich denke, dafür müssen Sie selbst sorgen, Minister Klerran.« Sie schüttelten sich die Hände.

Der nächste Minister war ein älterer und dünner Mann, der die Aura eines Diplomaten hatte. »Captain, darf ich Ihnen Terrestak zan Pettok vorstellen, unseren Innenminister.«

»Willkommen auf unserem Planeten, Captain Picard«, erwiderte Terrestak höflich. Er schüttelte Picards Hand mit dem angemessenen Druck und der richtigen Zeitdauer.

»Vielen Dank, daß Sie uns eingeladen haben, Minister«, sagte Picard.

Dann kamen sie zu einem wesentlich älteren Mann. »Captain, zum Schluß möchte ich Ihnen Rikkadar zan Therrka vorstellen. Er ist unser Finanzminister – und mein ältester Freund.«

»Ich grüße Sie, Captain«, sagte Rikkadar mit derselben Freundlichkeit, mit der er Picards Hand schüttelte. »Mögen auch wir eine lange und dauerhafte Freundschaft begründen.«

»Wir wollen alles tun, damit es so wird, Minister Rikkadar.«

Kerajem zeigte auf einen anderen Landeplatz, der etwa fünfzig Meter entfernt lag. Dort standen zwei größere Luftfahrzeuge. »Ich dachte, es würde Ihnen vielleicht gefallen, an Bord eines Kopters in die Stadt zu fliegen«, sagte der Erste. »Diese Modelle mögen etwas altertümlich sein, aber sie fliegen langsam genug, um ausgiebig die Szenerie würdigen zu können.«

»Und ich nehme gerne diese Gelegenheit war«, sagte Picard und blickte weiter zum fernen Kajja-Kojja-Massiv. »Diese Berge im Osten sind wirklich ein wunderschöner Anblick.«

»Vielen Dank, Captain«, sagte Kerajem. »Ich wurde dort geboren, genauso wie Minister Rikkadar.«

»Dann werde ich den Bergen bestimmt einen Besuch abstatten«, sagte Picard freundlich.

»Es wird mir ein Vergnügen sein, Sie persönlich hinzubringen, Captain«, sagte Kerajem. »Zu einem späteren Zeitpunkt Ihres Besuchs, versteht sich.« Er deutete auf den wartenden Kopter. »Jetzt sollten wir uns vielleicht auf den Weg in die Stadt machen.«

»Das kommt uns sehr gelegen«, sagte Picard.

Kerajem, Sicherheitsminister Jemmagar und der alte Rikkadar saßen zusammen mit Captain Picard und den übrigen Offizieren von der *Enterprise* in einem bequem eingerichteten Salon im vorderen Bereich des führenden Kopters. Das zweite Gefährt, in dem sich die übrigen Mitglieder des Ministerrats befanden, folgte ihnen auf dem Weg in die Hauptstadt.

Picard beobachtete aus einem Panoramafenster, wie die Landschaft unter ihnen vorbeizog. »Wie ich sehe, folgen wir einer größeren Verkehrsstraße«, stellte er lächelnd fest. »Ich schätze, die Gewohnheiten eines Piloten sind überall dieselben, ganz gleich wer es ist und wo er fliegt.«

Kerajem erwiderte das Lächeln. »Die Hauptstraße Nummer Eins ist die einzige Verbindung zwischen der Stadt und dem Raumhafen«, sagte er. »Ich kenne diese Strecke in- und auswendig. Ich vermute, daß Sie selbst bereits ein ähnliches Fahrzeug wie dieses als Pilot geflogen haben, Captain.«

»Ja«, sagte Picard. »Ja, es läßt sich durchaus vergleichen. Ich finde, es macht Spaß, solche Gefährte zu lenken.« Der Captain lehnte sich in seinem Sitz zurück und legte die Fingerspitzen fast wie zum Gebet aneinander, wie er es immer tat, wenn er ein schwieriges Thema anschneiden wollte. »Kerajem, ich hoffe, wir können offen über alles reden, wenn es an der Zeit dazu ist. Es gibt sehr vieles, das wir von Ihnen erfahren möchten.«

Der Erste unter Gleichen nickte. »Ich kann Ihnen versprechen, daß wir zumindest genauso entgegenkommend wie Sie sein werden, Captain. Schließlich ist Offenheit eine Sache des gegenseitigen Vertrauens.«

»So ist es«, sagte Picard nickend und blickte aus dem Fenster. »Kerajem, ich hoffe, Sie nehmen es mir nicht übel, wenn ich Ihnen eine direkte Frage stelle.«

»Bitte!«

»Die Landschaft hier draußen wirkt, wie soll ich sagen, recht öde«, stellte Picard fest und zeigte aus dem Fenster. »Ich sehe keine Städte und nur wenige Gebäude. Hier scheint es keinerlei Infrastruktur zu geben – abgesehen von dieser Hauptstraße. Es ist keine typische Landschaft, wie man sie in der Umgebung planetarer Hauptstädte findet, mit denen ich vertraut bin. Normalerweise sind solche Gegenden sehr dicht bewohnt und bebaut.«

»Das finden Sie seltsam?« fragte Kerajem mit ehrlicher Verblüffung. »Ich erkenne daran überhaupt nichts Merkwürdiges. So machen wir es nun einmal. Natürlich gibt es historische Gründe dafür. Für alles gibt es historische Gründe.«

Picards Aufmerksamkeit war geweckt. »Ich würde gerne mehr über diese Gründe hören, Kerajem.«

»Gewiß«, sagte der Erste. »Wir werden im Regierungshaus darüber reden. Ich schätze, wir werden feststellen, daß wir viele Gemeinsamkeiten haben. Schließlich haben Sie bereits ...«

Jemmagar unterbrach ihr Gespräch. »Das mag ja alles schön und gut sein«, sagte der Sicherheitsminister, »aber ich möchte einwerfen, daß wir nicht die einzige Seite sein sollten, die sich in diesen Gesprächen als mitteilsam erweist. Kerajem, ich habe versucht, Sie zu warnen ...«

»Sie brauchen mich nicht zu warnen, Jemmagar«, sagte Kerajem leise und hob eine Hand. »Captain, Sie müssen ... den Enthusiasmus meines Kollegen entschuldigen. Wie Sie bestimmt verstehen werden, hat er sich ... ein wenig von der Situation mitreißen lassen. Wir leben in schwierigen Zeiten, wie Ihnen sicherlich bewußt ist, und wir alle stehen unter großem Druck.«

»Natürlich«, sagte Picard beschwichtigend. *Schwierige Zeiten? Wovon zum Teufel redet er?* »Ich möchte Ihnen, Minister Jemmagar, und auch Ihnen, Erster unter Gleichen, versichern, daß wir hier sind, um die beiderseitige Verständigung und Zusammenarbeit unserer Völker zu fördern.« Der Captain schmunzelte auf ernsthafte und diplomatische Weise. »Ich kann Ihnen versichern, daß wir genauso neugierig auf Sie sind wie Sie auf uns.«

»Wir wollen alles über die Krann erfahren«, sagte Jemmagar ohne Umschweife.

»Ich bitte Sie, Jemmagar!« sagte Rikkadar müde. »Wir haben noch nicht einmal das Regierungshaus erreicht. Selbst Sie werden wohl noch so lange warten können.«

»Die Krann?« fragte Picard. »Wer sind die Krann?« Er warf Data einen Blick zu, der in einer perfekt einstudierten Bewegung den Kopf schüttelte.

»Tun Sie nicht so, als wüßten Sie nichts!« schnaufte Jemmagar. »Ist das eine Kostprobe der Offenheit und Aufrichtigkeit, die wir von der Föderation der Vereinten Planeten zu erwarten haben?«

»Von der Vereinten Föderation der Planeten, Minister«, korrigierte Data ihn.

»Wie auch immer«, erwiderte Jemmagar ungeduldig.

Picard räusperte sich. »Kerajem«, sagte er, »ich versichere Ihnen, daß wir noch nie von jemandem namens Krann gehört haben. Wir sind das erste Föderationsraumschiff, das jemals diesen Bereich der Galaxis erkundet hat. Hier ist alles neu für uns.«

Troi hatte Schwierigkeiten, die Besorgnis hinter Jemmagars einstudierter Grobheit zu erkennen. Es schien überhaupt kein Grund dafür zu bestehen, denn weder der Captain noch sonst jemand von der *Enterprise* hatte Jemmagar in irgendeiner Weise beleidigt. Doch plötzlich erhielt Deanna einen flüchtigen Einblick in Jemmagars Angst. Sie war allen Lethanta gemeinsam. Die Quelle dieser speziellen Furcht lag tief in den dunklen Kerkern des Geistes, die in frühester Kindheit angelegt wurden. Dort, wo die Mythen und Legenden für immer weiterlebten, auch nachdem man bereits alles über sie vergessen zu haben glaubte. Diese tiefen Kerker des Geistes waren ein Bereich, in den Troi im Laufe von Psychotherapien immer wieder vorgedrungen war, nicht nur als Therapeutin, sondern auch als Patientin. Diese spezielle Furcht war sehr groß, sie war mächtig und hatte jeden Lethanta in ihrer Gewalt.

Counselor Troi fragte sich, ob diese Furcht einen Namen hatte. *Vielleicht die Krann? Aber was könnte hinter diesem Namen stecken?*

Plötzlich hatte Troi eine Idee. »Captain«, sagte sie, »vielleicht spielt Minister Jemmagar auf jene an, die für den gegenwärtigen Zustand der Planeten im System 30452 verantwortlich sind.«

»Das wäre möglich«, sagte Picard, der ihre Idee sofort erfaßte. »Kerajem, kurz bevor wir hier eintrafen, erkundeten wir ein Sonnensystem, das siebenundachtzig Lichtjahre von hier entfernt liegt. Wir wissen, daß Ihr Volk vor langer Zeit auf dem dritten Planeten dieses Systems lebte ...«

Picard stellte überrascht fest, daß Kerajem plötzlich

weit die Augen aufriß. Die beiden Minister wirkten schockiert. »Sie wissen es mit Sicherheit?« flüsterte Kerajem. Er war erbleicht. »Woher? Wie ist das möglich?«

Picard blickte sich zu Troi um. In ihrem Gesicht spiegelte sich ein Teil der Ehrfurcht, die die Lethanta empfanden. »Captain«, sagte sie sehr leise, »sie haben bis jetzt noch nichts davon gewußt. Diese Tatsache ist für sie von großer Bedeutung.«

»Natürlich.« Picard nahm sich etwas Zeit, um nach den richtigen Worten zu suchen. »Kerajem«, sagte er, »wir verfügen über Möglichkeiten, eine biologische Lebensform sehr gründlich zu untersuchen.«

»Bitte, erzählen Sie uns von diesem Planeten, Captain«, sagte Kerajem. »Weshalb glauben Sie, daß wir von dort gekommen sind?«

»Die wichtigere Frage ist wohl, ob Sie es beweisen können!« warf Jemmagar ein.

»Sind Sie sicher, daß Sie einen Beweis haben möchten?« gab Rikkadar zu bedenken.

»Ich will die Wahrheit wissen«, erwiderte Jemmagar.

»Ich kann Ihnen nur erzählen, wie wir zufällig in dieses System gekommen sind, und was wir entdeckt haben, als wir uns dort umsahen«, sagte Picard. »Zunächst möchte ich erklären, daß wir uns in diesem Sektor aufhalten, um astrophysikalische Vermessungsdaten für die Föderation zu sammeln. Das heißt, unsere Mission besteht darin, alles über diesen Raumsektor herauszufinden. Dem Stern, den wir in der Nähe untersuchten, haben wir im Rahmen dieser Erkundung die Katalognummer 30452 gegeben.«

»Captain, haben Sie nicht vorhin gesagt, dieser Stern sei siebenundachtzig Lichtjahre von hier entfernt?« fragte Rikkadar.

»Ja, Minister Rikkadar.«

»Die Definition des Begriffs ›Nähe‹ scheint sich für uns am heutigen Tag radikal geändert zu haben«, bemerkte Kerajem ironisch. »Bitte reden Sie weiter, Captain Picard.«

»Wir stellten fest, daß sich der dritte Planet dieses Systems in einem sehr besorgniserregenden Zustand befindet. Unsere Untersuchungen ergaben, daß dieser Planet vor etwa sechstausend Jahren aus dem Weltraum bombardiert wurde, und zwar mit hochwirksamen Nuklearwaffen, die jedes Leben auf der Oberfläche durch harte Strahlung auslöschen sollten.«

»Mit Waffen der Apokalypse«, sagte Klerran.

»Ja«, entgegnete Worf. »Verschiedene Kulturen haben solche Waffen entwickelt. Sie sind mit einer radioaktiven Substanz ausgestattet – zum Beispiel Kobalt –, die bei der Explosion freigesetzt wird. Diese Substanz verteilt sich daraufhin im Ökosystem und verseucht es durch Radioaktivität. Diese Substanz hat eine sehr lange Halbwertszeit. Da der Planet mit einer großen Anzahl solcher Waffen angegriffen wurde, bestand ohne Zweifel die Absicht, jedes Leben auszulöschen.«

»Aber man hat es nicht geschafft, jegliches Leben auf dieser Welt zu vernichten«, riet Rikkadar.

»Richtig«, sagte Data. »Einige primitive Lebensformen überlebten die Bombardierung. Die Biosphäre des Planeten stabilisiert sich wieder, wenn auch sehr langsam.«

»Aber es gibt dort keine höheren Lebensformen mehr«, sagte Rikkadar.

»Richtig«, bestätigte Data.

»Womit können Sie also Ihre vorherigen Behauptungen begründen?« fragte Kerajem.

»Wir haben die niederen Lebensformen sehr gründlich untersucht«, sagte Picard. »Und dabei stellten wir fest, daß sich diese Lebensformen und Ihr Volk aus einem gemeinsamen Ursprung entwickelt haben.«

»Also stammen wir in Wirklichkeit vom dritten Planeten jenes Sterns?« fragte Klerran erstaunt.

Picard zögerte kurz, bevor er vorsichtig weitersprach. »Unsere Daten legen diese Schlußfolgerung nahe.«

Rikkadars Augen schimmerten feucht. »Die Heimatwelt!« hauchte der alte Mann. »Dieser dritte Planet muß unsere Heimatwelt gewesen sein.«

»Es wäre besser, keine allzu voreiligen Schlüsse aus dieser Geschichte zu ziehen«, sagte Kerajem.

»Es ist so wie in den alten Überlieferungen«, sprach Rikkadar weiter, ohne auf ihn zu hören. »Die Heimatwelt wurde in einem Sturm aus Feuer gereinigt, um unsere Vorfahren für ihre Sünden zu bestrafen, und nur wenige konnten der Bestrafung entkommen.«

»Es muß eine andere Erklärung geben«, warf Jemmagar unsicher ein. »Es kann einfach nicht sein!«

»Können wir uns so sehr getäuscht haben?« fragte Rikkadar. »Kann es sein, daß alles in Wirklichkeit ganz anders war?«

Picard warf Troi einen unauffälligen Blick zu, die leicht die Schultern zuckte, so daß nur er es bemerken konnte. Sie schien genauso verwirrt zu sein wie er.

»Wir werden später darüber weiterreden«, sagte Kerajem geistesabwesend. Er blickte aus dem Fenster und sah, daß sie inzwischen über der Hauptstadt flogen. »Wir nähern uns dem Regierungshaus«, sagte der Erste unter Gleichen. »Wir hoffen, daß Sie und Ihre Offiziere sich bei uns wie zu Hause fühlen, Captain.«

»Davon bin ich überzeugt, Kerajem«, erwiderte Picard und versuchte so zu klingen, als wäre er sich tatsächlich sicher.

Auf der Brücke der *Enterprise* war wieder die Routine eingekehrt, so daß es schon beinahe todlangweilig war. Will Riker saß im Kommandosessel. Picard hatte angeordnet, daß Alarmstufe Gelb beibehalten wurde, doch alles, was dazu hatte getan werden müssen, war längst getan.

Fähnrich Ro hatte in Datas Abwesenheit neben der Navigation auch die technische Station übernommen. Abgesehen von einer manuellen Funktionsprüfung, die alle zehn Minuten durchgeführt werden sollte, überließ Ro der Automatik die Aufgabe, das Schiff im Standardorbit zu halten. Ihre Aufmerksamkeit wurde von einer ganz anderen Arbeit beansprucht. Sie durchkämmte mit den Sensoren des Schiffes jeden Sektor, fast schon jeden Kubikmeter des Systems Ma'ak Indawe mit kaum vorstellbarer Gründlichkeit. Sie war entschlossen, den Ursprung der Warpfeldimpulse zu finden, die sie vor einiger Zeit aus diesem System empfangen hatten.

Doch bis jetzt hatte sie nichts gefunden, das diese Impulse verursacht haben könnte. Statt dessen stieß sie auf etwas anderes.

»Commander?« rief Ro. »Ich gehe gerade noch einmal die Sensoraufzeichnungen durch. Vor dreiundfünfzig Minuten haben wir einen Energieimpuls aufgefangen. Ich arbeite gerade an der Analyse.«

Commander Riker erhob sich von seinem Sitz. »Von wo?« fragte er, als er sich ihr näherte.

»Von weiter draußen im System«, sagte Ro und bediente die Kontrollen ihrer Station. »Kurz innerhalb des Orbits von Planet fünf. Ich versuche, die Position genauer einzugrenzen. Ich kann Ihnen jedoch bereits sagen, daß der Impuls nichts mit einem Warpfeld zu tun hat. Es ist etwas ganz anderes, in einem ganz anderen Spektrum.«

Riker stellte sich hinter Ro und beugte sich leicht vor, um über ihre Schulter auf die Monitore blicken zu können. »Anscheinend gibt es dort nichts Ungewöhnliches«, sagte er. »Ich hätte gerne ein Bild vom betreffenden Sektor.«

»Ja, Commander.« Ro bediente schnell verschiedene Kontrollen, worauf das Bild von Nem Ma'ak Bratuna verschwand und durch einen Sternenhintergrund ersetzt wurde. »Das ist die maximale Vergrößerungsstufe, Commander.«

Riker starrte angestrengt auf den Sichtschirm, aber dort gab es nichts zu sehen.

»Commander«, sagte Ro, »die Analyse des Energieimpulses wurde soeben abgeschlossen.« Sie hielt einen Moment inne und gab eine neue Reihe von Befehlen ein, ohne den Blick von den Anzeigen abzuwenden. »Die Auswertung besagt, daß die Meßwerte auf Umweltbedingungen eines Planeten der Klasse M schließen lassen; das Phänomen hielt nur eins Komma drei Sekunden lang an. Ich lasse bereits eine Überprüfung dieser Diagnose durchführen, Commander, weil das ziemlich unsinnig klingt.«

»Richtig«, sagte Riker und kehrte zum Kommandosessel zurück, um wieder Platz zu nehmen. »Da draußen gibt es nichts, das die Umweltbedingungen eines Planeten der Klasse M haben könnte. Wir bleiben auf Alarmstufe Gelb, Fähnrich.«

»Ja, Commander«, sagte Ro. Kurz darauf meldete sie sich wieder zu Wort. »Commander, das wird Ihnen nicht gefallen. Die Überprüfung ist abgeschlossen und hat ergeben, daß alle Systeme normal funktionieren.«

Riker seufzte auf. »Sie haben recht«, sagte er und kratzte sich am Kinn. »Das gefällt mir nicht. Überhaupt nicht. Es ergibt einfach keinen Sinn.«

»Commander?« sagte Ro und drehte sich mit ihrem Sitz zu Riker herum. »Darf ich eine Vermutung äußern?«

»Sicher, Fähnrich.«

»Ich kann mir nur eine Situation vorstellen, die als Erklärung zu diesen Meßwerten paßt.«

»Und welche wäre das?«

»Die temporäre Aufhebung einer Tarnvorrichtung, Commander, wie sie von der *U.S.S. Nemesis* während einer Konfrontation mit dem romulanischen Kampfschiff *Nachtrabe* gemeldet wurde. Das war etwa zur Sternzeit 42400, wenn ich mich recht erinnere.«

»Das Phänomen der ›offenen Tür‹«, sagte Riker, der sich an den Vorfall erinnerte. »Das romulanische Schiff hatte kurzzeitig ein Leck in der Außenhülle, als eine Kühleinheit versagte. Die Tarnvorrichtung der *Nachtrabe* konnte den plötzlich veränderten Zustand des Schiffes nicht schnell genug kompensieren. Die Sensoren der *Nemesis* registrierten in diesem Zeitraum Umweltbedingungen eines Planeten der Klasse M, wie sie auch im Innern des romulanischen Schiffes herrschen.«

»Ich erinnere mich, daß dieses Phänomen etwa eine Sekunde anhielt, bevor die Tarnvorrichtung den Effekt kompensieren konnte, Commander«, sagte Ro. »Vielleicht haben wir es hier mit einem ähnlichen Phänomen zu tun.«

Der Commander blickte lange auf den Hauptsichtschirm. Dort schien es nichts Ungewöhnliches zu geben.

»Behalten Sie diesen Sektor genau im Auge, Fähnrich«, sagte Riker nachdenklich. »Der Captain ist immer noch zum Regierungszentrum unterwegs. Wir werden versuchen, ihn zu erreichen.«

6

Die Türen zum Hauptkonferenzraum im Regierungshaus schwangen auf, und der Ministerrat trat ein, dicht gefolgt von dem vierköpfigen *Enterprise*-Team. Kerajem und die sieben Minister gingen zu ihren Plätzen an einer Seite eines großen, langgestreckten Tisches. Picard bemerkte, daß der Tisch aus einem edlen, rotbraunen Holz bestand und offenbar in Handarbeit entstanden war. Ein Holz von so hoher Qualität, das an Mahagoni erinnerte, mochte auf diesem Planeten genauso normal wie Kiefernholz sein. Picard bezweifelte es, aber es war immerhin möglich. Doch die Kunstfertigkeit, die sich an diesem Tisch zeigte, deutete auf ein hoch entwickeltes Geschick hin. Wer zu solchen Leistungen in der Lage war, durfte nicht unterschätzt werden. An solchen Dingen zeigte sich die Entwicklung einer Zivilisation.

Picard nahm seinen Platz auf der anderen Seite des Tisches ein, genau gegenüber von Kerajem. Data und Troi standen links und rechts von ihm, und Worf war neben Troi getreten.

Während Picard auf irgendein Zeichen wartete, daß sie sich setzen sollten, fuhr er beiläufig mit dem Finger über die kunstvollen Filigranschnitzereien, die am abgerundeten Rand des Tisches verliefen. Falls die Lethanta versucht hatten, ihn mit diesem Gegenstand zu beeindrucken, so war es ihnen gelungen.

Kerajem hatte ihn beobachtet. »Wir sind stolz auf unsere Handwerkskunst, Captain«, sagte der Erste unter Gleichen. »Dieser Konferenztisch gehörte früher der ... der ehemaligen herrschenden Klasse. Damals wurde er hauptsächlich für Banketts benutzt. Er ist mehrere hundert Jahre alt.«

»Er wirkt sehr gut erhalten«, sagte Data.

»Vielen Dank, Commander«, erwiderte Kerajem lächelnd. »Der Tisch wurde mehrere Male restauriert. Wir bemühen uns, ihn in einem guten Zustand zu halten.« Er beugte sich ein wenig vor und blickte auf die Tischfläche. »Das hat gelegentlich einen beruhigenden Einfluß auf mich.«

Picard blickte ebenfalls herab. Es war, als würde er in einen Teich schauen. Nur sein eigenes Spiegelbild definierte die Grenze zwischen der Oberfläche des Tisches und der Unendlichkeit, die darunter begann. Die glänzende Politur war makellos und hatte hervorragende reflektierende Eigenschaften. Aus dem Augenwinkel sah Picard, daß Data und die anderen von der *Enterprise* das gleiche taten.

»Es ist hübsch«, sagte Troi leise. »So friedlich.«

»Wir lassen ihn immer wieder polieren«, sagte Kerajem. »Nach jeder Reparatur wirkt der Tisch noch besser.«

Picard blickte auf. »Ich habe den Eindruck, daß es hier eine Parallele zur Erfahrung Ihres gesamten Volkes gibt, Erster unter Gleichen.«

Kerajem lächelte geheimnisvoll. »Damit könnten Sie recht haben, Captain. Wollen wir uns setzen? Wir haben sehr viel miteinander zu bereden.«

»Sicher.«

Alle nahmen Platz.

»Mit Ihrer Erlaubnis, Kerajem«, begann Picard, »würde ich Sie gerne nach diesen alten Schriften fragen, von denen Minister Rikkadar während des Fluges hierher sprach. Vielleicht könnten sie uns weitere Hinweise auf Ihre Vergangenheit geben ...«

Picard bemerkte, daß Troi sich plötzlich kerzengerade aufgesetzt hatte. Sie hatte die Hände scheinbar entspannt auf den Tisch gelegt, doch der Captain sah, daß sie einen Zeigefinger leicht erhoben hatte. *Warten Sie!*

Picard sah, daß sich plötzlich mehrere der Gesichter auf der anderen Seite des Tisches mit einem Ausdruck verdüstert hatten, bei dem es sich um Zorn zu handeln schien. Er setzte sofort sein diplomatisches Geschick ein, um elegant die Richtung seiner Bemerkung zu ändern. »... aber das hat natürlich Zeit bis später. Wir sind überzeugt, daß Sie alle viele Fragen an uns haben.« Er lächelte entgegenkommend. »Bitte fangen Sie an!«

Sicherheitsminister Jemmagar zeigte einen geradezu verächtlichen Gesichtsausdruck. »Captain Picard, im Augenblick gibt es nur eines, was wir gerne von Ihnen wissen würden«, sagte er mit kaum verhohlener Gehässigkeit. »Wie sind Sie mit Ihrem Schiff an den Linien der Krann vorbeigekommen?«

Picard blickte ihn erstaunt an. »Die Linien der Krann? Ich habe Ihnen bereits gesagt, daß wir nichts von diesen Krann wissen, von denen Sie sprechen ...«

Jemmagar schlug mit der Hand auf die makellose Oberfläche des Tisches und hinterließ einen feuchten Abdruck. Worf erstarrte. »Kommen Sie, Captain!« bohrte Jemmagar nach. »Sie wissen sehr genau, wovon ich spreche! Wie haben Sie es geschafft? Wie sind Sie an den Krann vorbeigekommen?«

Picard blickte Kerajem an. Er wußte, daß man ihm seine Verärgerung ansehen konnte. »Erster unter Gleichen, dieses Benehmen ist beleidigend und völlig überflüssig. Ich habe Ihnen wiederholt versichert, daß wir in Frieden gekommen sind und ...«

»Captain, bitte!« sagte Kerajem und hob eine Hand. »Ich möchte Ihnen in aller Offenheit sagen, daß niemand das Eintreffen Ihres Schiffes mit größerer Freude und Hoffnung begrüßt hat als ich – aber Ihr Widerstreben, diese äußerst wichtige Frage zu beantworten, stellt sogar meinen guten Willen auf eine schwere Geduldsprobe.«

»Bitte, Captain Picard!« sagte Minister Klerran mit einem fast flehenden Ausdruck in den Augen. »Bitte sagen Sie uns, wie Sie unbelästigt durch die Linien der Krann gekommen sind! Dieses Geheimnis ist für uns lebenswichtig. Das können Sie doch sicher verstehen.«

Picard schüttelte verwirrt den Kopf. Er mußte gar nicht Troi konsultieren, um zu wissen, daß Klerran es ernst meinte. »Wir haben keine Linien durchbrochen, Minister. Wir kennen keine Krann und haben auch nichts von ihnen bemerkt. Das erste, was wir in diesem Sonnensystem registrierten, war Ihre Überwachungssonde.«

»Die Sonde in der Nähe von Ma'ak Unselbe, die zuerst auf Ihre Gegenwart aufmerksam wurde«, sagte Jemmagar. »Ja.«

»Captain Picard«, ergriff Minister Presinget das Wort, »unsere Zeit ist zu kostbar, um uns diesen Unsinn anzuhören. Bitte erzählen Sie uns etwas von den Krann.«

»Wir kennen die Krann nicht«, sagte Data.

Jemmagar lehnte sich in seinem Sessel zurück. »Natürlich kennen Sie sie nicht«, sagte der Sicherheitsminister in gelangweiltem Tonfall, während er geistesabwesend zur Decke blickte. »Sie sind aus purer Neugier zu uns gekommen, nicht wahr? Wie nett von Ihnen!«

Picard ging nicht auf seinen Tonfall ein. »Wir sind zu Ihnen gekommen, weil wir eine bestimmte Strahlung gemessen haben, einen Impuls, der unser Interesse weckte.«

»Weichen Sie des öfteren mehr als achthundert Billionen Kilometer von Ihrem ursprünglichen Kurs ab, um sich interessante Strahlungsimpulse aus der Nähe anzusehen, Captain?«

»Es kommt immer wieder vor«, antwortete Picard ruhig. »Unser Auftrag ist die Erforschung des Universums und die Sammlung von Informationen. Also versuchen wir immer wieder, ungewöhnlichen Phänomenen auf den Grund zu gehen.«

»Ich glaube ihm«, sagte Minister Umbeltag plötzlich.

»Das kann ich mir bei einem Liberalen wie Ihnen vorstellen!« erwiderte Jemmagar.

»Was für ein Strahlungsimpuls war es?« fragte Klerran. »Es wäre vielleicht hilfreich, wenn wir mehr darüber wissen.«

»Das könnte sein«, sagte Picard, »aber wir unterliegen gewissen Regeln, was die Weitergabe von Informationen über unsere Technologie an Völker betrifft, die noch nicht aus eigener Kraft einen entsprechenden Entwicklungsstand erreicht haben. Ich kann Ihnen nur soviel sagen, daß diese Strahlung mit der Methode zusammenhängt, durch die wir mit Überlichtgeschwindigkeit reisen. Würden Sie mir verraten«, fragte Picard vorsichtig, »ob Sie an der Entwicklung einer solchen Technologie arbeiten?«

»Sagen Sie nichts dazu!« rief Jemmagar warnend.

Kerajem warf dem Sicherheitsminister einen säuerlichen Blick zu. »Was soll das, Jemmagar?« sagte er. »Nein, Captain, wir arbeiten an keinem derartigen Programm. Natürlich betreiben wir ein Weltraumprogramm, wie Sie wissen. Sie sind unseren Sonden begegnet, die jedoch allesamt unbemannt sind. Nur unsere Orbitalstationen zur Wetterbeobachtung haben kleine Besatzungen.«

»Verzeihen Sie, Erster«, sagte Data, »aber ich möchte darauf hinweisen, daß Ihr Volk aus einem anderen Sternsystem hierherkam.«

»Ja, so scheint es«, sagte Minister Terrestak. »Vor vielen Jahrtausenden, wenn unsere Legenden der Wahrheit entsprechen.«

»Das wird sich zeigen«, sagte Captain Picard schnell. »Wir stellen dem Ministerrat gerne alle Daten zur Verfügung, die wir gemäß unseren Vorschriften an Sie weiterleiten dürfen.«

»Trotzdem bleibt die Frage, meine Herren«, sagte Data, »wie Sie nach Ihren Legenden auf diesen Planeten gekommen sind.«

Kerajem blickte die Besucher von der *Enterprise* eine Weile schweigend an. »Ich kann Ihnen keine klare Antwort auf diese Frage geben«, sagte er schließlich. »Das heißt, im Grunde kann ich Ihnen gar keine Antwort geben. Doch wir besitzen einige alte Schriften, in denen es vielleicht Hinweise darauf gibt.«

»Ich würde diese Schriften gerne sehen«, sagte Picard.

»Wir können Sie Ihnen zur Verfügung stellen«, sagte Kerajem. »Sie sind in einer religiösen Schriftsammlung enthalten, die zur Zeit der theokratischen Herrschaft weit verbreitet war. Nach der Revolution wurde die alte Religion abgeschafft, aber irgendwo müßte es noch einige Kopien dieser Schriftrollen geben.«

»Ich besitze eine«, sagte der alte Rikkadar. »Ich habe immer eine besessen.«

Jemmagar beugte sich wieder vor. »Sie wissen, daß das verboten ist!«

Der Finanzminister zuckte mit einer Schulter. »Na und? Was wollen Sie jetzt tun, mein kleiner Jemmi? Mich verhaften?«

Kerajem hob eine Hand. »Schon gut, Rikkadar. Meine Mutter hat ihre Schriftrollen ebenfalls behalten. Viele besitzen sie noch. Captain, Sie werden in Kürze über eine Kopie verfügen.«

»Und was ist mit den Krann?« sagte Jemmagar mit

triefendem Sarkasmus. »Sie können diesen Leuten meinetwegen sämtliche illegalen religiösen Dokumente überlassen, aber ich möchte zuerst hören, was sie über die Krann wissen!«

Picard zwang sich zur Ruhe. »Noch einmal, Minister Jemmagar«, sagte er. »Wir wissen absolut nichts über irgendwelche Krann.«

»Wirklich?« hakte Jemmagar nach. »Sie sind durch unser ganzes Sonnensystem geflogen und haben keinen einzigen Krann gesehen? Obwohl Sie angeblich kurze Strahlungsimpulse aus Zillionen Kilometern Entfernung bemerkt haben?«

»Wir haben keine Krann gesehen«, wiederholte Picard. »Nicht einen einzigen.«

Jemmagar wandte sich an Kerajem. »Erster unter Gleichen, es ist Zeit, daß wir diese Farce beenden. Zeigen Sie es ihm.«

Kerajem dachte lange über diese Aufforderung nach. »Captain Picard«, sagte er schließlich. »Ich habe den Verdacht, daß Sie uns gegenüber nicht völlig aufrichtig sind. Ich muß Ihnen sagen, daß ich sehr enttäuscht bin. Ich hatte mir mehr von Ihnen erhofft.«

»Kerajem, ich versichere Ihnen ...«

»Geben Sie sich keine Mühe«, sagte der Erste unter Gleichen und hob wieder eine Hand. »Fahren Sie die Wandverkleidung hoch!« rief er, worauf sich die Wand hinter Picard und den anderen hob und langsam in der Decke verschwand.

»Das wurde auch Zeit!« zischte Jemmagar leise.

Worfs Sinne waren in höchste Alarmbereitschaft versetzt. Der Klingone, der genauso wie alle anderen Mitglieder der Landegruppe unbewaffnet war, machte sich bereit, den Befehl zum Nottransport zu geben, falls die Lethanta irgendwelche Tricks versuchten. Er zuckte zusammen, als Troi ihn plötzlich leicht mit der Hand am Arm berührte. »Von ihnen droht uns keine

Gefahr«, flüsterte sie ihm zu. »Sie sind besorgt und wütend, aber mehr nicht.«

Worf antwortete ihr mit einem knappen Nicken. Trotzdem ließ er nicht in seiner Wachsamkeit nach.

Als die Wand vollständig hochgefahren war, wurde ein großer Spiegel sichtbar, der etwa drei Meter hoch und fünf Meter lang war. »Bildschirmmodus!« rief Kerajem, worauf die gesamte Spiegelfläche pechschwarz wurde.

»Die kombinierte Ansicht aller Überwachungssonden projizieren!« rief Kerajem. Jetzt entstand allmählich ein Bild auf der schwarzen Oberfläche. Es war der Weltraum mit ungewöhnlich dicht stehenden Sternen.

Zumindest standen sie viel dichter als in diesem Sektor der Galaxis.

»Das ist eine 360-Grad-Ansicht der Krann-Flotte, Captain«, sagte Kerajem. »Wie Sie sehen können, sind wir von allen Seiten umzingelt.«

Picard öffnete den Mund. »Eine *Flotte*? Wollen Sie damit andeuten, daß jeder dieser Lichtpunkte ...?«

»Natürlich sind es Krann-Schiffe!« erwiderte Jemmagar ungeduldig. »Nach unserer letzten Zählung besteht die anrückende Krann-Flotte aus einhundertdreiundsechzigtausendzweihundertsiebenundvierzig Schiffen verschiedener Größen und Typen. Wir schätzen, daß sich mehr als drei Milliarden Krann an Bord dieser Schiffe befinden. Sie können Ihr Versteckspiel aufgeben, Captain Picard. Natürlich haben Sie all das bereits gewußt.«

»Minister Jemmagar irrt sich, Captain«, sagte Data. »Ich zähle einhundertdreiundsechzigtausenddreihundertsechsundneunzig Krann-Schiffe auf diesem Bildschirm.«

»Einige von diesen Lichtpunkten sind falsche Echos«, erwiderte Jemmagar verärgert. »Eine absolut korrekte Zählung ist unmöglich. Vielleicht können unsere Freunde aus dem Weltraum sich dazu herablassen, uns eine gewisse Fehlerquote zuzugestehen.«

»Äh ... Danke, Mr. Data«, sagte Picard irritiert. »Kerajem, wollen Sie sagen, daß all dies Krann-Schiffe sind? Wir haben sie überhaupt nicht gesehen!«

Der Erste unter Gleichen musterte Picard eine Weile. »Das kann ich kaum glauben«, flüsterte er beinahe.

Picard starrte immer noch auf den großen Bildschirm. »Als wir zum Regierungshaus unterwegs waren, hat mein Erster Offizier mir gemeldet, daß wir das kurzzeitige Auftreten eines ungewöhnlichen Phänomens registriert haben. Als hätte sich im Weltraum in der Nähe des fünften Planeten plötzlich ein kleines Fenster geöffnet; dabei würden die Werte von Umweltbedingungen gemessen, die für Lebensformen wie uns nötig sind. Er hat das Phänomen genau untersuchen lassen, da es auf die Anwesenheit eines uns bekannten Feindes hindeuten könnte. Doch es gab keinen Hinweis, daß es sich um ... etwas Derartiges handeln könnte!«

»Die Vorhut der Krann-Flotte befindet sich ein kleines Stück innerhalb der Umlaufbahn von Ma'ak Unselbe«, erklärte Klerran. »Ihr Schiff hat vielleicht das temporäre Versagen des Tarnsystems eines der Krann-Schiffe registriert. So etwas ist selten, aber es kommt vor. Wir sind während unserer Beobachtung der Annäherung der Flotte ebenfalls darauf aufmerksam geworden.«

»Sie sind in der Lage, diese Schiffe zu orten?« fragte Worf. »Ihre Tarnvorrichtungen stellen für Sie kein Hindernis dar?«

Klerran schüttelte den Kopf. »Zu Anfang schon, Lieutenant. Allerdings wußten wir, daß sie unterwegs sind, und wir haben mit allen Mitteln nach ihnen gesucht, bis wir sie endlich gefunden haben. Wir haben ein großes Geschick darin entwickelt, Dinge festzustellen. Schließlich haben wir auch Sie sehr schnell entdeckt ...«

»Erster unter Gleichen!« kam eine Stimme aus einem verborgenen Lautsprecher. »Hier ist ein Dringlichkeitsanruf von Minister Hattajek aus der Kriegszentrale.«

»Sofort durchstellen!« befahl Kerajem. »Ja, Hattajek. Was gibt es?«

»Kerajem, wir beobachten gerade zwei große Fahrzeuge unbekannten Typs, die sich mit hoher Geschwindigkeit der Stadt nähern. Wir gehen davon aus, daß sie feindlicher Herkunft sind. Sie werden in schätzungsweise drei Minuten die Position des Regierungshauses erreicht haben.«

»Wer das wohl ist?« murmelte Jemmagar und starrte dabei Picard an.

»Verteidigungsstufe eins«, befahl Kerajem. »Wieso haben wir sie nicht früher entdeckt, Hattajek?«

»Unbekannt, Erster. General Blakendet vermutet, daß sie ein neuartiges Tarnsystem benutzen, das unsere Detektoren zumindest anfänglich täuschen kann. Wir haben sie erst bemerkt, als sie in die Atmosphäre eindrangen und dabei eine Ionenspur erzeugten. Wir können ihren Weg jetzt genau verfolgen.«

»Starten Sie die Abwehrraketen!« sagte Kerajem.

»Abwehrraketen gestartet«, kam die Antwort.

Picards Kommunikator meldete sich.

»*Enterprise* an Picard«, sagte Riker. »Wir haben zwei unbemannte Raumfahrzeuge mit chemischem Antrieb und ohne Besatzung registriert. Sie hinterlassen eine deutliche Ionenspur. Die unbekannten Objekte fliegen in einer Höhe von fünfzehntausenddreihundert Metern und bei einer konstanten Geschwindigkeit von zweihundertneunzig Metern pro Sekunde, Kurs siebenundsiebzig Grad Nord. Sie halten genau auf Ihre Position zu, Captain. Gegenwärtige Entfernung von Ihnen neunundvierzig Komma drei Kilometer. Geschätzte Ankunftszeit zwei Minuten und fünfzig Sekunden.«

»Sind die Flugobjekte gefährlich?« fragte Picard.

»Wir konnten kein explosives Material an Bord der unbekannten Flugobjekte feststellen, Captain. Doch es gibt Energiequellen, die von den Antriebssystemen unabhängig zu sein scheinen. Sie könnten im Zusammenhang mit Energiewaffen stehen. Bei dieser Geschwindigkeit könnten die Objekte bereits großen Schaden am Gebäude verursachen, in dem Sie sich aufhalten, wenn sie einfach nur einschlagen. Dazu müssen sie gar nicht über Sprengköpfe verfügen.«

»Verstanden. Halten Sie die Verbindung, Nummer Eins. Kerajem«, sagte Picard dann, »wenn wir irgend etwas tun können, um Ihnen zu helfen, sagen Sie es bitte.«

»Vielen Dank, Captain, aber ich glaube, wir haben die Situation gut im Griff.« Der Erste unter Gleichen sprach wieder in die Luft. »Hattajek, übertragen Sie eine taktische Darstellung der zwei unbekannten Flugobjekte und unserer Abfangraketen.«

Die Darstellung der Krann-Flotte auf der Bildschirmwand wurde unverzüglich durch eine schematische Übersicht der unmittelbaren Umgebung ersetzt. Die Küste war als zerklüftete grüne Linie erkennbar, die eine schwarze Landmasse auf der linken Seite vom hellblauen Ozean trennte, der die rechte Seite dominierte. Die Hauptstadt war eine kompakte gelbe Zone zwischen der Küste und den Kajja-Kojja-Bergen im Westen. Eine Gruppe aus sechs grünen Streifen bewegte sich schnell von links nach rechts über den Bildschirm auf zwei rote Quadrate zu, die mit langsamerer Geschwindigkeit in die entgegengesetzte Richtung vorrückten.

»Die unbekannten Objekte sind nicht mehr weit von der Küste entfernt«, stellte Picard fest.

»Sie werden nicht viel weiter kommen«, sagte Kerajem. »Wir werden sie ...«

Plötzlich verschwanden die sechs grünen Streifen vom Bildschirm.

»Kerajem«, war Hattajeks Stimme zu hören, »die Abwehrraketen sind weg. Wir haben die telemetrische Kontrolle verloren.« Es gab eine kurze Pause. »General Blakendet hat soeben eine zweite Staffel gestartet. Wir werden versuchen, den Gegner über dem Land abzufangen.«

Kerajems Stimme war völlig ruhig. »Haben Sie einen Hinweis, was mit den ersten Raketen geschehen ist?« fragte er.

»Nein, Kerajem. Es ist zu vermuten, daß die Unbekannten unsere Abwehrraketen auf irgendeine Weise ausgeschaltet haben.«

Wieder meldete sich Picards Kommunikator.

»Captain«, war Rikers besorgte Stimme zu hören, »die beiden unbekannten Objekte haben soeben kurze, hochfrequente Energiestöße abgegeben, mit denen sie die Abwehrflugkörper ausgelöscht haben. Alle sechs Raketen wurden mit einem Schlag vernichtet. Wir haben die Trümmer in der Ortung. Sie stürzen etwa fünfunddreißig Kilometer östlich von Ihnen in den Ozean.«

»Halten Sie weiterhin die Verbindung, Will.« Picard sah sich die schematische Landkarte an. Er und alle anderen Anwesenden beobachteten in der nächsten Minute, wie mehr als ein Dutzend Abwehrraketen in der Nähe der Hauptstadt gestartet wurden und Kurs auf die roten Quadrate nahmen.

»Es sieht aus, als würde das Rendezvous nicht sehr weit von hier entfernt stattfinden«, stellte Picard fest.

»Acht Komma sieben Kilometer östlich von hier, Captain«, sagte Data. »Meine Schätzung könnte jedoch eine gewisse Unsicherheitsquote aufweisen, falls diese Landkarte nicht maßstabsgetreu ist.«

Die Abwehrraketen kamen den unbekannten Objekten immer näher und verschwanden dann ebenso wie die ersten Raketen unvermittelt von der Darstellung.

»Riker an Picard. Es ist schon wieder passiert. Alle zwölf Raketen der zweiten Staffel sind vernichtet. Wir orten nur noch die Trümmer.«

»Die Unbekannten werden in dreißig Sekunden unsere Position erreicht haben«, sagte Data.

»Wir sind tot«, sagte Jemmagar nur.

Kerajem drehte sich zu Picard um, als die roten Quadrate die Grenze zum gelben Bereich überschritten hatten, der die Hauptstadt repräsentierte. »Captain, es tut mir furchtbar leid«, sagte der Erste unter Gleichen. »Wir haben keine andere Möglichkeit, diese ... diese Objekte rechtzeitig aufzuhalten. Wir haben Sie in unsere Probleme hineingezogen, und jetzt scheint es, daß auch Sie darunter leiden müssen.«

Picard sagte nichts. Seine Miene verriet keine Regung.

»Es sei denn ... Sie können etwas unternehmen. Sind Sie dazu in der Lage?«

»Ja.«

Kerajem wirkte leicht verwirrt. »Dann tun Sie es bitte.«

»Nummer Eins«, sagte Picard, »erfassen und zerstören Sie die unbekannten Objekte.«

»Verstanden, Captain. Phaser sind feuerbereit. Phaser Feuer frei.«

Die roten Quadrate verschwanden vom Bildschirm, während durch die Fenster ein grelles grünes Leuchten hereindrang.

»Kerajem?« meldete sich Hattajeks Stimme. »Was ist geschehen? Wir haben die Unbekannten verloren. Plötzlich haben wir sehr hohe Energiewerte registriert, und jetzt registrieren wir nur noch Trümmer. Sie sind – einfach verschwunden. Die Entfernung zum Regierungshaus betrug zuletzt ... fünf Komma acht Kilometer.«

Der Erste unter Gleichen blinzelte immer noch. »Jemand hat sich um das Problem gekümmert«, sagte er zum Verteidigungsminister.

»Wie bitte?«

»Unsere Freunde von oben«, sagte Kerajem. »Gehen Sie zurück auf Verteidigungsstufe zwei, Hattajek.«

»Ja, Erster. Kriegszentrale Ende.«

Kerajem wandte sich an Picard. »Captain, wie es scheint, haben Sie uns das Leben gerettet. Ich möchte Ihnen im Namen des Ministerrats danken.«

Die übrigen Minister taten murmelnd ihre Zustimmung kund.

»Es würde mich jedoch interessieren«, sagte Picard, »warum die unbekannten Flugobjekte erst entdeckt wurden, als sie in die Atmosphäre eindrangen.«

»Darauf hätte ich ebenfalls gerne eine Antwort«, sagte Klerran. »Ich denke, ich werde sofort Verbindung mit einigen Leuten aufnehmen, die dafür bezahlt werden, sich mit solchen Dingen auszukennen.«

»Mit einer gewissen Wahrscheinlichkeit wurden diese unbekannten Raumfahrzeuge von den Krann ausgeschickt, um Ihre Verteidigung zu testen, Kerajem«, sagte Data.

Der Erste unter Gleichen nickte. »Und es hat sich gezeigt, daß unsere Verteidigung nicht so gut funktioniert, wie wir geglaubt haben«, sagte er. »Dank Ihnen sind wir noch einmal davongekommen.«

»Captain«, sagte Worf, »offensichtlich benutzen die Krann eine Tarnvorrichtung, deren Arbeitsweise uns unbekannt ist. Es scheint, daß nicht einmal die Lethanta alles über dieses von den Krann entwickelte System wissen. Daher schlage ich vor, daß wir uns so schnell wie möglich mit diesem Tarnsystem vertraut machen.«

Sicherheitsminister Jemmagar hatte seinen eingeübten Ausdruck des Desinteresses aufgesetzt. »Ich glaube«, sagte er, »daß wir jetzt lange genug von diesen Leuten übertölpelt wurden. Jetzt wollen sie, daß wir ihnen das größte Geheimnis unserer Spionageabwehr verraten.« Jemmagar lachte ohne eine Spur von Humor. »Ich bewundere Ihre Unverschämtheit, Captain. Verzeihen Sie meine Neugier, aber welches Krann-Schiff haben Sie befehligt, bevor die Flotte dieses Ding konstruierte, das sich gegenwärtig im Orbit über unserem Planeten befindet?«

»Wie bitte?« fragte Picard verdutzt.

»Ich wette, Sie hatten das Kommando über das Flaggschiff«, sagte Jemmagar. »Sie sind nicht schlecht, das muß ich Ihnen zugestehen.«

»Jemmagar, reißen Sie sich zusammen!« bellte Kerajem.

»Ich erledige nur meine Arbeit!« erwiderte Jemmagar gehässig. »Zuerst entdeckten wir diese *Enterprise* in der Nähe von Ma'ak Unselbe, nur wenige Hundert Millionen Kilometer vor der Spitze der Krann-Flotte. Sie bewegte sich mit einem Viertel der Lichtgeschwindigkeit. Das ist recht schnell, aber nicht unmöglich schnell, wenn man genügend Energiereserven zur Verfügung hat. Wenn man mit zweifacher Schwerkraft beschleunigt, sagen wir, über einen Zeitraum von zwei Wochen ...«

»Das ist lächerlich!« sagte Picard. »Sie irren sich.«

»... und über eine Distanz von etwa einhundertdreißig Milliarden Kilometer, wäre es machbar. Ein ziemlicher Anlauf, Captain, und obendrein ein unbequemer, schneller Flug Richtung Sonne.« Jetzt grinste er höhnisch. »Sie und Ihre Leute müssen sehr erschöpft sein. Auf mich wirken Sie jedenfalls recht müde.«

»Minister Jemmagar«, sagte Kerajem streng, »beherrschen Sie sich. Das sind unsere Gäste.«

Doch der Sicherheitsminister hörte nicht auf ihn. »Sie und Ihre Leute müssen schon sehr lange an diesem kleinen Betrug gearbeitet haben, an Ihrem sogenannten interstellaren Raumschiff«, redete er weiter. »Die Krann-Flotte ist in dieser Zeit ein gutes Stück weitergekommen. Beinahe hätten Sie es nicht mehr rechtzeitig bis zu unserem Planeten geschafft, wie? Die Vorhut Ihrer Flotte wäre beinahe schneller gewesen.«

»Ich habe keine Ahnung, wovon Sie reden«, erwiderte Picard mit eisiger Miene.

»Aber natürlich wissen Sie das!« gab der Sicherheitsminister zurück. »Wir haben unglaublich hohe Energiereserven in Ihrem Fahrzeug registriert – mehr als genug, um über einen fast unbegrenzten Zeitraum einen konstanten Schub aufrechtzuerhalten. Vielleicht hätten Sie sogar schneller hier sein können, da Sie mit recht hohen Werten verzögert haben, als Sie den Orbit erreichten. Ich würde sogar vermuten, daß Sie irgend etwas erfunden haben, um die Auswirkungen der Beschleunigung und Trägheit zu neutralisieren. Wissen Sie, wir wären selbst sehr an einer solchen Technik interessiert.«

»Es reicht jetzt«, sagte Picard. Er stand auf, und die übrigen Offiziere von der *Enterprise* taten es ihm nach. »Vielleicht sollten wir uns jetzt zurückziehen, damit sich die Gemüter ein wenig beruhigen können. Meine Kollegen und ich werden uns sofort auf den Weg machen.«

»Bitte, Captain!« sagte Kerajem. »Jemmagar, das ist unerhört! Diese Leute sind keine Krann, Sie Dummkopf!«

»Da bin ich anderer Ansicht«, sagte Jemmagar. »Außerdem wird sich keiner von ihnen auf den Weg machen. Ich habe Sicherheitsalarm über dieses Gebäude verhängt.« Die Türen zum Raum öffneten sich, und ein Trupp bewaffneter Wachen trat herein. »Wachen, sorgen Sie dafür, daß diese vier Personen es bequem haben. Sie werden für eine Weile bei uns bleiben.«

»Im Gegenteil«, sagte Worf und tippte auf seinen Kommunikator. »Energie für Nottransport!«

»Wir werden das Shuttle später abholen«, sagte Picard noch, bevor er und seine Offiziere sich scheinbar in Luft auflösten.

Die Minister und die Wachen starrten fassungslos auf die leere Stelle, an der Picard und die anderen gestanden hatten.

»Immerhin ist es Ihnen gelungen, Sie tapfer in die Flucht zu schlagen, Jemmagar!« sagte Rikkadar.

»Aber ... aber ...«, stammelte der Sicherheitsminister.

»Jemmagar, Sie verdammter Idiot!« sagte Kerajem, der sich plötzlich sehr müde fühlte. Er rieb sich die Augen. »Diese Leute sind unsere einzige Hoffnung. Vielleicht haben Sie uns jetzt zum endgültigen Untergang verurteilt. Ich würde Sie feuern, Sie Trottel, wenn uns noch genügend Zeit bliebe, um sie mit solchen Maßnahmen zu vergeuden.«

Präsident Hek saß am kleinen Schreibtisch in seinem Arbeitsquartier und wartete auf die Ergebnisse, die die Angriffsdrohnen übermitteln sollten. Er hatte soeben sein Mittagessen beendet. Es war eine gute Mahlzeit gewesen, und nun schob er die Teller und das Besteck in den Recycler. Dann saß er einfach nur da und wartete ab. Er vertraute darauf, daß seine Soldaten gute Arbeit leisteten.

Die Taktiker der Flotte waren zuversichtlich, daß mindestens eine der Hochgeschwindigkeitsdrohnen es schaffen würde, womit Hek vollauf zufrieden war. Der eigentliche Zweck dieser Übung bestand darin, die Stärke der Bodenverteidigung zu testen, die die Lethanta gegen ein angreifendes Raumschiff auffahren konnten. Die Zerstörung ihres politischen Entscheidungszentrums war ein zusätzlicher strategischer Pluspunkt.

Und er hatte Tausende von Drohnen. Viele Tausend.

Hek hatte sein ganzes Leben lang auf den bevorstehenden Kampf gewartet. Alle seine Vorfahren hatten gelebt und waren gestorben, um Hek und die Krann dem großen Ziel näher zu bringen. Sein Volk hatte vor Tausenden von Jahren die Chance verpaßt, die Lethanta endgültig auszulöschen, doch Hek würde nicht zulassen, daß ihnen dieser Fehler noch einmal unterlief.

Der Tod seiner Vorfahren verlangte nach Erfüllung der Rache. Hek würde sie nicht enttäuschen.

Der Türmelder summte. »Herein!« rief Hek.

Es war Graff Backbord-Wasserversorgungsprüfer, sein militärischer Attaché. Der Gesichtsausdruck des Mannes verriet unmißverständlich, daß er keine guten Neuigkeiten für Hek hatte.

»Sie wirken besorgt, Graff«, sagte Hek, während er sich bemühte, die Enttäuschung aus seinem Tonfall herauszuhalten. »Ich vermute, die Aktion verlief nicht zufriedenstellend.«

»Präsident, ich muß Ihnen bedauerlicherweise melden, daß unsere beiden Drohnen kurz vor dem Ziel zerstört wurden.«

»Beide? Was ist geschehen?«

»Die Drohnen konnten vom Feind geortet werden, nachdem sie in die Atmosphäre von Nem Ma'ak Bratuna eingedrungen waren, und die Lethanta gingen sofort nach der Entdeckung auf volle Gefechtsbereitschaft.«

»Darüber werden wir einmal mit den Leuten von der Forschungs- und Entwicklungsabteilung reden müssen«, sagte Hek. »Wir wissen, daß das Geheimnis unseres gegenwärtigen Tarnsystems nicht mehr sicher war. Aber man sagte mir, daß ein Fahrzeug mit der neuen Version des Systems auf keinen Fall entdeckt werden kann.«

»Ja, Präsident«, sagte Graff mit einem hastigen Nicken. »Wir haben dieses Resultat nicht vorhergesehen, weil wir nicht in der Lage waren, das neue System innerhalb einer Atmosphäre zu testen ...«

»Darum werden wir uns später kümmern«, sagte der Präsident und machte eine ungeduldige Handbewegung. »Wie hat der Feind die Drohnen zerstört?«

»Soweit wir feststellen konnten, wurde ein phasengepulster Energiestrahl eingesetzt, um die Molekülstruktur der Drohnen zu desintegrieren. Mit anderen Worten, sie wurden verdampft.«

»Und wir haben geglaubt, daß sie keine derartige Waffe besitzen«, sagte Hek.

»Nein, Präsident«, sagte Graff. »Sie haben keine derartigen Waffen. Dieser Energiestrahl wurde nicht von den Lethanta abgefeuert ...«

»... sondern vom fremden Schiff, daß sich im Orbit um den Planeten befindet«, sprach Hek an seiner Stelle den Satz zu Ende. »Natürlich. Die Fremden haben Partei für die Lethanta ergriffen.« Hek kicherte leise, und dem Attaché lief es bei diesem Geräusch eiskalt über den Rücken. »Wir werden weitere Aktionen aufschieben müssen, bevor wir diese Angelegenheit geklärt haben.« Auf seinem Gesicht erschien ein gefährliches Lächeln. »Es wird von Minute zu Minute spannender, meinen Sie nicht auch, Graff?«

»Es wäre möglich, daß die Fremden nur in Selbstverteidigung handelten, Präsident«, warf Graff ein. »Aus unserer Beobachtung ihrer Kommunikation wissen wir, daß sich einige Vertreter der Fremden mit der Regierung des Planeten treffen wollten, etwa zum selben Zeitpunkt, als die Drohnen eintreffen sollten. Vielleicht haben die Fremden die Drohnen nur zerstört, um sich selbst zu retten.«

Der Präsident warf ihm einen einschüchternden Blick zu, wie er ihn oft bei Untergebenen benutzte. Graff hielt ihm stand und gab sich Mühe, ruhiger zu wirken, als er sich fühlte. Die beiden letzten Attachés des Präsidenten waren nach kurzer Dienstzeit spurlos verschwunden. Jeder im Offizierskorps war überzeugt davon, daß die Attachés durch die spezielle Tür im Sternenraum gegangen waren, die vor kurzem eingerichtete Luftschleuse ins Nichts, die bereits als ›Heks Kabinett‹ bezeichnet wurde.

»Gut«, sagte Hek schließlich mit einem strengen Stirnrunzeln. »Ich gebe zu, daß der Zeitpunkt paßt. Sie könnten recht haben. Ein dummer Zufall! Wir hätten die politische Führung der Lethanta ausschalten können, wenn wir die Drohnen nur etwas früher gestartet hätten. Was denken Sie, wessen Schuld es war?«

»In diesem Fall läßt sich keine Schuldzuweisung treffen, Präsident«, sagte Graff. »Das fremde Schiff war noch nicht einmal in dieses Sonnensystem eingedrungen, als wir die Drohnen vor mehreren Wochen starteten. Die Flugzeit bis zum Ziel war bei der entsprechenden Entfernung beträchtlich, selbst für eine Hochgeschwindigkeitsdrohne. Der Zeitpunkt des Starts wurde mit Rücksicht auf die Position der Flotte getroffen, und zwar so, daß sie an einem Arbeitstag eintreffen würden, um die Chance zu erhöhen, daß sich die Mitglieder der Regierung im Gebäude aufhalten.«

»Das interessiert mich nicht, Graff«, erwiderte Hek kalt. »Ich habe Sie gefragt, wer die Schuld an dieser Katastrophe trägt.«

»Ich ... äh ... werde die Angelegenheit sofort untersuchen lassen, Präsident.«

»Tun Sie das!« sagte Hek kurz angebunden. »Der Flottenkongreß wird es ebenfalls wissen wollen. Ich erwarte Ihren Bericht noch vor dem Abendessen.« Er zeigte auf die Tür. »Gehen Sie!«

Als Graff den Raum verließ, überlegte er, welchen seiner Freunde unter den Offizieren er diesmal verraten sollte. Die Liste der Opfer, die unter dem Bedürfnis des Präsidenten Hek zu leiden hatten, irgend jemanden für unglückliche Zufälle bestrafen zu wollen, wurde immer länger.

7

Auf der Brücke war es still, wie jedesmal, wenn ein bedeutendes Ereignis bevorstand. Picard bezeichnete diesen Zustand der Brücke als den Ruhe-vor-dem-Sturm-Modus.

Die Kontaktgruppe war seit etwa einer Stunde wieder an Bord. Sofort nach ihrer Rückkehr auf die *Enterprise* hatte Picard befohlen, daß ein Shuttle-Pilot direkt in die *Justman* gebeamt wurde, der dann das Gefährt ohne Zwischenfall zur *Enterprise* zurückgebracht hatte. Seitdem hatte der Captain in seinem bequemen Sessel auf der Brücke gesessen, eine Tasse Tee getrunken und darauf gewartet, daß die Lethanta Verbindung mit ihm aufnahmen. Wenn sie es nicht taten, blieb ihm keine andere Wahl, als sie ihrem eigenen Schicksal zu überlassen.

»Ich glaube, sie werden wieder zur Vernunft kommen, Captain«, sagte Troi. Wie gewöhnlich saß sie links von ihm und beruhigte ihn durch ihre Anwesenheit. »Sie wissen genau, daß sie uns brauchen.«

»Deswegen mache ich mir keine Sorgen, Counselor«, sagte Picard. »Aber wir verlieren Zeit. Es würde mich interessieren, was Geordi und Data erreicht haben ...«

»LaForge an Captain Picard«, meldete sich in diesem Augenblick Geordis Stimme.

»Aha! Ja, Mr. LaForge?«

»Wenn Sie auf den Hauptsichtschirm schauen, Captain, müßten Sie erkennen können, daß wir die Tarnvorrichtung der Krann geknackt haben.«

Picard nickte, als Tausende von hellen Lichtpunkten auf dem Bildschirm erschienen. »Vielen Dank, Mr. LaForge.«

»Unglaublich!« keuchte Riker. »Sie haben mir zwar davon erzählt, Captain, aber es mit eigenen Augen zu sehen, ist etwas ganz anderes. Es scheinen Millionen zu sein.«

Ro warf einen Blick auf ihre Konsolen. »Nur etwas mehr als einhundertdreiundsechzigtausend, Commander«, meldete sie.

»Vielen Dank für den Hinweis, Fähnrich«, sagte Riker. »Das klingt schon wesentlich besser.«

»Data und ich haben die Tachyonenfilter der Hauptsensoren rekonfiguriert, um hinter das Geheimnis der Tarnung der Krann zu kommen«, berichtete LaForge. »Da die Krann keinerlei überlichtschnelle Technologie entwickelt haben, dachten wir uns, daß sie vermutlich zu wenig über Tachyonen wissen, um auch sie vor uns verbergen zu können. Auf diese Weise konnten wir das Funktionsprinzip der Tarnvorrichtung eingrenzen, mit denen ihre Raumschiffe und Sonden ausgestattet sind.«

»Gute Arbeit«, sagte Picard. »Mr. Data, wenn Sie dort unten fertig sind, kehren Sie bitte auf die Brücke zurück.«

»Verstanden, Captain.«

Picard wandte sich an Troi. »Jetzt müssen wir nur noch auf einen Anruf warten«, sagte er. »Ich glaube kaum, daß Kerajem noch sehr lange zögern wird, falls er uns überhaupt noch anrufen will.«

»Captain«, sagte Worf, »ich kann jetzt eine visuelle Darstellung der führenden Krann-Schiffe auf den Bildschirm legen. Sie sind inzwischen nahe genug, um bei maximaler Vergrößerung sichtbar zu werden.«

»Ausgezeichnet«, sagte Picard. »Dann wollen wir sie uns ansehen!«

Die Armada der Krann verschwand vom Schirm und wurde durch das Bild eines einzelnen Schiffes ersetzt. »Das ist die maximale Vergrößerung, Captain«, sagte Worf.

Das Schiff sah aus wie ein riesiger, zerbrechlich wirkender Käfig, in dem sich mehrere unterschiedlich große, rotierende Kugeln befanden. Die Rotationsachsen der Kugeln waren an den Gitterstäben des Käfigs befestigt. Auf der sonnenwärts gerichteten Seite waren einige kegelförmige Strukturen angebracht.

»Es sieht aus wie ein Schwarm Luftballons in einem Käfig«, sagte Riker.

»Ein Raumschiff, das wie ein Uhrwerk konstruiert ist«, sagte Picard. »Unglaublich! In jeder Kugel dürfte sich eine unabhängige Lebenssphäre befinden.«

»Warum rotieren sie?« fragte Troi.

»Zur Erzeugung künstlicher Gravitation, vermute ich«, sagte der Captain. »Es ist ein uraltes Prinzip. Die Fliehkraft auf der Innenseite der Kugel erzeugt ohne großen Energieaufwand ein künstliches Schwerefeld.«

»Dieses Schiff ist fünfzehn- bis zwanzigmal größer als die *Enterprise*«, meldete Worf, »und es ist das größte Schiff, das ich registriert habe. Die kegelförmigen Objekte scheinen Triebwerke zu sein. Sie stoßen einen Strahl heißer Ionen aus.«

»Die Triebwerke zeigen in Flugrichtung?« fragte Troi.

»Völlig richtig, Counselor«, sagte Picard. »Es geht gar nicht anders, wenn ein Schiff dieses Typs kurz vor Erreichen des Ziels die Geschwindigkeit verringern soll.«

»Die kleineren Strukturen scheinen Kühlaggregate zu sein«, spekulierte Riker. »Es gibt sehr viele davon. Offenbar leiten sie die Hitze aus dem Schiffsinnern und geben sie sehr langsam ans Vakuum ab. Diese Energieverschwendung deutet darauf hin, daß die Krann nicht in der Lage sind, die Entropie zu überwinden, um die Abwärme als Energie zu nutzen. Ich kenne solche Konstruktionen von Plänen aus der Zeit vor der Entwicklung des Warpantriebs. Als die Nationen der alten Erde noch darum konkurrierten, mit Unterlichtschiffen die Sonnensysteme in der Nähe von Sol zu kolonisieren. Einige der Konstruktionen sahen ähnlich abenteuerlich aus.«

»Die Hülle scheint mit allen möglichen Instrumenten gespickt zu sein«, sagte Troi. »Diese Strukturen hier sehen wie Sensorschüsseln aus.«

»Ich denke, genau darum handelt es sich«, sagte Riker. »Die Schüsselform ist ein sehr elementares Konstruktionsprinzip für Sensoren. Ähnliche Entwürfe gehen bis ins neunzehnte Jahrhundert der Erde zurück. Mr. Worf, zeigen Sie uns ein paar andere Schiffe.«

»Sofort«, antwortete der Klingone. Das Bild veränderte sich und zeigte nun drei kleinere Krann-Schiffe.

»Kleiner, aber im Prinzip genauso konstruiert«, stellte Troi fest. »Und weniger Kugeln im Käfig.«

»Es gibt auch noch kleinere Schiffe«, teilte Worf mit. Er nahm ein paar Schaltungen vor, worauf sich das Bild erneut veränderte. Nun war im Zentrum des Bildschirms ein kleines, kastenförmiges Raumschiff zu sehen, das eine gewisse Ähnlichkeit mit einem Starfleet-Shuttle aus dem vorigen Jahrhundert aufwies. »Das hier scheint ein Schiff zum Personentransport zu sein, Captain. Es ist klein, besitzt ein chemisches Triebwerk, aber keine große Energiereserven und keine feststellbare Bewaffnung. Ich registriere sieben Lebensformen an Bord, die alle derselben Spezies anzugehören scheinen, Captain. Mit Ihrer Erlaubnis werde ich diese Lebenswerte als typisch für die Krann abspeichern und sie an unsere Datenbanken überspielen.«

»Tun Sie das«, sagte Picard, »und schalten Sie dann wieder auf die allgemeine Übersicht um. Ro, wie weit sind die vordersten Krann-Schiffe noch von Nem Ma'ak Bratuna entfernt?«

»Ich muß diese Schiffe zunächst erfassen, Captain ... Die Spitze der Krann-Flotte ist achthundert Millionen Kilometer von der gegenwärtigen Position Nem Ma'ak Bratunas entfernt. Die Schiffe bewegen sich mit einer Geschwindigkeit von knapp viertausend Kilometern pro Sekunde und verzögern mit der Entsprechung von etwa einer Einheit der Standardschwerkraft. Sie werden in vier Tagen und sechzehn Stunden Nem Ma'ak Bratuna erreicht haben. Einige Teile der Flotte im hinteren Bereich verändern jedoch ihren Kurs und ihre Geschwindigkeit.«

»Was haben Sie vor?« fragte Picard. »Worf?«

»Sie bilden eine Angriffsformation, Captain, die sich auf Nem Ma'ak Bratuna konzentriert«, antwortete der Klingone. »Das Manöver ähnelt der klassischen Brunckhorst-Zangenbewegung, aber die Krann schließen die Zange nur äußerst langsam.«

»Nun, damit besteht kein Zweifel an ihren Motiven«, stellte Picard fest. »Dieses Muster dient auf keinen Fall defensiven Zwecken.«

»Was wir hier sehen, deutet stark darauf hin, daß die Krann sich an die klassischen Gesetze der Newtonschen Physik halten müssen«, sagte Riker. »Die Krann können nicht abrupt den Kurs ändern und ihre Schiffe beliebig beschleunigen. Solche Manöver erlaubt ihre Technologie einfach nicht. Sie sind Sklaven der Bewegungsgesetze und der Thermodynamik. Das verschafft uns einen erheblichen Vorteil.«

»Ich frage mich allerdings, wie groß unser technischer Vorteil tatsächlich ist«, warf Picard nachdenklich ein. »Mir scheint ...«

»Captain«, wurde er von Worf unterbrochen, »die Regierung der Lethanta ruft uns.«

Picard blinzelte Troi zu. »Durchstellen, Mr. Worf«,

sagte er. »Ich höre, Erster unter Gleichen.« Picard sprach absichtlich in kühlem Tonfall.

Die Verzögerung der lichtschnellen Verbindung zwischen Orbit und Planetenoberfläche war vernachlässigbar. »Captain Picard«, begann Kerajem, »im Namen der gesamten Regierung möchte ich mich für das Verhalten unseres Sicherheitsministers entschuldigen. Der Ministerrat und ich haben ihm wegen seiner unbedachten Handlungen und Anschuldigungen eine schwere Rüge erteilt. Keine seiner Äußerungen waren von uns autorisiert oder uns vorher bekannt. Wir bitten Sie ergebenst um Verzeihung für diese ernsthafte Verletzung der diplomatischen Konventionen, Captain. Ich möchte Ihnen versichern, daß dieser Vorfall nicht repräsentativ für unser übliches Verhalten gegenüber Freunden ist.«

Picard gab Worf ein Zeichen, die Verbindung kurz zu unterbrechen. »Was meinen Sie, Counselor?« fragte er Troi.

»Er ist aufrichtig«, sagte die Betazoidin. »Gleichzeitig ist er sehr besorgt. Ich denke, er sagt die Wahrheit. Die Auseinandersetzung mit dem Sicherheitsminister war nicht geplant.«

»Ich wußte, daß er die Wahrheit sagt«, erwiderte Picard. »Trotzdem beweist der Zwischenfall mit Jemmagar, daß Kerajem seine Untergebenen nicht vollständig unter Kontrolle hat. Ich wäre nur zögernd bereit, eine weitere Kontaktgruppe nach unten zu schicken. Die Situation ist immer noch instabil.«

»Captain?« meldete sich Riker zu Wort. »Wir könnten uns das nächste Mal an Bord unseres Schiffes mit den Lethanta treffen.«

»Genau daran habe ich auch gedacht«, sagte Picard. »Stellen Sie den Ersten unter Gleichen wieder durch, Mr. Worf.«

»Sie können sprechen, Captain.«

»Da sind Sie ja wieder, Captain«, wurde Kerajems

Stimme hörbar. »Ich hatte schon befürchtet, wir hätten die Verbindung zu Ihnen verloren.«

»Ganz im Gegenteil, Kerajem. Ich nehme Ihre Entschuldigung an. Auch mir ist daran gelegen, wenn wir dieses unangenehme Mißverständnis möglich schnell aus dem Weg räumen können.«

»Das ist sehr großzügig von Ihnen und Ihrem Volk, Captain. Der Ministerrat und ich möchten Ihnen unseren aufrichtigen Dank aussprechen. Wie geht es jetzt weiter?«

»Ich möchte vorschlagen, daß unser zweites Treffen hier an Bord der *Enterprise* stattfindet. Wir werden für den Transport und die Unterbringung sorgen. Sie können natürlich so viele Minister, Assistenten und weiteres Personal mitbringen, wie Sie benötigen. Mein Erster Offizier, Commander William Riker, wird sich persönlich darum kümmern, die Einzelheiten mit Ihnen zu besprechen.«

Der Erste unter Gleichen zögerte kaum. »Ausgezeichnet, Captain Picard. Wir nehmen Ihre Einladung dankend an. Ich freue mich darauf, Commander Riker zu treffen. Ich werde Ihnen in Kürze zusammen mit einem Subkomitee zur Verfügung stehen.«

»Sehr gut«, sagte Picard. »Commander Riker wird sich in Kürze bei Ihnen melden. Ich freue mich, Sie bald wiederzusehen, Kerajem. Picard Ende.« Der Captain wandte sich an seinen Ersten Offizier. »Ich möchte, daß die Lethanta-Delegation so schnell wie möglich hier eintrifft, Will. Wir haben immer noch keine Antworten auf unsere Fragen erhalten. Wir müssen noch sehr viel in Erfahrung bringen, bevor ...«

»Bevor was, Captain?« fragte Riker.

Picard deutete mit einem Kopfnicken auf die abertausend Lichtpunkte auf dem Hauptbildschirm. »Bevor wir uns mit denen da draußen befassen können.«

Picard, Riker, Troi und Worf erwarteten die Delegation, als Kerajem und vier Mitglieder des Ministerrats auf der Plattform im Transporterraum zwei materialisierten.

»Willkommen an Bord der *Enterprise*«, sagte Picard.

»Danke, Captain«, entgegnete Kerajem und blickte sich um. »Es wäre eine Untertreibung, wenn ich sage, daß es ein beeindruckendes Erlebnis ist.« Die Minister in seiner Gruppe gaben sich alle Mühe, ihre Fassung zu bewahren, aber sie hatten nicht viel Erfolg damit. Sie hatten zwar gesehen, wie die Offiziere der Föderation weggebeamt worden waren, aber es war etwas ganz anderes, diesen Vorgang am eigenen Leib zu erfahren.

»Haben Sie auf diese Weise Ihr Shuttle vom Raumhafen zurückgeholt, Captain?« fragte Klerran. »Vielleicht haben Sie einen Piloten direkt in das Fahrzeug befördert. Wir waren bisher davon ausgegangen, daß Sie es mit einer Art Fernsteuerung manövriert haben.«

»Das ist im Augenblick von geringerer Bedeutung«, sagte Picard diplomatisch. »Commander William Riker, darf ich Ihnen Kerajem zan Trikotta vorstellen, den Ersten unter Gleichen und Vorsitzenden des Ministerrats von Nem Ma'ak Bratuna. Das ist Presinget fes Kwaita, der Arbeitsminister, Klerran fes Dresnai, der Minister für Wissenschaft und Erziehung, und Rikkadar zan Therrka, der Finanzminister. Meine Herren, Commander Riker ist der Erste Offizier dieses Raumschiffs und mein Stellvertreter. Er wird für Ihre Bequemlichkeit sorgen.«

Wie hat er sich all die Namen merken können? fragte sich Riker, während er die Hand ausstreckte. »Ich bin erfreut, Ihre Bekanntschaft zu machen«, sagte der Erste Offizier in seinem umgänglichsten Tonfall. »Wir haben für jeden von Ihnen ein Gästequartier herrichten lassen. Wir dachten, Sie möchten sich nach dieser Reise vielleicht ein wenig erfrischen.«

»Reise?« sagte Klerran mit leichter Verwirrung. »Das war eine Reise? Ich kann immer noch nicht richtig glauben, daß wir uns überhaupt von der Stelle bewegt haben.«

»Ist das übrige Personal unseres Stabs wohlbehalten eingetroffen?« fragte Rikkadar.

»Es wurde vor einigen Minuten an Bord gebeamt und bereits zu den Gästequartieren eskortiert«, teilte Picard ihnen mit.

Presinget sah sich um. »Ich würde gerne diese Quartiere sehen, von denen Sie sprachen, Commander«, sagte er. »Wenn Sie sich mit diesem Transportgerät von einer Stelle zur anderen bewegen, müssen Ihre Badezimmer einfach überwältigend sein.«

»Wir sind recht stolz auf die Einrichtung der *Enterprise*«, sagte Picard liebenswürdig. »Ich möchte vorschlagen, daß wir unser Treffen in einer halben Stunde beginnen, wenn es Ihnen genehm ist.«

»Damit sind wir einverstanden, Captain«, antwortete Kerajem für die ganze Gruppe.

»Ausgezeichnet. Wir werden Ihnen jemanden schikken, der Sie zum Aussichtsdeck führen wird. Ich denke, der Blick wird Ihnen gefallen.«

»Wenn Sie mir bitte folgen würden, meine Herren«, rief Riker, während die Tür des Transporterraums zur Seite glitt. Er winkte sie hinaus auf den Korridor von Deck sechs. Kerajem und seine Minister setzten sich zögernd in Bewegung und blickten sich nach allen Seiten um, während sie durch die Tür traten, auch wenn es gar nicht viel für sie zu sehen gab. Mit einem letzten verzweifelten Blick zu Picard folgte Riker den Lethanta aus dem Transporterraum, bis sich die Tür hinter ihm schloß.

»So etwas ist Wills Lieblingsbeschäftigung«, sagte Troi.

»Tatsächlich?« erwiderte Picard mit einem ironischen Lächeln. »Ein Vorteil der Stellung eines Captains besteht darin, daß man solche Aufgaben an andere delegieren kann.«

»Captain«, sagte Worf. »Mit Ihrer Erlaubnis werde ich zum Aussichtsdeck zurückkehren und die Vorbereitung für unser Treffen mit dem Ministerrat fortsetzen.«

»Wie macht sich das Serviceteam?« fragte Troi.

Worf runzelte die Stirn. »Man hat Probleme, die Replikatoren auf die Lebensmittelproben zu programmieren, die Kerajems Assistenten uns zur Vorbereitung auf das Treffen geschickt haben. Den Leuten blieb dazu nicht sehr viel Zeit.«

»Vielleicht mögen sie Schokolade«, schlug der Counselor vor.

»Ich werde den Vorschlag weiterleiten«, erwiderte Worf, ohne sich anmerken zu lassen, ob er den Scherz verstanden hatte. »Captain, wenn Sie mich jetzt entschuldigen würden ...?«

»Natürlich, Lieutenant.« Die Tür öffnete sich für den Klingonen und glitt wieder zu, nachdem er schnell nach draußen marschiert war.

»Wir sollten uns ebenfalls auf den Weg machen«, sagte Picard zu Troi. »Das Treffen beginnt in weniger als dreißig Minuten – und diesmal werden wir hoffentlich nicht unterbrochen. Ich möchte in allen Einzelheiten herausfinden, was hier vor sich geht, und zwar ohne jede weitere Verzögerung.«

»... und ich habe etwa fünf Minuten gebraucht, um herauszufinden, wie das verdammte Ding funktioniert, aber schließlich ist es mir gelungen«, flüsterte der etwas atemlose Presinget seinem Kollegen Klerran zu.

Sie saßen zusammen mit Rikkadar an einer Seite des Konferenztisches auf dem Aussichtsdeck und warteten darauf, daß sich Kerajem und Picard einfanden. »Ich bin froh, daß ich es geschafft habe, vor dem Ersten hier einzutreffen.«

»Und was haben Sie gemacht?« fragte Klerran.

»Ich habe einfach nur laut das Wort *spülen* ausgesprochen, so als könnte das Ding mich verstehen. Und es hat genau das getan, was ich sagte. Was ist mit Ihnen, Klerran? Sie sehen aus, als hätten Sie ein Problem.«

»Ach, nichts«, erwiderte der Wissenschaftsminister. »Ich habe nur gedacht, daß ich wohl nicht allzulange damit warten sollte, in mein Quartier zurückzukehren.«

»Ich würde lieber nach Hause zurückkehren, wo ich den Installationen vertrauen kann«, brummte der Arbeitsminister. Er drehte sich mit seinem Stuhl herum, um aus dem Panoramafenster zu schauen. Nem Ma'ak Bratuna schimmerte in grünem Glanz, der vom strahlenden Weiß der Wolken durchsetzt war. Ein hauchdünner Atmosphärenfilm verwischte die Krümmung des Planeten.

»Es ist auf jeden Fall sehr hübsch«, sagte Presinget. »Die Weltraumfotos werden diesem Anblick nicht gerecht. Ich hätte niemals gedacht, daß ich es eines Tages mit eigenen Augen sehen würde. Nur knallharte, durchtrainierte Typen haben es zu meiner Zeit geschafft, zu den Raumfahrtabteilungen versetzt zu werden.«

»Es ist wirklich sehr schön«, stimmte Klerran zu. »Ich hoffe, daß es uns gelingt, diesen Anblick zu bewahren.«

»Wir werden uns nach Kräften darum bemühen, alter Freund. Nicht wahr, Rik?«

»Wie? Was haben Sie gesagt, Presinget?« fragte Rikkadar verwirrt. »Ich fürchte, ich war in Gedanken woanders. Scheint mit meinem Alter zusammenzuhängen.«

»Sie haben wohl von dieser schnuckeligen Dame da drüben geträumt!« sagte Presinget anzüglich und nickte mit dem Kopf in die Richtung, wo Deanna Troi saß. Sie hatte zusammen mit Riker, Worf und Data auf der anderen Seite des Tisches Platz genommen.

Der alte Rikkadar lächelte. »Nein, ich habe nur daran gedacht, wie glücklich mein Leben verlaufen ist.«

»Glücklich?« fragte Klerran. »In dieser Situation?«

»Sogar in dieser Situation«, antwortete Rikkadar nickend. »Mein Leben begann mit harter Arbeit in den Minen, und jetzt bin ich hier – fast am Ende meines Lebens, ganz gleich, was die nähere Zukunft bringen wird. Aber als alter Mann fliege ich noch einmal zu den Sternen. Auch wenn es recht philosophisch klingt, ich kann mich in der Tat glücklich schätzen, trotz allem ein solches Leben geführt zu haben.« Plötzlich grinste er. »Entschuldigung. Ich verspreche, es wird nicht wieder vorkommen. Oh, ich glaube, da kommt jemand!«

Die Tür zum Aussichtsdeck glitt auf, als Captain Picard und Kerajem gemeinsam den Raum betraten. Alle bereits Anwesenden erhoben sich.

»Bitte setzen Sie sich wieder«, sagte Picard und nahm in der Mitte der *Enterprise*-Seite des Tisches Platz. »Lassen Sie uns anfangen.«

»Ja, wir wollen keine Zeit verlieren«, sagte Kerajem, der sich genau gegenüber von Picard setzte. »Der erste Tagesordnungspunkt ist das hier.« Der Erste unter Gleichen reichte Picard einen Datenwürfel der Lethanta, ein hell glänzendes Objekt von etwa zehn Zentimetern Seitenlänge. Auf einer Fläche befanden sich einfache Bedienungselemente. »Das ist eine Kopie der uralten Schriften, auf die Sie so neugierig sind, zusammen mit einer Apparatur, mit deren Hilfe Sie die Aufzeichnungen lesen können«, sprach Kerajem weiter. »Wir haben uns für diese Form entschieden, da die gedruckte Schriftrolle einen Umfang von mehreren hundert modernen Bänden hat.«

»Ich werde mir den Inhalt dieses Würfels später ansehen«, sagte Picard, als er das Gerät auf den Tisch stellte. »Vielen Dank für Ihre Bereitschaft, uns eine Kopie zur Verfügung zu stellen, Kerajem. Ich bin überzeugt, daß sie uns weiterhelfen wird. Jetzt lassen Sie uns bitte über das Problem der Krann sprechen.«

»Gewiß«, sagte Kerajem. »Was möchten Sie wissen?«

»Alles, was Sie uns über Ihr eigenes Volk und Ihren Konflikt mit den Krann erzählen können.«

Kerajem verschränkte die Hände auf dem Tisch und blickte die Menschen an, die ihm gegenüber saßen. »Ich fürchte, unsere Geschichte ist eine Sache, auf die wir nicht in jeder Beziehung stolz sein können«, begann er nach einer Weile. »Es gab sehr dunkle Phasen. Eine der schlimmsten Perioden unserer Geschichte hängt mit den Krann zusammen.«

»Vor langer Zeit waren wir ein Imperium, Captain«, sagte Klerran. »Wir waren zwar nur auf ein Sonnensystem und zwei Planeten beschränkt, aber trotzdem war es ein Imperium. Es war das System unserer Heimatsonne Ma'ak Terrella, unter der sich unser Volk entwickelt hat. Sie haben diesen Stern besucht, bevor Sie zu uns kamen.«

»In diesem System kreisten zwei bewohnbare Planeten um die Sonne, der dritte und der vierte, von der Sonne aus gezählt«, setzte Kerajem den Bericht fort. »Wir lebten auf dem dritten Planeten, Eul Ma'ak Lethantana. Der vierte, Ma'ak Krannag, wurde von den Krann bewohnt.«

»Manche glauben, daß wir und die Krann denselben

Ursprung haben«, sagte Klerran, »daß sich unsere beiden Völker in Urzeiten auseinanderentwickelt haben.«

»Im Grunde wissen wir nur sehr wenig über die Krann«, sagte Rikkadar. »Wir wissen nicht einmal genau, wie sie aussehen.«

»Wirklich?« fragte Riker überrascht.

»Das ist keinesfalls so erstaunlich, wie es klingt, Commander«, sagte Data. »Die Lethanta müssen niemals einem Krann persönlich begegnet sein, auch wenn sie mit ihnen in einem kriegerischen Konflikt liegen. Denken Sie an den Konflikt zwischen dem Romulanischen Imperium und der Föderation vor etwa zweihundert Jahren.«

Kerajem übernahm wieder das Wort. »Wie gesagt, wissen wir nicht sehr viel über die Krann – außer daß es in den alten Schriften heißt, sie seien uns recht ähnlich.«

»Humanoid, meinen Sie?« fragte Riker.

»Wenn das der zutreffende Begriff ist, ja, Commander«, sagte Kerajem mit einem leichten Lächeln. »Viele von uns glauben, daß die Krann humanoid sind, auch wenn wir sie vermutlich lieber als ›lethantoid‹ bezeichnen würden. Ich habe gewisse Schwierigkeiten, mich und mein Volk als ›humanoid‹ zu betrachten.«

»Kerajem, Sie erwähnten, daß die Krann mit einer schrecklichen Periode Ihrer Geschichte zusammenhängen«, sagte Picard. »Was meinen Sie damit, und hat es etwas mit der gegenwärtigen Situation zu tun?«

»Ich fürchte, ja«, sagte Kerajem bedrückt. »Unser Volk stieß irgendwann in den Weltraum vor, und unser erstes Ziel bestand darin, den vierten Planeten unseres Heimatsystems zu erkunden und zu besiedeln. Das war Ma'ak Krannag. Wir wollten seine Bodenschätze ausbeuten, da unsere eigenen sehr schnell zur Neige gingen. Als wir Ma'ak Krannag erreichten, entdeckten wir die Krann, die in vereinzelten Stämmen lebten, die über die ganze Oberfläche des Planeten verteilt waren. Der fortgeschrittenste dieser Stammesverbände hatte gerade den Ackerbau erfunden. Sie waren uns hoffnungslos unterlegen.«

Der Erste unter Gleichen hielt inne. Offenbar war es ihm unangenehm zu sagen, was er nun zu sagen hatte. »Wir haben die Krann versklavt, Captain«, sagte Kerajem und starrte auf die Tischplatte, um Picard nicht in die Augen sehen zu müssen. »Wir nahmen ihnen alles, was sie hatten. Wir raubten ihnen alle Bodenschätze. In den folgenden Jahrhunderten vergifteten wir ihre Luft, ihr Wasser und ihre Nahrung mit den Abfällen der Fabriken, die wir nach Ma'ak Krannag umgesiedelt hatten, um unsere eigene Welt sauber zu halten. Wir gaben den Krann sogar eine Religion und zwangen sie dazu, uns als Götter zu verehren. Sie mußten bis zum Tod für uns arbeiten und uns zum Dank Loblieder singen. Wir schlachteten diejenigen ab, die für uns ohne Nutzen waren – die Kranken, die Alten und jene, die nicht arbeiten konnten oder wollten.«

»So ging es über mehrere Jahrhunderte«, sagte Rikkadar leise mit Tränen in den Augen. »Viele Jahrhunderte lang.«

»Wann ist all dies geschehen?« fragte Worf.

»So weit wir rekonstruieren können, landeten wir vor etwa siebentausend Jahren zum ersten Mal auf Ma'ak Krannag«, antwortete der Erste unter Gleichen.

»Wie lange dauerte die Okkupation von Ma'ak Krannag?« fragte Riker mit belegter Stimme.

»Wir vermuten, daß es knapp eintausend Jahre waren«, sagte Presinget. »Viel länger kann es nicht gewesen sein.«

»Wodurch wurde diese Periode beendet?« fragte Troi.

»Es gab eine Revolte«, antwortete Rikkadar. »Die Krann erhoben sich gegen uns und vertrieben uns. Sie hatten ein Jahrtausend Zeit gehabt, alles über unsere

Technik, unsere Taktik und unsere Schwächen zu lernen, und sie hatten gut gelernt. Nach dieser langen Zeit hatten sie gelernt, wie sie sich effektiv gegen uns verteidigen und uns besiegen konnten.«

»Wie kam es zu dieser Rebellion?« fragte Picard.

»Natürlich gab es auf Ma'ak Krannag viel mehr von ihnen als von uns«, sagte Kerajem, »da wir lediglich Besatzer waren, die die Ausbeutung kontrollierten. Wir waren nur ein paar Zehntausend gegen ihre Milliarden. Eines nachts erhoben sie sich, jeder hatte ein Messer, und sie schlachteten jeden Lethanta ab – Männer, Frauen, Kinder, sie machten keinen Unterschied. Gehorsame Haushälterinnen ermordeten ihre Familien. Pflichtbewußte Krankenschwestern ermordeten ihre Patienten. Treue Arbeiter ermordeten ihre Herren. Dieser Aufstand ging als *Nacht des Blutes* in die Geschichte ein.«

»Wie hat die Regierung auf Eul Ma'ak Lethantana darauf reagiert?« fragte Picard.

»Es gab nicht mehr viel zu tun«, antwortete Presinget. »Als die Regierung erfuhr, was vor sich ging, waren unsere Besatzungstruppen bereits vernichtet, und die Einrichtungen und die Industrie auf Ma'ak Krannag waren übernommen worden. Die Krann hatten zum ersten Mal seit etwa zehn Jahrhunderten wieder die volle Kontrolle über ihre eigene Welt.«

»Die Revolte kostete viel mehr Krann als Lethanta das Leben«, fügte Kerajem hinzu, »doch am Ende siegten die Krann, und sie blieben weiterhin siegreich. In den nächsten Jahren schickten wir Polizeitruppen und schließlich ganze Armeen nach Ma'ak Krannag, um zu versuchen, die Kontrolle über den Planeten zurückzugewinnen, doch es war alles umsonst. Die Krann schlugen uns jedesmal zurück und trugen den Krieg mit unseren beschlagnahmten Schiffen sogar nach Eul Ma'ak Lethantana.«

»Haben Sie versucht, Frieden zu schließen?« fragte Troi. »Konnten Sie sich irgendwann einigen?«

»So war es«, sagte Kerajem. »Unsere Wirtschaft war am Boden zerstört, nachdem wir die Arbeitskräfte und Ressourcen auf Ma'ak Krannag verloren hatten, und der folgende Krieg ließ uns noch mehr ausbluten. Wir waren am Frieden interessiert, auch wenn die Vereinbarungen nicht gerade unseren Interessen entgegenkamen. Wir erklärten uns einverstanden, die Krann als Herrscher über Ma'ak Krannag anzuerkennen und erhebliche Reparationszahlungen für unsere Ausbeutung ihres Volkes und ihres Planeten zu leisten. Sie lächelten und unterzeichneten den Friedensvertrag. Ein oder zwei Jahrhunderte lang kamen wir gut miteinander zurecht, und dann schlugen sie erneut zu.«

»Die Krann konnten ihren Haß auf die Lethanta nicht überwinden«, stellte Riker fest. »Rache ist ein äußerst starkes Motiv.«

»Die Krann fühlten sich weiterhin durch Ihre Anwesenheit bedroht«, vermutete Worf. »Ihr Sternsystem war zu klein für zwei verschiedene Völker.«

»Wir glauben, daß beide Aspekte eine Rolle spielten«, erwiderte Kerajem. »Angst und Rache ergeben eine gefährliche Mischung. Auf jeden Fall wurde unsere Welt bei diesem Angriff völlig verwüstet. Die Krann hatten Waffen entwickelt, die jedes Leben auf dem Planeten durch harte Strahlung auslöschen sollten. Innerhalb einer Woche nach der Bombardierung muß alles auf Eul Ma'ak Lethantana tot gewesen sein.«

Picard hob eine Hand. »Doch jetzt sind Sie hier. Ihr Volk hat überlebt.«

»So ist es«, sagte Kerajem nicht ohne Stolz. »Zum Zeitpunkt des Angriffs bereitete unser Volk die erste Mission zur Kolonisierung des Weltraums vor. Innerhalb des Systems von Ma'ak Terrella war nur Ma'ak Krannag bewohnbar, und dort waren wir auf keinen

Fall willkommen. Wir mußten zu den Sternen aufbrechen.«

»Ohne Warpantrieb?« fragte Riker.

Kerajem nickte. »Wir waren nicht in der Lage, wie Sie schneller als das Licht zu reisen, aber unsere Bevölkerung wuchs, während unsere Ressourcen immer knapper wurden. Wir mußten etwas gegen die drohende Überbevölkerung unseres Planeten unternehmen. Ein Plan sah vor, unabhängige Weltraumkolonien im Innern von ausgehöhlten Asteroiden einzurichten. Diese Asteroidenschiffe sollten die Kolonisten im Verlauf mehrerer Generationen zu den Sternen bringen.«

»Ausgehöhlte Asteroiden?« sagte Troi. »Ich glaube, davon habe ich schon einmal gehört.«

»Ich ebenfalls«, bestätigte Picard. »Viele Zivilisationen haben vorübergehend daran gedacht, solche Asteroidenschiffe für interstellare Reisen zu benutzen. Doch bevor die meisten dieser Kulturen derartige Pläne verwirklichen konnten, sind sie entweder hinter das Geheimnis der Überlichtgeschwindigkeit gekommen oder wurden dekadent und verloren gänzlich das Interesse an interstellaren Reisen.«

»Es gibt zumindest eine Ausnahme, Captain«, warf Data ein. »Denken Sie an das Asteroidenschiff *Yonada*, das ...«

»Vielen Dank, Mr. Data«, unterbrach Picard ihn. »Was ist geschehen, Kerajem?«

»Wir wissen nur, daß die Kolonistenschiffe einige Monate vor der letzten Zuspitzung des Konflikts zwischen Eul Ma'ak Lethantana und Ma'ak Krannag gestartet wurden«, sagte der Erste unter Gleichen. »Vielleicht hat einer der Verantwortlichen den Angriff vorausgesehen und dafür gesorgt, daß ein Teil unseres Volkes überleben würde. Die Legende hat überliefert, daß der Captain eines dieser Schiffe nicht lange nach dem Start zurückschaute und aus einer Entfernung von vielen Millionen Kilometern sah, wie Eul Ma'ak Lethantana plötzlich in einem grellen Licht erstrahlte. Wir vermuten, daß unsere Heimatwelt in diesem Augenblick starb.« Kerajem hielt kurz inne. »Jetzt wissen wir, was dieser Captain vermutlich gesehen hat. Auf jeden Fall wurde die Geschichte vom Tod unserer Heimatwelt von einer Handvoll Überlebender zu den Asteroidenschiffen gebracht, die mit konventionellen Raumschiffen von Eul Ma'ak Lethantana entkommen konnten.«

»Haben die Krann diese Asteroidenschiffe nicht verfolgt?« fragte Riker.

»Wir glauben, daß sie es getan hätten, wenn sie dazu in der Lage gewesen wären«, sagte Presinget. »Entweder hatten ihre Schiffe nicht genügend Reichweite, um unser Volk verfolgen zu können, oder sie konnten die Asteroidenschiffe nicht finden, um sie zu zerstören.« Der Arbeitsminister lachte humorlos. »Schließlich sahen die Schiffe wie Asteroiden aus. Es dürfte schwierig gewesen sein, sie von echten Asteroiden zu unterscheiden.«

»Wie lange haben Sie gebraucht, um dieses Sternsystem zu erreichen?« fragte Picard.

»Die religiösen Schriftrollen erwähnen nur, daß wir ›Jahr um Jahr‹ unterwegs waren«, sagte Klerran. »Wir schätzen, daß die Reise etwa zweitausend Jahre gedauert haben dürfte.«

»Du lieber Himmel!« sagte Troi.

»Eine Flugzeit von etwa zweitausend Jahren über eine Distanz von siebenundachtzig Lichtjahren ist beim vermutlichen Stand der Technologie auf Eul Ma'ak Lethanana zum Zeitpunkt des Aufbruchs durchaus im Rahmen des Möglichen«, sagte Data.

»Und Sie waren vor ein oder zwei Tagen dort!« sagte Klerran, während er fassungslos den Kopf schüttelte.

»Ich hätte eine weitere Frage, Kerajem«, sagte Picard. »Ich glaube, Sie erwähnten etwas von einer Theokratie, die durch eine Revolution gestürzt wurde – vor gar nicht allzu langer Zeit, wenn ich Sie richtig verstanden habe.«

Kerajem blickte wieder auf seine Hände. »Ja, Captain«, antwortete er. »Als unser Volk nach dieser langen Reise endlich auf Nem Ma'ak Bratuna eintraf, fiel es fast unmittelbar darauf in die Barbarei zurück. Die strenge Kontrolle, die unsere Zivilisation in den Asteroidenschiffen am Leben erhalten hatte, konnte nach der Landung nicht mehr aufrechterhalten werden. Wir hatten zweitausend Jahre unter harter Disziplin gelebt. Das war mehr als genug.«

»Es war eine blutige und brutale Zeit«, sagte Klerran. »Die historischen Aufzeichnungen unseres Volkes vor der Flucht von Eul Ma'ak Lethantana sind äußerst dürftig bis überhaupt nicht vorhanden, aber die Geschichte unseres Lebens hier ist ziemlich vollständig überliefert. Wir traten in ein langes dunkles Zeitalter ein und verloren sowohl unsere Technologie als auch unsere Zivilisation.«

»Wir verbrachten Jahrhunderte damit, Kriege zu führen, uns gegenseitig zu unterdrücken und zu töten. Wir verloren alles, was uns zu Lethanta gemacht hatte, zu einem geeinten Volk«, sagte Rikkadar. »Dann kamen die Mönche. Das war vor etwa zwölfhundert Jahren.«

»Mönche?« fragte Troi mit leichter Verwirrung.

»Die Mönche«, bestätigte Rikkadar. »Zuerst waren es nur wenige, aber sie begannen damit, den verfeindeten Stämmen Frieden, Liebe und Toleranz zu predigen. Viele von ihnen wurden wegen ihrer Bemühungen getötet, aber es überlebten genügend, um die Botschaft der Versöhnung, wie sie es nannten, über die ganze Welt zu verbreiten. Im Laufe der Zeit beruhigte sich die Situation tatsächlich, und es entwickelten sich wieder Gesellschaften, die diese Bezeichnung verdienten. Allmählich gewannen die Mönche größere Macht, denn irgend jemand mußte schließlich in der neu entstehenden Zivilisation das Sagen haben. Die Mönche waren die einzigen, die von allen anerkannt wurden.«

»Und sie begründeten daraufhin die Theokratie, von der Sie sprachen«, sagte Picard. »Was geschah dann?«

»Die Theokratie konnte sich sehr lange Zeit behaupten«, sagte Kerajem und kniff die Lippen zusammen. »Schließlich machte sie uns zu Sklaven. Vor etwa sechs Jahrhunderten brachte die Führung der Mönche die Idee auf, daß unsere neue Welt sich auf einen möglichen Angriff durch unseren alten Feind, die Krann, vorbereiten mußte.«

»Aber genau das geschieht doch jetzt!« sagte Worf.

»Es war kein Plan, der sich auf Vernunft gründete, Lieutenant. Es war pervertierte Theologie, ein religiöser Amoklauf. Die Mönche wußten ebensowenig wie wir, wer die Krann waren oder was sie möglicherweise planten.«

»Als wollte man sich mit Panzern rüsten, um den Teufel zu bekämpfen«, sagte Riker.

»Wie?« fragte Kerajem verständnislos. »Nun, wenn Sie es so ausdrücken wollen, Commander ... Jedenfalls kämpften wir etwa fünfeinhalb Jahrhunderte lang gegen diesen ›Teufel‹. Die gesamten Kräfte unseres Volkes wurden auf das Ziel gerichtet, einen Angriff von unbekannter Seite aus dem Nirgendwo abzuwehren. Generationen unserer Kinder wuchsen in der Vorstellung auf, daß sie jederzeit und überall einer Krann-Invasion zum Opfer fallen könnten. Jedes Mitglied unseres Volkes, die Jungen wie die Alten, wurden zur Arbeit in der Rüstungsindustrie gezwungen – und schließlich dienten alle Industrien in irgendeiner Weise der Vorbereitung des Krieges. Vor sechshundert Jahren bedeutete es, Kerzen und Schießpulver herzustellen und in den Minen zu arbeiten. In jüngerer Zeit bedeutete es, Kampfflugzeuge zu bauen – und immer noch in den Minen zu schuften. Ich selbst war als kleiner Junge in den Minen.«

Kerajem hob seine Hände, damit die Leute von der *Enterprise* sehen konnten, was von seinen ursprünglich zehn Fingern noch übrig war. »Ich habe bemerkt, daß Sie gelegentlich einen Blick auf meine Hände geworfen haben«, sagte er. »Ich vermute, daß Sie nicht häufig auf Leute mit derartigen Verletzungen treffen.«

»Kerajem«, sagte Picard, »wir möchten uns entschuldigen, wenn wir Sie in irgendeiner Weise beleidigt haben.«

»Dazu besteht kein Anlaß, Captain«, sagte Kerajem freundlich. »Ich wollte nur deutlich machen, daß es in meiner Jugendzeit keinerlei Altersbeschränkungen für Arbeiter gab. Als ich zwölf wurde, hatte ich in den Minen bereits vier Finger und ein Dutzend meiner Freunde verloren. Damals schwor ich mir, alles in meiner Macht Stehende zu tun, um dem ein Ende zu setzen, um zu verhindern, daß sich jemals wieder Kinder zu Tode arbeiten.«

»Damals wurde er zu einem Rebellen«, sagte Rikkadar lächelnd. »Ich kannte ihn bereits. Auch ich war ein Umstürzler. Die Mönche haben sich alle Mühe gegeben, uns zu fangen, das kann ich Ihnen sagen!«

»Aber es gelang ihnen nicht«, vermutete Picard. »Es gab eine Revolution, wie Sie sagten.«

»Ja«, sagte Kerajem, »und Rikkadar und ich halfen dabei, sie anzuführen. Genauso wie Presinget. Klerran war einer unserer Lieutenants. Die Theokratie wurde sehr schnell gestürzt, ohne daß es allzu viele Tote gab – auf unserer Seite.«

»Wir töteten sehr viele Mönche«, sagte Presinget ohne Mitleid. »Es ließ sich leider nicht vermeiden.«

»Wir begründeten eine freie Regierung und setzten

soziale Reformen durch«, sprach Kerajem weiter. »Als erstes beendeten wir die endlosen Vorbereitungen auf die Invasion der Krann. Wir glaubten, daß ein solches Ereignis niemals eintreten würde.« Der Erste unter Gleichen machte eine Pause. »Das war vor etwas mehr als vierzig Jahren. Vor dreiunddreißig Jahren hörten wir die ersten Signale aus dem Weltraum. Sie stammten von den Krann.«

»Sie hatten uns gefunden«, berichtete Klerran leise. »Sie sagten, sie hätten uns seit sechstausend Jahren gesucht. Und sie schworen, uns endgültig zu vernichten. Diesmal sollte ihnen niemand von uns entkommen. Daraufhin starteten wir sofort ein aufwendiges Verteidigungsprogramm – nicht die abergläubischen Rituale, die die Mönche gegen dunkle Mächte inszenierten, sondern ein sorgfältig geplantes Programm, um eine reale Bedrohung durch die realen Krann abzuwehren.«

»Kurz nachdem die Krann sich bemerkbar gemacht hatten«, sagte Kerajem, »entdeckten wir eine Methode, unsere Radiosignale abzuschirmen, so daß sie nicht von den Krann empfangen und ausgewertet werden konnten. Wir haben diese Sicherheitsvorkehrungen eine Generation lang aufrechterhalten. Wir glauben nicht, daß die Krann viel über uns wissen oder über die Strategie, mit der wir uns gegen sie verteidigen wollen.«

»Sie sagen, daß die Krann seit sechstausend Jahren hierher unterwegs waren?« fragte Picard.

»Ja«, antwortete Kerajem.

»Das klingt unglaublich«, sagte Troi. »Wie kann ein ganzes Volk über einen so langen Zeitraum wütend sein? Und warum?«

»Ich kann mir kaum vorstellen, daß Ihre Versklavung der Krann vor so vielen Jahrtausenden diesen ... diesen *Dschihad* erklären kann«, bemerkte Worf. »Irgend etwas fehlt in Ihrer Geschichte.«

»Warum haben Sie die Krann auf Ma'ak Krannag nicht selbst danach gefragt?« giftete Presinget. »Ich meine, Sie waren doch erst vor kurzer Zeit da, oder nicht?«

»Captain, vielleicht sollten wir jetzt mit den Lethanta darüber reden, was wir auf Ma'ak Krannag gefunden haben«, schlug Data vor. »Meiner Ansicht nach wird es keinen schwerwiegenden Einfluß auf ihre Kultur haben.«

Picard nickte. »Ich bin derselben Ansicht, Mr. Data«, sagte er. »Kerajem, meine Herren, ich muß Ihnen mitteilen, daß wir auf Ma'ak Krannag keinen einzigen lebenden Krann angetroffen haben. Die Zivilisation auf diesem Planeten ist ausgestorben.«

Kerajem blinzelte. »Niemand ist zurückgeblieben? Kein einziger? Wurde ihre Welt genauso wie unsere verwüstet?«

»Nein«, erwiderte Picard. »Ma'ak Krannag ist ein lebensfähiger Planet – wenn man davon absieht, daß ein speziell gezüchtetes Virus sämtliche höheren Landlebewesen einschließlich der Krann tötete.«

»Dieses Virus, von dem Sie sprechen, wurde als Waffe eingesetzt?« fragte Klerran.

»Das wäre möglich«, antwortete Data. »Ihr eigenes Volk könnte das Virus als Vergeltung für die Zerstörung von Eul Ma'ak Lethantana gegen die Krann eingesetzt haben. Eine andere Möglichkeit wäre, daß die Krann Ihre Heimatwelt als Vergeltung für die Verseuchung ihrer Welt durch die Lethanta zerstört haben.«

»Da gibt es noch einen ungeklärten Punkt«, sagte Picard, »durch den wir übrigens erst auf Sie aufmerksam wurden. Wir müssen unbedingt wissen, Kerajem, ob Ihr Volk am Geheimnis des überlichtschnellen Antriebs arbeitet.«

»Nein, Captain, wir betreiben keine derartigen Forschungen.«

Klerran beugte sich vor. »Bevor Sie hierherkamen, Captain«, sagte der Wissenschaftsminister, »haben wir die Reise mit Überlichtgeschwindigkeit für etwas Unmögliches gehalten. Unsere gesamte Physik beruht auf der Idee, daß die Lichtgeschwindigkeit die absolute Grenzgeschwindigkeit darstellt.«

Picard blickte zu Troi, die mit einem leichten Nicken antwortete.

»Kerajem«, begann Picard nach einer Weile, »wir unterliegen strikten Verhaltensregeln, die uns eine Einmischung in die Angelegenheiten anderer verbieten. Aber wenn Sie den Wunsch äußern, können wir versuchen, Verhandlungen zwischen Ihnen und den Krann in die Wege zu leiten. Die Föderation würde gerne die Rolle des Vermittlers übernehmen, falls beide Seiten damit einverstanden wären.«

Kerajem schloß für einen Moment die Augen. Picard mußte Deanna gar nicht fragen, um zu wissen, daß der Erste unter Gleichen erleichtert war. »Ja, Captain«, sagte er mit sanfter Stimme. »Bitte tun Sie alles Notwendige, um Gespräche mit den Krann zu eröffnen. Die Hoffnungen unseres ganzen Volkes werden Sie begleiten.«

»Wahrlich, so ist es!« keuchte Rikkadar.

Diese Erklärung genügte Picard. »Ich denke, wir sollten unser Gespräch fürs erste unterbrechen«, sagte er mit einem liebenswürdigen Lächeln. »Ich schlage vor, daß unser nächstes Treffen im Regierungshaus stattfindet. Den Termin werden wir noch vereinbaren. Mr. Worf wird dafür sorgen, daß jemand Sie zu Ihren Quartieren begleitet, bevor Sie das Schiff verlassen. Oder wenn Sie möchten, können Sie mit ihm sofort den Transporterraum aufsuchen.«

»Könnten Sie mich unverzüglich direkt in mein Haus zurückschicken, Captain?«

»Gewiß, Minister Klerran. Wir können Sie zu jedem gewünschten Ort transportieren.«

»Meine Frau wird Augen machen, wenn ich ihr diese Geschichte erzähle!« sagte Klerran und starrte aus dem Fenster. »Was für eine Geschichte!«

Nachdem sie gegangen waren, wandte Troi sich an den Captain. »Sie machen sich Sorgen«, sagte sie zu ihm.

»Sie haben recht«, erwiderte Picard ehrlich. »Schließlich besteht kein Zweifel daran, daß wir diese Warpfeldimpulse registriert haben. Sie wurden innerhalb dieses Sonnensystems erzeugt, und sie waren real. Wenn die Lethanta nicht an der Entwicklung eines Warpantriebs arbeiten, dann tun es die Krann.«

»Das ist allerdings ein besorgniserregender Aspekt«, sagte Riker mit nachdenklich gerunzelter Stirn. »Eine Flotte von einhundertsechzigtausend kampfbereiten Raumschiffen, die plötzlich am Rand des Territoriums der Föderation Stellung beziehen. Die Krann würden sehr schnell zu einer Supermacht werden – und zu einer potentiellen Bedrohung.«

»Ja«, sagte Picard nickend. »Wir müssen so schnell wie möglich mit diesen Leuten reden, nicht nur, um ihren geplanten Angriff auf die Lethanta abzuwenden, sondern auch, um die Föderation vor einer möglichen Gefahr zu schützen.« Er reichte Data den Datenwürfel mit der Geschichte der Lethanta. »Es sieht so aus, daß Sie eine Menge zu lesen haben, Mr. Data«, sagte er. »Bitte sehen Sie diese religiösen Schriftrollen so schnell wie möglich durch. Ich erwarte gegen einundzwanzig Uhr eine Zusammenfassung von Ihnen.«

»Kein Problem, Captain.«

»Ausgezeichnet«, sagte Picard. »Ich möchte Ihnen allen für Ihre gute Arbeit danken. Sie können jetzt gehen.«

8

Der Gesellschaftsraum war leer, als Picard eintrat – natürlich mit einer Ausnahme. Guinan polierte gerade ein Glas, das eigentlich gar nicht poliert werden mußte. Sie schlug die Zeit tot. Wie gewohnt war alles blitzsauber und auf seine Ankunft vorbereitet.

»Unheimlich«, sagte der Captain, als er im Eingang stehenblieb und den Kopf schüttelte. »Woher haben Sie es gewußt?«

»Woher habe ich was gewußt?« fragte Guinan, stellte das Glas ab, das sie poliert hatte, und hob ein anderes auf. Sie lächelte ihr geheimnisvolles Lächeln, das ihm sehr deutlich verriet, daß sie es längst wußte.

Trotzdem sagte Picard es ihr. »Woher wußten Sie, daß ich das Bedürfnis nach einem Gespräch habe?«

»Das ist meine Gabe«, sagte sie mit einem Schulterzucken. »Sie finden es unheimlich?«

»Ich finde es sehr praktisch.« Er nahm Platz, während Guinan ihm unaufgefordert einen Drink brachte. »Ah!« sagte er, als er das Glas ins Licht hielt und den Inhalt betrachtete. »Genau das, was ich jetzt brauche.«

Guinan blickte unverwandt auf das Glas, das sie polierte. »Unheimlich, nicht wahr?«

Picard prostete ihr zu. »Vielen Dank, daß Sie meinetwegen mitten in der Nacht aufgestanden sind«, sagte er und nahm einen Schluck.

»Wer sagt, daß ich nur Ihretwegen aufgestanden bin?« sagte sie lächelnd. »Ich schätze, wir haben etwa zehn Minuten für uns, bevor die nächsten Gäste eintreffen werden. Was bedrückt Sie, Jean-Luc?«

»Wir werden bald den Orbit verlassen, um uns mit dem Raumschiff zu treffen, das wir als Flaggschiff der Krann-Flotte identifiziert haben.«

»Identifiziert?« fragte Guinan und nahm ein drittes Glas aus dem Regal. »Damit wollen Sie andeuten, daß Sie noch nicht mit ihnen gesprochen haben.«

»Nein. Sie haben nicht auf unsere Rufe geantwortet.«

Guinan blickte auf. »Aber Sie wollen trotzdem mit ihnen reden?«

»Ja. Ich muß es tun.«

Sie nickte und widmete ihre Aufmerksamkeit wieder dem Glas. »Was hat Sie in dieser Nacht so lange wachgehalten, Jean-Luc?«

»Data hat mir eine Zusammenfassung der religiösen Schriften der Lethanta gegeben, der Bewohner des Planeten unter uns. Ich habe sie mir angesehen.«

»Und?«

»Es ist genauso, wie ich erwartet habe«, antwortete der Captain. »Die Schriften stellen die übliche Mischung aus historischen Aufzeichnungen und moralischen Grundsätzen dar, wie sie in fast sämtlicher alter Literatur humanoider Kulturen zu finden sind. Aber zumindest sind diese Schriften in sich schlüssig. Ich habe mit Genugtuung festgestellt, daß sie bestätigen, was die Führer der Lethanta uns über die Vergangenheit ihres Volkes erzählt haben.«

»Es wäre möglich, daß bereits in den Schriften die Unwahrheit gesagt wird.«

»Das ist mir bewußt, aber sie verraten mir trotzdem, daß die heutigen Lethanta um Aufrichtigkeit bemüht sind. Die Schriften berichten, daß die Lethanta die Krann versklavten, daß es eine Revolte gab und daß die Lethanta schließlich fliehen mußten. Es gibt auch einen Bericht über ihre lange Reise in dieses Sonnensystem. Und die Versklavung und Ausbeutung der Krann wird immer wieder von den Lethanta selbst als großes Übel bezeichnet.«

»Ich verstehe.« Guinan polierte weiter das Glas.

»Ich glaube, die Lethanta suchen aufrichtig nach einer sinnvollen Verständigung mit den Krann«, sagte Picard.

Guinan sagte nichts. Sie nahm ein viertes Glas, um auch dieses zu polieren.

»Wenn Sie so weitermachen, werden Sie dieses Tuch irgendwann durchgewetzt haben«, sagte Picard schließlich.

Guinan blickte dem Captain direkt in die Augen. »Ich denke, ich könnte eher dieses Glas mit dem Tuch durchwetzen, bevor es ihnen gelingt, die Krann zur Vernunft zu bringen.«

»Aha. Sie haben bereits von diesem Volk gehört?«

»Raumfahrergeschichten«, erwiderte sie mit einem erneuten Schulterzucken. »Legenden, Sie wissen schon. Was man so hört.«

»Was haben Sie gehört?«

»Keine Fakten, auf die sich Entscheidungen gründen ließen, Jean-Luc. Gerüchte. Natürlich heißt es, daß sie Nomaden des Weltalls sind. Sie ziehen von einem Ort zum andern, und die Reise dauert jedesmal sehr lange Zeit, worüber jeder glücklich ist. Manche behaupten, sie würden nach jemand Bestimmtem suchen. Ach, und man sollte es tunlichst vermeiden, ihnen in die Quere zu kommen.«

»Wieso das?« fragte Picard.

»Wenn sie kommen, bleiben sie für längere Zeit, und wenn sie wieder gehen, hinterlassen sie nichts als Verwüstung.« Sie dachte einen Moment lang nach. »Ich erinnere mich an den Bekannten eines Freundes, der jemanden kannte, der mit einem Händler gesprochen hatte, der sich in einem System aufgehalten hatte, das vor nicht allzu langer Zeit von den Krann heimgesucht worden war.«

»Und?«

»Er blieb dort nicht lange«, sagte Guinan. »Weil es dort für ihn nichts gab. Verstehen Sie? Man hatte alles ausradiert, was dort zuvor gelebt hatte.« Sie stellte das Glas zurück, warf den Lappen hinter den Tresen und widmete Picard ihre ungeteilte Aufmerksamkeit. »Das habe ich zumindest gehört«, schloß sie. »Ich bin diesen Leuten niemals persönlich begegnet, und ich kenne auch niemanden, der sie kennengelernt hat. Ich habe lediglich ein Gefühl, und zwar ein sehr schlechtes.«

Picard wollte nicht lockerlassen. »Und was denken Sie?«

»Was ich denke? Ich denke, daß jeder, der verrückt genug ist, sich auf eine sechstausend Jahre währende Reise zu begeben, um das Volk zu suchen, das ihm einst Unrecht tat, extrem soziopathisch veranlagt sein muß und in mehrerlei Hinsicht ein schlechtes Benehmen an den Tag legen dürfte. Gehen Sie ihnen aus dem Weg, Jean-Luc, oder machen Sie sich auf die Konsequenzen gefaßt.« Sie deutete auf sein leeres Glas. »Möchten Sie noch einen Drink?«

»Nein«, sagte er mit einem leichten Seufzer. »Nein, vielen Dank, Guinan. Ich denke, ich werde mich jetzt hinlegen. Ich habe noch etwa drei Stunden, bevor die Alpha-Schicht beginnt.«

»Dann wünsche ich Ihnen eine angenehme Nachtruhe, Captain«, sagte Guinan. »Sie dürfen gerne wiederkommen, wenn einmal keine Krise droht. Dann werden wir ein Glas auf alte Freunde trinken.«

»Ich freue mich schon darauf«, sagte Picard. »Gute Nacht, Guinan.« Als der Captain gerade gehen wollte, glitt die Tür auf, um mehrere Pärchen hereinzulassen, die sich nach dem Ende der Beta-Schicht ein wenig entspannen wollten. Er nickte ihnen freundlich zu, als er sich an ihnen vorbeidrängte.

Guinan blickte ihrem Freund nach, mit Augen, die so alt wie der Weltraum selbst wirkten. Dann begrüßte sie ihre neuen Gäste.

Drei Stunden und zwei Minuten später hatte sich die *Enterprise* wieder in Bewegung gesetzt.

Auf der Brücke herrschte die gewohnte Aktivität, als sich das Raumschiff schnell von Nem Ma'ak Bratuna entfernte. »Halbe Impulskraft, Captain«, bestätigte Fähnrich Ro. »Die Distanz zum mutmaßlichen Krann-Flaggschiff beträgt gegenwärtig fünfhundertsechsundachtzig Millionen Kilometer. Kurs eins acht sieben Komma zwei eins. Wir werden in etwas mehr als einer Stunde genau vor dem Bug des Schiffes stehen.«

»Sie antworten immer noch nicht auf unsere Rufe, Captain«, meldete Worf mit gerunzelter Stirn. »Obwohl wir schon gestern damit begonnen haben.«

»Klopfen Sie weiterhin an, Mr. Worf«, sagte Riker. »Vielleicht wird uns irgendwann aufgetan.«

Picard blickte nachdenklich auf den Hauptbildschirm. »Ich würde darauf wetten, Nummer Eins. Mr. Worf, gibt es irgendwelche Anzeichen für ungewöhnliche Aktivitäten in der Krann-Flotte?«

»Nein, Captain. Die Teile der Flotte bewegen sich mit unverändertem Kurs. Die meisten Schiffe verzögern, um in vier Tagen vor Nem Ma'ak Bratuna einzutreffen, während mehrere Tausend Einheiten sich in Position bringen, um bereits etwas früher das Brunckhorst-Manöver abschließen zu können.« Der Klingone runzelte erneut die Stirn. »Dieses Manöver macht es fast unmöglich, eine genaue Ankunftszeit beim Planeten zu bestimmen.«

»Mich interessiert eine ganz andere Sache«, sagte Riker. »Die Lethanta wissen, daß die Krann kommen und daß sie vorhaben, einen Angriff durchzuführen. Wir haben bereits gesehen, daß die Lethanta sich bis an die Zähne bewaffnet haben. Aber warum unternehmen sie keine direkten Aktionen gegen die Krann?«

»Dieser Punkt hat auch mir Kopfzerbrechen bereitet, Nummer Eins«, erwiderte Picard. »Die Lethanta haben in keiner Form reagiert, nicht einmal auf den gestrigen Angriff auf den Sitz ihrer Regierung. Ich muß zugeben, daß ich ihre Zurückhaltung bewundere, aber sie ist keineswegs logisch.«

»Vielleicht warten die Lethanta darauf, daß die Krann näher kommen, bevor sie etwas unternehmen«, sagte Data.

»Und wie könnte ihre Reaktion dann aussehen, Mr. Data?« fragte Riker.

»Ich weiß es nicht, Commander«, antwortete der Androide. »Vielleicht kämpfen die Lethanta lieber in der Nähe ihrer Heimatwelt – wie auch der Name andeutet.«

»Das ergibt wenig Sinn«, sagte Riker. »Wenn jemand sein letztes Aufgebot in den Kampf werfen will, sollte er nicht unnötig seinen Bewegungsspielraum einschränken – selbst wenn er seine letzte Zuflucht zu einer Festung ausgebaut hat.«

»Falls sie überhaupt ein letztes Aufgebot bereitstellen wollen«, sagte Troi fast wie im Selbstgespräch.

»Wie?« fragte Picard und drehte sich zu ihr herum. »Was meinen Sie damit, Counselor?«

»Ich bin mir nicht sicher, Captain«, sagte Troi, während sie langsam den Kopf schüttelte. »Was Commander Riker gerade sagte, machte mich auf etwas aufmerksam. Während unserer Begegnungen mit der Führung der Lethanta habe ich bei niemandem etwas registriert, das auf eine Absicht hinweist, den Krann eine Entscheidungsschlacht zu liefern.«

»Glauben Sie wirklich, daß die Lethanta sich überhaupt nicht gegen die Krann wehren wollen – mit allem, was sie haben?« fragte Worf sichtlich schockiert. »Abgesehen davon, daß es unehrenhaft wäre, ist es eine Tatsache, daß die Lethanta sich sehr gut auf den Kampf vorbereitet haben. Sie haben genügend Waffen und genügend Leute, die sie einsetzen können. Sie haben zweifellos das Bedürfnis und das Recht, sich gegen einen Angriff zur Wehr zu setzen. Warum sollten die Lethanta auf einen Kampf verzichten?«

»Ich weiß es nicht, Worf«, erwiderte Troi. »Ich weiß nur, was ich fühle.«

»Sind Sie sicher, Counselor?« fragte Picard.

»Ja, Captain. Die Lethanta scheinen ... es ist fast so, als hätten sie sich irgendwie in ihr Schicksal ergeben.«

»Ein weiteres Rätsel!« brummte Picard mißmutig. »Nun, ich hoffe, wir erhalten von den Krann einige Antworten, auch wenn sie sich bislang nicht als sehr mitteilsam erwiesen haben.«

Einige hundert Millionen Kilometer weiter von Ma'ak Indawe entfernt betrachteten Tausende von Delegierten des Flottenkongresses den Hauptbildschirm im Großen Saal, der sich genau im Zentrum des Flaggschiffs der Krann befand. Der große Sichtschirm beanspruchte die ganze Wand hinter dem Podium des Kongresses. Er zeigte eine vom Computer aufbereitete Echtzeitdarstellung der *Enterprise*, wie sie direkt auf das Flaggschiff zusteuerte. Ihre weiße Außenhülle erstrahlte im goldenen Glanz der Sonne, die hinter dem Schiff stand. Die grüne Kugel von Nem Ma'ak Bratuna schrumpfte zusehends im Hintergrund.

Eine einsame, dunkle Gestalt trat an das Rednerpult in der Mitte des Podiums, genau vor dem Bildschirm. Ein Punktstrahler flammte auf und enthüllte die Züge des Präsidenten Hek.

»Sie kommen«, teilte Hek den Delegierten mit dröhnender Stimme mit, die selbst in dieser großen Halle ohne künstliche Verstärkung auskam. »Das fremde Schiff fliegt auf einem Kurs, der sich genau mit dem dieses Schiffes kreuzen wird. Die Fremden werden uns in weniger als einer Stunde erreicht haben.«

»Werden sie uns angreifen?« fragte eine besorgte Stimme.

»Wahrscheinlich«, sagte der Präsident.

Hek wußte es natürlich besser. Er hatte in den vergangenen Tagen jeden Ruf von der *Enterprise* gehört, und er hatte bewußt nicht darauf reagiert. Hek wußte, daß dieser Captain, dieser Jean-Luc, verhandeln wollte, über Frieden reden wollte, aber es bestand kein Grund, den Flottenkongreß darüber zu informieren. Hek wollte, daß die Kongreßmitglieder aufgeregt, verängstigt und besorgt waren. Und der Kongreß stand tatsächlich kurz davor, Hek jede Machtbefugnis ›vorläufig‹ zu übertragen – wobei Hek und sein engster Kreis genau wußten, daß sich aus einer vorläufigen Situation mühelos eine dauerhafte entwickeln konnte.

»Was können wir tun, um sie aufzuhalten?« fragte ein Delegierter. »Mein Schiff wird natürlich ohne jedes Zögern kämpfen, aber wir alle haben gesehen, über welche Energiereserven dieses fremde Schiff verfügt. Selbst unsere komplette Schwadron wäre ihm hoffnungslos unterlegen.«

»Wir haben auch gesehen, welche Manöver dieses Schiff ohne Rücksicht auf die Naturgesetze durchführen kann«, sagte ein anderer. »In der ganzen Flotte gibt es kein Schiff, das es mit der Wendigkeit und Geschwindigkeit dieses fremden Raumschiffes aufnehmen kann.«

Hek wartete ab und hörte zu, während er sich bemühte, seine Genugtuung zu verbergen.

»Warum geschieht dies ausgerechnet im Augenblick unseres größten Triumphes?« rief ein dritter Delegierter. »Unser Volk hat ein Recht auf die Erfüllung der Vergeltung!«

Alles verlief genau nach Plan, stellte Hek befriedigt fest.

»Vielleicht ist es Schicksal«, rief ein anderer Delegierter. »Vielleicht ist es gar nicht unsere Bestimmung, Vergeltung zu üben.«

Hek runzelte die Stirn.

»Verräter!« schrie jemand, und die Stimmung des Präsidenten besserte sich wieder. Plötzlich gab es ein Handgemenge unter den widerstreitenden Delegierten. Als es aufhörte, war der unerwünschte Zwischenrufer verschwunden.

»Ich habe mich mein ganzes Leben lang auf diesen Augenblick vorbereitet«, knurrte ein stämmiger Delegierter. »Meine Vorväter lebten und starben, um mich an diesen Ort zu bringen. Sollen siebentausend Jahre der Leiden, der Opfer und der Entbehrungen völlig umsonst gewesen sein? Jetzt, wo wir kurz vor der Vollendung der Vergeltung stehen?« Plötzlich stand der Delegierte auf seinem Stuhl und reckte die Faust hoch, während er den Rest seine Ansprache schrie.

»Nein!« rief er, genau wie er es vor einigen Stunden mit Heks engstem Beraterkreis eingeübt hatte. »Mein Schiff wird niemals kampflos aufgeben! Wir werden unseren Vorfahren keine Schande machen! Wir werden ihre heilige Pflichterfüllung nicht verraten! Unsere Vorväter sollen weiterhin in Ruhe im All dahintreiben! Es ist mir gleichgültig, wer diese Freunde der Lethanta sind! Sollen sie kommen! Wir werden sie zusammen mit ihren Lethanta-Freunden in die Schwarze Ewigkeit schleudern! *Tod den Lethanta! Tod den Fremden! Tod! Tod! Tod!*«

Sofort brach ein ungehemmter Sturm der Begeisterung los, ein instinktiver Schrei aus den Kehlen fast aller Delegierten im Großen Saal. Allmählich schälte sich ein Sprechgesang aus dem Lärm heraus: »Führe uns, Hek! Führe uns zur Vergeltung! Führe uns, Hek!« Bald stimmten andere ein. Die wenigen, die Widerspruch zu äußern wagten, selbst jene Delegierten, die etwas weniger Begeisterung zeigten, wurden verprügelt, während die wilde Demonstration ungestört weiterging.

Der Präsident überblickte die Delegierten der Krann im Großen Saal und streckte ihnen dann die Hände entgegen, als wollte er sie alle gleichzeitig umarmen. Es war die Geste eines Erlösers, und die Delegierten antworteten und verlangten laut nach seiner Fürsprache. Sie flehten Hek an, die Erfüllung der Rache zu garantieren, die ihnen so lange vorenthalten worden war.

Hek ließ sie noch einige Minuten lang weiterrufen. Er wußte, daß er sie jetzt in der Hand hatte. Mit angemessener Feierlichkeit und selbstsicherem Gesichtsausdruck befahl Präsident Hek, daß sie nun zur Abstimmung schreiten sollten.

9

Logbuch des Captains, Sternzeit 45527.9.

Wir befinden uns jetzt seit fast zwanzig Stunden in einer Entfernung von fünf Kilometern vor dem Bug des Flaggschiffs der Krann. Sie haben auf keinen unserer Rufe geantwortet, aber auch keinerlei feindselige Handlungen gegen uns unternommen. Unterdessen hält die Flotte weiterhin Kurs auf Nem Ma'ak Bratuna, und die Besorgnis der Lethanta wächst.

Wir wissen, daß die Krann unsere Signale empfangen. Jedesmal, wenn wir sie rufen, treten mehrere Krann an die Fenster der Brücke ihres Flaggschiffs, um uns anzustarren – mit einer Mischung aus Neugier und Furcht, wie es scheint. Wir konnten feststellen, daß die Krann tatsächlich humanoid sind. Sie haben einen ähnlichen Körperbau wie die Lethanta, auch wenn sie blasser wirken, wie man es von einem Volk erwarten kann, das mehrere Jahrtausende im Innern geschlossener Räume aus Stahl verbracht hat.

Ich kenne den Grund für ihre Weigerung zur Kontaktaufnahme mit uns nicht, aber ich muß ihn überwinden. Wir müssen alles versuchen, um den bevorstehenden Krieg zwischen diesen beiden Völkern zu verhindern. Da fünf Milliarden intelligente Lebewesen auf dem

Spiel stehen, bin ich gewillt, etwas Neues zu versuchen – einen Schachzug, dem meiner Ansicht nach auch die Krann Respekt erweisen müssen.

Der Gesellschaftsraum war geschlossen, und diesmal war Guinan nicht anwesend. Picard, Riker und Troi standen direkt vor dem vordersten Fenster des Raumes. Sie konnten das gewaltige Krann-Flaggschiff deutlich erkennen. Nach den Sensoren der *Enterprise* war es das mit Abstand größte Raumschiff der Krann-Flotte. Das zweitgrößte war nur etwas mehr als halb so groß. Die spinnenartigen kleinen Konstruktionen, die sich in der Nähe des Flaggschiffs aufhielten – die Tender, dachte Picard – waren wesentlich kleiner, etwa zwanzigmal kleiner als das Flaggschiff. Damit waren die Tender einfach nur groß, nämlich etwa genausogroß wie die *Enterprise.*

»Ich habe mir schon immer gedacht, daß der Ausblick von hier aus bemerkenswert sein muß«, sagte Picard. »Wie es scheint, hatte ich nie genügend Zeit, ihn ausgiebig zu genießen.« Er blickte auf die Krann-Schiffe, die sich auf der Steuerbordseite des Flaggschiffs befanden, und folgte der Reihe bis zum fernen Punkt, wo die Schiffe so klein wurden, daß sie dem unbewaffneten Auge nur noch als schwache Lichtpunkte erschienen. »Das ist eine bemerkenswerte Formation, meinen Sie nicht auch?« sagte Picard zu Riker. »Sie bilden eine exakte Linie, die eine Länge von mehreren hundert Millionen Kilometern hat.«

»In Anbetracht ihrer technischen Einschränkungen hätte ich so etwas für unmöglich gehalten, Captain«, erwiderte Riker. »Es beweist, daß sie ihre Schiffe ausgezeichnet unter Kontrolle haben.«

»Und sie besitzen ein hervorragendes Geschick, mit ihnen umzugehen«, fügte Picard hinzu. »Immerhin hatten sie da draußen mehr als genug Zeit, um zu lernen, wie man ein Raumschiff fliegt. Nun, auch wir verfügen in dieser Hinsicht über einige Erfahrung – wie die Krann schon bald feststellen werden.« Der Captain hielt kurz inne. »Picard an Commander Data. Führen Sie das vorbereitete Programm aus.«

»Verstanden, Captain.«

Die Linie der Krann-Schiffe kippte zur Seite und verschwand aus dem Blickfeld der Aussichtsfenster, als die *Enterprise* nach Backbord abdrehte.

Der Teil der Krann-Flotte, die backbord vom Flaggschiff stand, kam wieder in Sicht, als die *Enterprise* ihre Rolle vorwärts zur Hälfte vollführt hatte. Jetzt waren die Krann wesentlich näher.

»Sie haben Angst, Captain«, meldete Riker. »Sie rennen kopflos durch die Gegend.«

»Wahrscheinlich denken sie, daß wir sie rammen werden«, sagte Troi.

»Nicht, wenn Mr. Data das Schiff so gut wie immer im Griff hat«, sagte Picard. »Die Krann sollen ruhig ein wenig Angst haben, Nummer Eins. Solange sie nicht zu den Waffen greifen, wird alles in Ordnung sein.«

»Manöver vollendet, Captain«, meldete Data.

»Wir sind bereit, Mr. Data«, gab Picard zurück. Die drei Offiziere standen genau vor dem mittleren Fenster des Gesellschaftsraums, als plötzlich die Brücke des Krann-Schiffs in nur drei Metern Entfernung in Sicht kam. Die *Enterprise* und das Krann-Flaggschiff flogen jetzt in einer Formation, bei der sich sozusagen ihre Nasen fast berührten, genau wie Picard und Data es geplant hatten.

In diesem Moment hob Data jede Eigenbewegung des Schiffes auf, so daß Picard direkt durch das große Vorderfenster der Brücke blicken konnte. Dort sah er jemanden. Während alle anderen Krann auf der Brücke nervös und verängstigt wirkten, stand dieses Individuum einfach nur da. Der Mann hatte die Arme über der Brust verschränkt. Er wirkte überlegen und selbstsicher. Er grinste sogar, vielleicht aus Bewunderung für das präzise Manöver der *Enterprise*.

»Wenn das nicht der Anführer der Krann ist, werde ich den Stuhl da drüben zum Abendessen verspeisen«, sagte Picard.

Troi runzelte die Stirn. *Leere.* »Ich bedaure, aber ich kann von ihnen nichts empfangen, Captain.«

»Das hatte ich befürchtet, Counselor. Picard an Worf. Rufen Sie das Krann-Flaggschiff noch einmal.«

»Kanal geöffnet, Captain.«

Picard blickte durch drei Meter Weltraum genau in die Augen des Mannes, den er für den Anführer der Krann hielt. »An das Flaggschiff der Krann. Hier spricht Captain Jean-Luc Picard vom Föderationsraumschiff *Enterprise*. Ich möchte mit Ihren Anführern über die zunehmend kritische Lage zwischen Ihnen und den Bewohnern des dritten Planeten dieses Sonnensystems reden. Wir möchten Ihnen unsere Dienste als Vermittler anbieten. Wir vertreten hier keine eigenen Interessen, sondern wollen lediglich ein sinnloses Blutvergießen zwischen Ihren beiden Völkern verhindern. Wir sind bereit, uns unvoreingenommen Ihre Seite der Geschichte anzuhören und die Bewohner dieses Systems nötigenfalls in Ihrem Namen um Wiedergutmachung zu bitten. Wir warten auf Ihre unverzügliche Antwort.«

Die drei *Enterprise*-Offiziere warteten schweigend ab und bemühten sich, keine Ungeduld zu zeigen. Nach einer Weile sah Picard, wie der Anführer der Krann gestikulierte.

»Ich empfange eine Botschaft, Captain«, sagte Worf. »Ich stelle sie durch.«

»Captain Jean-Luc, hier spricht Hek Backbord-Außenhüllentechniker, Präsident des Flottenkongresses. Ich bin derjenige, mit dem Sie reden wollen.«

»Es ist mir ein Vergnügen, Präsident Hek Backbord-Außen ...«

»›Präsident‹ oder ›Präsident Hek‹ ist als Anrede völlig in Ordnung, Captain Jean-Luc. Wir müssen nicht zu formell sein.«

»Also gut, Präsident. Dann nennen Sie mich bitte Captain Picard.«

»Ich fühle mich geehrt, Captain. Nun, was können wir für Sie tun, Captain Picard?« Sein Tonfall klang amüsiert. »Ich möchte Ihnen versichern, daß Sie unsere volle Aufmerksamkeit haben.«

»Wie ich bereits erwähnte, Präsident Hek, würden wir Ihnen gerne unsere Dienste als Vermittler zwischen Ihrem Volk und den Bewohnern des dritten Planeten dieses Systems zur Verfügung stellen.«

»Captain!« sagte Hek, während Picard und die anderen sehen konnten wie er lächelte. »Ich weiß es zu schätzen, daß sie versuchen, auf unsere Gefühle Rücksicht zu nehmen, ohne zu wissen, welche Gefühle wir haben, aber sie dürfen das Wort ›Lethanta‹ gerne aussprechen, wenn Sie möchten. Wir werden uns nicht beleidigt fühlen.«

»Also gut, Präsident Hek«, sagte Picard. »Wir möchten Ihnen unsere Dienste als Vermittler zwischen Ihrem Volk und den Lethanta anbieten. Dürfte ich ein Treffen zwischen meinen führenden Offizieren und Ihnen vorschlagen, an einem Ort Ihrer Wahl? Wir würden Sie natürlich gerne an Bord unseres Schiffes willkommen heißen, falls Sie entscheiden sollten hierherzukommen ...«

Hek hob eine Hand. »Wie Sie sicher verstehen werden, Captain Picard, kann ich meinen Posten zu diesem kritischen Zeitpunkt nicht verlassen. Sie und Ihre Leute sind jedoch an Bord unseres Schiffes jederzeit willkommen. Ich vermute, daß Sie mit Ihrem Schiff irgendwie andocken können.« Er grinste wieder. »Oder werden Sie einen Landungssteg zwischen hier und dort auslegen?«

»Wir können mit einem Shuttle zu Ihnen kommen, Präsident Hek«, sagte Picard. »Wir können uns sofort auf den Weg machen, wenn Sie einverstanden sind.«

»Die Zeit scheint im Augenblick von entscheidender Bedeutung zu sein«, sagte Hek. Sie sahen, daß er wieder grinste. »Sagen wir, in dreißig Minuten? Unsere Andockvorrichtungen befinden sich mittschiffs, und sie müßten geeignet sein, ein Shuttle in der von Ihnen verwendeten Größe aufzunehmen – zum Beispiel ein Modell, wie Sie es zum Besuch unserer Freunde auf Nem Ma'ak Bratuna verwendet haben. Wir werden Ihnen mit Positionslichtern den Weg weisen.«

»Das dürfte genügen, Präsident. Wir sehen uns in dreißig Minuten.«

»Ich freue mich schon darauf«, sagte Hek. »Ende.« Er winkte ihnen zu, drehte sich um und entfernte sich vom Brückenfenster. Mehrere Krann folgten ihm, doch die meisten anderen kamen dem Fenster näher, um Picard, Riker und Troi anzustarren.

»Sie haben die Verbindung unterbrochen, Captain.«

»Danke, Mr. Worf. Computer, das Fenster verdunkeln.« Sofort wurden die Scheiben undurchsichtig.

»Was denken Sie?« fragte Picard seine beiden Offiziere.

»Es war interessant, wie er Ihnen gegenüber erwähnte, daß er alles über Ihren Besuch bei den Lethanta weiß«, sagte Riker. »Er erwähnte sogar das Shuttle, mit dem Sie auf Nem Ma'ak Bratuna gelandet sind.«

»Er hat nur versucht, uns zu beeindrucken, Nummer Eins«, sagte Picard mit einer wegwerfenden Handbewegung. »Ich denke, jeder mit halbwegs tauglichen Sensoren kann ein Phänomen wie den Start eines Shuttles von einem Raumschiff beobachten. Vor allem, wenn man dieses Raumschiff seit dem ersten Auftauchen genauestens im Auge behalten hat.« Er seufzte. »Glauben Sie, daß wir in der Lage sind, mit diesem Hek fertig zu werden?«

»Zumindest scheint man mit ihm reden zu können«, sagte Riker. »Ich denke, es wäre einen Versuch wert.«

»Es besteht sicherlich eine gewisse Möglichkeit, Will, aber die eigentlich Frage lautet: Ist er bereit, mit uns zu verhandeln? Besteht eine Aussicht, daß wir den Angriff der Krann auf Nem Ma'ak Bratuna verhindern können?«

»Ja«, sagte Riker nickend. »Ja, Captain, ich denke, wir könnten es schaffen. Und wenn wir Hek nicht überzeugen können, dann vielleicht seine Kollegen.«

»So oder so«, sagte Picard. »Picard an Worf. Begeben Sie sich auf dem schnellsten Weg zur *Justman*, Lieutenant. Wir fliegen zum Krann-Flaggschiff – Sie, die Counselor und ich. Sie werden als Shuttle-Pilot fungieren. In Anbetracht der Umstände möchte ich, daß Mr. Data hier bei Commander Riker bleibt.«

»Verstanden, Captain.«

»Picard Ende. Nummer Eins, Sie haben das Kommando. Bringen Sie das Schiff wieder auf einen Abstand von fünf Kilometern und bleiben Sie dort in Stellung.«

»Ja, Captain«, bestätigte Riker. »Viel Glück!«

Picard nickte mit verbissener Miene, als er und Troi den Gesellschaftsraum verließen.

»Es ist ein riesiges Raumschiff«, stellte Worf fest, als er langsam mit der *Justman* einen Kurs flog, der ihnen erlaubte, das Krann-Flaggschiff ausgiebig zu bestaunen, ohne allzuweit von der Einflugschneise abzuweichen, die ihnen durch die Positionslichter an der Außenhülle vorgegeben wurde. »Trotzdem beeindruckt es mich nicht sehr.«

»Warum nicht, Mr. Worf?« fragte Picard.

»Die Konstruktion wirkt irgendwie ... planlos, Captain. Es gibt überhaupt keine Eleganz, nicht einmal die Eleganz einer zweckmäßigen Form. Die anderen Schiffe der Krann-Flotte wirken genauso, auch wenn sie kleiner sind. Man scheint sie aus unterschiedlichen Versatzstücken zusammengebastelt zu haben, in beinahe zufälliger Anordnung. Außerdem weisen viele der Schiffe mittlere bis schwere Hüllenschäden auf, die offensichtlich nie repariert wurden.«

»Und Ihre Schlußfolgerung?«

»Der Anblick einer solchen Flotte hinterläßt bei mir keinen besonderen Eindruck. Das einzige imposante Element ist ihre Anzahl. Die Krann beunruhigen mich lediglich, Captain, aber ich habe keine Angst vor ihnen.«

»Das Flaggschiff sieht etwa so elegant wie ein Bologna-Sandwich aus«, bemerkte Troi.

»Wie bitte?« fragte Picard verständnislos nach.

»Das hat mein Vater gelegentlich gesagt«, teilte die Betazoidin ihm mit. »Es gibt nur wenige Dinge, die unansehnlicher als ein Bologna-Sandwich sind, aber es erfüllt seinen Zweck. Es ist möglich, daß die Kultur der Krann keinen sehr großen Wert auf Anmut und Schönheit legt.«

»Möglicherweise, weil sie diese Dinge nicht brauchen«, sagte Picard. »Eine Zivilisation, die ausschließlich in Raumschiffen lebt, könnte uns in vielerlei Hinsicht fremdartig erscheinen, Counselor.« Er blickte aus dem Fenster, als sie an einer Reihe dicht gepackter Sensorrezeptoren an der eingedellten Hülle des Flaggschiffs vorbeiflogen. »Sehen Sie sich das an!« sagte er und zeigte darauf. »Diese Sensoren wirken auf mich, als hätte man sie wahllos an die Hülle geklatscht, aber ich wette, daß sie trotzdem ihren Zweck erfüllen, wie Sie sagen. Mr. Worf?«

Der Klingone warf einen kurzen Blick auf die taktische Konsole. »Ich kann keine Aktivitäten dieser Sensoreinheiten registrieren, Captain«, meldete er.

»Interessant«, sagte Picard nachdenklich. Er sah zu, wie die Rezeptoren sich drehten, um das Shuttle zu verfolgen, als es sich einem hell erleuchteten Bereich näherte.

»Direkt voraus befindet sich die Andockvorrichtung, Captain«, sagte Worf. »Es ist ein offener Hangar ohne Atmosphäre.«

»Aha«, sagte Picard nickend. »Damit haben wir einen neuen Hinweis auf den technologischen Standard der Krann. Der Zustand der Hülle und ein großer Teil der Ausrüstung deuten darauf hin, daß die Krann über keinerlei Schild-Technik verfügen. Sie fliegen ohne jeden Schutz und ohne Abschirmung durch den Weltraum.«

»Deshalb sehen die Schiffe so mitgenommen aus«, erkannte Troi. »Ich hatte schon gedacht, daß es die Spuren eines Kampfes seien.«

»Auch das wäre möglich«, sagte Picard, »aber ein Teil der Schäden, die ich gesehen habe, ist eindeutig auf den langen Aufenthalt im Weltraum zurückzuführen – zum Beispiel auf Einschläge von Mikrometeoriten. Wenn die Krann Schilde erzeugen könnten, hätten sie damit zweifellos ihre Schiffe geschützt.« Er kratzte sich am Kinn. »Trotzdem sollten wir dieses Volk nicht unterschätzen«, sprach er weiter. »Allem Anschein nach haben sie eine unglaublich schwierige interstellare Reise hinter sich gebracht. Und sie haben sie nicht nur überlebt, wenn man die Anzahl der Schiffe berücksichtigt, sondern es scheint ihnen sogar recht gut zu gehen.«

Die *Justman* flog in das Hangardock des Flaggschiffs ein. Ein rot erleuchtetes Rechteck sollte offenbar den ihnen zugewiesenen Landeplatz markieren, und Worf setzte das Shuttle genau im Zentrum ab. Er schaltete die Maschinen genau in dem Moment aus, als sie den Boden berührten. Hinter ihnen schlossen sich mit einem lauten Rumoren, das durch den Boden in die Shuttlekabine übertragen wurde, zwei riesige Schotten, und bald hörten sie das Zischen der eingeleiteten Luft, als der Hangar wieder unter Druck gesetzt wurde.

»Die Umgebung ist mit atembarer Atmosphäre gefüllt, Captain«, meldete Worf. »Normaler Druck.«

»Und dort kommt das Begrüßungskomitee«, fügte Troi hinzu und deutete aus dem Fenster. Eine Gruppe von sieben Krann, die alle die gleiche dunkle, schmucklose Kleidung trugen, hatte den Hangar betreten und näherte sich dem Shuttle. »Der in der Mitte ist der Präsident.«

»Ja«, sagte Picard. »Ich habe ihn ebenfalls wiedererkannt. Können Sie jetzt irgend etwas empfangen?«

Troi schüttelte den Kopf. »Ich kann mich nur an ihrer Körpersprache orientieren. Neugier, Selbstvertrauen. Einige wirken etwas ängstlich.«

»Noch etwas«, sagte Picard. »Wie würden Sie diese Krann mit Ihrem ersten Eindruck von den Lethanta vergleichen?«

»Auch wenn ich nichts spüren kann, weiß ich genau, daß es eine völlig andere Situation ist«, sagte Troi bestimmt. »Überhaupt nicht zu vergleichen. Diese Leute hier wirken viel sicherer. Es ist klar, daß sie neugierig auf uns sind, und sie wollen alles über uns erfahren, aber viel mehr steckt nicht dahinter. Die Lethanta haben sich mit uns getroffen, weil sie jede Hoffnung verloren hatten.«

»Ich verstehe«, sagte Picard und stand auf. »Vielen Dank, Counselor. Mr. Worf, man scheint auf uns zu warten. Ich denke, wir sollten jetzt die Luke öffnen und uns mit den Krann treffen.«

»Ja, Captain«, sagte Worf und verließ seinen Platz, um sich hinter Picard und Troi aufzubauen. Er griff an ihnen vorbei und drückte auf den Öffnungsknopf. Als die Luke zur Seite glitt, traten die drei *Enterprise*-Offiziere nach draußen. Hinter ihnen schloß sich die Tür selbsttätig und verriegelte sich, während die *Justman* automatisch den Sicherheitsmodus aktivierte.

Präsident Hek stand an der Spitze des Empfangskomitees. »Ich grüße Sie, Captain Picard«, sagte er lächelnd und verbeugte sich leicht in der Hüfte. »Es ist gut, Sie von Angesicht zu Angesicht zu sehen – oder wiederzusehen.«

Picard verbeugte sich auf dieselbe Weise, und zwar genauso zurückhaltend wie Hek. »Und ich bin sehr erfreut, Präsident, Ihre Bekanntschaft zu machen. Ich möchte Ihnen Counselor Deanna Troi vorstellen, meine vertrauteste Beraterin, und Lieutenant Worf, unseren Sicherheitsoffizier.«

Picard hatte bemerkt, daß die meisten der sechs Krann, die den Präsidenten in den Hangar begleitet hatten, sich alle Mühe gaben, Worf nicht anzustarren, während der offenbar Älteste der Gruppe ohne Zurückhaltung Deanna Troi musterte.

»Es ist mir ein Vergnügen, Sie alle begrüßen zu dürfen«, sagte Hek. »Diese Männer hier sind die Anführer der sechs Nationen, aus denen sich die Krann-Flotte zusammensetzt.« Als hätte er ein Stichwort gegeben, verbeugten sich nun die sechs übrigen Krann, und zwar tiefer als Hek. Der älteste Krann fügte ein Augenzwinkern an Trois Adresse hinzu.

Der Counselor ignorierte diese Geste diplomatisch, während sie und Worf sich genauso wie die Anführer der Krann-Nationen verbeugten. Picard bemerkte, daß Hek überrascht und ein wenig verärgert darauf reagierte.

»Der Counselor und der Lieutenant sind meine vertrauenswürdigsten Offiziere«, erklärte Picard freundlich.

»Aha«, erwiderte Hek und gab sich offenbar damit zufrieden. Die sechs Krann bildeten eine Reihe, an der Hek den Captain entlangführte. »Jean-Luc Föderationsraumschiffcaptain«, begann der Präsident in etwas formellerem Ton, »ich möchte Ihnen Drappa Brennstoffilterprüfer vorstellen, den Anführer der Nord-Nation der Krann. Das ist Grek Wärmeleiterprüfer, der Anführer der Süd-Nation. Das ist Larkna Steuerbord-Antriebsdüsenreiniger, Anführer der Ost-Nation. Pwett Gemüsebauer, Anführer der West-Nation. Scrodd Luftqualitätsdirektor, Anführer der Oben-Nation. Und schließlich Reckkel Metallreinheitsüberwacher, Anführer der Unten-Nation.«

»Ich fühle mich geehrt, Ihre Bekanntschaft zu machen«, sagte Picard. »Ich möchte Ihnen versichern, daß wir in Freundschaft und mit guten Absichten zu Ihnen gekommen sind, und wir möchten die Grundlage zu einer dauerhaften, fruchtbaren und friedlichen Beziehung zwischen der Vereinten Föderation der Planeten und der Krann-Flotte legen, indem wir uns hier an Bord Ihres großartigen Flaggschiffs mit Ihnen treffen.«

»Das ist sehr freundlich von Ihnen, Captain«, erwiderte Hek im Namen aller anderen. »Wir würden es ebenfalls begrüßen, wenn wir eine dauerhafte und fruchtbare Freundschaft mit Ihrem Volk begründen können. Wenn Sie mir jetzt bitte folgen würden ... Draußen vor dem Hangar wartet ein Wagen auf uns.« Er drehte sich um und zeigte auf die offene Tür, die sich etwa zehn Meter entfernt befand. »Wenn Sie erlauben ...?«

»Natürlich«, sagte Picard. »Vielen Dank, Präsident Hek. Ich muß zugeben, daß ich mich bereits auf die Besichtigung Ihres äußerst beeindruckenden Flaggschiffs freue. Unseres wirkt im Vergleich dazu recht klein.«

»So ist es«, erwiderte Hek nicht ohne einen gewissen Stolz. »Unser Flaggschiff ist im Laufe der Jahrhunderte erheblich gewachsen, Captain. Das gilt für die meisten unserer älteren Schiffe. Das Flaggschiff ist eins der ältesten Fahrzeuge der gesamten Flotte, und es wird von allen am meisten verehrt. Einige der Module lassen sich bis in die Zeit des Exodus zurückführen.«

»Exodus?« fragte Troi.

Hek lächelte sie an. »Das ist ein Teil unserer Geschichte, Commander. Man könnte sogar sagen, daß er unsere ganze Geschichte umfaßt, bis zum jetzigen Zeitpunkt. Wir werden später darüber reden. Vielleicht können wir unsere Gespräche damit beginnen. Ach, da sind wir ja. Bitte steigen Sie ein!«

Sie waren in den schmalen Korridor neben dem Hangar getreten, wo sich genau gegenüber eine breite Luke in der Wand befand. Als sich die Innenbeleuchtung einschaltete, wurde ein Dutzend bequem wirkender Sitze sichtbar, die sich innerhalb einer fensterlosen Kabine eines Beförderungsmittels befanden.

»Das ist der Wagen?« fragte Picard.

»Ja«, sagte Hek. »Damit bewegen wir uns im Flaggschiff von einem Ort zum andern, wenn die Rollbänder oder Zuglifte ungeeignet sind – wie in diesem Fall. Wir haben einen recht weiten Weg vor uns. Bitte nehmen Sie irgendwo Platz«, sagte er, während sie den Wagen betraten. »Wo Sie möchten.«

Worf hob seinen Tricorder.

»Ist das eine Waffe?« fragte Hek freundlich, während die anderen Krann plötzlich mißtrauisch zu werden schienen.

»Nein, Präsident«, sagte Worf. Der Klingone blickte sich zu Picard um, der mit einem knappen Nicken antwortete. Worf reichte Hek den Tricorder. »Das ist ein Instrument, das wir für die Umgebungsanalyse benutzen«, sagte er.

Der Präsident betrachtete das Gerät von allen Seiten. »Fühlen Sie sich wirklich besser, wenn Sie es benutzen, Lieutenant?« fragte er herablassend.

»Ja«, antwortete Worf, ohne auf den Tonfall des Präsidenten einzugehen.

»Dann machen Sie weiter«, sagte Hek und gab ihm den Tricorder zurück.

»Danke«, entgegnete Worf und beschäftigte sich wieder mit dem Instrument. Er schien die Arbeit sehr gründlich durchzuführen.

»Ich erkenne nirgendwo einen Piloten«, sagte Troi, als sie sich umblickte. Sie sah, daß der alte Mann immer noch zwinkerte und anzüglich grinste, doch sie bemühte sich, einen neutralen Gesichtsausdruck zu wahren.

»Das Fahrzeug bewegt sich automatisch, Commander«, erklärte Hek. »Wir werden uns durch ein System von Röhren bewegen, um an unser Ziel zu gelangen.«

»Wie die alte Metro von Paris oder die U-Bahn von London«, sagte Picard, als er verstand. »Ich will damit ausdrücken, daß es sich um eine Art fest installiertes Nahverkehrssystem handelt.«

Die Türen des Wagens schlossen sich, und nach einer Weile spürten sie, daß sich das Fahrzeug in Bewegung setzte. Da es nichts zu sehen gab und niemand das Risiko eingehen wollte, mit einer Bemerkung ein diplomatisches Mißverständnis heraufzubeschwören, fielen bald alle Anwesenden in den Zustand der halbbewußten Träumerei, wie sie für Massenreisende im ganzen Universum typisch war. Sogar Trois betagter Bewunderer schien dem Bedürfnis nach einem Nickerchen nachzugeben.

Die Beschleunigung war so sanft, daß Picard für einen Moment glaubte, er hätte die technische Entwicklungsstufe der Krann falsch eingeschätzt, und sie würden doch über Trägheitsabsorber verfügen. Dann jedoch spürte er die zunehmenden Vibrationen durch seine Schuhsohlen und erkannte, daß sie nur langsam Geschwindigkeit gewannen. Picards Gefühl sagte ihm, daß der Wagen etwa mit einem Zwanzigstel der Erdschwerkraft beschleunigte. Es war ein sehr geringer Wert, der den Reisenden keinerlei Probleme bereitete, der aber trotzdem in relativ kurzer Zeit zu einer beträchtlichen Geschwindigkeitszunahme führte.

Picard gönnte sich das Vergnügen, stumm die notwendigen Kopfrechnungen anzustellen. Der Wagen würde sich schon eine Minute nach der Abfahrt mit mehr als einhundert Stundenkilometern bewegen. Keine Reise innerhalb des Flaggschiffs würde allzu lange dauern, da das Schiff vom Bug bis zum Heck etwas über vier Kilometer lang war. Damit würde die längste mögliche Fahrt bei einer Höchstgeschwindigkeit von etwa zweihundertfünfzig Stundenkilometern schätzungsweise fünf Minuten dauern. Angesicht des technischen Entwicklungsniveaus der Krann fand Picard diese Zahlen recht beeindruckend.

»Magnetisch, nicht wahr?« fragte Picard plötzlich in die Stille. Alle Köpfe fuhren zu ihm herum.

»Wie bitte, Captain?« fragte Hek.

»Ich hatte überlegt, ob dieser Wagen magnetisch angetrieben wird«, sagte er, ohne auf Worfs Nicken einzugehen. »Damit ist eine ruhige und unbeschwerliche Fahrt möglich, und das System arbeitet sehr leise.«

Hek nickte. »Sie haben recht, Captain«, sagte er. »Der Wagen wird von einer Reihe elektromagnetischer Ringe angetrieben, die die Röhre umschließen. Die Ringe werden abwechselnd ein- und abgeschaltet, um den Wagen zu beschleunigen, ihn in eine abzweigende Röhre zu manövrieren oder ihn abzubremsen – was in wenigen Augenblicken geschehen dürfte, wenn ich mich nicht täusche.« Er wartete eine Sekunde lang ab. »Ich habe an der Errichtung dieses Streckenabschnitts mitgearbeitet, als ich ein kleiner Junge war.« Wieder war ihm ein gewisser Stolz anzumerken. »Meine erste Ausbildung fand bei den Ringmonteuren statt.«

»Sie scheinen diese Zeit in guter Erinnerung behalten zu haben«, bemerkte Troi.

»Ja, Commander. Ich denke gerne daran zurück.«

Der Wagen verzögerte und kam ohne Ruck zum Stehen. Die Tür öffnete sich, und ein kleiner Bahnhof ohne besonderen Schmuck wurde sichtbar. Es gab verschiedene Hinweisschilder, aber sonst nichts. Ein paar Krann, die genauso unscheinbar wie Hek und seine Begleiter gekleidet waren, standen herum und schienen auf einen Wagen zu warten, um ihre geplante Reise antreten zu können. Ihre Neugier schien geweckt zu werden, als sie sahen, daß die nationalen Anführer aus dem Wagen stiegen. Auf Picard und die anderen Fremden von der *Enterprise* reagierten sie mit Überraschung. Und als schließlich der Präsident Hek den Wagen verließ, zeigten sie eine ganz andere Reaktion. Sie hatten sichtlich Angst vor ihm.

Hek ließ sich nicht anmerken, ob er die furchtsame Reaktion der wartenden Passagiere im Bahnhof registriert hatte. »Captain Picard«, sagte der Präsident, als er einen Schritt zulegte, um wieder die Führung der Gruppe zu übernehmen, »diese Station versorgt den inneren Verwaltungskomplex. Unser Ziel, das Gastmodul, ist nicht mehr weit von hier entfernt. Direkt neben dieser Station beginnt ein Gang, der uns unmittelbar zu unserem Ziel führen wird. Für Sie wurden Quartiere eingerichtet, falls Sie sich ausruhen oder erfrischen möchten, bevor wir mit den offiziellen Gesprächen beginnen.«

»Vielen Dank für Ihre Gastfreundschaft«, sagte Picard liebenswürdig, als sie zu einer Tür mit Leuchtmarkierung schritten. »Ich muß sagen, daß ich gerne ein wenig von Ihrem Flaggschiff sehen würde, während wir zum Gastmodul unterwegs sind, Präsident Hek.«

»Natürlich, Captain. Hier entlang, bitte!«

Der Korridor, durch den sie gingen, war eng und leer. Hier gab es genausowenig zu sehen wie außerhalb des Hangars. Sie begegneten niemandem. Alle paar Meter befanden sich verriegelte Luken in den Wänden des Korridors, aber kein Anzeichen, wohin die Gänge dahinter – falls es solche gab – führen mochten. In etwa fünfzig Metern Entfernung gab es am Ende des Korridors eine weitere verschlossene Tür. Die Hälfte des Fußbodens bestand aus einem Laufband, das sich bei ihrer Annäherung in Bewegung setzte und bald mit einer Geschwindigkeit von anderthalb Metern pro Sekunde dahinglitt, im Tempo eines eiligen Fußgängers.

»Bitte treten Sie auf das Laufband«, sagte Hek. »Wir werden in Kürze am Gastmodul eintreffen.«

»Huch!« rief Troi und wirbelte herum. Sie sah, daß Drappa, der älteste der Krann, genau hinter ihr stand. Er grinste mit dümmlicher Miene.

»Ich möchte Sie darum bitten«, sagte sie, während sie sich bemühte, ihren Zorn nicht zu deutlich zu zeigen, »das zu unterlassen!« Drappa kicherte und blickte sie kopfschüttelnd an.

Picard runzelte die Stirn. »Präsident Hek...«, begann er.

»Ich werde später mit ihm sprechen, Captain«, sagte Hek und hob seine Hand. »Ich möchte Ihnen mein aufrichtiges Bedauern aussprechen, Deanna Beraterin des Captains. Drappa Brennstoffilterprüfer ist infolge seines hohen Alters ein wenig... sonderbar geworden, wie ich es ausdrücken möchte. Ich kann Ihnen versichern, daß wir ein solches Benehmen in keiner Weise akzeptabel finden.«

»Das sehen wir genauso«, knurrte Worf. »Ich denke, die Counselor hätte gerne ein wenig mehr Bewegungsfreiheit.« Er kniff die Augen leicht zusammen, während er Drappa anstarrte. »Schließlich möchte sie niemandem unabsichtlich auf die Füße treten.«

Der alte Mann blinzelte nervös und entfernte sich hastig von Troi zum Ende der Gruppe. Troi blickte zu Worf auf und dankte ihm mit einem Lächeln.

Als sie dem Ende des Korridors näher kamen, öffnete sich die Tür, und sie glitten hindurch, worauf sich die Tür hinter ihnen lautlos wieder schloß. Picard, Troi und Worf fanden sich in einem großen Raum mit angenehmer Beleuchtung wieder. Die Wände waren mit Stoffbahnen und Ornamenten aus kostbarem Metall und Glas dekoriert.

»Recht nett«, sagte Picard anerkennend. »Sogar ausgesprochen nett.«

»Was ist das hier für ein Raum, wenn ich fragen darf?« erkundigte sich Worf, während er wieder seinen Tricorder konsultierte.

»Das hier ist der Kern unseres Gastmoduls«, erklärte Hek. »Sie befinden sich hier im Empfangsbereich für eingetroffene Gäste. In anderen Teilen dieser Einrichtung führen wir unsere wichtigen diplomatischen Verhandlungen durch. Bei diesen Gesprächen geht es meistens um Vereinbarungen zwischen unseren sechs Nationen. Wir haben hier noch nie … andere Gäste beherbergt.«

»Wir sind die ersten?« fragte Troi.

»Richtig, Commander«, sagte Hek lächelnd. »Mit wem hätten wir schon Gespräche führen sollen? Schließlich sind wir seit vielen Generationen unterwegs. Dieses Modul ist das jüngste in einer Reihe, die wir im Laufe der Jahre gebaut haben. Wann haben wir es unter Druck gesetzt, Reckkel? Ich glaube, Sie waren damals ein Vorarbeiter der Konstruktionsgruppe.«

»Ja, Präsident, das war ich«, sagte der Anführer der Unten-Nation. »Wir haben dieses Modul vor zweiunddreißig Jahren eröffnet. Es sind schon fast dreiunddreißig Jahre.«

»Natürlich«, sagte Hek. Er blickte sich um und schnupperte. »Wenn ich es mir recht überlege, ist diese Art von Dekoration schon lange aus der Mode gekommen. Vielleicht sollten wir es demnächst neu einrichten. Auf jeden Fall …« Hek winkte einer Gruppe von einem halben Dutzend junger Krann zu, die geduldig im Hintergrund des Empfangsbereichs gewartet hatten.

»Diese Leute werden Sie an einen Ort bringen, wo Sie sich eine Weile ausruhen können«, sagte Hek, während das Empfangspersonal näher kam. »Ich schlage vor, daß wir unser Treffen in einer Stunde beginnen, wenn es Ihnen recht ist.«

»Damit sind wir einverstanden«, sagte Picard.

»Ich freue mich bereits auf das Gespräch«, erwiderte Hek und verbeugte sich flüchtig. Die *Enterprise*-Offiziere erwiderten die Geste und sahen zu, wie die Vertreter der Krann den Empfangsbereich durch eine andere Tür verließen.

Picard wandte sich an das Personal. »Wenn Sie uns den Weg zeigen«, sagte er, »werden wir Ihnen folgen.«

»Zu Ihren Diensten, Captain«, sagte eine junge Krann-Frau aus der sechsköpfigen Gruppe. Sie trug die dunkle Einheitskleidung aller Krann. Niemand von ihnen schien älter als siebzehn Jahre zu sein. Sie verbeugten sich tief und richteten sich wieder auf, ohne darauf zu warten, daß die Ehrenerweisung erwidert wurde. Sie führten Picard, Worf und Troi durch den Empfangsbereich in einen kurzen Korridor und in einen großen bequemen Raum, in dem mehrere weiche Sessel und Sofas standen. Vier der sechs Krann traten hinter eine Trennwand und kehrten kurz darauf mit vorbereiteten Tabletts zurück, die mit Essen und Getränken beladen waren, die sie ihren Gästen servierten.

Troi nahm einen Schluck aus einer kleinen Tasse mit hellorangener Flüssigkeit. Sie schien ein wenig Alkohol zu enthalten und war sehr geschmackvoll. Captain Picard probierte von einem Glas mit einem hellbraunen Getränk und von etwas, das wie ein Schinkensandwich aussah. Worf nahm das gleiche.

»Wenn jemand von Ihnen sich hinlegen möchte«, sagte dieselbe junge Frau zu ihnen, »können wir ein paar Sofas zu diesem Zweck herrichten.« Sie zeigte darauf. »Hinter diesen Türen befinden sich Recyclingeinheiten, genauso wie dort drüben.«

»Wie ist Ihr Name?« fragte Troi.

Die junge Frau blinzelte, und ein männlicher Kollege an ihrer Seite wirkte geradezu schockiert. »Mein Name?« fragte sie zurück. Sie klang verwirrt und besorgt. »Haben wir etwas getan, durch das Sie oder die anderen sich beleidigt fühlen, Deanna Beraterin des Captains? In diesem Fall möchte ich mich aufrichtig entschuldigen, daß ...«

»Nein, natürlich nicht«, unterbrach Picard sie. »Sie haben sich sehr freundlich und tadellos verhalten, Sie alle.« Er dachte nach, denn er hatte etwas Ähnliches während seiner Reisen schon einmal erlebt. »Die gegenseitige Nennung des Namens gilt in unserer Kultur als freundschaftliche Geste«, erklärte er. »Dadurch wird die Herstellung eines freundlichen Kontakts erleichtert. Es ist das erste, was wir tun, wenn wir uns begegnen.«

»Ganz gleich, auf welchem Posten jemand seinen Dienst verrichtet?« fragte der junge Mann verblüfft. »Ob höher oder niedriger, ob aufsteigend oder fallend?«

»Wir behandeln jeden auf die gleiche Weise«, erwiderte Picard. »Die Beraterin Deanna war einfach nur freundlich zu Ihnen, mehr nicht.« Er lächelte. »Wie lautet nun Ihr Name, junge Frau?«

»Hellek«, antwortete sie nach kurzem Zögern. »Hellek Reservearbeiterin ist mein Name. Danke, daß Sie danach gefragt haben, Jean-Luc Captain des Raumschiffs *Enterprise*.«

»Also werden Sie unsretwegen keine Meldung machen?« fragte der junge Mann mißtrauisch.

»Auf gar keinen Fall«, versicherte Picard. »So etwas würden wir niemals tun.«

»Sag ihm deinen Namen, Pragges«, sagte Hellek.

»Das hast du bereits erledigt«, brummte er. »Ich bin genauso wie Hellek ein Reservearbeiter. Wir alle sind noch nicht verpflichtet worden, wissen Sie.«

»Es kann nicht mehr lange dauern, Pragges«, versuchte Hellek ihn zu beschwichtigen. »Du mußt nur ein wenig Geduld haben.«

»Die anderen vier sind ebenfalls noch nicht verpflichtet?« fragte Picard. »Heißt das, keinem von Ihnen wurde bislang eine permanente Funktion an Bord dieses Schiffes zugewiesen bekommen?«

»Bei der großen Leere, nein!« sagte Hellek und legte erschrocken die Hand auf den Mund. Die anderen fünf jungen Leute wirkten ähnlich entsetzt. Picard fragte sich, was er falsch gemacht haben könnte.

»Verzeihen Sie meine heftige Reaktion«, sagte Hellek, »aber wir sind keineswegs *nutzlos*, Jean-Luc Captain des Raumschiffs *Enterprise*! Wir wurden vorübergehend der Arbeit im Gastmodul zugeteilt, während wir auf unsere Berufsverpflichtung warten.«

»Wir sind zwar Reservearbeiter«, sagte Pragges mit beleidigter Miene, »aber wir arbeiten genauso hart und pflichtbewußt für die Flotte wie jeder Verpflichtete.«

»Davon bin ich überzeugt«, entgegnete Picard beschwichtigend. »Ich möchte mich bei Ihnen allen aufrichtig für meinen Fehler entschuldigen. Ich hatte nie die Absicht, Sie zu beleidigen. Wir müssen noch sehr viel voneinander lernen.«

»Vielleicht haben wir etwas voreilig reagiert«, erwiderte Hellek diplomatisch. »Also gut. Sie haben noch eine knappe Stunde, bevor Präsident Hek das Treffen einberuft. Sind die Erfrischungen zu Ihrer Zufriedenheit?«

»Sehr gut«, sagte Worf, der bereits sein drittes Sandwich verzehrte.

»Wünscht jemand von Ihnen sexuelle Entspannung, bevor die Gespräche beginnen?« fragte Hellek höflich.

Troi verschluckte sich und mußte plötzlich husten. »Nein, schon gut. Mit mir ist alles in Ordnung«, keuchte sie und hielt einige sehr besorgte Krann zurück, die sich um sie kümmern wollten.

»Äh ... ich glaube, das wird nicht nötig sein, Hellek«, sagte Captain Picard. »Mehr können Sie im Augenblick nicht für uns tun.«

»Geht es der Deanna Beraterin des Captains wirklich gut?« fragte Hellek besorgt.

»Alles in Ordnung«, erwiderte Troi, obwohl ihr Gesicht immer noch gerötet war und ihr Tränen in den Augen standen. »Glauben Sie mir.«

»Dann werden wir uns zurückziehen, damit Sie sich ungestört unterhalten können«, sagte Hellek, deren Zweifel nicht vollständig ausgeräumt zu sein schienen. »Jemand von uns wird zurückkommen, um Sie zur vereinbarten Zeit zum Konferenzraum zu bringen. Auf Wiedersehen!«

»Auf Wiedersehen, und danke für alles«, sagte Picard. Die sechs Krann verbeugten sich und verließen mit angemessener Eile den Salon.

»Nun gut«, sagte Picard, nachdem sie allein waren. »Wir müssen noch eine Reihe von Punkten besprechen. Mr. Worf?«

Der Klingone schaltete seinen Tricorder ein. »Ich kann nichts feststellen, was nicht hierhergehört, Captain. Nur elektrische Leitungen in den Wänden, aktive

Lebenserhaltungssysteme und so weiter. Wir werden nicht überwacht – jedenfalls kann der Tricorder keinen Hinweis darauf entdecken.«

»Ausgezeichnet«, sagte Picard und nickte. »Counselor, Lieutenant, erinnern Sie sich an unseren guten Freund Dathon?«

»Natürlich, Captain«, antwortete Troi. »Er hatte doch zwei gute Freunde namens Darmok und Jalad, die sich irgendwo trafen, in ...«

»In Tanagra«, warf Worf ein. »Ja, ich erinnere mich sehr gut daran. Sie haben sich vorbildlich verhalten.«

»Ja, das ist richtig«, sagte Picard. »Jeder Starfleet-Offizier sollte ihnen nacheifern. Um ehrlich zu sein, ich muß sehr oft an sie denken. Ich erinnere mich besonders gut an die Geschichte, wie Pinocchios Nase während seines Aufenthalts im Innern des Wals länger wurde.«

Troi und Worf nickten. In dieser Situation war es hilfreich, daß beide mit mindestens einem menschlichen Elternteil aufgewachsen waren, so daß sie sich recht gut mit einigen der berühmten Mythen und Legenden der fernen Erde auskannten.

»Ja«, sagte Troi. »Sie wuchs zu ungewöhnlicher Länge, nicht wahr?«

Worf nickte. »Dafür gab es vielerlei Gründe.« Der Klingone dachte eine Weile angestrengt nach. »Glauben Sie, daß Pinocchio eine Vorliebe für missionarischen Eintopf hatte?« fragte er nach einer Weile.

Picard dachte darüber nach. »Nein, das glaube ich nicht, Mr. Worf – zumindest nicht als Vorspeise. Soweit ich verstanden habe, spielte Pinocchio sehr gut Katz und Maus.«

»Allerdings hatte Pinocchio Freunde«, sagte Worf.

»Ja, und Aladin benötigte genau solche Freunde, um seinen Harem zu bewachen«, sagte Troi mit einstudierter Verachtung. »Glauben Sie mir, Pinocchio hatte alles bestens im Griff.«

»Ich frage mich nur, was mit Geppetto geschah«, sagte Picard. »Es wäre schön gewesen, wenn man uns auch diesen Teil der Geschichte erzählt hätte.«

»Sie haben recht«, stimmte Troi ihm zu. »John Wilkes Booth im Theater – oder möglicherweise Hirohito in seinem Schlafzimmer.«

»Schneewittchen und der Apfel«, warf Picard ein. »Nur so ein Gefühl.«

»Ich glaube, genauso ist es abgelaufen«, bestätigte Worf. »So dürfte Pinocchio die Dinge bewältigt haben.«

»Und was geschah danach?« fragte Troi.

»Die Psychiaterin setzte sich und machte ihre Arbeit«, sagte Picard. »Anschließend ging sie, um am nächsten Tag wiederzukommen. Wissen Sie was? Ich habe doch ein wenig Hunger, und wir haben nicht mehr allzuviel Zeit. Wie sind die Sandwiches hier, Mr. Worf?«

Nicht weit entfernt lauschten Präsident Hek und Drappa aufmerksam dem Gespräch zwischen Picard, Troi und Worf.

»Was soll dieses Geschwätz?« zischte Hek wütend. »Pinocchio? Was bei der großen Leere ist ein Pinocchio? Wollen diese Leute denn gar nicht über wichtige Angelegenheiten reden?«

»Im Salon hat noch niemand über wichtige Dinge gesprochen«, sagte Drappa. »Jeder weiß, daß der Raum viel zu gut überwacht wird. Ich weise meine Leute nur noch bei besonderen Gelegenheiten darauf hin. Präsident, entweder sind diese Fremden geistig zu eingeschränkt, um über mehr als alte Geschichten reden zu können, oder sie ahnen, daß sie abgehört werden und sprechen in einer Art Kode.«

»Gut. Dann entschlüsseln Sie ihn.«

»Das versuchen wir bereits«, sagte Drappa. »Unsere besten Kryptographen arbeiten daran – aber sie haben keine Aussicht auf Erfolg, Präsident. Dieser Kode bezieht sich offensichtlich auf kulturelle Referenzen, mit denen wir nicht vertraut sind …«

»Ach, hören Sie auf!« sagte Hek erschöpft. »Wir werden uns in einer halben Stunde mit diesen Leuten treffen, und ich weiß immer noch nicht mehr über sie als zum Zeitpunkt ihrer Ankunft.« Plötzlich drehte er sich zu Drappa herum. »Sie sollten sich doch um diese Beraterin kümmern, sie nervös machen und ablenken, indem Sie sie belästigen!«

»Vielleicht hätten Sie damit den wahren Anführer der Nord-Nation beauftragen sollen«, gab Drappa zurück. »Er ist jedenfalls dumm genug, um es immer wieder zu versuchen, selbst nach der Bedrohung durch dieses Monstrum. Ich hätte aus meiner Rolle fallen müssen, wenn ich diesem Worf die Stirn geboten hätte.« Drappa zog eine mißgelaunte Miene. »Aber ich werde es später noch einmal versuchen.«

Der Präsident lachte. »Das sieht dem Drappa Geheimdienstleiter schon ähnlicher, vor dem ich seit langem großen Respekt habe.« Hek warf einen Blick auf das Chronometer an der Wand. »Wir haben nicht mehr viel Zeit«, sagte er. »Rufen Sie die fünf Trottel wieder zusammen, damit wir eine Strategie für die Gespräche festlegen können. Ich möchte zumindest den Eindruck erwecken, als wäre unsere Seite des Tisches an offenen Verhandlungen interessiert. Je vernünftiger wir wirken, je mehr wir wie Lethanta klingen, desto effektiver können wir diese Föderationsleute hinhalten, bis wir bereit sind zuzuschlagen.«

ZWISCHENSPIEL

Kerajem arbeitete an seinem Schreibtisch im Regierungshaus. Im Augenblick war er allein. In weniger als zwei Stunden würde er sich mit Hattajek, Blakendet und den anderen in der Kriegszentrale treffen, um gemeinsam den Fortgang der Krise zu verfolgen.

Der Erste unter Gleichen erledigte seine letzten Büroarbeiten, während er darauf wartete, daß seine Besucher eintrafen. Es gab jemand Besonderen, den er unbedingt noch einmal sehen wollte, bevor die Krann kamen, und jetzt war definitiv die letzte Gelegenheit dazu. Doch zuvor wollte Kerajem noch das Fach mit den Eingängen abarbeiten. Falls er sich in diesem Augenblick tatsächlich zum letzten Mal in seinem Büro aufhielt, wollte er auf jeden Fall einen ordentlichen Schreibtisch hinterlassen.

Es gab nur noch wenige Dokumente, die seine Unterschrift benötigten. Zum Beispiel hatte ein Mitglied der Oppositionspartei in der Stadtversammlung einen Beschluß durchgedrückt, der eine Verzögerung der Umsetzung der Umweltschutzgesetze verlangte, die Kerajems Partei im vergangenen Jahr erlassen hatte. Kerajem wußte, daß der Dummkopf insgeheim von den Industriechefs bezahlt wurde, die seit der Revolution nicht mehr so hohe Umsätze wie zuvor machten.

Kerajem unterschrieb das Veto und setzte mit einer gewissen Befriedigung seinen Daumenabdruck daneben. Er fügte einen kurzen Anhang an, in dem er die Gründe für sein Veto erklärte.

Der Vorgang würde später per Kurier in die Stadtversammlung zurückgeschickt werden. Die Abgeordneten tagten immer noch im Stadtpalast. Wenn das Veto eingetroffen war, würde es leichten Applaus von seinen wankelmütigen Freunden aus der linken Fraktion geben, während seine erbitterten Feinde wütend aufschreien würden. Viel wichtiger war jedoch, daß der Anschein der Beständigkeit gewahrt wurde, daß weiterhin Politik betrieben und weltliche Beschlüsse gefaßt wurden. Alles sollte normal wirken. Das Veto würde am heutigen Abend in der planetenweiten Nachrichtensendung als erste Meldung verkündet werden. Die Bevölkerung sollte verstehen, daß ihre Regierung fest damit rechnete, daß die Dinge genauso weitergingen wie bisher, auch wenn die Krann-Flotte morgen über Nem Ma'ak Bratuna eintraf.

Kerajem wußte natürlich genau, daß dieses Veto überhaupt keine Bedeutung mehr hatte, daß die Dinge auf keinen Fall so weitergehen würden wie bisher. Die Ankunft der Krann würde alles verändern, und vielleicht würde es sogar das Ende der Welt bedeuten. Trotzdem gab es ihm ein gutes Gefühl, dieses Veto eingelegt zu haben. Er hielt es für eine letzte Bestätigung seiner Prinzipien, sein letztes Wort bezüglich seiner Hoffnungen und Träume für die Lethanta. Er legte das Dokument in das Ausgangsfach.

Das Sprechgerät auf seinem Schreibtisch summte leise, während er das letzte noch unbearbeitete Dokument abzeichnete. »Ja?«

Es war sein erster Sekretär. »Die Bürgerin Seletina und Ihre Enkeltochter sind soeben eingetroffen, Erster.«

»Führen Sie sie bitte herein.«

»Sofort.«

Kerajem öffnete eine Schublade seines Schreibtisches und holte ein kleines, farbenfrohes Paket hervor, das er auf die Tischplatte stellte. Wenige Sekunden später wurde die Tür zu seinem Büro durch einen von Kerajems persönlichen Assistenten von außen geöffnet. Der Mann trat respektvoll zurück, um eine junge, attraktive Frau und ihre fünfjährige Tochter hereinzulassen, die sich an den Händen hielten. Der Assistent verließ den Raum und schloß die Tür hinter sich.

»Hallo, Paps!« sagte die Frau und schaffte es, ihn anzulächeln. Sie sah müde und erschöpft aus.

»Opa!« rief das Kind fröhlich. Es riß sich von seiner Mutter los und lief auf Kerajem zu, der hinter seinem Schreibtisch hervortrat.

»Hallo!« begrüßte Kerajem das Mädchen. Es strampelte vergnügt mit den Beinen, als Kerajem es in die Arme nahm und durch die Luft wirbelte. »Wie geht es meinem kleinen Käfer?« fragte er und drückte seine Enkelin an sich.

»Prima, Opa!« sagte sie und küßte ihn auf die Wange. »Ich habe dich vermißt.«

»Ich dich auch, Kara«, sagte er und stellte sie behutsam wieder auf die Beine. »Ich habe euch beide so sehr vermißt. Leider hatte ich pausenlos zu tun. Ich hatte kaum Zeit, dich und deine Mami zu besuchen.«

»Ich weiß. Mami hat mir gesagt, daß du viel arbeiten mußt. Mami hat dich auch vermißt.«

»Hallo, Seletina«, sagte Kerajem, als er zu seiner Tochter aufblickte. Er küßte sie auf die Wange, bevor sie sich sehr fest umarmten. »Danke, daß du gekommen bist.«

»Als hätte ich diese Gelegenheit nicht sofort wahrgenommen!« sagte sie. Ihre Stimme klang gedämpft, da sie ihren Kopf an seine Schulter gelegt hatte und offenbar nur mit Mühe ihre Tränen zurückhalten konnte. »Wir haben dich schon so lange nicht mehr gesehen, seit all dies begann. Ich bin froh, daß du uns geholt hast.«

»Ich bin froh, daß ihr kommen konntet.« Kerajem drückte sie noch fester an sich. Nach einer Weile lockerte er seinen Griff und trat einen Schritt zurück. Sie blickten sich mit geröteten Augen an.

»Warum weinst du, Mami?« fragte Kara.

»Es ist nichts, mein Schatz«, antwortete ihre Mutter. »Ich bin nur glücklich, Großvater wiederzusehen. Das ist alles.«

»Da drüben auf dem Schreibtisch ist etwas für dich, mein Käfer«, sagte Kerajem. »Geh und schau es dir an!«

Das Mädchen sprang sofort los und kletterte auf Kerajems gepolsterten Bürosessel. Kara beugte sich vor und langte nach dem Paket, das Kerajem dort abgestellt hatte. »Ein Musikwürfel!« rief sie, als sie es ausgepackt hatte. »Oh!«

»Was sagt man, Kara?« rief die Mutter.

»Danke, Opa!«

»Keine Ursache, mein Käfer«, erwiderte er. »Weißt du, wie er funktioniert?«

»Natürlich! Schau her!« Das Mädchen drückte auf den schwarzen Knopf an der Seite des Würfels, worauf das Gerät eine vereinfachte Version eines Kinderliedes abspielte. Kara unterbrach die Musik nach wenigen Sekunden, indem sie noch einmal auf den Knopf drückte, worauf das Gerät nach dem Zufallsprinzip ein anderes Lied spielte.

»An dieses Lied erinnere ich mich sehr gut«, sagte Seletina. »*Die Frau des alten Bergarbeiters*. Man hört es heutzutage nicht mehr oft. Du hast es mir damals immer vorgesungen.«

»Ich weiß«, sagte er. »Damit konnte ich dich in den Schlaf wiegen, nachdem ...«

»Nachdem Mutter gestorben war«, vervollständigte

Seletina den Satz. Sie lächelte. »Ich denke, jetzt kann ich dir sagen, daß ich damals nur simuliert habe.«

»Wie bitte? Willst du mich auf den Arm nehmen?«

»Nein«, sagte sie und umarmte ihn noch einmal. »Ich wußte, daß du die ganze Nacht aufbleiben würdest, um mich in den Schlaf zu singen, wenn es sich nicht vermeiden ließ. Ich machte mir Sorgen, daß du selbst überhaupt keinen Schlaf finden würdest. Also schloß ich die Augen, und nach einer Minute gabst du mir einen Kuß auf die Stirn und verließt mein Zimmer. Nachdem du die Tür geschlossen hattest, setzte ich mich wieder auf und las, bis ich endlich einschlafen konnte.«

Kerajem schüttelte bedauernd den Kopf. »Ich bin von einer Siebenjährigen hereingelegt worden«, sagte er. »Bitte sag es Jemmagar nicht. Meine Karriere wäre ruiniert.«

»Keine Sorge, Paps. Ich werde ihm gegenüber nichts erwähnen.«

Sie lachten gemeinsam. Es hörte sich gut an.

»Hattet ihr unterwegs irgendwelche Probleme?« fragte er Seletina nach einer Weile.

»Die Eskorte, die du uns geschickt hast, hat sich um alles gekümmert«, erwiderte sie. »Wir konnten jeden Verkehrsstau auf den Hauptstraßen ohne Probleme überwinden. Allerdings lenkten wir sehr viel Aufmerksamkeit auf uns. Ich hoffe, niemand verlangt deswegen eine Rechtfertigung von dir.«

»Ich wollte nur sicherstellen, daß ihr in einem Stück hier ankommt. Außerdem ist im Augenblick jeder viel zu beschäftigt, um sich Gedanken darüber zu machen, ob ich meiner Familie zu viele Sonderrechte gewähre. Haben die Arbeiter alle Sachen gepackt?«

»Ja, alles, was wir nicht schon selbst abgeschickt hatten. Der Kopter platzt fast aus den Nähten, nachdem wir ihn in aller Eile beladen haben.« Seletina hielt kurz inne. »Es wird nicht viel nützen, wenn wir uns in den Bergen verstecken, nicht wahr, Paps?« fragte sie flüsternd, damit ihre Tochter nichts mithören konnte. »Ich meine, eigentlich spielt es doch gar keine Rolle, wohin wir gehen, oder?«

Kerajem hob eine Hand. Er warf einen Blick zu Kara hinüber, deren Aufmerksamkeit nur ihrem Musikwürfel galt. »Man weiß nie«, sagte er dann leise zu Seletina. »Vielleicht entwickeln sich die Dinge nicht so schlimm, wie wir befürchtet hatten.«

Seine Tochter blinzelte. »Du hast etwas von den Krann gehört?«

Ihr Vater schüttelte den Kopf. »Nein. Nicht von den Krann.«

»Von wem dann?«

Er lächelte auf geheimnisvolle Weise. »Da ist noch jemand, meine Tochter. Jemand, der uns vielleicht helfen kann. Ich glaube, es sind Freunde – das heißt, sie könnten zu unseren Freunden werden, wenn uns genügend Zeit bleibt, eine Freundschaft zu begründen.«

»Jemand anderer? Wer soll das sein?«

»Nun, Leute von sehr weit weg. Sie sind uns recht ähnlich.«

»Du meinst so etwas wie *Aliens*? Fremde von einem anderen Planeten?«

Kerajem nickte. »Aus einem anderen Sternsystem, aus einer Föderation von Sternsystemen, Forscher und Wissenschaftler aus vielen verschiedenen Völkern, die gemeinsam für den Frieden arbeiten. Wir haben sie gestern getroffen, kurz nachdem sie unseren Planeten erreicht hatten. Ich bin sogar an Bord ihres Raumschiffes gewesen – das heißt, ich und einige Mitglieder des Rats.«

»Ein Raumschiff?« Ihr Mund klappte auf. »Du meinst, du warst richtig im Weltraum?«

»Mami, was ist los?« rief Kara.

»Nichts, mein Schatz. Alles in Ordnung. Du kannst weiter mit Opas Geschenk spielen!«

»Gut.«

»Entschuldige, Paps«, sagte Seletina. »Das sind ziemlich viele ungewöhnliche Dinge auf einmal. Leute aus dem Weltraum, du als Astronaut ... Du mußt verstehen, daß ich ...«

»Ich werde dir später alles darüber erzählen«, versprach Kerajem, während er hoffte, daß es noch ein Später für sie gab. »Im Augenblick mußt du nur wissen, daß diese Leute zur Zeit mit den Krann reden, um einen Ausweg für unsere beiden Völker zu finden.«

»Werden sie es schaffen?« fragte Seletina zweifelnd. »Glaubst du, diese Aliens können tatsächlich etwas bei den Krann bewirken?«

Kerajem sah, wie ein Funke Hoffnung in den Augen seiner Tochter schimmerte. »Wir werden sehen«, sagte er nur.

»Es ist ein Wunder«, sagte Seletina. »Ich kann mich erinnern, daß Großmutter früher immer wieder von Wundern erzählt hat.«

»Auch ich erinnere mich daran. Vielleicht hatte sie doch recht.« Er nahm seine Tochter an der Hand. »Komm!« sagte er. »Ihr zwei müßt jetzt gehen. Ich möchte, daß ihr im Ferienhaus in Sicherheit seid, bevor es dunkel wird.«

»Gut«, sagte Seletina widerstrebend. »Wir werden sofort aufbrechen.« Plötzlich zog sie ihn noch einmal an sich und umarmte ihn so fest, wie sie es noch nie zuvor getan hatte – außer damals, als ihre Mutter gestorben war. »Ich weiß, daß du für uns alle dein Bestes geben wirst, Paps. Wir sehen uns wieder, wenn alles vorbei ist.«

»Auf jeden Fall«, sagte Kerajem zu ihr.

10

Die drei Fremden von der *Enterprise* und die sieben Krann-Vertreter versammelten sich an einem langen, niedrigen Tisch aus unpoliertem Metall, der von einem Ende zum anderen mit einem dicken, kunstvoll gewebten Tuch aus einem natürlichen Material bedeckt war. Der Stoff erinnerte Picard sehr an Baumwolle.

Die Stühle, auf denen sie saßen, waren einfach, aber ergonomisch korrekt und sehr bequem. Mehrere junge Krann – diesmal waren es andere – brachten Erfrischungen herein und stellten sie an strategisch günstigen Positionen überall auf dem Tisch ab. Falls dieses Bewirtungspersonal in der Gegenwart des Präsidenten Hek genauso nervös war wie zuvor ihre Kollegen, so ließen sie sich nichts davon anmerken.

Troi und Worf saßen zu beiden Seiten von Picard und warteten genauso geduldig wie er auf den Beginn der Konferenz.

Irgendwo ertönte ein leises Klingeln, worauf der Präsident Hek eine etwas aufrechtere Haltung annahm. »Wir können jetzt beginnen, wenn Sie einverstanden sind, Jean-Luc Captain des Raumschiffs *Enterprise*«, sagte er. »Verzeihen Sie meine plötzliche Förmlichkeit, aber schließlich handelt es sich um eine offizielle Angelegenheit, und da sollte ich Sie mit Ihrem Titel anreden.«

Picard nickte. »Wie Sie möchten, Hek Backbord-Außenhüllentechniker, Präsident des Flottenkongresses, aber ich halte die Freundschaft, die wir heute begründet haben, in großen Ehren, und ich würde es als noch größere Ehre empfinden, wenn Sie uns das Privileg gewähren könnten, uns drei formlos anzureden.«

Hek sah zunächst überrascht aus, doch dann wirkte er zufrieden. »Also gut, Captain Picard. Es ist mir ein Vergnügen – und bitte erweisen Sie uns die gleiche Ehre.«

»Gewiß, Präsident.« Picard machte eine kurze Pause und kam dann gleich zur Sache. »Präsident Hek, zuerst möchten ich Ihnen und den Anführern der sechs Nationen der großen Krann-Flotte danken, daß Sie uns heute so freundlich empfangen haben. Wir sind sehr beeindruckt von Ihren freundschaftlichen Gesten, genauso wie von der Schönheit und Großartigkeit der Schiffe Ihrer mächtigen Flotte und vor allem von Ihrem wahrlich atemberaubenden Flaggschiff.« Picard wagte es nicht, Worf einen Blick zuzuwerfen, der sich alle Mühe gab, einen neutralen Gesichtsausdruck zu wahren. »Meine Offiziere und ich freuen uns auf den Beginn offener und produktiver Gespräche, wie sie sich unserer Überzeugung nach entwickeln werden.«

»Genauso wie wir, Captain Picard«, sagte Hek im Namen aller. »Wir wissen, aus welchem Grund Sie zu uns gekommen sind, und ich finde, wir sollten unverzüglich darauf zu sprechen kommen.«

»Das ist ganz in unserem Sinne«, sagte Picard bestimmt. »Die Vorhut Ihrer Flotte wird in weniger als zwei Tagen in die unmittelbare Nähe von Nem Ma'ak Bratuna kommen. Die Lethanta werden zweifellos in Panik geraten, wenn ihre Welt von einer großen Anzahl Raumschiffe eingekreist wird, auch wenn von Ihrer Seite aus kein einziger Schuß abgegeben wird.«

Hek nickte. »Sie möchten einen Krieg verhindern«, sagte er. »Um Ihnen die Wahrheit zu sagen, Captain Picard, weiß ich nicht, wie Sie das bewerkstelligen wollen. Wir haben einen langen Weg hinter uns und mußten zu große Entbehrungen erdulden.«

»Erzählen Sie uns Ihre Seite der Geschichte«, forderte Picard ihn auf. »Wir haben den Lethanta sehr aufmerksam zugehört, Präsident Hek. Und ich kann Ihnen versichern, daß wir Ihnen mit derselben unvoreingenommenen Aufmerksamkeit zuhören werden.«

Der Präsident blickte sich nach links und rechts zu den Anführern der Nationen um, die ihm zunickten. Dann wandte Hek sich wieder Picard zu. »Also gut, Captain«, sagte er nach einer Weile. »Wir denken, daß wir Ihnen in diesem Punkt vertrauen können. Die Geschichte unseres Volkes wurde von einer Generation zur nächsten, von den Eltern auf ihre Kinder überliefert. Sie ist uns heilig, wie Sie bald verstehen werden. Grek, würden Sie bitte anfangen?«

Der Anführer der Süd-Nation nickte. »Ja, Präsident«, sagte er. »Captain, wir wissen, daß wir vor langer Zeit ungestört und in relativem Frieden lebten. Es gibt Legenden, daß es zwischen uns Kriege gab, aber das war vor sehr langer Zeit. Es ist so lange her, daß wir keine Erinnerung mehr daran haben, wer diese Kriege führte und wann oder warum sie begonnen wurden. Wir wissen nur, daß eines Tages, als relativer Friede unter uns herrschte, die Invasoren aus dem Himmel kamen und uns kurz darauf zu Sklaven machten. Es waren die Lethanta, wie Sie vermutlich ahnen.«

»Wir glauben, daß dies vor etwa siebentausend Jahren geschah«, sprach Scrodd weiter. »Wir kennen kein exaktes Datum für diese Invasion, aber unsere Familiengenealogien sind trotz allem ziemlich vollständig, und sie reichen sogar noch weiter in die Vergangenheit zurück. In Anbetracht der Anzahl der Generationen, die zwischen damals und heute gelebt haben, können wir diesen Zeitraum relativ gut eingrenzen.«

»Die Lethanta stimmen bezüglich des ungefähren Datums mit Ihnen überein«, sagte Picard.

»Wie schön«, erwiderte Hek mit leichter Ironie. »Bitte fahren Sie fort, Grek.«

»Unser Volk hatte keine Ahnung, daß es noch anderes Leben im Universum gab, obwohl es sich in unmittelbarer Nähe entwickelt hatte«, sprach Grek weiter. »Wenn wir in technischer Hinsicht weiter fortgeschritten gewesen wären, hätten wir vielleicht gewußt, daß der dritte Planet unseres Heimatsterns bewohnt war, aber zu jener Zeit besaßen wir nicht einmal Teleskope.«

»Es gab immer wieder Geschichten über geheimnisvolle Lichterscheinungen am Himmel und entführte Personen«, sagte Larkna. »Wer konnte sagen, ob sie der Wahrheit entsprachen oder nicht? Es gab schließlich auch Geschichten über Drachen und Riesen und andere unbekannte Wesen, die in den unerforschten Regionen unserer Welt leben sollten.«

»Selbst wenn wir überzeugt gewesen wären, daß diese Geschichten der Wahrheit entsprechen«, sagte Pwett, »hätten wir nichts zur Abwehr der Invasion der Lethanta unternehmen können. Wir waren Ackerbauern, Captain – Ackerbauern und Händler. Die Lethanta besaßen Raumschiffe und nukleare Waffen. Wir hatten gerade das Schießpulver erfunden.«

Reckkel erzählte die Geschichte weiter. »Die Lethanta kamen auf unsere Welt, metzelten eine große Anzahl unseres Volkes nieder, um in den Überlebenden jeden Gedanken an eine Rebellion zu ersticken, und zwangen uns zur Arbeit. Wir waren sehr anpassungsfähig, Captain Picard. In nur einer Generation wurden wir zu einem Arbeiterheer, das unter dem Befehl der Lethanta in den Bergwerken und Fabriken schuftete. Sie raubten uns unsere Bodenschätze und vergifteten unsere Welt mit den Abfallprodukten ihrer Industrie.«

»So ging es etwa tausend Jahre lang«, sagte Hek. »Dreißig Generationen meines Volkes lebten in der Sklaverei, aber wir haben niemals unsere Freiheit vergessen. Es gab eine aktive Untergrundbewegung, die es den Lethanta nicht allzu leicht machte, unsere Welt unter Kontrolle zu halten. Wir warteten ab, und wir lernten. Wir wußten, daß unsere Unterdrücker irgendwann schludrig werden mußten.«

»Schludrig?« fragte Troi.

»Ja, Commander«, sagte Hek. »Wir waren zuversichtlich, daß ihre Kontrolle immer laxer werden mußte und daß die Lethanta uns nach und nach anspruchsvollere Aufgaben überlassen würden, die sie nicht mehr selbst erfüllen wollten. Wir lernten vieles dazu, und wir lernten sehr schnell. Generationen meines Volkes, die keine Hoffnung auf Befreiung zu ihren eigenen Lebenszeiten hatten, widmeten sich selbstlos der Aufgabe, für die Freiheit unseres Volkes zu kämpfen.«

»Ihnen haben Sie es zu verdanken, daß die Rebellion schließlich erfolgreich war«, sagte Picard. »Die Lethanta verschwanden von Ihrem Planeten und kehrten nie wieder zurück.«

»Sie versuchten immer wieder, uns erneut zu unterwerfen«, erwiderte Scrodd. »Wir konnten sie jedesmal vertreiben, Captain, aber um einen schrecklich hohen Preis. Schließlich baten sie um einen dauerhaften Frieden, und wir willigten ein. Der Frieden hielt etwa anderthalb Jahrhunderte an.«

»Was geschah dann?« fragte Worf.

»Unser Volk begann zu sterben«, sagte Hek, und Picard sah, daß sich die Gesichter aller Krann am Tisch verdüsterten. »Unsere Welt wurde plötzlich von einer tödlichen Epidemie ungekannten Ausmaßes heimgesucht. Innerhalb von zwei Wochen war jeder auf Ma'ak Krannag tot.«

»Doch einige von Ihnen überlebten«, sagte Troi.

Hek nickte. »Einige von uns hielten sich zu dieser Zeit im Weltraum auf. Ein paar Tausend Krann arbeiteten in den Bergwerken der Monde des fünften Planeten unseres Heimatsystems, und ein paar weitere Tausend hielten sich an Bord von militärischen Verteidigungsstationen im Orbit auf. Es gab sogar einige Hunderttausend Krann, die sich freiwillig entschieden hatten, auf Eul Ma'ak Lethantana zu leben, und ein Teil von ihnen konnte diesen Planeten rechtzeitig verlassen.«

»Rechtzeitig wofür?« fragte Picard, obwohl er bereits wußte, was Hek ihm antworten würde.

»Unsere militärischen Raumstationen hatten immer noch die Kontrolle über die strategischen Waffen auf Ma'ak Krannag«, teilte der Präsident ihm mit. »Sie konnten per Fernsteuerung gestartet werden. Wir beantworteten den Angriff, indem wir einen nuklearen Schlag gegen Eul Ma'ak Lethantana führten. Wir wollten das Leben auf diesem Planeten auslöschen, und so geschah es.«

»Sie hatten Erfolg«, faßte Picard in möglichst neutralem Tonfall zusammen. »Aber nun hatten Sie keinen Platz zum Leben mehr.«

»Genau«, sagte Hek. »Unser Volk mußte das Heimatsystem verlassen. Wir hatten Tausende von interplanetaren Raumschiffen, eine Bevölkerung von vielleicht achtzigtausend Überlebenden, jede Menge Maschinen zur Produktion und ein sehr starkes Motiv. Wir wußten, daß die Lethanta kurz vor ihrem Angriff auf unseren Planeten eine interstellare Kolonisierungsmission mit Asteroidenschiffen gestartet hatten. Unsere Rache würde erst dann vollendet sein, wenn wir auch die letzten Lethanta aufgespürt und vernichtet hatten – aber wir wußten nicht, wie schnell und in welche Richtung ihre Schiffe abgeflogen waren. Wir stellten die Erste Flotte zusammen und machten uns auf den Weg zu zwei möglichen Sternen in der unmittelbaren Nähe von Ma'ak Terrella, in der Hoffnung, daß die Lethanta sie als Ziel ausgesucht hatten. Natürlich fanden wir sie dort nicht.«

»Drei Komma neun Lichtjahre von Ma'ak Terrella entfernt gibt es einen G_2-Stern, Captain«, sagte Worf. »Er wurde noch nicht katalogisiert. Das könnte eins der Sternsysteme sein, von denen Präsident Hek gesprochen hat.«

»Vielen Dank, Mr. Worf«, sagte Picard. »Präsident Hek, wie lange hat Ihr Volk gebraucht, um diese fast vier Lichtjahre zurückzulegen?«

»Wir wissen es nicht, Captain – zumindest nicht genau. Es heißt, daß diese Reise zwanzig Generationen dauerte. Die archivierten Konstruktionspläne unserer ursprünglichen Schiffe deuten darauf hin, daß die langsamsten Einheiten eine Beschleunigung von etwa einem Zehntel der Normalschwerkraft erreichen konnten, und ihre Treibstoffreserven reichten für einen Zeitraum von etwa zwei Monaten. Wenn sie jeweils die Hälfte des Brennstoffs für die Beschleunigung und die Verzögerung verbrauchten – womit keinerlei Spielraum für sonstige Manöver bliebe –, dann hätte unsere Erste Flotte eine Höchstgeschwindigkeit von etwa zweitausenddreihundert Kilometern pro Sekunde erreichen können.«

»Damit hätte die Reise etwa ... etwa fünfhundert Jahre gedauert – mindestens«, sagte Picard. »Und wie Sie schon andeuteten, könnte sie durchaus längere Zeit beansprucht haben.«

»Man kann sich kaum die Entbehrungen und die Opfer vorstellen, die unser Volk auf dieser ersten langen Reise auf sich nehmen mußte«, keuchte Pwett. »Es war in provisorischen Raumschiffen von seiner Heimatwelt geflüchtet. Die Schiffe waren nie für eine interstellare Reise konzipiert worden. Viele, sehr viele von uns starben – aber die meisten von uns erreichten den unbewohnten Planeten, den wir immer noch als *Hort* bezeichnen, und wir siedelten uns dort für einen längeren Zeitraum an.«

»Wir lebten sechshundert Jahre lang auf *Hort*«, fuhr Grek fort. »Wir lebten gut, und wir vermehrten uns. Wir besaßen die Fähigkeiten und dank des Planeten auch die nötigen Rohstoffe, um neue und bessere Raumschiffe zu bauen. Schließlich hatten einige von uns zur Zeit des Angriffs durch die Lethanta als Wissenschaftler im Weltraum gearbeitet. Sie und ihre Schüler hatten sich pausenlos mit der Frage beschäftigt, wie wir unsere Flotte verbessern konnten.«

Drappa nahm den Faden auf. »Irgendwann wurde entschieden, daß wir nicht auf *Hort* bleiben würden, sondern daß wir die Verfolgung der Lethanta fortsetzen wollten, nachdem wir eine neue, größere und bessere Zweite Flotte gebaut hatten.«

»Sind Mitglieder Ihres Volkes auf *Hort* zurückgeblieben?« fragte Troi.

Larkna zuckte die Schultern. »Wir wissen es nicht«, sagte er. »Möglicherweise. Wenn es so ist, besitzen sie ihre eigenen Aufzeichnungen.«

»Wir würden solche Zurückgebliebenen in jedem Fall als Schande für unser Volk betrachten«, sagte Drappa.

»So ist es«, bestätigte Hek.

»Also reisten Sie von Stern zu Stern, immer auf der Suche nach den Lethanta«, sagte Picard. »Und Sie suchen jetzt schon seit etwa sechstausend Jahren nach ihnen.«

»Und jetzt haben Sie sie gefunden«, fügte Troi hinzu.

Hek nickte. »Die Fünfte Flotte empfing vor etwa siebzig Jahren Radiosignale aus diesem Sternensystem, und wir stellten bald fest, daß sie von den Lethanta stammten. Sie können sich nicht vorstellen, welche Begeisterung beim Bekanntwerden dieser Neuigkeit ausbrach, Commander Troi.«

»Oh, ich glaube doch.«

»Wir waren nur noch wenige Jahre von einem Sternsystem entfernt, das fünf Lichtjahre von hier entfernt liegt, als wir die Signale entdeckten«, erzählte Hek weiter. »Doch wir änderten nicht den Kurs, sondern machten einen kurzen Zwischenhalt in diesem System, um in einer gigantischen Anstrengung unsere bereits gewaltige Fünfte Flotte zu einer noch mächtigeren Sechsten Flotte auszubauen. Wir wollten nicht noch einmal um unsere Rache betrogen werden.«

»Wie lange haben Sie sich in diesem anderen System aufgehalten?« fragte Picard.

»Nur zweiunddreißig Jahre«, antwortete Hek. »Wir waren sehr in Eile.«

»Die Reise dauerte diesmal fünfunddreißig Jahre«, sagte Drappa. »Wir beschleunigten mit einer ganzen Einheit der Normalschwerkraft, solange unsere neu konstruierten Triebwerke durchhielten. Ich selbst war ein kleiner Junge, als wir die Signale aus diesem Sternensystem hörten, Captain, die Signale, die uns verrieten, daß sich die Lethanta hier versteckt hatten. Ich werde diesen Tag niemals vergessen.«

Hek nickte. »Ich wurde in diesem System geboren, Captain, und ich war ein kleiner Junge, als wir es verließen«, sagte der Präsident. »Auch ich werde diese Zeit niemals vergessen – die erwartungsvolle Aufregung, die Hoffnung, daß ein langer, langer Kampf endlich abgeschlossen werden sollte, daß die Gerechtigkeit erfüllt werden sollte.«

»Handelt es sich wirklich um Gerechtigkeit?« fragte Picard. »Präsident Hek, Ihnen muß doch bewußt sein, daß die Leute, die auf Nem Ma'ak Bratuna leben, viele Generationen von jenen getrennt sind, die Ihrem Volk so großes Unrecht zufügten. Für die Lethanta ist all dies schon so lange her, daß sie die uralten Geschichten über die Unterdrückung und die Flucht bereits beinahe als Aberglauben abgetan haben, bevor man die Annäherung Ihrer Flotte entdeckte.«

Hek verzog mißmutig das Gesicht. »Aberglauben? Nun, wir werden ihnen großes Unglück bringen – zumindest insofern haben die Lethanta recht.«

Picard ließ nicht locker. »Wir haben uns mit den Lethanta getroffen«, sagte er. »Wir haben mit ihnen gesprochen und ihnen zugehört. Wir haben das Entsetzen und das schlechte Gewissen in ihren Augen gesehen, als sie uns beschrieben, was ihre Vorfahren dem Volk der Krann angetan haben.«

Hek blickte Picard eine Weile schweigend an. »Sie haben es Ihnen erzählt?« fragte er schließlich nach. »Alles?«

»Ja, das haben sie«, erwiderte Picard. »Sie waren in dieser Hinsicht sehr aufrichtig.«

Hek machte eine wegwerfende Handbewegung. »Sie haben nur Angst«, sagte er. »Sie würden alles sagen und alles tun, um die Vergeltung abzuwenden.«

»Nicht alles«, widersprach Picard. »Sie haben Ihre Flotte nicht angegriffen.«

Hek hätte beinahe laut aufgelacht. »Was können sie schon gegen uns unternehmen, Captain?« fragte er. »Wir haben sie gründlich mit unseren Sensoren ausspioniert. Wir haben jede Waffe registriert, jeden Soldaten gezählt und jede Rakete lokalisiert. Wenn die Lethanta alles, was sie haben, so effektiv wie möglich einsetzen, dann können sie unserer Flotte einen gewissen Schaden zufügen – aber nur einen äußerst geringfügigen Schaden.« Hek zuckte die Schultern. »Danach würden wir immer noch über ausreichend Reserven verfügen, um sie vollständig zu vernichten.«

»Ich glaube, die Lethanta wissen, daß Sie nicht aufgehalten werden können«, sagte Worf. »Sie wissen, daß sie sterben werden.«

»Präsident Hek«, sagte Picard langsam, »auf Nem Ma'ak Bratuna leben zwei Milliarden Menschen, und nicht ein einziger von ihnen hat Ihnen oder Ihrem Volk jemals etwas Böses angetan.«

»Sie sind die Erben einer gewaltigen Schuld«, erwiderte Hek. »Sie müssen für die Verbrechen ihrer Vorfahren sühnen.«

»Diese Lethanta haben Ihrem Volk nichts getan«, wiederholte der Captain.

»Picard, selbst wenn Sie recht hätten, wie soll ich der Flotte klarmachen, daß wir die Lethanta *nicht* angreifen sollten?« erwiderte der Präsident mit plötzlicher Verzweiflung. »Sie haben unser Volk ohne Gewissensbisse niedergemetzelt! Wir haben sie sechstausend Jahre lang wegen dieses Verbrechens verfolgt! Wir sind nur noch zwei Tage von der Erfüllung unseres Ziels entfernt!«

»Sie wußten, was auf sie zukommt«, sagte Reckkel, und die anderen Krann murmelten zustimmend.

»Würden *Sie* einen Rückzieher machen, Picard?« rief Grek herausfordernd. »Würden Sie auf Ihre Rache verzichten?«

»Ich hoffe, ich hätte die Weisheit, es zu tun«, antwortete Picard ruhig. »Ich hoffe, ich hätte den Mut dazu.«

»Werfen Sie uns nicht vor, uns würde es an Mut mangeln, Jean-Luc Captain des Raumschiffs *Enterprise*«, stieß Pwett zwischen zusammengebissenen Zähnen hervor. »Wir haben größere Entbehrungen und schwerere Zeiten erlebt, als Sie sich vorstellen können!«

»Ich möchte Sie nicht beleidigen«, sagte Picard. »Aber Sie müssen doch erkennen, daß es eine Alternative geben muß. Es muß möglich sein, den Mord an zwei Milliarden Individuen zu verhindern, an Männern, Frauen und Kindern, die Ihnen nichts getan haben. Können Sie nicht die Vergangenheit verdrängen, wenn sie die Zukunft zu zerstören droht?«

»Die Vorhut unserer Flotte wird ihr Ziel in weniger als zwei Tagen erreicht haben«, sagte Hek.

»Halten Sie sie auf«, drängte Picard. »Ändern Sie den Kurs.«

»Nein«, erwiderte Hek unumwunden. »Es gibt keinen Grund, warum wir so etwas tun sollten.«

»Es gibt mehr als genügend Gründe«, beharrte Picard auf seinem Standpunkt.

»Zum Beispiel?« fragte Hek. »Was hätten uns die Lethanta anzubieten, wenn wir den Angriff abbrechen würden?«

Picard ergriff sofort diese neue Möglichkeit. »Da ich von den Lethanta als Vermittler akzeptiert wurde, könnte ich in Erfahrung bringen, was sie Ihnen anzubieten hätten, wenn Sie möchten. Soll ich mich danach erkundigen?«

Hek wirkte leicht überrascht. »Ja, warum nicht«, sagte der Präsident langsam. »Tun Sie das.«

»Dann werde ich sofort versuchen«, sagte Picard, »eine Verhandlungsgrundlage zu schaffen. Ich werde mich innerhalb der nächsten zwölf Stunden wieder bei Ihnen melden.« Er stand auf, und Troi und Worf folgten seinem Beispiel.

»Einen Augenblick!« sagte Grek verwirrt und wütend. »Haben wir etwa ein Friedensangebot gemacht? Ich habe niemals meine Zustimmung zu einem solchen Vorgehen gegeben! Wir werden angreifen! Dabei bleibt es!« Auch die anderen Anführer der Nationen beschwerten sich lautstark über die neueste Entwicklung der Dinge.

»Ruhe!« brüllte Präsident Hek, worauf die Anführer sofort verstummten. »Es wird genauso geschehen, wie ich es gesagt habe! Oder muß ich Ihnen in Erinnerung

rufen, bei wem die letzte Entscheidungsbefugnis liegt? Captain Picard, bitte überbringen Sie uns in den nächsten zwölf Stunden das Angebot der Lethanta – falls sie uns ein solches machen möchten.«

»Ausgezeichnet«, sagte Picard lächelnd. »Ich werde mich wie versprochen zurückmelden. Präsident Hek, wir sind ein wenig enttäuscht, daß wir auf dem Weg hierher nicht sehr viel von Ihrem Flaggschiff gesehen haben.«

Hek breitete die Arme aus. »Es tut mir leid, Captain, aber wir haben den kürzesten Weg vom Hangar zum Gastmodul gewählt. Sie selbst haben gesagt, daß die Zeit drängt.«

»Ja, aber wir sind auch daran interessiert, soviel wie möglich über Ihr Volk zu erfahren«, sagte Picard. »Sie haben uns eine faszinierende Geschichte erzählt, und wir sind noch nie zuvor einer Kultur begegnet, die mit Ihrer vergleichbar wäre. Ich frage mich, ob wir vielleicht Beobachter austauschen könnten. Auf diese Weise könnten beide Seiten sehr viel voneinander lernen.«

Hek winkte ab. »Wir sind im Augenblick zu sehr unter Zeitdruck, um jemanden zu Ihrem Schiff schicken zu können«, sagte er beinahe verächtlich. »Und offen gesagt, ich wüßte gar nicht, wen wir schicken könnten. Zur Zeit haben wir alle Hände voll zu tun, wie Sie sich vielleicht vorstellen können.«

»Das bedaure ich sehr, Präsident Hek. Dann dürfte ich vielleicht einen Beobachter auf Ihr Flaggschiff entsenden, der sich hier umsieht, mit Ihren Leuten redet und sich ohne Einschränkungen frei bewegen kann? Wir könnten ihn auch äußerlich ihrem Volk anpassen.«

Hek zuckte die Schultern. »Wir haben nichts zu verbergen, Captain. Sie können gerne jemanden zu uns herüberschicken. Schicken Sie zwei Personen, wenn ich es mir recht überlege. Sie dürfen sich frei bewegen und sich ungehindert alles ansehen.«

»Sehr gut«, sagte Picard. »Das ist sehr großzügig von Ihnen, Präsident Hek. Vielen Dank.«

»Keine Ursache, Captain Picard«, erwiderte Hek. »Draußen vor der Tür wartet jemand, der Sie in den Hangar zurückbegleiten wird. Wenn Sie vor unserem nächsten Treffen Kontakt mit mir aufnehmen möchten, rufen Sie einfach an.« Er lächelte gezwungen. »Diesmal werde ich antworten.«

»Das ist sehr freundlich von Ihnen«, sagte Picard. »Also bis zum nächsten Mal.«

»Bis zum nächsten Mal«, gab Hek zurück. Er und die sechs anderen Krann erhoben sich von ihren Plätzen, als Picard, Troi und Worf den Raum verließen.

Als sie gegangen waren, drehte Hek sich zu seinen Kollegen um. »Gut gemacht«, sagte er. »Es lief besser, als wir geplant hatten.«

Drappa blickte den Präsidenten verwirrt an. »Ich dachte, wir wollten ...«

»Nein«, unterbrach Hek ihn und hielt einen Finger hoch. »Noch nicht. Die Umstände haben in letzter Minute eine Änderung des Plans erforderlich gemacht. Aber das macht nichts, da diese Beobachter für uns einen gewissen Zeitgewinn bedeuten. Dabei fällt mir ein, Drappa, daß ich innerhalb der nächsten Stunde einen aktualisierten Bericht in den Händen halten möchte.«

»Ja, Präsident.«

»Liegen wir immer noch im Zeitplan?«

»Ja, gewiß«, bestätigte der Geheimdienstleiter zuversichtlich.

»Gut.« Hek hob die rechte Hand und hielt Daumen und Zeigefinger etwa einen Zentimeter weit auseinander. »Wir sind so nahe dran, Drappa«, sagte er mit einem gefährlichen Lächeln. »Ich will nicht, daß wir jetzt irgendeinen Fehler machen.«

11

»Schließen Sie die Augen«, sagte Beverly Crusher. Troi gehorchte.

Mit Hilfe einer beleuchteten Vergrößerungslinse studierte die Ärztin aufmerksam Trois linkes Augenlid.

»Hmm. Captain, es ist mir egal, was der Analysator behauptet. Ich finde, daß diese Schattierung nicht ganz stimmt.«

»Dann korrigieren Sie es«, sagte Picard zu ihr. »Ich vertraue Ihrem Auge mehr als einem Analysator, Doktor.«

Will Riker saß auf dem Bett nebenan und beobachtete alles. Er sah jetzt wie ein männlicher Krann aus. Sein Nasenrücken war ein klein wenig verstärkt worden, und die Mulde in seiner Oberlippe war ausgefüllt worden. Sein Bart war ab, die Haarwurzeln waren behandelt worden, damit nichts nachwuchs, und seine Haut wies nun die Färbung von Kaffee mit sehr viel Sahne auf. Sein Haar hatte dieselbe Farbe wie immer, doch die Iris seiner Augen leuchtete in einem warmen Gelb. Genauso wie Troi trug er bereits die dunkle Kleidung, die genau der Mode entsprach, der die Leute von der *Enterprise* überall an Bord des Krann-Flaggschiffs begegnet waren.

Dr. Crusher legte den epidermalen Infiltrator beiseite, mit dem sie Trois Augenlid behandelt hatte. »Sie können jetzt die Augen öffnen, Deanna«, sagte sie nach einem letzten prüfenden Blick. »Ich bin fertig.«

Troi sah Riker nun sehr ähnlich, nur daß ihre Haut

ein wenig dunkler als seine war, während ihr gekürztes schwarzes Haar in einem goldenen Glanz schimmerte. Ihre Augen wiesen eine blaßgrüne Färbung auf.

Troi blickte zu Riker hinüber und grinste. »Ich schau dir in die goldenen Augen, Kleines«, variierte sie das Zitat. »Will, es ist Jahre her, seit ich dich zum letzten Mal ohne Bart gesehen habe.«

»Keine Sorge, ich werde ihn baldmöglichst nachwachsen lassen«, sagte Riker, während er sich über das Kinn strich. »Ich komme mir richtig nackt vor. Es ist schade, daß Sie keinen Krann mit Bartwuchs gesehen haben, Captain.«

»Vielleicht wächst ihnen überhaupt kein Bart«, sagte Picard. »Sofern die Krann es nicht als unmodisch betrachten oder irgendein Tabu damit verbunden ist. Wir dürfen nicht das Risiko eingehen, daß Sie an Bord des Flaggschiffs möglicherweise die einzige Person mit Bart sind, Will.«

»Ich opfere meinen Bart gerne, wenn ich damit zur Wahrung des galaktischen Friedens beitragen kann«, erwiderte Riker tapfer. »Trotzdem ist es schade drum. Vielleicht hätte ich ihn Data spenden sollen. Er wirkte nicht sehr glücklich, als er ging.«

»Ach, hören Sie auf!« sagte Beverly Crusher. »Data schien völlig zufrieden zu sein, als ich mit ihm fertig war. Ro ebenfalls. Gut gemacht, Bev!« Sie hob einen Arm, um sich selbst auf die Schulter klopfen.

»Renken Sie sich nicht die Schulter aus, Doktor!« sagte Riker. »Ich wüßte nicht, was wir ohne Sie machen sollten.«

»Transporterraum drei an Captain Picard.«

»Sprechen Sie!« sagte Picard.

»Commander Data und Fähnrich Ro sind auf die Oberfläche des dritten Planeten gebeamt worden, Captain.«

Picard nickte. »Sehr gut. Brücke, bringen Sie uns

wieder zur Krann-Flotte zurück. Mit maximaler Geschwindigkeit.«

Zwei komplette Krann-Monturen lagen ordentlich zusammengefaltet auf einem unbenutzten Bett. »Mr. Worf hat ausgezeichnete Arbeit geleistet, als er die körperlichen Charakteristika der Krann aufzeichnete, denen wir an Bord des Flaggschiffes begegneten«, sagte Picard. »Diese Kleidung ist eine genaue Kopie der üblichen Krann-Mode, ein zweiteiliger schwarzer Anzug ohne wesentliche individuelle Unterschiede. Im großen und ganzen trug jeder, den wir sahen, das gleiche.«

»So etwas ist eigentlich typisch für totalitäre Kulturen«, stellte Beverly fest. »Das ist ein schlechtes Zeichen, Captain.«

»In der Tat«, sagte Picard. »Doch man sollte nicht vergessen, daß wir uns an Bord des Flaggschiffs kaum umsehen konnten. Das heißt, die Verantwortlichen der Krann haben uns nicht gestattet, daß wir allzuviel sehen. Allerdings hoffe ich, daß Sie beide diesen Informationsmangel ausgleichen können. Wir müssen noch einiges über diese Leute in Erfahrung bringen.«

Die Tür zur Krankenstation öffnete sich, und Geordi LaForge trat herein. »Sie sind jetzt bereit, Captain«, sagte der Chefingenieur. Er reichte Picard zwei silberglänzende Spangen, die etwa sechs mal vier Zentimeter groß waren.

Picard nahm eine in die Hand und betrachtete sie aus der Nähe. »Ausgezeichnet, Mr. LaForge«, sagte der Captain anerkennend. »Sehr gute Arbeit.«

»Danke, Captain.«

»Wir waren besorgt, daß die Krann unsere Kommunikation abhören könnten«, sagte Riker. »Ich vermute, Sie haben sich mit diesem Problem beschäftigt, Geordi.«

LaForge nickte. »Das haben wir getan«, sagte er.

»Diese Kommunikatoren arbeiten auf einer Subraumfrequenz, von der die Krann unserer Einschätzung nach nichts wissen. Mit ihrer Technik können sie sie weder registrieren noch abhören. Diese Einheiten haben eine kleinere Reichweite als Standard-Kommunikatoren, und sie benötigen mehr Energie, aber das dürfte kein Problem sein.« Er hob ein kleines, mattes Objekt hoch, das er zwischen Daumen und Zeigefinger hielt. Es sah wie eine Hustenpastille aus. »Aus Sicherheitsgründen funktionieren die Spangen völlig lautlos. Das hier ist der Audioempfänger. Er paßt genau in Ihren linken Gehörgang und ist von außen nicht zu erkennen, solange man keine gründliche Leibesvisitation vornimmt.«

»In diesem Fall würde der Schwindel ohnehin auffliegen«, sagte Riker ironisch.

»Das habe ich mir auch gedacht«, entgegnete Geordi. »Dieser Empfänger arbeitet so leise, daß die Leute in Ihrer Nähe nicht hören können, was er von sich gibt. Um zu senden, müssen Sie nur auf die Spange tippen und ganz normal sprechen.«

»Wie lange hält die Energiezelle?« wollte Riker wissen.

»Für diese Reichweite zwei Tage«, antwortete Geordi. »Bei größerer Entfernung natürlich weniger, aber das wird nicht geschehen. Wir bleiben immer in der Nähe, und Sie und Counselor Troi werden ohnehin nicht lange fort sein. Da wir nichts dagegen haben, wenn die Krann unsere Kommunikation mit Nem Ma'ak Bratuna abhören, wurden Data und Ro mit Standard-Kommunikatoren ausgestattet, die als Gürtelschnallen getarnt sind und die zu ihrer Lethanta-Kleidung passen. Diese Subraum-Modelle, die ich für Sie hergestellt habe, besitzen nicht genügend Reichweite, um Verbindung zwischen hier und Nem Ma'ak Bratuna aufzunehmen. Dazu würden wir eine Energiezelle benötigen, die etwa so groß wie Ihr Kopf wäre.«

»Was glauben Sie, wie genau die Krann unsere Kommunikation überwachen, Captain?« fragte Troi.

»Präsident Hek erwähnte einige Umstände, die deutlich darauf hinwiesen, daß er den Inhalt unserer Funkkontakte mit den Lethanta kannte«, antwortete Picard. »Ich glaube, daß sie unsere normalen Kommunikatoren nicht abhören können, Counselor, aber eine bloße Vermutung genügt mir nicht, wenn Sie und Will eine erfolgreiche Mission durchführen sollen. Wir müssen vorsichtig sein. Die Krann hatten viele Jahrhunderte Zeit, um ihre Technik des Signalempfangs zu vervollkommnen, und ich vermute, daß sie auf diesem Gebiet über einige Erfahrung verfügen. Doch wenn wir eine Subraumfrequenz benutzen, kann ich mir nicht vorstellen, daß die Krann sie abhören können. Schließlich haben sie bislang keinerlei Subraumtechnik entwickelt – nicht einmal in theoretischer Hinsicht.«

»Wo sollen wir diese Dinger tragen?« fragte Riker, als er die Spangen von Picard entgegennahm und eine an Deanna weitergab.

»Sie werden elektrostatisch an eine speziell behandelte Fläche auf Ihrer Jacke knapp unter dem linken Kragen geheftet«, erklärte LaForge und deutete auf die Gegend seines Schlüsselbeins. »Dort tragen die Krann eine Spange auf ihrer Kleidung, offenbar um notfalls den Kragen ihrer Jacke damit schließen zu können. Diese Geräte arbeiten im Prinzip genauso wie Standard-Kommunikatoren. Tippen Sie darauf, um einen Kanal zu öffnen, oder antworten Sie einfach, wenn Sie gerufen werden. Außerdem können wir Sie mit ihrer Hilfe jederzeit problemlos lokalisieren. Und für den Notfall wurde sogar eine Transporterroutine in den Festspeicher programmiert.« Geordi grinste plötzlich. »Sie können Sie natürlich auch als Spangen benutzen, wenn Sie möchten.«

»Worf an Captain Picard.«

»Ja, Lieutenant?«

»Captain, ich habe die letzte Sensorabtastung des Flaggschiffs abgeschlossen.«

»Überspielen Sie die Resultate bitte in die Krankenstation.«

»Ja, Captain.«

Picard ging zu einem Terminal hinüber, und schon nach wenigen Augenblicken leuchtete der kleine Bildschirm auf und zeigte eine dreidimensionale Rißzeichnung des Krann-Flaggschiffs. An verschiedenen Stellen waren bestimmte Bereiche eingefärbt, um den vermuteten Zweck dieser Sektoren anzudeuten. An der Seite des Bildschirm wurde erklärender Text eingeblendet.

Picard blickte auf einen großen roten Bereich im Heck des Raumschiffs. »Eine Hälfte der Hecksektion des Schiffes scheint nur aus Maschinen zu bestehen«, stellte er fest. »Bemerkenswert.«

Riker studierte das Diagramm ebenfalls. »Ich kann nicht erkennen, wo der Treibstoff aufbewahrt wird, Captain«, sagte er. »Ich vermute, daß sie keine großen Reserven mehr haben. Wahrscheinlich gehen sie davon aus, daß sie neuen Treibstoff aufnehmen können, nachdem sie ihr Problem mit den Lethanta gelöst haben. Ich schätze, die Treibstofftanks befanden sich außenbords und wurden zu etwas anderem umgebaut, nachdem sie leer waren.«

»Das sehe ich genauso«, pflichtete Picard ihm bei. »Die Krann verschwenden nichts.« Er zeigte auf den großen grauen Bereich, der ungefähr mittschiffs lag. »Was halten Sie davon, Will? Wir haben diesen Sektor bei allen Sensorscans registriert, aber er hat sich während unserer verschiedenen Suchläufe nicht verändert.«

»Die graue Farbe ist natürlich ein Hinweis auf ›keine wichtige Funktion‹«, sagte Riker und kratzte sich am bartlosen Kinn. »Allerdings glaube ich nicht daran. Dieser Bereich sieht aus wie irgendwelche leeren Frachträume, aber wie Sie schon sagten, verschwenden die Krann nichts. Sie könnten es sich gar nicht leisten. Sie würden einen leeren Frachtsektor sofort in zusätzlichen Wohnraum oder etwas anderes Sinnvolles verwandeln. Dieser ganze Bereich wirkt einfach zu unscheinbar!«

»Vielleicht verstecken sie das, was sich wirklich dort befindet, hinter irgendeiner Abschirmung vor unseren Sensoren«, überlegte Troi.

»Genau das glaube ich auch, Counselor«, sagte Picard, »aber ich könnte Ihnen nicht erklären, wie die Krann das bewerkstelligen. Das gibt mir zu denken.«

»Sie sollten uns genau dorthin bringen, Captain«, sagte Riker und tippte auf den Bildschirm. »Genau an den Rand des grauen Bereiches – in diese kleine Nische hier.«

»Einverstanden«, sagte Troi. »Wir müssen uns unbedingt persönlich dort umsehen.«

»Ich bin ebenfalls einverstanden«, sagte Picard. »Falls dieser Bereich irgendeine Gefahr für uns darstellt, müssen wir uns darauf vorbereiten. Außerdem haben wir immer noch keine Erklärung für die Herkunft der drei Warpsignale, die uns auf dieses System aufmerksam gemacht haben. Wir müssen herausfinden, ob die Krann das Geheimnis des Warpantriebs entdeckt haben. Die Antwort auf alle unsere Fragen könnte genau dort liegen, irgendwo in diesem grauen Sektor.«

»Wenn es so ist, Captain, werden wir sie finden«, sagte Riker.

»Ich weiß«, erwiderte Picard. »Ich möchte, daß Sie beide sich in zehn Minuten zum Krann-Flaggschiff hinüberbeamen lassen. Vorher muß ich noch einige Vorbereitungen mit dem verantwortlichen Techniker im Transporterraum drei treffen.«

Sie materialisierten in einem engen Raum, der mit ordentlich etikettierten Frachtcontainern angefüllt war. Hier war es ausgesprochen sauber.

Sie lauschten aufmerksam. Niemand schien sich in der Nähe aufzuhalten.

Riker schnupperte. »Es riecht wie Frischluft«, sagte er überrascht. »Wenn ich es nicht besser wüßte, würde ich schwören, daß es riecht, als würde es bald Regen geben.« Er schnupperte noch einmal. »Genauso riecht es. Wie Regen. Ich glaube, ich kann sogar Blumen riechen.«

»Das ist möglicherweise Absicht, Will«, vermutete Troi. »Vielleicht ist es für die Krann angenehm oder sogar notwendig, die Umweltbedingungen Ihres Heimatplaneten so exakt wie möglich zu rekonstruieren. Zur Aufrechterhaltung der physischen oder mentalen Gesundheit – oder beider. Es gibt sehr viel, was wir über sie noch nicht wissen. Schließlich haben wir noch nie mehrere Generationen dauernde Sternenreisen unternommen. Ich frage mich, was Beverly dazu zu sagen hätte.«

»Vielleicht können wir sie später holen, damit sie sich hier umsieht«, sagte Riker. »Sieh mal – jede Wand ist in einer hellen Farbe gestrichen, und die Beleuchtung ist angenehm und indirekt, sogar in diesem Frachtsektor. Im Augenblick erkenne ich keine Gefahr, und schon gar nicht in dieser Abstellkammer.« Er lächelte. »Hier riecht es wirklich wie im Frühling«, sagte er nach einer Weile. »Ich hätte Lust, einen Spaziergang in den Wäldern zu machen.«

»Die Krann haben jede Menge Zeit, Will, es vergehen Jahrhunderte zwischen den Planetenaufenthalten«, sagte Troi. »Man kann sehr viel an den Ambientenkontrollen herumspielen, wenn man so viel Zeit zur Verfügung hat, selbst in einem so riesigen Raumschiff wie diesem.«

»Wahrscheinlich«, sagte Riker. »Wollen wir? Das da

drüben dürfte der Ausgang sein. Nach unseren Untersuchungen führt diese Tür auf einen kleinen Gang, der in einen großen Korridor mündet, der kurz vor dem grauen Bereich endet.« Er grinste. »Ich freue mich schon auf den Spaziergang.«

»Erwarte nicht zuviel, Will«, warnte Troi ihn. »Jeder Korridor, den wir auf dem Weg zum Konferenzraum sahen, war kahl, eng und streng funktional. Überall war nur nacktes Metall. Wir haben nicht den winzigsten dekorativen Schnörkel gesehen.«

»Hier dürfte es genauso aussehen«, sagte Riker. »Trotz der Einrichtung im kleinen Lagerraum kann ich mir nicht vorstellen, daß die Krann viel Zeit auf Kosmetik verwenden. Nach dem, was du und der Captain bei der Einsatzbesprechung sagtet, scheinen die Krann ein nüchternes Volk zu sein – sehr effektiv, kein Sinn für Spielereien.«

Sie standen jetzt vor der Luke. In der Mitte der Tür befand sich ein kleiner Handgriff. »Siehst du?« fragte Riker. »Ich denke, sie wird sich problemlos für uns öffnen, wenn ich ...«

»Will!« sagte Troi plötzlich. »Sei vorsichtig ...«

Die Tür schwang reibungslos zur Seite, und urplötzlich drang grelles Licht und lauter Lärm herein.

»Was ist das?« brummte Riker und steckte seinen Kopf durch die Öffnung. Er blickte in einen großen, breiten und hell erleuchteten Korridor, in dem sich Hunderte von Leuten in farbenfroher Kleidung bewegten. Ein Grasstreifen mit Sitzbänken trennte die zwei Hälften der Promenade voneinander. Die Passanten schienen sich an die Konvention zu halten, immer nur auf der linken Seite zu gehen. Die Wände waren überall von Nischen in verschiedenen Größen unterbrochen. Die Leute an den Ständen davor schienen Waren anzubieten – es handelte sich offenbar um kleine Geschäfte.

»Deanna?« sagte Riker verblüfft. »Ich hatte hier eigentlich etwas anderes erwartet. Hier draußen sieht es eher wie beim Karneval aus.«

»Das verstehe ich nicht«, sagte Troi kopfschüttelnd. Sie blickte nach links und rechts in den Korridor. Die Decke befand sich mindestens zwanzig Meter über ihren Köpfen, die Länge des Raums war aufgrund der leichten Krümmung nicht abzuschätzen. »Weder auf dem Herweg noch auf dem Rückweg haben wir irgend etwas gesehen, was auch nur entfernt an das hier erinnert. Man scheint uns bewußt davon ferngehalten zu haben.«

»Ich glaube, dieser Korridor führt rund um das Flaggschiff herum, knapp unter der Außenhülle«, sagte Riker. »Erkennst du die Krümmung? Es dürfte in etwa hinkommen. Man könnte einmal um das ganze Ding herumlaufen, wenn man wollte.«

Ein älterer Mann in legerer Kleidung kam an der offenen Luke vorbei und entdeckte Riker und Troi. »He, ihr zwei!« rief er ihnen fröhlich zu. »Seid ihr nicht etwas zu fein angezogen?«

Da er nicht wußte, was er sonst tun sollte, lächelte Riker einfach und winkte ihm zu. Troi tat es ihm nach. Der Mann winkte zurück und ging weiter. »Wir müssen schnellstens diese Sachen loswerden«, sagte Riker leise zu Troi. »Hier trägt niemand solche Kleidung. Wir würden überall auffallen. Vielleicht haben wir unwissentlich irgendeine kulturelle Regel verletzt – als würde man einen Smoking am Strand tragen.« Er seufzte. »Wir hätten in unserer normalen Freizeitkleidung herüberkommen können, und alles wäre bestens gewesen.«

»Möchtest du, daß man uns zurückbeamt?« fragte Troi.

»Nein«, antwortete Riker sofort. »Auf diese Weise erfahren wir nichts. Wir wollen zuerst versuchen, soviel wie möglich über unsere Umgebung herauszufinden.« Er zeigte in eine Richtung. »Ich glaube, ich sehe dort in etwa siebzig Metern Entfernung etwas, das uns helfen könnte.«

»Wie? Ach das!« sagte Troi mit einer gewissen Erleichterung.

Nicht allzuweit entfernt kamen zwei Krann in ihre Richtung gelaufen. Sie trugen die gleiche dunkle Kleidung wie Riker und Troi. Sie waren so auffällig wie zwei durchgebrannte Glühbirnen inmitten einer jener knallbunten Leuchtreklamen, wie sie von Anthropologen im Kulturreservat von Las Vegas ausgestellt wurden. Trotz ihrer tristen Kleidung unterhielten sich die zwei Krann angeregt miteinander und lachten offenbar über etwas, das einer von ihnen gerade gesagt hatte. Plötzlich bogen sie zur Seite ab und verschwanden in einem Geschäft am Rand des breiten Korridors.

Riker und Troi machten sich auf den Weg zum gleichen Ziel. Trotz ihrer anfänglichen Besorgnis erweckte ihre dunkle, enge Kleidung kaum mehr Aufmerksamkeit als einen gelegentlichen Seitenblick von den mehreren Dutzend Krann, an denen sie vorbeikamen.

Sie hatten bald die zwei Krann wiedergefunden, nach denen sie suchten.

»Ein Mann und eine Frau«, sagte Troi.

»Es ist nicht allzu schwierig, sie auseinanderzuhalten«, sagte Riker.

Die dunkel gekleideten Krann standen vor dem größten von mehreren Containern innerhalb des Geschäftes. Der Mann hielt ein Kleidungsstück hoch, das blau und gelb gefärbt war und im Licht der Umgebung zu leuchten schien. Für Riker sah es wie eine Mischung aus Pullover und Hemd aus. Weitere Krann hielten sich im Geschäft auf – Männer, Frauen und ein paar Kinder –, doch sie alle trugen bequeme Kleidung, die in grellen, bunten Farben gehalten war. Sie beobachteten, wie eine Krann-Familie – darum schien es sich offenbar zu handeln – mehrere Stücke zusammensuchte und damit das Geschäft verließ.

»Hier kann man Kleidung kaufen, wie es scheint«, sagte Riker. »Diese Leute sind Kunden.«

»Ja«, sagte Troi. »Ich erkenne weitere Waren in den Regalen an den Wänden. Es ist wie ein Basar, nur daß es hier wesentlich ruhiger zugeht.« Sie dachte darüber nach. »Vielleicht macht man es auf diese Weise, wenn man eine große Bevölkerung zu versorgen hat, aber keine Replikatoren zur Verfügung hat. Man bringt alles an eine zentrale Stelle, wo sich jeder heraussuchen kann, was er braucht – und offenbar nur das, was er braucht.«

Die zwei *Enterprise*-Offiziere sahen zu, wie der männliche Krann sich plötzlich vom Container abwandte und sie bemerkte. Er grinste und winkte ihnen zu. Auch die Frau an seiner Seite drehte sich um und grüßte sie lächelnd.

»Es geht los«, murmelte Riker.

»Ich stehe dir zur Seite«, sagte Troi.

Riker setzte sein breitestes Lächeln auf und marschierte in das Geschäft, dicht gefolgt von Troi. »Hallo!« rief er.

»Ich grüße euch«, erwiderte die Krann-Frau. »Ihr scheint vorzeitig eure Schicht beendet zu haben, wie ich sehe. Hat euer Distributor den Geist aufgegeben?«

»Ja«, sagte Riker mit einem bedauernden Nicken. »Sie arbeiten daran, aber ...«

»Sicher«, sagte die Frau. »Bei uns ist es schon zum zweiten Mal in diesem Jahr passiert. Wir wollten auch nicht abwarten, bis sie unsere Maschine wieder zum Laufen gebracht haben. Beim letzten Mal haben sie die ganze Schicht dazu gebraucht.« Sie blickte sich um. »Hier muß es doch irgendwo einen Verkäufer geben ...«

Riker blickte sich ebenfalls um. »Wenn man einen

braucht, ist nie einer in der Nähe«, sagte er verständnisvoll.

Die Krann-Frau lachte. »So ist es!« sagte sie und kramte noch einmal im Container. »Große Leere, hier ist ja alles durcheinander. Wie soll man nur finden, was man braucht? Seht euch das an! Die *Pasterjacks* und *Opinopps* zusammen in einem Container!«

»Ich habe dir gesagt, wir hätten schon gestern kommen sollen«, sagte der Mann mit vorsichtigem Tadel.

Plötzlich sprach jemand mit sanfter Stimme in ihrem Rücken. »Hat jeder etwas Passendes gefunden?«

Riker drehte sich um. Die Stimme gehörte zu einem kleinen, kahlköpfigen männlichen Krann, der einen kunstvoll gearbeiteten Freizeitanzug trug, der nicht ganz so grell wie die meiste Kleidung in den Containern gefärbt war. Er lächelte Riker freundlich an.

»Vielleicht die grünen und gelben Sachen da drüben«, sagte Riker und zeigte darauf.

Der Mann blinzelte. »Etwa für *Sie*?«

Riker erkannte, daß er offenbar einen Fehler gemacht hatte. »Nein, natürlich nicht«, sagte er schlagfertig. »Für sie.« Er zeigte auf Troi, die sich ein paar Schritte entfernt hatte.

»Ach so! Ja, sicher. Entschuldigen Sie, bitte!« Der Verkäufer reichte Troi das Kleidungsstück. Es war in etwa wie eine Jacke geschnitten und hatte ungefähr ihre Größe. »Es ist eine gute Wahl für Ihre Gattin.«

»Es gefällt mir«, sagte Troi. Sie blickte sich um. »Wo?«

»Da drüben«, antwortete der Mann und deutete in den hinteren Bereich des Geschäfts, wo sich einige Türen in der Wand befanden. »Aber Sie möchten doch sicher noch ein paar andere Sachen, nicht wahr?« Er lächelte erneut. »Mit nur einer Düse fliegt es sich schlecht, Sie wissen ja.«

»Völlig richtig«, erwiderte Riker amüsiert. »Wir sind

noch lange nicht soweit. Vielleicht könnten Sie uns ... äh ... etwas zeigen? Falls unsere Kollegen nichts dagegen haben. Schließlich waren sie zuerst hier.«

»Kein Problem«, rief die Krann-Frau ihm über die Schulter zu. Sie kramte bereits in einem anderen Container, während ihr Gefährte daneben stand und zusah. »Wir kommen schon zurecht.«

»Gut.« Der Verkäufer führte Riker und Troi zu einer Reihe von kleineren Containern. »Hier müßten Sie alles finden, was nach Ihrem Geschmack ist, wie Sie selbst sehen können. Die Kisten dort drüben enthalten Waren, die sich Ihre Frau vielleicht ansehen möchte. Wir verfügen über eine große Auswahl. Oder möchten Sie, daß ich Ihnen etwas programmiere, während Sie warten ...?«

»Wissen Sie was?« sagte Riker plötzlich. »Wenn Sie etwas Zeit haben, wäre es wirklich toll, wenn Sie meine Frau ausstatten könnten. Ich bin sicher, daß Sie gute Arbeit leisten werden. Schließlich ist heute ein ganz besonderer Tag für uns.«

Der Verkäufer blinzelte wieder. »Sie meinen ...?«

Riker grinste. »Völlig richtig.«

»Phantastisch!« sagte der Verkäufer. Er schien wirklich sehr zufrieden zu sein. »Aber natürlich werde ich Ihnen helfen! Schließlich ist heute ein ganz besonderer Tag für Sie! Es tut mir nur leid, daß Ihr Distributor ausgefallen ist. Ausgerechnet jetzt!«

»Wem sagen Sie das!« erwiderte Riker bedauernd. »Man bemüht sich nach Kräften ...«

»... und dann kommt es, wie es kommt. Denken Sie nicht länger darüber nach. Jetzt wollen wir mal sehen.« Der Verkäufer legte einen Finger an die Lippen und musterte Troi, die versuchte, sich zu entspannen. »Ich glaube, ich weiß, was ich für Sie machen werde«, sagte er schließlich. »Aber die Programmierung braucht eine gewisse Zeit.«

»Wir möchten Ihnen wirklich keine Umstände bereiten«, warf Riker ein.

»Kein Problem«, wehrte der Verkäufer ab. »Zuerst brauche ich ein Grundmuster. Für Sie muß es natürlich viel Rot sein. In der Kiste da drüben dürfte es einiges geben, mit dem ich arbeiten kann. Entschuldigen Sie mich. Ich bin gleich zurück.« Er marschierte zwischen den Containern davon.

»Will?« flüsterte Troi. »Worüber habt ihr beiden geredet?«

»Ich habe keine Ahnung«, erwiderte Riker belustigt. »Ich weiß nur, daß heute ein besonderer Tag für uns ist und daß wir genau das bekommen werden, was wir brauchen – zumindest hoffe ich es. Spiel einfach mit.«

Die Krann-Frau in der dunklen Kleidung kam zu ihnen zurück. »Ich habe zufällig mitgehört, worüber ihr gesprochen habt«, sagte sie. Offensichtlich freute sie sich. »Die Listen sind furchtbar lang, vor allem zu dieser Zeit. Ihr zwei müßt wirklich sehr glücklich sein.«

»Das sind wir«, sagte Riker. »Nicht wahr, mein Schatz?«

»Wir sind überglücklich!« bestätigte Troi.

»Ich wette, ihr könnt es kaum abwarten, daß bald alles vorbei ist, wie?« sagte ihr männlicher Begleiter. Er zwinkerte Riker zu.

»Äh ... richtig!« sagte Riker.

»Wenn wir uns vorstellen dürfen ...«, sagte der Mann mit einer leichten Verbeugung. »Ich bin Kerrn Steuerbord-Atmosphärenüberwacher, und das ist meine Frau, Nawha Steuerbord-Gasprüferin.«

»Wie ihr seht, haben Kerrn und ich viel miteinander gemeinsam«, sagte Nawha.

Riker verbeugte sich und stellte sich ebenfalls vor. »Dex Backbord-Sanitärsystemdirektor. Das ist meine Gattin Pralla Backbord-Lebensmittelüberwacherin.«

»Ah«, sagte Nawha. »Auch ihr habt einiges gemeinsam.«

»Gleich und gleich gesellt sich gern«, sagte Troi. »Es freut uns, eure Bekanntschaft zu machen.«

»Uns ebenfalls«, sagte Kerrn. Er verbeugte sich ein zweites Mal und noch tiefer, genauso wie Nawha. »Wir fühlen uns durch eure Anwesenheit geehrt. Mitglieder des Direktionspersonals frequentieren diesen Korridor nur selten.«

»Mir scheint, daß uns bisher einiges entgangen ist«, sagte Riker und sah sich auffällig um. »Hier gefällt es mir sehr.«

»Nun«, sagte der Verkäufer, der soeben zurückkam, »es scheint sich tatsächlich herumgesprochen zu haben, daß mein kleiner Pavillon für guten Service bekannt ist.« Er hielt etwas hoch, das ungefähr wie ein Rock aussah, der mit fünfzehn verschiedenen Farben bespritzt worden war, und lächelte. »Was meinen Sie?« fragte er und erwartete offensichtlich eine begeisterte Reaktion.

»Phantastisch!« sagte Nawha und klatschte in die Hände. »Pralla, er hat sich selbst übertroffen!«

»Das finde ich auch«, stimmte Troi enthusiastisch zu. »Es ist überwältigend! Was könnte man nur dazu tragen ...?«

»Auch darum werde ich mich natürlich kümmern«, sagte der Verkäufer. »Wenn Sie mir bitte nach hinten folgen würden ...?«

»Ich verstehen nicht allzuviel von Mode«, sagte Kerrn, als der Verkäufer beide Pärchen zum anderen Ende des Geschäfts führte. »Gib mir einfach einen simplen neunfarbigen Anzug für jede Gelegenheit, und ich bin weg von hier, bevor mein alter im Abfallverwerter gelandet ist. Ich hasse Einkaufen. Kennst du dich mit Schwebeball aus, Dex?«

»Ich hatte in letzter Zeit zuviel Arbeit, um mich

darum zu kümmern«, sagte Riker. »Früher war ich mal ein großer Sportfan.« Er beobachtete, wie Troi im Hintergrund des Geschäfts auf eine kleine Plattform stieg. Ein leises Summen ertönte, als sie von oben und unten in helles Licht getaucht wurde. Dann gab der Verkäufer verschiedene Zahlen in eine Tastatur ein, die sich an der Wand befand. Dabei blickte er immer wieder auf eine Art Etikett am fünfzehnfarbigen Rock. Anschließend gab er weitere Werte ein, die er nirgendwo ablesen mußte.

»So, das hätten wir«, sagte der Verkäufer zufrieden. »Ich habe ein paar Spielereien eingebaut, die diesem Tag jedoch völlig angemessen sein dürften.« Nach einer Weile leuchtete eine kleine Anzeige neben der Tastatur auf. Sie zeigte die Miniaturdarstellung eines weiblichen Körpers, der in die Kleidung gehüllt war, die der Verkäufer soeben entworfen hatte. Das Kostüm sah aus wie etwas, daß von einem Trachtenschneider unter Einfluß halluzinogener Drogen ausgearbeitet worden war, doch hier unter den Krann schien es der letzte modische Schrei zu sein.

»Rosco, Sie sind ein Genie!« rief Nawha. »Es ist einmalig! Pralla, Rosco hat sich selbst übertroffen, meinst du nicht auch?«

»Ja, sicher!« sagte Troi so begeistert, wie es ihr möglich war. »Ich habe so etwas noch nie gesehen. Und es ging so schnell!«

»Nun ja«, sagte der Verkäufer bescheiden. »Sie müssen mir noch kein eigenes Boot geben.«

Kerrn und Nawha lachten, und Riker und Troi nach kurzem Zögern ebenfalls.

»Also scheint es Ihnen zu gefallen?« fragte der Verkäufer an Troi gewandt. »Möchten Sie dieses Kostüm bestellen?« Er hielt einen Finger abwartend über eine Taste.

»Können wir noch einmal darüber nachdenken?«

fragte Riker schnell. »Ich meine, schließlich ist heute unserer besonderer Tag.«

»Nun … ja, natürlich«, sagte Rosco mit einem beleidigten Unterton in der Stimme. »Jünger wird es jedenfalls nicht mehr. Und es ist nicht mehr lange bis zur großen Stunde.«

»Wo liegt das Problem?« fragte Kerrn verwirrt. »Er hat die Arbeit doch gemacht.«

»Wir müssen noch einmal darüber reden«, erwiderte Riker mit sanfter Beharrlichkeit. »Sie haben wunderbare Arbeit geleistet, Rosco. Sie können stolz darauf sein. Sehr stolz sogar.«

»Wir sind bald zurück«, sagte Troi.

Rosco schürzte die Lippen. »Das spielt dann keine Rolle mehr«, sagte er hochmütig. Er tippte eine Reihe von Kommandos in die Tastatur, worauf die Anzeige verschwand. »Ich habe einen Zufallsgenerator für dieses Design verwendet, so daß ich es nicht mehr rekonstruieren kann. Gehen Sie zu jemand anderem, wenn Sie heute noch einmal einen solchen Dienst benötigen.« Er fuchtelte mit den Händen. »Bitte, gehen Sie jetzt. Einen schönen Tag noch, aber gehen Sie bitte!«

»Wir gehen«, sagte Riker knapp. »Auf Wiedersehen, Kerrn und Nawha.«

»Äh, auf Wiedersehen«, sagte Nawha. Sie schien genauso verwirrt wie ihr Ehemann zu sein.

Riker und Troi verließen das Geschäft und traten auf den breiten Korridor hinaus.

»Das verstehe ich nicht«, sagte Kerrn zu Nawha, während sie ihnen nachschauten. »Haben wir sie irgendwie beleidigt?«

»Direktoren!« schnaufte Rosco. »Sie sind bestimmt nur heruntergekommen, um sich einmal unter das gemeine Volk zu mischen und sich über uns lustig zu machen. Solche Leute wollen wir hier gar nicht haben. Wir arbeiten hart und verfolgen einen klaren Kurs.

Nicht so wie die da!« Er schüttelte traurig den Kopf. »So etwas habe ich noch nie erlebt. Da sieht man, was aus der Flotte wird – so kurz vor der Landung. Die Moral verpufft in die große Leere.« Er schwieg, bis sich seine Miene wieder aufhellte. »Also gut«, sagte der Verkäufer freundlich. »Was kann ich für Sie beide tun?«

Das erste, was Riker und Troi bemerkten, als sie sich durch die Menge bewegten, war, daß sie nun viel mehr Krann begegneten, die dunkle Kleidung trugen.

»Jetzt verstehe ich«, sagte Troi. »Dies ist eine standardgemäße Arbeitsuniform. Erinnerst du dich, daß Nawha erwähnte, wir hätten unsere Schicht etwas zu früh beendet? Offenbar ist die Schicht, von der sie sprach, jetzt vorbei. Das erklärt auch, warum alle Personen im Gastmodul die gleiche dunkle Kleidung trugen. Sie alle waren bei der Arbeit.«

»Auf jeden Fall dürften wir uns jetzt besser einfügen«, sagte Riker. »Ich bin froh, daß wir nicht irgendein Tabu verletzt haben.«

»Es könnte allerdings noch viele Tabus geben, Will. Mir scheint, daß diese Leute es lieben, sich rituell zu kostümieren. Zum Beispiel deutete Rosco an, daß wir viel Rot tragen müßten, wenn wir heute das feiern, was auch immer wir seiner Meinung nach feiern sollen. Auf diese Leute hier trifft das jedenfalls nicht zu.«

»Verdammt!« sagte Riker. »Ich wünschte, wir hätten diesen Verkäufer nicht beleidigt. Er hat uns nichts getan. Er hat sich unsretwegen sogar große Mühe gegeben. Irgendwie haben wir ihn beleidigt, ohne es zu bemerken.«

»Kerrn und Nawha haben wir genauso schockiert«, stellte Troi fest. »Ich weiß nicht, was wir falsch gemacht haben könnten. Auf jeden Fall war es ein großer Fauxpas.«

»Vielleicht dachte Rosco, wir hätten sein Können irgendwie in Frage gestellt«, sagte Riker. »Schließlich haben wir die Ware nicht bestellt. Allerdings mußten wir schnellstens von dort verschwinden. Er hatte dich bereits gescannt – wahrscheinlich, um deine Maße festzustellen. Ich dachte, als nächstes wäre vielleicht eine Art Identitätsüberprüfung an der Reihe, und damit sollten wir äußerst vorsichtig sein. Außerdem wußte ich nicht, wie wir für die Kleidung oder Roscos Dienstleistung zahlen sollten – oder ob man hier überhaupt bezahlt. Es schien mir das Klügste, wieder zu verschwinden. Ich weiß nicht, was wir sonst hätten tun sollen.«

»Ich dachte, wir hätten uns bis zu diesem Zeitpunkt recht gut gehalten, wenn man bedenkt, daß wir überhaupt nicht verstanden haben, worüber die anderen sprachen«, sagte Troi. »Ich frage mich, was es mit unserem ›besonderen Tag‹ auf sich hat.«

Riker schüttelte den Kopf. »Das wüßte ich auch gern. Zuerst dachte ich, man würde uns für ein Verlobungspaar halten, dessen Hochzeit kurz bevorsteht, doch dann schienen die Leute davon auszugehen, daß wir bereits Ehepartner sind. Also habe ich mitgespielt. Zuerst zeigte Rosco uns beiden seine Waren, und dann konzentrierte er sich darauf, zu unserem besonderen Tag etwas für dich zu gestalten.« Er lächelte. »Ich vermute, sie haben geglaubt, wir hätten soeben von deiner Schwangerschaft erfahren. Ich habe mich bemüht, den stolzen Papa zu spielen, und es scheint von allen akzeptiert worden zu sein.«

»Auch ich habe zunächst an etwas Ähnliches gedacht, aber es paßt irgendwie nicht«, sagte Troi. »Schau dich um, Will. Heute scheint jeder glücklich zu sein und zu feiern. Überall gehen Pärchen Arm in Arm oder Hand in Hand, aber es ist offensichtlich, daß einige glücklicher als andere zu sein scheinen.« Sie zeigte auf ein Paar, das einige Meter vor ihnen ging. Die beiden schienen völlig in ihrer eigenen Welt versunken, während sie sich umarmten. »Siehst du? Sie feiern etwas Besonderes. Ganz für sich, aber trotzdem genauso wie die anderen. Sogar die Alleinstehenden sind glücklich, Will, obwohl es keinen erkennbaren Grund gibt. Es ist eine Art Feiertag, sogar ein sehr bedeutender, aber es ist unmöglich, daß sie alle gleichzeitig schwanger geworden sind. So läuft es nicht bei Humanoiden ab. Du brauchst mich gar nicht so anzugrinsen, Will! Wir haben immer noch keine Ahnung, was hier wirklich geschieht.«

»Vielleicht freuen sie sich gemeinsam auf die Invasion von Nem Ma'ak Bratuna«, spekulierte Riker. »Schließlich haben sie sehr lange auf diesen Augenblick warten müssen. Allerdings könnte unser besonderer Tag auch rein zufällig mit dem bevorstehenden Triumph der Krann zusammenfallen.«

»In diesem Fall würde ich erwarten, daß sie sich irgendwie auf die Invasion vorbereiten«, entgegnete Troi. »Sie sollten Übungen durchführen oder letzte Überprüfungen vornehmen und sich nicht einen schönen Tag machen.«

»Nicht jeder kämpft in einem Krieg an vorderster Front«, warf Riker ein.

»Richtig, aber diese Menschen sehen auch nicht so aus, als würden sie einen Krieg erwarten«, sagte Troi. »In einer solchen Situation sollten sie ernst und vielleicht etwas nachdenklich sein, aber so verhält sich hier niemand. Vielleicht ist es das, was mich die ganze Zeit gestört hat. Es paßt einfach nicht zusammen, Will.« Sie seufzte verzweifelt. »Wenn ich nur ihre Gefühle wahrnehmen könnte! Ich hasse es, blind zu sein.«

»Warte mal!« sagte Riker unvermittelt. »Da drüben. Siehst du diese Tür?«

»Sicher.« In der Wand zwischen zwei Geschäften befand sich ein ungewöhnlich großes Schott. Es war geschlossen und wurde von einem Mann bewacht. Im Gegensatz zu den anderen Türen, die sie bisher gesehen hatte, wies diese keinerlei Markierungen auf. Sie war sogar in derselben Farbe wie der Rahmen und die Wand gestrichen, um sie möglichst unauffällig zu halten.

»Es sieht aus, als würde dieser Weg in den grauen Bereich führen«, sagte Riker.

»Der Wachmann ist bewaffnet«, stellte Troi fest.

»Ich habe im Augenblick nicht vor, etwas zu unternehmen«, beruhigte Riker sie. »Vielleicht gibt es ein Stück weiter noch einen anderen Weg hinein. Aber ich glaube, wir kommen der Sache näher. Wir sollten die Augen offenhalten.«

Data und Ro waren vom Transporter in einer Gasse zwischen zwei kleinen Gebäuden nicht weit vom Regierungshaus entfernt abgesetzt worden. Das erste, was sie bemerkten, war der Geruch.

»Interessant«, sagte Data schnuppernd.

»Widerlich«, sagte Ro und betrachtete skeptisch die Müllhaufen. »Es riecht wie eine undichte sanitäre Anlage. Immerhin herrscht kühles Wetter. Das dürfte den Gestank etwas unterdrücken. Natürlich habe ich mich schon an schlimmeren Orten aufgehalten.«

Als die Lethanta gehört hatten, daß Picard Beobachter zu den Krann schicken wollte, hatten sie darauf bestanden, daß er auch jemanden zu ihrem Planeten schickte. Im Augenblick schien sich der drohende Krieg auf eine Schlacht der Offenheit zu beschränken, die nach Datas Meinung die einzige Art von Schlacht darstellte, die er mit ganzem Herzen unterstützen konnte.

»Auf dem Weg zum Regierungshaus haben wir keine Ansammlungen von Abfällen beobachtet«, sagte Data. »Ich bin überzeugt, daß sie mir aufgefallen wären.«

Ro nickte. »Mit Ihnen hat man die Luxustour unternommen, Commander«, sagte sie. »Darin waren keine Besichtigungen von Abfallhaufen eingeschlossen. Aber eine verdreckte Gasse sagt nicht alles über eine Zivilisation aus. Gehen wir weiter?«

»Natürlich.« Sie marschierten los und verließen die Gasse, die auf eine schmale Straße führte.

Data und Ro trugen unscheinbare Kleidung, mit der sie unter der Lethanta-Bevölkerung nicht auffallen würden. Beverly Crusher hatte zudem ihr Aussehen verändert. Ro Laren benötigte keine großen kosmetischen Korrekturen, da ihr Haar, ihre Augen und ihre Hautfarbe bereits dem Durchschnitt der Lethanta entsprachen. Beverly hatte lediglich ihren Nasenrücken geglättet, die Augenbrauen leicht korrigiert und ihr Haar gekürzt. Nach ihren eigenen Maßstäben sah Ro nun recht merkwürdig aus, aber nicht so merkwürdig wie Data.

Data hatte das Aussehen eines männlichen Humanoiden von der Erde erhalten. Diese Lösung war für Dr. Crusher am einfachsten gewesen, da es unter den Lethanta ein breites Spektrum von Hautfarben und Körpertypen gab, wie sie für humanoide Spezies typisch waren. Datas Haut war angepaßt worden, und seine Augen hatten nun eine braune Färbung. Er hatte außerdem Haare lassen müssen, da viele männliche Lethanta in Datas vermeintlichem Alter einen Ansatz zur Kahlköpfigkeit aufwiesen. Der Rest seines Haars hatte eine Frisur erhalten, die der allgemeinen Mode auf Nem Ma'ak Bratuna entsprach.

In der Krankenstation hatte Ro beobachtet, wie Data sein neues Gesicht in einem Handspiegel ausgiebig gemustert hatte, nachdem Beverly Crusher mit ihm fertig war. Niemand, nicht einmal der Captain, hatte ein Wort dazu gesagt. Schließlich hatte der Androide geblinzelt, den Spiegel weggelegt und sich wieder an die Arbeit gemacht.

Die Straße, auf der sie sich nun bewegten, wirkte recht unscheinbar. Niedrige, etwas heruntergekommene Gebäude säumten die Straße, und überall lag Abfall herum. Einige Leute waren unterwegs, aber niemand schien ein besonderes Ziel zu haben. Ein paar standen zusammen und unterhielten sich. Es gab keinen Fahrzeugverkehr, aber am Straßenrand waren bodengebundene Gefährte geparkt, die sich in verschiedenen Stadien der Reparaturbedürftigkeit befanden. Aus der Ferne war plötzlich wütendes Geschrei zu hören – Flüche und Drohungen, wie es schien –, dann ertönte das Geräusch zersplitternden Glases, bis es wieder still war.

»Ich glaube, die Gebäude dienen als Behausungen«, sagte Data. »Doch da sich recht viele Personen in der Nähe aufhalten, kann ich meinen Tricorder nicht einsetzen, um meine Theorie zu bestätigen oder zu widerlegen.«

»Machen Sie sich darüber keine Sorgen, Commander«, sagte Ro. »Es sind Wohnungen. Ich erkenne ein Slumviertel, wenn ich eins sehe.«

»Slum?« Der Androide dachte kurz nach. »Ach so. Jetzt verstehe ich. Sie wirken sehr nachdenklich, Fähnrich. Dürfte ich Sie nach dem Grund …«

»Wie bitte? Ach, es ist nichts, Commander«, erwiderte Ro und schüttelte den Kopf. »Ich habe nur über etwas nachgedacht, was wir weiter unten gesehen haben. Etwas, das irgendwie nicht hierherpaßte. Aber ich kann nicht genau sagen, was es war.«

»Ich verstehe. Bitte informieren Sie mich, wenn Sie Ihre Beobachtung definieren können.« Sie gingen weiter und kamen bald zu einer Kreuzung, an der sich ein breiter Boulevard öffnete.

»Sehen Sie auch, was ich sehe?« fragte Ro.

»Es dürfte schwierig sein, es nicht zu bemerken«, sagte Data.

Die Gebäude an diesem Boulevard waren wesentlich höher, und zwischen zweien hatte man ein riesiges Transparent über die gesamte Straßenbreite von vierzig Metern gespannt. Es bestand aus einem leichten, starken und strahlend weißen Stoff, der sich wie das Segel eines gewaltigen Schoners im Wind blähte. Darauf stand in knallroten, fünf Meter hohen Buchstaben die Aufforderung:

MACHT EUCH BEREIT!

»Ich glaube kaum, daß wir lange überlegen müssen, worauf wir uns vorbereiten sollen«, sagte Ro trocken. »Zumindest wissen wir, daß die Anwesenheit der Krann in diesem System für die Bevölkerung kein Geheimnis ist.« Sie überblickte den Boulevard. »Das große Gebäude dort drüben ist das Regierungshaus, nicht wahr?«

»Ja, das ist es.«

Ro nickte. »Diese Straße führt genau darauf zu, also befinden wir uns auf dem richtigen Weg. Für die Lethanta ist es offenbar die Haupt- oder Prachtstraße der Stadt. Es gibt jede Menge Verkehr und Fußgänger. Wenn ich etwas bekanntmachen wollte, würde ich es hier aushängen.«

»Das Transparent hängt dort noch nicht sehr lange«, stellte Data fest. »Es weist keine Anzeichen der Abnutzung durch Wettereinflüsse oder Luftverschmutzung auf. Vielleicht bedeutet es, daß die Allgemeinheit erst vor kurzer Zeit über die drohende Gefahr informiert wurde.«

»Gut beobachtet, Commander«, sagte Ro. »Dann wollen wir mal sehen, ob wir mehr darüber herausfinden können.«

»Das war auch meine Absicht.« Sie machten sich in Richtung des Regierungshauses auf den Weg, das noch mehrere Kilometer entfernt war und in der Dunstglocke, die über der Hauptstadt hing, beinahe unsichtbar war. Im Gegensatz zur Nebenstraße, aus der sie gekommen waren, herrschte auf dem Boulevard ein dichter Verkehr in beiden Richtungen.

Die Leute, denen sie auf dem Gehweg begegneten, wirkten bedrückt. Es gab einige kleine Läden und Geschäfte am Boulevard, und die meisten hatten auch geöffnet, aber sie schienen nicht sehr gut frequentiert zu sein.

Sie waren kaum einen Block weit gegangen, als sie plötzlich Sirenen hörten. Data blickte sich um. »Da sind ein paar Bodenfahrzeuge, die sich durch den Verkehr zu drängen versuchen«, teilte er Ro mit. »Sie sind noch ein Stück entfernt.«

»Ich sehe blinkende Lichter«, sagte Ro. »Die Polizei scheint in der ganzen Galaxis auf die gleiche Weise zu arbeiten. Glauben Sie, daß man nach uns sucht?«

»Unbekannt. Ich würde mir allerdings keine Sorgen machen. Wir können uns sofort aufs Schiff zurückbeamen lassen, wenn es Probleme gibt. Wir können einfach stehenbleiben und abwarten, was geschieht.«

Sie sahen zu, wie sich drei große Bodenfahrzeuge – bei denen es sich unzweifelhaft um irgendwelche Rettungs- oder Sicherheitseinheiten handelte – einen Weg durch den dichten Verkehr suchten und kurz vor dem riesigen Transparent anhielten. Sie blockierten den ganzen Boulevard und brachten den Verkehr zum Stehen. Uniformierte Männer quollen aus den Gefährten und schwärmten zu beiden Seiten des Boulevards aus, wo sie in den einander gegenüberliegenden Gebäuden verschwanden, zwischen denen das Transparent gespannt war. Weitere Uniformierte kamen aus dem dritten Fahrzeug. Diese Männer, die mit ziemlicher Sicherheit Polizisten waren, wie Data vermutete, bezogen auf der Straße Stellung.

Ein oder zwei Minuten später wurde das Transparent mit den Halteseilen von den oberen Stockwerken der Gebäude gelöst, worauf es in Zeitlupe auf die Straße hinunterschwebte. Schließlich legte es sich wie ein Fallschirm auf den Boulevard und begrub mehrere Fahrzeuge unter sich. Die Insassen reagierten mit wütendem Geschrei. Mehrere Polizisten rafften das Transparent zusammen und zerrten es auf eine Straßenseite, wo es einen großen Haufen bildete.

»Allmählich glaube ich, daß die Ermahnung, sich bereitzumachen, nicht von der Regierung befürwortet wird«, sagte Ro.

»Ich glaube, Sie haben recht«, erwiderte Data. »Ich frage mich nur, wer für diese ...«

»Einen Augenblick, Sie beide!« rief einer der Polizisten. Er kam mit gerunzelter Stirn auf sie zu. »Bleiben Sie stehen!«

Data sah sich um. Die kleine Gruppe aus Zuschauern, in der sie noch vor wenigen Momenten gestanden hatten, hatte sich aufgelöst, so daß jetzt nur noch Data und Ro beobachteten, was hier vor sich ging. »Ich glaube, er spricht mit uns«, sagte Data zu Ro.

»Was machen wir jetzt, Commander?« sagte der Fähnrich. »Laufen wir weg? Lassen wir uns hochbeamen? Erschießen wir den Mann?«

»Im Augenblick besteht meiner Meinung nach kein hinreichender Grund für irgendeine dieser Maßnahmen, Fähnrich. Wir werden einfach hier stehenbleiben und abwarten, was geschieht.«

Der Polizist hatte sie erreicht und bremste seine Nasenspitze etwa zehn Zentimeter vor Datas Gesicht ab. Er sah wütend aus. »Also gut, Bürger«, sagte er. »Was haben Sie gesehen? Wer hat dieses Transparent aufgehängt?«

»Ich weiß es nicht«, sagte Data höflich. »Meine Bekannte und ich waren auf einem Spaziergang.« Er zeigte über den Boulevard in die Richtung, aus der sie gekommen waren. »Als wir vor zwei Blocks auf den Boulevard kamen, hing es bereits über der Straße. Wir haben niemanden gesehen, der für die Anbringung dieses Transparentes verantwortlich sein könnte.«

Der Polizist musterte Data aufmerksam und mißtrauisch. »Sie sind nicht von hier, Bürger?« fragte er den Androiden. »Sie sprechen etwas seltsam.«

»Ich komme von einem Ort, der nicht weit von hier entfernt ist«, sagte Data. »Ich kenne mich nicht sehr gut in dieser Stadt aus.«

»Und Sie behaupten, nichts gesehen zu haben?«

»Das ist korrekt.«

»Was ist mit Ihnen?« wandte sich der Polizist unvermittelt an Ro.

»Ich habe auch nichts gesehen.«

Der Polizist seufzte erschöpft und schien plötzlich zu resignieren. »Ja, ich weiß«, sagte er. »Die Leute, die dieses Ding aufgehängt haben, sind schon lange wieder weg. Hören Sie, sind Sie beide sich absolut sicher, daß Sie nichts Ungewöhnliches bemerkt haben? War vielleicht ein Prediger in der Nähe?«

»Nein«, sagte Ro. »Wir haben keinen Prediger gesehen.«

Der Polizist blickte sich auf dem Gehweg um. »Wahrscheinlich haben Sie recht«, sagte er nach einer Weile. »Zumindest sehe ich keine verstreuten Flugblätter. Normalerweise werfen die Leute sie einfach weg, nachdem die Prediger oder ihre Gehilfen sie verteilt haben. Diesmal haben sie nur das Transparent aufgehängt und sofort das Weite gesucht.« Er schaute auf den Haufen aus weißem Stoff. »Es ist riesig«, sagte er kopfschüttelnd. »Was für eine Verschwendung von Zeit und Talent. Ich frage mich, wie sie es da oben anbringen konnten.«

»Ja, es ist erstaunlich«, erwiderte Ro beiläufig.

»Sie sagen es.« Der Polizist nahm ein kleines Gerät von seinem Uniformgürtel und hob es hoch. »Ich werde nur noch Ihre Identifikationskarten registrieren, und dann dürfen Sie wieder gehen.«

»Einen Augenblick«, sagte Ro und griff nach Ihrer Gürtelschnalle.

Plötzlich ertönte von allen Seiten ein tiefes Grollen. Der Polizist blickte hastig zum Himmel auf, während das Geräusch sich zu einem ohrenbetäubenden Sirenengeheul steigerte.

In der ganzen Stadt mußten Hunderte von Sirenen losgegangen sein.

»Luftangriff!« keuchte der Polizist. »Verschwinden Sie von hier! Suchen Sie schnellstmöglich den nächsten Luftschutzbunker auf!«

»Wo finden wir einen?« fragte Ro.

Der Polizist fluchte und zeigte die Straße hinunter. »Sehen Sie nicht das Symbol über dem Eingang da hinten? Machen Sie endlich, daß Sie wegkommen!« Er lief davon und rief seinen Kollegen etwas zu, die hastig ihre Bodenfahrzeuge bestiegen. »Wartet auf mich!«

»In den Bunker oder zurück aufs Schiff?« fragte Ro.

»Wir wollen uns vorläufig in diesem Gebäudeeingang da drüben verstecken«, antwortete Data. »Ich möchte zunächst Kontakt mit dem Schiff aufnehmen.«

Sie liefen los und flüchteten sich in den Schatten des Eingangs. Bereits die Ankunft der Polizei hatte die Straße leergefegt, und während des Luftalarms würde sich kaum jemand blicken lassen. Niemand würde sie hier sehen.

Data tippte auf seine Gürtelschnalle. »Data an Captain Picard.«

»Picard hier.«

»Captain, gibt es irgendein Anzeichen für einen Angriff durch die Krann in unserer Nähe?«

»Nein«, antwortete Picards Stimme. »Nein, wir

haben nichts bemerkt. Wir haben keine Ahnung, was der Grund für diesen Alarm sein könnte. Es gibt keine Anzeichen für ungewöhnliche Aktivitäten im Luftraum über der Hauptstadt oder im Planetenorbit. Die Krann halten nach wie vor Kurs auf Nem Ma'ak Bratuna, aber sie sind immer noch einen Tag entfernt. Was ist los, Mr. Data? Wir registrieren plötzlich starke militärische Aktivitäten in Ihrem Teil des Kontinents. Sind das Alarmsirenen, die ich im Hintergrund höre?«

»Ja, Captain«, sagte Data. »Die Lethanta scheinen zu glauben, daß sie aus der Luft angegriffen werden.«

»Captain, hier spricht Ro. Wir wurden gerade von einem Vertreter der hiesigen Polizeikräfte einer Routinebefragung unterzogen, als der Alarm losging. Der Beamte war offensichtlich davon überzeugt, daß ein Angriff bevorsteht, und wies uns an, einen Schutzbunker aufzusuchen.«

»Wie weit ist der nächste Bunker von Ihnen entfernt, Fähnrich?«

»Nur wenige Meter, Captain.«

»Was beabsichtigen Sie zu tun, Mr. Data?«

»Ich glaube, wir sollten in den Bunker gehen und abwarten, Captain. Wir werden keine neuen Erkenntnisse gewinnen, wenn wir jetzt aufs Schiff zurückkehren.«

»Ich bin derselben Ansicht, Captain«, sagte Ro.

»Dann tun Sie es. Wir halten den Transporter für Sie in Bereitschaft, um Sie im Notfall unverzüglich herausholen zu können.«

»Verstanden, Captain. Data Ende.«

Gemeinsam liefen Data und Ro das restliche Stück bis zum Eingang des Bunkers. Es war ein recht schmaler Durchgang, der offenbar nicht darauf angelegt war, große Menschenmengen aufzunehmen. Über dem Eingang hing ein rautenförmiges Schild mit dem Wort *HIER* in weißen Buchstaben auf rotem Grund.

Data und Ro traten ein und kamen in eine kleine,

leere Vorhalle. Nur durch die Fenster drang Licht herein.

»Hier kann es unmöglich sein«, sagte Ro stirnrunzelnd. »Das Gebäude ist völlig ungeschützt.«

»Da drüben ist eine Treppe«, sagte Data und zeigte in den dunklen Hintergrund des Raumes. »Sie führt nach unten.« Da sich niemand in der Nähe aufhielt, holte er seinen Tricorder hervor. »Etwa zehn Meter unter uns befinden sich zwei Personen in einem kleineren Raum. Das muß der Bunker sein.«

Ro nickte. »Das klingt schon besser, Commander. Ich habe mich im Laufe meines Lebens schon häufiger an solchen Plätzen aufgehalten.« Sie holte ebenfalls ihren Tricorder hervor. »Der Bunker ist auf allen Seiten von einer Panzerung aus Metall und Beton umgeben, aber es dürfte keine Probleme geben, wenn wir uns im Ernstfall herausbeamen lassen wollen. Soll ich die Führung übernehmen, Commander?«

»Wenn Sie möchten.«

Als sie die Treppen zur Hälfte hinabgestiegen waren, hörten sie hinter sich plötzlich ein lautes Grollen. Data eilte ein Stück zurück, bis er erkennen konnte, was für dieses Geräusch verantwortlich war.

Ein schweres Stahlschott schob sich aus der Wand, um den Eingang zu versperren. Das graue Tageslicht von der Straße erlosch, so daß der Durchgang jetzt nur vom schwachen künstlichen Licht erhellt wurde, das aus dem Bunker über die Treppe nach oben drang.

»Hallo?« rief eine rauhe weibliche Stimme. »Ist da oben noch jemand?«

»Ja«, rief Data. »Wir sind zu zweit. Wir werden sofort zu Ihnen kommen.«

»Dann sollten Sie sich beeilen!« erwiderte die Stimme. »Ich will diese verdammte Luke schließen und möchte nicht den ganzen Tag damit warten.«

12

Ich verstehe es einfach nicht«, sagte Riker schließlich. »Hier tanzt der Bär, wie man früher zu sagen pflegte. Niemand würde auf die Idee kommen, daß ein Krieg bevorsteht.«

Obwohl Riker und Troi immer noch nicht erfahren hatten, was der Anlaß für den Feiertag war, gingen die Vorbereitungen unvermindert weiter. Die fröhlichen Massen im Korridor waren seit ihrer Ankunft erheblich angewachsen. Jeder schien noch etwas einkaufen zu wollen. Einige Krann waren geradezu mit Beuteln und Päckchen überladen.

»Hast du jemals diese alten Filme gesehen?« fragte Troi. »Wo die Leute für das Weihnachtsfest einkaufen? *Ein Wunder in Manhattan* oder so ähnlich. Daran fühle ich mich erinnert. Das Einkaufen gehörte irgendwie zum religiösen Ritual, nicht wahr?«

»Glaubst du, das hier hätte eine religiöse Bedeutung? Auf mich macht es jedenfalls nicht diesen Eindruck.«

»Ich weiß nicht«, sagte Troi. »Wahrscheinlich nicht, weil die üblichen Symbole fehlen. Dennoch scheinen diese Leute irgend etwas zu feiern, und es scheint sich um ein wichtiges Ereignis zu handeln.«

Riker und Troi waren nun schon seit mehr als drei Stunden im weiten Korridor unterwegs. Sie hatten sich alles in Ruhe angesehen. Niemand hatte ihnen Schwierigkeiten bereitet. Sie hatten die neun Kilometer lange Promenade seit ihrem Aufbruch von Roscos Bekleidungsgeschäft etwa zur Hälfte durchschritten. Jetzt wußten sie, daß dieser Laden nur eins von buchstäblich Tausenden Geschäften, Restaurants und anderen Einrichtungen war, die sich zu beiden Seiten erstreckten.

»Ich hätte jedenfalls nicht damit gerechnet, hier auf so rege unternehmerische Aktivitäten zu stoßen«, bemerkte Troi. »Von einer abgeschotteten Gesellschaft sollte man erwarten, daß sie die Güterversorgung auf andere Weise regelt – als Gemeinschaftsökonomie zum Beispiel.«

»Diesen Eindruck macht es überhaupt nicht, Deanna. Ich würde es den Krann zutrauen, sogar einen Ferengi übers Ohr zu hauen.«

»Das glaube ich auch. Um ehrlich zu sein, ich hatte damit gerechnet, daß die Krann eher wie Ameisen in einer Kolonie leben.«

»Wir haben einen schweren Fehler begangen«, sagte Riker nach einer Weile. »Wir sind mit völlig falschen Erwartungen gekommen. Wir können uns einfach nicht von unserer planetaren Perspektive lösen.«

»Wie meinst du das?«

»Wir sind durch unsere Erfahrungen und unsere Umwelt geprägt worden, Deanna. Wir glauben, daß jede Zivilisation auf einem Planeten leben muß. Wir haben die Krann als Nomaden betrachtet, als ruhelose Wanderer. Wir haben geglaubt, daß die Gesellschaft der Krann durch ihre unablässigen Reisen in negativer Weise beeinflußt worden sein muß. Wir haben völlig vergessen, daß die Krann hier leben! Sie waren früher einmal Reisende, doch sie sehen sich selbst längst nicht mehr so. Die Flotte ist ihr Planet, der sich auf konstantem Kurs durch den Weltraum bewegt, genauso wie die Planeten, auf denen wir leben. Der einzige Unterschied ist, daß sie selbst den Kurs bestimmen können.«

»Das hat vielleicht gar keine so große Bedeutung«,

schränkte Troi ein. »Die Krann sind normalerweise viele Generationen lang unterwegs, und bei einer solchen Reise haben die Nachkommen meist keine Wahl mehr. Es könnte sogar sein, daß die Führung zum Zeitpunkt des Aufbruchs bestimmt, zu welchem Ziel es gehen soll, und daß alle anderen sich dieser Anweisung anschließen müssen.«

»Eine interessante Überlegung«, gestand Riker ein. »Damit unterscheidet sich ihr Leben in gewisser Weise gar nicht so sehr vom Leben auf einem Planeten.« Er dachte darüber nach, während sie weitergingen. »Diese Zivilisation besteht aus einer Bevölkerung von drei Milliarden Individuen«, sagte er schließlich. »Die Krann leben in etwa einhundertsechzigtausend Raumschiffen unterschiedlichster Bauweise. Das ergibt eine wesentlich größere geographische Abwechslung, als man sie auf einem bestimmten Planeten finden kann.«

»Es ist wie eine Dyson-Sphäre ohne Sphäre«, erkannte Troi. »Im Laufe der Zeit haben die Krann sich aus dieser Ansammlung von Schiffen ihren eigenen großen Planeten geschaffen. In gewisser Hinsicht haben sie das Weltall einem Terraforming unterzogen, indem sie den Raum mit Metall umschlossen. Es ist erstaunlich.« Sie schüttelte ungläubig den Kopf. »Wir sind noch nie zuvor jemandem mit einer solchen Lebensweise begegnet. Ich weiß nicht einmal, ob irgendeins der uns bekannten Völker dazu in der Lage wäre. Wir haben noch sehr viel von den Krann zu lernen.«

»Ich hoffe, sie lassen uns ausreichend Zeit dazu«, sagte Riker. »Wenn wir die Krann nicht davon abbringen können, die Lethanta anzugreifen, könnte ein großer Teil der Krann-Flotte durch den Krieg zerstört werden. Vielleicht sogar die ganze Flotte. Die Lethanta sind bis an die Zähne bewaffnet, und über sie wissen wir auch noch nicht alles.«

»Hier draußen nähert sich eine gewaltige Armada, Will – einhundertsechzigtausend Schiffe mit mehr als drei Milliarden Menschen, die ein Volk von zwei Milliarden auslöschen wollen, das ebenfalls eine einzigartige Geschichte und Kultur besitzt. Wir müssen nur herausfinden, wie wir die Krann von ihrem Rachefeldzug abbringen können.«

»Genau«, sagte Riker mit leichter Verzweiflung. »Mehr müssen wir gar nicht tun, aber wir haben immer noch keine Ahnung, wie wir es anstellen sollen.« Er blickte sich um. »Warte mal. Hast du zufällig Hunger?«

»Ja, wenn du es erwähnst. Möchtest du auf unser Schiff zurückkehren?«

»Nein. Das müssen wir gar nicht. Hättest du Lust, unangemeldet in eine Party hineinzuplatzen?«

»Eine Party? Wo?«

»Da unten«, sagte er und zeigte darauf. »Siehst du die Menge? Sie kommt aus einem Geschäft in der Nähe der Kreuzung. Das muß ein Restaurant sein.«

»Es könnte sich durchaus um eine Party handeln«, gestand Troi ein. »Wir sind heute schon an einigen vorbeigekommen, doch das hier ist die bisher größte Feier.«

»Die Menge ist jedenfalls groß genug, um sich darin zu verlieren. Und ich glaube nicht, daß uns dort jemand nach unserer Identifikation fragt. Komm!«

»Willst du einfach hineinspazieren?«

»Na klar!« Riker nahm Troi an der Hand und führte sie zur Menge, die sich um das Restaurant drängte. Es war hell erleuchtet, freundlich eingerichtet und mit Gästen in allen Altersstufen überfüllt. Man schien etwas zu kochen, das gut roch.

Die Party hatte sich bis auf die Promenade ausgebreitet. Viele der Gäste schienen sich zu kennen, und die Stimmung war entspannt und unbeschwert. Die

Passanten warfen neugierig einen Blick in das Restaurant, viele winkten, und fast alle lächelten. Einige klopften sich dreimal mit den ersten beiden Fingern der rechten Hand auf die Herzgegend. Die Geste wurde schnell, beinahe nachlässig ausgeführt. Riker merkte sie sich, um sich später Gedanken darüber zu machen.

Viele der Krann, die an dieser Party teilnahmen, trugen die gleiche dunkle Kleidung wie Riker und Troi. Riker vermutete, daß diese speziellen Krann direkt von der Arbeit zur Party gekommen waren.

»Ich bin sofort zurück«, sagte Troi.

»Viel Glück!« sagte Riker. Da er jetzt zur Menge gehörte, konnte er sich endlich unauffällig umsehen. Er bemerkte eine Frau, die ihn interessiert beobachtete, worauf er lächelte, mit einer Schulter zuckte und mit dem Kopf auf Troi deutete, die sich auf den Weg ins Restaurant machte. Die Frau antwortete Riker mit einem leichten, fast traurigen Lächeln und wandte sich ab.

Ein paar Schritte weiter fand Riker, wonach er gesucht hatte. Ein leger gekleideter junger Krann redete ohne Punkt und Komma auf eine kleine Gruppe von Männern und Frauen ein. Alle lachten. Riker gesellte sich unauffällig zu den Zuhörern, und als der nächster Lacher kam, lachte er herzhaft mit.

»Ah!« rief der junge Mann, der im Zentrum der Aufmerksamkeit stand. »Frisches Blut! Ich vermute, du bist ein Freund des glücklichen Paares, Schiffskamerad!«

»So ist es«, antwortete Riker begeistert. »Heute ist ein großer Tag!«

»Genau!« rief der Mann. »Und deshalb wollen wir noch etwas trinken!« Die Gruppe spendete seinen Worten lautstarken Beifall. »Hier!« sagte er zu Riker und drückte ihm zwei leere Krüge in die Hand. »Die sind für dich, mein Freund – das heißt, für dich und deine treue Gattin.« Die Gruppe lachte wieder.

Riker grinste. »Ich verstehe«, sagte er. »Soll ich euch etwas Bestimmtes bringen?«

»Klar!« rief jemand und zeigte auf die zwei großen Krüge. »Mach sie einfach wieder voll. Das genügt!« Wieder lachten alle.

»Schön und gut, Bitt, aber was sollen wir anderen trinken?« fragte der erste, und erneut lachte die Gruppe lauthals auf.

»Wir sehen uns«, sagte Riker. Mit den Krügen in der Hand suchte er sich einen Weg durch die Menge in das überfüllte Restaurant. Jetzt sah er, daß es kein richtiges Restaurant war. Es hatte viel mehr Ähnlichkeit mit einem Bistro, einer jener gemütlichen Gaststätten, die immer noch in einigen Regionen der Erde und auf Welten beliebt waren, auf denen sich Terraner angesiedelt hatten. Hier drängten sich etwa zweihundert Personen auf einer Fläche, auf der vielleicht fünfzig bequem Platz gefunden hätten. Alle redeten durcheinander, wodurch der allgemeine Lärm kaum noch auszuhalten war. Von irgendwo kam leise Musik, die jedoch völlig im Getöse unterging. Riker hätte sie möglicherweise gar nicht bemerkt, wenn er nicht an einem verborgenen Lautsprecher in der Wand neben dem Eingang vorbeigekommen wäre.

Neben der Tür stand eine junge Frau. Sie hatte einen Gesichtsausdruck, den Riker als Erwartung und Hilfsbereitschaft deutete. Er vermutete, daß sie zur Arbeit im Bistro eingeteilt war. Also hob er die zwei Krüge und warf ihr einen hilfesuchenden Blick zu. Die Frau lächelte. »Möchten Sie nachgeschenkt haben?« fragte sie.

»Sie gehören jemandem namens Bitt, um genau zu sein. Er steht in der Gruppe da drüben.« Er zeigte darauf. »Könnten Sie vielleicht …?«

»Natürlich.« Sie nahm ihm die Krüge ab und schob sich durch die Menge. Im Hintergrund erkannte Riker etwas, das sehr nach einem Tresen aussah.

»Ich bin wieder da«, sagte Troi, die plötzlich neben ihn getreten war.

»Hast du es geschafft, Verbindung aufzunehmen?« fragte Riker.

»Nein. Ich war nicht allein.«

Riker nickte. »Wir haben es im Augenblick nicht sehr eilig. Wir werden es später noch einmal versuchen.«

Troi wußte, daß bei diesem Lärm keiner der Anwesenden ihr Gespräch mithören konnte. »Ist dir aufgefallen, daß sich niemand in der Gruppe vor der Tür verbeugt hat, als wir dazustießen?« fragte sie Riker. »Das wäre eine Premiere.«

»Richtig. Ich verstehe noch nicht, wer sich wann vor wem und warum verbeugt. Ich habe gerade die betrunkenen Gäste einer Party auf die Nicht-Verbeugen-Liste gesetzt.«

»Betrunkenheit hat möglicherweise überhaupt nichts damit zu tun«, sagte Troi, die seine Bemerkung offenbar nicht als Scherz auffaßte. »Vielleicht werden die Konventionen bei einer Gelegenheit wie dieser nicht so streng gehandhabt – was immer das hier für eine Gelegenheit sein mag.«

»Das ist möglich«, sagte Riker. »Wir werden uns weiterhin vortasten müssen. Bis jetzt haben wir es ganz gut gemacht. Übrigens sehe ich da drüben etwas Interessantes.«

»Leider bin ich nicht so groß wie du. Ich sehe nur die Köpfe der Umstehenden, sonst nichts. Was hast du bemerkt?«

»An der Rückseite des Raumes steht ein großer Tisch, um den sich viele Leute scharen. Dort scheint sich etwas Wichtiges abzuspielen. Und ich sehe noch etwas.«

»Was?«

»Am Tisch sitzt ein junges Pärchen.«

»Und?«

»Es sind die einzigen, die Kleidung mit viel Rot tragen.«

»Aha.«

»Laß uns etwas näher herangehen.«

»Ich folge dir, Dex.«

Gemeinsam bewegten sie sich langsam durch die Menge. Sie ließen sich Zeit und nickten jedem freundlich zu, der in ihre Richtung blickte. Niemand stellte ihre Anwesenheit in Frage.

In der Nähe des Tisches, der fast die ganze Länge der hinteren Wand des Bistros einnahm, war die Menge am dichtesten. Das Paar in Rot residierte genau in der Mitte auf der gegenüberliegenden Seite, und beide unterhielten sich mit den Leuten, die neben ihnen saßen. Der Mann blickte kurz auf, und als er Riker entdeckte, lächelte er unsicher. Riker antwortete ihm mit einem breiten Grinsen. Damit schien sich der Mann in Rot zufrieden zu geben und wandte sich wieder seinem Gesprächspartner zu.

»Ich hatte gerade Augenkontakt mit dem Bräutigam«, sagte Riker leise zu Troi.

»Glaubst du immer noch, daß wir auf einer Hochzeitsparty sind? Bist du sicher, daß wir in diesem Fall angemessen gekleidet sind?«

»Sehr witzig.«

»Ich dachte, wir hätten bereits erkannt, daß die Farbe Rot nichts mit einer Hochzeit zu tun haben kann«, erwiderte Troi. »Schließlich ging Rosco davon aus, daß wir bereits verheiratet sind. Diese Feier muß irgend etwas mit dem bevorstehenden Angriff auf die Lethanta zu tun haben.«

»Nein, das kann nicht sein«, widersprach Riker. »Es ist etwas anderes, etwas für diese Leute sehr Wichtiges, und es bleibt nur noch eine Möglichkeit übrig. Verdammt, ich wünschte, ich könnte nur eine Sekunde lang den Tricorder benutzen.«

»Laß uns etwas näher an den Tisch herangehen«, schlug Troi vor. »Vielleicht hören wir etwas Interessantes.«

Plötzlich ertönte ein Schmerzensschrei. »Autsch!«

Riker war jemandem auf den Fuß getreten. Um genau zu sein, stand er immer noch auf dem Fuß. Er wich schnell zurück. »Das tut mir furchtbar leid«, entschuldigte er sich. »Es ist allein meine Schuld.«

Der Fuß gehörte einem jungen Mann. »Große Leere, es ist ein Wunder, daß so etwas hier nicht häufiger passiert«, erwiderte er freundlich. Er sprach etwas schleppend. »Was für ein Gewühl!«

»Sie sind sehr liebenswürdig.«

»Liebenswürdig?« sagte der junge Mann und grinste. »Das ist ein Wort, das ich nicht oft höre, und schon gar nicht in bezug auf meine unwürdige Person. Wahrscheinlich bin ich einfach nur ungewöhnlich gut gelaunt. Woher kennen Sie das glückliche Paar?«

Er konnte nur das Paar in Rot meinen. »Wir hatten vor einiger Zeit beruflich miteinander zu tun«, sagte Riker vorsichtig.

»Ach, zu schade. Jetzt haben Sie das Thema Arbeit angeschnitten.« Der junge Mann drohte Riker mit einem erhobenen Zeigefinger. »Na gut, ich werde Sie diesmal nicht an die Portypalizei verraten – ich meine natürlich die Partypolizei –, wenn Sie versprechen, es nicht wieder zu tun.«

Riker lachte leise. »Gut, versprochen.«

»Ausgezeichnet. Mein Name ist übrigens Wiggin Schiffsverteidigungskonstrukteur, womit ich natürlich nicht das Thema Arbeit anschneiden wollte.« Er verbeugte sich leicht.

»Es freut mich, Ihre Bekanntschaft zu machen, Wiggin«, sagte Riker. »Ich bin Dex Backbord-Sanitärsystemdirektor, und das ist meine Gattin Pralla Backbord-Lebensmittelüberwacherin.«

»Ach du große Leere!« sagte Wiggin und richtete sich auf. »Ich bitte vielmals um Verzeihung, Dex Backbord-Sanitärsystemdirektor. Ich hatte gedacht ... aber das spielt wohl keine Rolle mehr. Daran dürfte der *Sinarrtha* Schuld sein. Ich genehmige mir gelegentlich wohl ein wenig zuviel.« Der junge Mann verbeugte sich erneut, diesmal jedoch viel tiefer.

»Wir sind auf einer Party, Wiggin«, sagte Riker schnell. »Entspannen Sie sich. Bitte betrachten Sie Pralla und mich als ganz normale Freunde.«

»Ja, bitte tun Sie das«, setzte Troi sofort hinzu.

Wiggin blickte auf. »Wirklich?« Er schien sehr überrascht. »Nun, wenn Sie weinen – ich meine, wenn Sie meinen. Es wäre mir natürlich eine große Freude. Heute scheint wirklich ein besonderer Tag zu sein. Ich wußte gar nicht, daß Agrell und Twesla mit einem Direktor bekannt sind – oder sollte ich sagen, bekannt waren?«

»Eine Freundschaft bleibt eine Freundschaft«, sagte Riker unbestimmt. »Natürlich freuen wir uns für Agrell und Twesla.«

»Aber sicher«, sagte Troi fröhlich. Sie beschloß, ein kleines Risiko einzugehen. »Schließlich haben sie lange auf diesen Tag warten müssen.«

»Das könnt ihr laut sagen!« erwiderte Wiggin – vielleicht ein wenig zu laut. Einige Köpfe drehten sich in ihre Richtung. »Jeder steht herum und wartet ab, während das verdammte Protokollgremium entscheidet, wann wir essen, schlafen und aufstoßen dürfen!«

»Laß uns gehen«, sagte Troi leise zu Riker.

»Du hast recht.« Plötzlich war der betrunkene Wiggin unausstehlich geworden, und Riker und Troi konnten es sich im Augenblick nicht erlauben, Aufmerksamkeit zu erregen. Sie entfernten sich langsam von Wiggin, als würde die Bewegung der Menge sie auseinandertreiben.

»Da!« rief Wiggin plötzlich. Keine zwei Meter entfernt erhob sich an einem Tisch eine Gruppe von ihren Plätzen. »Kommt her, hier können wir uns setzen!« Der junge Krann schob sich durch die Menge und besetzte den Tisch, bevor ihm ein anderer zuvorkommen konnte. »Dex! Pralla! Kommt schon! Ich habe einen Tisch für uns besetzt!«

»Unser neuer Freund hat einen Tisch für uns«, sagte Riker resigniert. »Wahrscheinlich wird er bis zum Ende aller Tage nach uns rufen, wenn wir nicht kommen. Vielleicht sollten wir uns zu ihm setzen, damit er Ruhe gibt.«

»Wir könnten möglicherweise einiges von ihm in Erfahrung bringen«, bemerkte Troi. »Der arme Junge scheint nicht mehr in der Lage zu sein, großen Widerstand zu leisten.«

»Meinst du?« Riker schien sich über diesen Punkt zu amüsieren.

»Dex?« hörten sie die klagende Stimme. »*Pralla?* Wo seid ihr?«

»Wir sollten uns wirklich setzen«, sagte Troi. »Die Leute starren uns bereits an.«

»Also gut«, gab sich Riker geschlagen. »Wir werden so lange bei ihm bleiben, wie er uns in irgendeiner Weise nützlich ist. Wir haben bisher noch kein richtiges Gespräch mit einem Krann geführt. Wir können es genausogut mit diesem Exemplar versuchen.«

»Ich glaube, der junge Mann könnte uns sehr nützlich sein«, sagte Troi.

»In den alten Agentenromanen gibt es eine nette Tradition, nach der die Guten – das wären demnach wir – sich an Betrunkene halten, wenn sie Informationen benötigen«, sagte Riker.

»So?«

»Ja. Manchmal funktioniert es auch, wenn der Betrunkene nur ein Angeber ist – wie unser Freund da drüben.«

»Ist er das?«

»Davon bin ich überzeugt. Ich glaube, man hat unsere Tarnung durchschaut, und er wurde uns absichtlich vor die Nase gesetzt. Es war alles viel zu einfach, und er klammert sich viel zu sehr an uns. Wir sollten einfach weiterspielen und abwarten, was geschieht.«

»Dex! Pralla! Wo seid ihr?«

»Er ruft schon wieder«, sagte Troi. »Ich schätze, wir sollten Wiggin nichts davon sagen, daß wir wissen, das er Bescheid weiß ...«

»Du hast es erfaßt.«

»Du bist ziemlich raffiniert!«

Riker grinste sie an. »Hast du das erst jetzt erkannt? Wir wollen zu unserem Freund hinübergehen. Aber vorher wollte ich dir noch etwas anderes sagen.«

»Und was?«

»Setz die namentliche Vorstellung auf die Bitte-Verbeugen-Liste.«

»Richtig.« Gemeinsam gingen sie zum Tisch hinüber, an dem Wiggin auf sie wartete. »Ach, da seid ihr ja!« sagte er zufrieden. »Die Bedienung war schon hier. Ich habe eine Runde grünes Zeug für uns bestellt, und dazu gibt es gratis eine Mahlzeit. Wegen des besonderen Anlasses, ihr wißt schon.«

»Vielen Dank, Wiggin«, sagte Troi, als sie und Riker sich setzten. Wiggin blinzelte ihr zu. Troi tat so, als würde sie es nicht bemerken.

»Grünes Zeug?« fragte Riker. Er hatte bereits bemerkt, daß viele der Gäste etwas tranken, das eine hellgrüne, beinahe schillernde Farbe hatte.

Wiggin bedachte ihn mit einem erstaunten Blick. »Klar, Dex«, sagte er. »Grünes Zeug. Standard-Alkoholgetränk, Kategorie drei.« Er grinste plötzlich. »Oder vier. Verdammt, ich weiß es nicht mehr genau. Auf jeden Fall ist es mein Lieblingsgetränk.«

»Natürlich«, sagte Riker entgegenkommend. »Bei uns hat sich ein anderer Name dafür eingebürgert. Es ist eine wirklich tolle Party hier!«

»Sicher«, sagte Wiggin fröhlich. »Nicht viele dürfen am Verkündungstag auf die Promenade des Flaggschiffes, aber wie ich höre, ist Agrell ein Systemanalytiker auf dem Weg nach oben. Dann läuft es natürlich – wie durch eine geschmierte Abflußröhre. Oh! Verzeihung, Pralla.«

»Schon gut«, erwiderte Troi höflich.

»Sie sind da drinnen!« rief jemand von außerhalb des Bistros.

Riker und Troi blickten sich hastig um. Riker hielt seine Hand bereit, um sofort das Nottransportsignal auslösen zu können. Er warf Wiggin einen kurzen Blick zu. Er rechnete fast damit, daß der junge Krann eine Waffe zog, um ihn und Troi zu verhaften, doch Wiggin wirkte lediglich verärgert und vielleicht etwas benebelt. Zum ersten Mal zweifelte Riker an Wiggins Motiven.

»Hier ist wirklich eine Menge los«, murmelte Troi.

»Du sagst es«, erwiderte Riker. »Entschuldige mich bitte für einen Moment.« Er stand auf und blickte über die Köpfe der Anwesenden, um nach der Ursache des Aufruhrs zu suchen. Dann sah er die Gruppe aus vier wütend dreinschauenden Krann, die Riker entdeckten und nun in seine Richtung kamen. Sie wurden von Bitt angeführt, dem jungen Mann, der Riker mit den zwei leeren Krügen losgeschickt hatte.

Allmählich ging es immer lebhafter auf dieser Party zu.

Riker runzelte die Stirn. »Es sind unsere Freunde von draußen«, sagte er zu Troi.

»Was für Freunde?« fragte Wiggin verwirrt. »Ich dachte, ihr beiden wärt allein gekommen ...«

Riker beachtete ihn nicht weiter. »Ich werde mich darum kümmern«, sagte er. Er verließ seinen Platz, stellte sich neben den Tisch und wartete ruhig ab.

Bitt war allem Anschein nach sehr wütend auf Riker. Sein blasses Gesicht hatte sich ins Orange-Rötliche verfärbt, und seine aquamarinblauen Augen funkelten vor Zorn. Der Krann und seine Freunde drängten sich durch die Menge, bis sie genau vor Riker standen. Bitts Begleiter schienen nur ein wenig verärgert, aber in jedem Fall voller Erwartung zu sein.

»Was ist los, Bitt?« fragte Riker sanft. »Stimmt etwas nicht?«

»Röhrenputzer!« schrie Bitt dem *Enterprise*-Offizier ins Gesicht. »Drückeberger! Aus welchem Abfalltank hat man dich herausgekratzt, du eingerosteter Druckknopf?«

»Ich glaube nicht, daß diese Art von Sprache angemessen ist«, sagte Wiggin mit aufgerissenen Augen. »Schließlich ist das hier ...«

»Sei still, Abfalleimer!« brüllte Bitt, ohne Wiggin auch nur eines Blickes zu würdigen. »Ich rede mit diesem Müllmeister. Hör zu, du Klumpen aus stinkenden Proteinen! Du wolltest uns einen doppelten Krug ausgeben, und wir wollen jetzt unser Recht einfordern!«

Im Bistro verstummten die Gespräche, und die Menge hörte atemlos zu. Die leise Hintergrundmusik spielte ungestört weiter, bis jemand auf die Idee kam, sie abzustellen.

Jetzt war es totenstill im Bistro. »Ein doppelter Krug?« fragte Riker. »Ach, du spielst auf die zwei leeren Krüge an! Hast du irgendwie den Eindruck erhalten, daß ich dir zwei neue Krüge mit... äh... was immer sich darin befunden haben mag, bringen wollte?«

»Du hast sie von mir entgegengenommen, Schlakkenkrümel!« fauchte Bitt. »Einige Minuten später kam die Bedienung mit zwei vollen Krügen und einer Rechnung zurück. Und jetzt sehe ich, daß du plötzlich hier neben diesem Stück Ballast sitzt!«

»He, einen Augenblick mal ...!« protestierte Wiggin.

»Reg dich ab, Mülleimer«, sagte Bitt zu ihm. »Das hier geht dich gar nichts an – noch nicht.«

»Ich denke, es reicht jetzt«, mischte Riker sich ein. Er brachte sich in Wut, indem er sich an seinen immer noch schwelenden Ärger über einen bedauerlichen und peinlichen Zwischenfall erinnerte, der sich in seinem ersten Jahr an der Akademie zugetragen hatte. Rikers kontrollierter Zorn kochte so heftig auf, daß Troi leicht zusammenzuckte, als sie ihn spürte.

»Erstens unterliegen Sie einem Irrtum«, sagte Riker arrogant. »Weder meine Gattin noch ich hatten jemals die Absicht, sich zu Ihnen oder Ihren Freunden zu gesellen. Zweitens haben Sie mir die zwei Krüge aufgedrängt. Falls Sie daraus irgendeine Verpflichtung ableiten wollen, ist das Ihr Problem. Ich habe Ihnen bereits einen größeren Gefallen getan, als es meine Absicht war, indem ich die Krüge der Bedienung übergab und sie bat, sie gefüllt zu Ihnen zurückzubringen.«

»Einen Augenblick!« sagte Bitt. »So läuft das normalerweise ...«

»Ruhe jetzt!« bellte Riker. »Es steht außer Zweifel, daß Sie die Etikette verletzt haben. Selbst ein Kind kann sich besser benehmen.«

»Ich soll die Etikette verletzt haben?« rief Bitt erbost. »Du redest dummes Zeug, Rostschaber! *Du hast die Krüge angenommen!* Für wen hältst du dich eigentlich?«

Wiggin stand auf. »Ich bin froh, daß du endlich danach gefragt hast«, sagte er. »Darf ich dir meine Freunde vorstellen – das sind Dex Backbord-Sanitärsystemdirektor und seine Gattin Pralla Backbord-Lebensmittelüberwacherin.«

Bitts Gesichtsfarbe wurde wieder blasser. »Ein Direktor?« wiederholte er leise. Seine Freunde wichen einen Schritt zurück.

»Und seine Gattin«, setzte Wiggin zufrieden hinzu. »Dex und Pralla, wie ich sie nennen darf, nachdem wir Freundschaft geschlossen haben.«

»Aber er trägt überhaupt keine Insignien!« versuchte sich Bitt zu rechtfertigen. »Und die Frau auch nicht.«

»Wollen Sie uns Vorschriften machen, wie wir uns nach der Arbeit zu kleiden haben?« fragte Riker in drohendem Tonfall. »Ich hatte eigentlich nicht vor, meine Position ins Spiel zu bringen, aber ...«

»Nein!« rief Bitt hastig. »Nicht nötig, Dex Backbord-Sanitärsystemdirektor!« Er wirkte in der Tat sehr eingeschüchtert.

Riker ließ nicht locker. »Ist es vielleicht möglich, daß meine Frau und ich an diesem großen Tag auf dieser Party etwas trinken, ohne daß ein betrunkener Idiot wie Sie uns belästigt? Welchen Posten haben Sie überhaupt?«

»Bitt Backbord-Lagerraumbuchhalter«, stammelte der Krann. »Verzeihen Sie bitte, Direktor. Ich ... ich wußte doch nicht, w-wer Sie sind.« Eine der Frauen in Bitts Begleitung wirkte schockiert.

»Ihr habt euch gar nicht vorgestellt, Bitt?« fragte Wiggin erstaunt. »Du kanntest nicht einmal ihre Namen und hast trotzdem geglaubt, diese Leute würden dir einen Gefallen tun und dir eine Runde ausgeben? Ich habe nicht den Eindruck, daß mein Freund Dex irgendeine Etikette verletzt hat ...«

»Sei still, Kriecher!« zischte Bitt.

»Nein, Sie sind still!« knurrte Riker. »Und jetzt hören Sie mir zu. Sie haben sich selbst beschämt – und vor allem unsere Gastgeber, die uns zu diesem besonderen

Tag eingeladen haben. Sie werden sich jetzt bei mir und meiner Frau entschuldigen. Dann werden Sie sich bei unserem Freund Wiggin wegen Ihrer letzten Bemerkung entschuldigen, und vor allem werden Sie sich am großen Tisch bei unseren Gastgebern entschuldigen, weil Sie diese überflüssige und ungeheuerliche Aufregung verursacht haben.«

Bitt schwieg zunächst. »Einverstanden«, stieß er schließlich gepreßt hervor. »Dex Backbord-Sanitärsystemdirektor, ich entschuldige mich bei Ihnen für mein Benehmen. Pralla Backbord-Lebensmittelüberwacherin, ich möchte mich auch bei Ihnen entschuldigen.«

»Ich bin noch nicht fertig«, sagte Riker. »Außerdem werden Sie jetzt für alle Anwesenden eine Runde ausgeben.«

»Für alle?«

»Für alle«, bestätigte Riker. »Ihre Freunde werden Ihnen selbstverständlich helfen, die Rechnung zu bezahlen. Sie zahlen die Hälfte, und Ihre Freunde den Rest. Sie alle haben uns durch ihr rüpelhaftes Benehmen beleidigt. Ihre Freunde haben Sie draußen bei Ihrem Spielchen unterstützt, und sie sind Ihnen nach drinnen gefolgt, um den Streit zu beobachten. Also werden auch Sie ihren Anteil an der Wiedergutmachung leisten.«

»Kollegen teilen ihre Pflichten«, sagte Wiggin zufrieden. Es klang wie ein Zitat oder eine allgemeine Redensart.

Bitt nickte. »Einverstanden, Direktor«, sagte er, und die anderen gaben murmelnd ihre Zustimmung.

»Gut«, erwiderte Riker mit leichter Herablassung. »Ich nehme Ihre Entschuldigung an. Wiggin, wären Sie so freundlich, eine Bedienung zu holen und alles Notwendige zu veranlassen?« Er grinste wieder. »Ich glaube, alle Anwesenden haben großen Durst bekommen.«

»Sofort!« rief Wiggin. Er hob eine Hand mit zwei

ausgestreckten Fingern, worauf eine der Kellnerinnen sich durch die Menge schob.

Bitt stand schweigend vor Riker. »Nun?« fragte Riker schließlich. »Warten Sie noch auf irgend etwas, Bitt?«

»Ich frage mich nur ... äh ... ob das alles wäre, Direktor«, sagte der Krann leise.

»Oh!« entgegnete Riker. Offenbar hatte er die Möglichkeit, Bitt eine weitere Strafe aufzuerlegen, aber er hatte keine Ahnung, was er fordern sollte oder wie er es durchsetzen konnte. Außerdem sagte sein Gefühl ihm, daß es jetzt genug war. »Ja«, sagte er in großzügigem Tonfall. »Das wäre dann alles.«

Die Menge brach in begeisterten Jubel aus, und die Musik begann wieder zu spielen. Bitt war sichtlich erleichtert. Eine von Bitts Freundinnen drückte ihn tröstend an sich, während zwei andere sich überschwenglich bei Riker bedankten.

Troi beschloß, diese Gelegenheit zu nutzen. Sie beugte sich zu Wiggin hinüber, um sich im wieder aufgelebten Lärm verständlich zu machen. »Hättest du etwas dagegen, wenn diese Leute sich zu uns setzen?« fragte sie ihn.

»Nein, überhaupt nicht«, erwiderte Wiggin großzügig. »Wir haben doch jede Menge Platz – und es ist ein großer Tag. Kommt her, Ihr Topfreiniger, nehmt euch ein paar Stühle und setzt euch zu mir und meinen Freunden Dex und Pralla!« Er tätschelte unbeholfen Trois Hand, und die Betazoidin runzelte bei dieser unaufgeforderten Berührung die Stirn. Wiggin blinzelte und zog schnell seine Hand zurück.

Es war verständlich, daß Bitt und seine Freunde zögerten, diese Einladung anzunehmen. »Sind Sie sicher, Direktor?« fragte Bitt an Riker gewandt.

»Gewiß«, sagte Riker. »Ich bin nicht nachtragend – und schon gar nicht an einem solchen Tag.«

»Es ist wirklich ein besonderer Tag«, stimmte Bitt ihm zu. »Ich danke Ihnen, Dex Backbord-Sanitärsystemdirektor. Meine Freunde und ich würden sich freuen, wenn wir uns zu Ihnen setzen dürften.« Bitt holte sich einen Stuhl und setzte sich an den Tisch. »Kommt her!« rief er seinen Freunden zu, ohne die Überraschung aus seiner Stimme heraushalten zu können. »Man hat uns eingeladen.«

»So ist es«, sagte Riker. »Danken Sie unserem guten Freund Wiggin.«

»Wie?« fragte Wiggin. Dann zuckte er die Schultern und grinste. »Was soll's? Einen Tag wie heute gibt es nur alle paar Jahre, und ich schätze, mein Konto kann es vertragen.« Er blickte zu Troi und zwinkerte. »Schließlich bin ich in äußerst angenehme Gesellschaft geraten.«

Troi dachte einen Sekundenbruchteil darüber nach, dann blinzelte sie zurück und setzte ein leichtes und bedeutungsvolles Lächeln hinzu. Wiggin starrte sie eine Weile benebelt an, bis er erkannte, daß sie seine Geste erwidert hatte, was ihn sehr zu irritieren schien.

Bitt räusperte sich und wandte sich höflich an Riker. »Darf ich Ihnen meine Freunde vorstellen, Direktor?«

»Gerne«, sagte Riker. »Du darfst mich Dex nennen. Und da ist meine Frau Pralla.«

Bitt schien ein gewisses Unbehagen zu verspüren. »Äh, ja, sicher. Dex und … äh … Pralla. Ich werde in umgekehrter Rotationsrichtung vorgehen. Das sind meine Freunde Sharra Backbord-Elektrikerin, Nozz Backbord-Schachtwartungstechniker und Lettana Steuerbord-Sanitärtechnikerin. Wie ihr euch vorstellen könnt, wurde Lettana vor kurzem in unsere Sektion versetzt.«

»Wir sind verlobt«, sagte Lettana und nahm lächelnd Bitts Hand. »Wir werden bald ein Paar sein.«

»Ich gratuliere«, erwiderte Troi freudestrahlend.

»Das ist wunderbar.« Sie nahm völlig selbstverständlich Rikers Hand. »Ich hoffe, daß ihr genauso glücklich sein werdet, wie Dex und ich es jetzt sind.«

»Danke«, sagte Bitt unbehaglich.

»Wir haben beschlossen, in derselben Kolonne zu arbeiten«, fügte Lettana hinzu. »Wißt ihr, wie man bei uns sagt? Ein Paar, das zusammen arbeitet, bleibt auch zusammen.«

»Wie wahr«, bemerkte Riker.

»Das sage ich auch immer!« warf Wiggin leicht lallend ein.

»Wir wollen so oft wie möglich zusammensein«, sagte Lettana. »Deshalb habe ich mich auf den Steuerbord-Posten versetzen lassen.« Sie lächelte Bitt zu, der mit einem unsicheren Grinsen antwortete.

»Das ist nett«, sagte Troi lächelnd. »Eine solche Geschichte bringt einen genau in die richtige Stimmung für einen Tag wie diesen. Es ist doch ein großer Tag, nicht wahr?«

»Sicher!« sagte Lettana fröhlich. »Ein wirklich großer Tag! Das gilt natürlich für jeden Verkündungstag – und der letzte liegt schon recht lange zurück.« Sie tätschelte Bitts Hand. »Ich hoffe, daß wir genauso großes Glück haben wie Agrell und Twesla, wenn wir an der Reihe sind.«

»Was meinst du, wie lange sie brauchen, bis es losgeht?« fragte Bitt.

»Nicht lange, würde ich wetten«, sagte Nozz. »Ich meine, schaut sie euch doch nur an! Wahrscheinlich können sie es gar nicht abwarten, bis die Party vorbei ist, um endlich loszulegen.« Er lachte. »Zwei Monate höchstens. Darauf wette ich fünf Krediteinheiten.«

»Geht es schon wieder los?« beklagte sich Sharra. »Man könnte meinen, ihr hättet dort einen Abwassertank, wo bei anderen Leuten das Gehirn sitzt. Könnt ihr euch denn niemals benehmen?«

»Wer? Wir?« grinste Nozz. »Wenn ein glückliches Paar von der Flotte die Erlaubnis erhält, sich fortzupflanzen, dann erwecken die näheren Umstände zwangsläufig das Interesse der Öffentlichkeit.«

Aha! dachte Riker. Er warf Troi einen Seitenblick zu, und sie nickte.

»Auch das finanzielle Interesse«, sagte Bitt.

Lettanta blickte ihn entsetzt an. »Wollt ihr etwa wirklich Wetten auf Agrell und Twesla abschließen? Auf unsere Freunde? Ich schäme mich für euch!«

»Das ist die richtige Einstellung, Let«, gab Sharra ihr Rückendeckung.

»Danke, Shar«, erwiderte Lettana. »Wißt ihr, Jungs, ihr hättet uns von Anfang an mitmachen lassen sollen. Gibt es schon einen Wettpool? Ich habe hier sieben Krediteinheiten, mit denen ich auf sechs Monate setze.«

»Jetzt fängst du auch schon an, Let!« sagte Sharra verärgert. »Wenigstens scheinen du und dein Bitt gut zusammenzupassen.«

Lettana hörte nicht auf sie. »Wie ich höre, macht Agrell viele Sonderschichten, manchmal auch draußen. Wenn man ständig auf der Außenhülle herumspaziert, ist das der Fruchtbarkeit nicht unbedingt zuträglich.«

»He, das ist eine wichtige Information«, sagte Nozz. »Danke, Shar. Bitt, ich ziehe hiermit meine Wette zurück.«

Bitt warf ihm einen bedauernden Blick zu. »Das kann ich leider nicht zulassen, Schiffskamerad. Das wäre unredlich.«

»Ich pfeife auf deine Redlichkeit!« beschwerte sich Nozz.

»Hört mal, Jungs«, sagte Sharra zögernd. »Ich glaube nicht, daß ihr schon wieder …« Damit deutete sie mit einem Kopfnicken auf Riker und Troi.

»Kein Problem«, sagte Riker sofort.

Bitt runzelte die Stirn. »Nun ja, Direktor... ich meine, Dex. Nach den Flottenvorschriften steht das Wetten auf der Liste der ungenehmigten finanziellen Transaktionen ziemlich weit oben. Wir sollten vielleicht...«

»Du kannst mich ebenfalls notieren. Ich setze zehn Einheiten auf einen Monat«, sagte Riker mit einem Funkeln in den Augen. »Agrell sieht nicht wie jemand aus, der sich von ein paar verirrten Partikeln irritieren läßt.«

»Du liebe Zeit!« sagte Troi leise. »Ist er mit euch verwandt?«

Die fünf jungen Leute brachen in lautes Gelächter aus. »Du kannst wirklich sehr gemein sein, Pralla!« sagte Wiggin mit erhobenem Zeigefinger.

»Warum geht Agrell nach draußen?« wollte Sharra wissen. »Sein Beruf erfordert es doch gar nicht.«

»Er hat es auf die Gefahrenzulage abgesehen«, erklärte Lettana. »Er macht es natürlich freiwillig, aber die beiden wollen damit ein Privatmodul in der Oben-Nation finanzieren.«

Nozz riß die Augen auf und pfiff durch die Zähne. »Das wußte ich nicht. Ein eigenes Modul in ihrem Alter?«

»So etwas ist ein recht kostspieliges Vorhaben für ein junges Ehepaar«, fügte Riker hinzu.

»Tatsächlich?« erwiderte Bitt mit einem schiefen Grinsen. »Agrell hat jedenfalls gute Verbindungen. Vielleicht kann er sein Ziel in nicht allzu ferner Zeit erreichen. Große Leere, er und Twesla haben es beim ersten Versuch auf die Fortpflanzungsliste geschafft.« Der Krann schüttelte den Kopf. »Es ist praktisch, im hohen Orbit geboren zu werden, man muß sich dann nicht aus eigener Kraft hinaufschießen, falls ihr versteht, was ich meine.«

Lettana wirkte leicht traurig. »Ein Privatmodul wäre schon etwas Nettes«, sagte sie leise.

»In diesen Zeiten mußt du es dir aus dem Kopf schlagen«, sagte Nozz. »Überall Vorschriften und Einschränkungen. Füll dieses Formular aus, warte die Frist ab und so weiter. Du wirst damit kein Stück weiterkommen. Mal ganz davon abgesehen, daß wir es uns ohnehin nicht leisten könnten, wenn die Hälfte unseres angesammelten Kredits jedes Jahr für den Verteidigungshaushalt abgezogen wird. Gegen wen sollten wir uns verteidigen? Irgendwelche Monster in der großen Leere?« Er seufzte verzweifelt. »Es ist verrückt.«

Wiggin nickte. »Mein Großvater sagt, daß es zu seiner Zeit ganz anders war, vor der letzten Planetenlandung.«

»Meiner behauptet das gleiche«, sagte Sharra. »Damals war alles wesentlich einfacher.« Sie warf Riker einen Blick zu. »Erinnerst du dich noch an die letzte Landung, Dex?«

Riker vermutete, daß man ihn und den Präsidenten Hek wahrscheinlich auf das gleiche Alter schätzen würde. »Nicht richtig«, sagte er. »Damals war ich noch sehr jung. Ich habe höchstens ein paar vage Erinnerungen.«

»Wetter!« hauchte Bitt. »Es würde mir gefallen, einmal Wetter zu erleben. Ich habe alles darüber gelesen. Ich würde gerne wissen, wie es wirklich ist.«

»Vielleicht kannst du es schon bald erleben, Schiffskamerad«, sagte Nozz. »Wir sind in ein vielversprechendes System eingedrungen, wie ich gehört habe. Vielleicht gibt es hier einen Planeten, auf dem wir ein paar Jahre lang herumlaufen können, während wir unsere Reserven aufstocken.«

Riker dachte kurz nach und beschloß dann, einen Versuch zu riskieren. »Was würdet ihr sagen, wenn ich euch erzähle, daß es hier einen solchen Planeten gibt?« fragte er.

Bitt starrte ihn scheinbar verständnislos an. »Wie bitte, Dex?«

»In diesem System gibt es einen solchen Planeten. Sogar zwei, um genau zu sein.«

Die fünf Krann starrten Riker an. »Soll das ein Witz sein?« fragte Bitt mit leichtem Mißtrauen.

»Nein, ich meine es ernst.«

»Woher willst du ... ach ja, richtig. Du als Direktor würdest es wahrscheinlich viel früher als wir erfahren.«

»Aber ich muß euch warnen!« sagte Riker. »Ihr dürft es niemandem weitersagen.«

Bitt schüttelte entschieden den Kopf. »Du kannst dich darauf verlassen, daß wir es niemandem erzählen, Dex. Schon diese Information war die Kosten für die Lokalrunde wert.«

»Ich fasse es nicht!« sagte Sharra atemlos. »*Zwei* Planeten! Vielleicht werden wir uns hier endgültig niederlassen.«

»Träum weiter, Shar«, sagte Nozz herablassend. »Wir werden eine Weile bleiben und dann weiterziehen, wie jedesmal. Du mußt dir nur die Geschichtsaufzeichnungen ansehen.«

Sharras Blick schien in weite Ferne gerichtet zu sein. »Es wäre trotzdem schön, wenn wir bleiben könnten«, sagte sie. »Ich glaube, ich würde gerne am Wasser wohnen – am *Meer*. Im Meer ist mehr Wasser, als man sich vorstellen kann, so viel, daß sogar Wesen *darin leben* können!«

»Die Alten hören es nicht gerne, wenn man davon redet, sich dauerhaft niederzulassen«, warf Nozz ein.

»Sie können ja in den Recycler gehen!« brummte Sharra.

Troi meldete sich zu Wort. »Glaubt ihr, wir könnten

in einem Sonnensystem in Frieden mit den Lethanta zusammenleben?«

Die fünf Krann blicken sich gleichzeitig zu ihr um. »Wie bitte?« fragte Bitt.

Troi versuchte es noch einmal. »Ich habe gefragt, ob ihr glaubt, daß ...«

»Wir haben dich schon verstanden, Pralla«, sprach Bitt für die anderen. Er wirkte sehr verwirrt. »Aber wer bei der großen Leere sollen die Lethanta sein?«

»Wollt ihr damit sagen ...?« setzte Troi an.

In diesem Moment begannen alle Lichter im Bistro in einem bestimmten Rhythmus zu blinken. Einmal, zweimal, dreimal. Riker stand schnell auf und blickte über die Menge zum Fenster hinaus. Er sah, daß auch draußen auf der Promenade die Beleuchtung im selben Rhythmus blinkte. Die Leute liefen aufgeregt hin und her. »Was zum Teuf ... Was hat das zu bedeuten?« rief er.

Die Krann am Tisch schienen ebenfalls vor einem Rätsel zu stehen. »Große Leere!« sagte Bitt leise. »Eins-zwei-drei. Das ist eins der alten Alarmsignale. Wir alle mußten sie lernen, bevor wir in die Lehre gehen durften. Erinnert ihr euch?«

»Ein Alarmsignal?« fragte Wiggin. »Seid ihr sicher? Vielleicht ist es nur eine Störung der Energieversorgung.«

»Ich bin mir sicher«, erwiderte Bitt. »Eins-zwei-drei bedeutet, daß ein Gefecht bevorsteht.«

»Es ist eine Übung«, sagte Nozz. »Es kann nur eine Übung sein.«

»Nein«, sagte Bitt. »Man würde niemals am Verkündungstag eine Übung durchführen.« Plötzlich nahm sein Gesicht einen entsetzten Ausdruck an. »Heißt das etwa, daß wir tatsächlich gegen jemanden *kämpfen* werden?«

13

Die alte Frau drückte ein kleines Buch an ihre Brust, während sie auf dem Fußboden des schwach beleuchteten Schutzbunkers saß. Mit dem Rücken lehnte sie sich gegen eine Kiste mit der Aufschrift ZIVILVERTEIDIGUNG. Der abgenutzte Leineneinband des Buches wedelte hin und her, während sie sich vor und zurück wiegte und mit geschlossenen Augen etwas Unverständliches murmelte. Data hatte schon vor einiger Zeit analysieren können, was sie sagte. Sie sprach ein Gebet.

Die vier Personen – Data, Ro, ein junger Mann und die alte Frau – saßen mitten im kleinen unterirdischen Bunker, in dem Kisten und Fässer herumstanden. »Allmählich geht sie mir auf die Nerven«, sagte der junge Mann.

»Wie bitte, Tarrajel?« fragte Ro.

»Ich sagte … ach, schon gut«, erwiderte er seufzend. »Es tut mir leid. Ich hätte den Mund halten sollen. Die alte Dame kann nicht anders. Es stört mich nur, daß einige der älteren Leute immer noch an den Unsinn glauben, den die Mönche früher verkauft haben. Ich habe einfach genug davon.« Der junge Mann zog die Beine an und runzelte die Stirn. »Ich frage mich, wann wir diesen Bunker wieder verlassen können. Es war ein recht langer Alarm. Wann sie wohl kommen?«

»Vielleicht ist es nur eine Übung«, sagte Data.

»Ich hoffe, damit haben Sie recht, Porratorat«, sagte Tarrajel.

»Es wäre durchaus möglich«, sagte Ro. »Wir haben weder Explosionen noch anderen Lärm gehört.«

»Das hat nicht viel zu bedeuten«, sagte Tarrajel. »Möglicherweise pulverisieren die Krann gerade die andere Seite des Planeten. Wir würden es niemals erfahren.«

»Vielleicht können wir den Bunker schon wieder verlassen«, sagte Data. »Ich würde gerne nach draußen gehen und mich umsehen. Dann dürften wir mehr erfahren.«

Tarrajel schnaufte. »Das einzige, was Sie dort draußen erfahren würden, mein Freund, ist, daß jeder, der sich blicken läßt, sofort erschossen wird. Heutzutage darf man sich nichts mehr erlauben. Apropos, ich habe gesehen, wie jemand ein illegales Transparent über der Hauptstraße aufgehängt hat, kurz bevor ich in den Bunker ging. Hat man jemanden gefaßt?«

»Ich weiß es nicht«, sagte Data. »Die Polizei hat das Transparent abgehängt, aber ich konnte nicht feststellen, ob sie jemanden verhaftet hat.«

»Das ist gut«, sagte Tarrajel und lehnte sich zurück. »Ich habe zwar nichts für die alte Religion übrig, aber ich möchte auch nicht, daß jemand deswegen in die Fänge der Polizei gerät. Und schon gar nicht wegen eines Transparents. Es gibt bessere Gründe, um jemanden ins Gefängnis zu sperren.«

Die alte Frau unterbrach ihr Gemurmel und öffnete die wäßrigen Augen. Sie hob drohend einen Finger. »Die Warnung ist kein Scherz!« sagte sie. »Macht euch bereit! Die Racheengel sind nahe, und es gibt kein Entkommen!«

»Wie sollen wir uns bereitmachen?« fragte Ro höflich. »Bitte sagen Sie es mir.«

Die alte Frau blickte sie mißtrauisch an. »Sie gehören nicht zu den Gläubigen«, sagte sie. »Nur wenige junge Leute glauben noch.«

»Nein, ich gehöre nicht zu ihnen«, sagte Ro und setzte ihre aufrichtigste Miene auf. »Aber ich habe nichts gegen die Gläubigen, und ich möchte wirklich wissen, wie ich mich auf das vorbereiten kann, was kommen wird. Was hat die Warnung auf dem Transparent zu bedeuten?« Der Fähnrich nahm die Hand der alten Frau. »Wie ist Ihr Name, Mutter?«

Die alte Frau lächelte zaghaft. Ro sah, daß sie nicht mehr viele Zähne hatte, die zudem in keinem guten Zustand waren. »Ilsewidna«, antwortete sie. »Ich arbeite hier. Für den Hausbesitzer. Ich mache im Gebäude sauber.«

»Ich grüße Sie, Ilsewidna«, sagte Ro. »Ich bin Fessalahka, und das ist mein Ehemann Porratorat.«

»Angenehm«, sagte Data höflich.

»Kennen Sie bereits den Ungläubigen, der sich in unserer Gesellschaft befindet?« fragte Ilsewidna mürrisch.

»Mein Name ist Tarrajel«, sagte der junge Mann. »Ich arbeite als Anwalt. Ich habe ein Büro in diesem Gebäude. Ich sehe Ilsewidna fast jeden Tag. Ich grüße Sie, Mutter.«

»Sie sollen mich nicht so nennen!« protestierte Ilsewidna. Sie würdigte den Mann keines Blickes. »Er nennt mich immer so, dabei ist er überhaupt nicht mein Sohn.« Sie hob ihr Buch und schüttelte es in Tarrajels Richtung. »Er macht sich über die Wahrheit lustig«, sagte sie mit einem heftigen Nicken. »Er verspottet sie mit seinem Unglauben, obwohl die Wahrheit überall ersichtlich ist. Die Wahrheit ist in allem, in jedem Detail, auch wenn die Regierung etwas anderes behauptet. Ganz gleich, wie viele von uns verhaftet und gefoltert werden.«

»Wie Sie immer sagen, Ilsewidna«, erwiderte Tarrajel sanft. »Die Wahrheit gehört Ihnen allein.«

Ilsewidna rückte etwas näher an Ro heran. »Tochter«, sagte sie schließlich, »wurde dir je die Wahrheit geschenkt? War deine Mutter eine Ungläubige? Oder vielleicht deine Großmutter?«

Ro schüttelte den Kopf. »Leider nein, Mutter. Ich habe noch nie zuvor von diesem Buch gehört.«

»Das ist furchtbar für dich«, entgegnete Ilsewidna tadelnd. »Die Welt wird immer schlechter.« Sie hob das Buch. »Als ich ein kleines Mädchen war, mußten wir an jedem Abend nach der Arbeit zwei Stunden lang im Buch lesen. Ja, wir konnten lesen, auch wenn die Regierung ganz andere Geschichten verbreitet. Wir konnten lesen und schreiben, und es gab immer genug zu essen. Meine Brüder und Schwestern saßen abends im Feuerschein, während einer von uns laut die Verse vorlas. Meine Mutter erklärte uns, was sie bedeuteten, wenn wir sie nicht verstanden. Das Leben war längst nicht so schrecklich, wie Kerajem und seine Anhänger euch allen glauben machen wollen.«

»Ich habe nie daran geglaubt«, sagte Ro. »Was steht in diesem Buch, Mutter?«

»Die Wahrheit«, sagte Ilsewidna. »Nicht mehr und nicht weniger.«

Tarrajel räusperte sich. »Wenn ich es vielleicht erklären dürfte, Fessalahka ...`«

Ilsewidna runzelte die Stirn, als Ro sich zum jungen Mann umdrehte. »Ja?«

»Ilsewidna hat im Grunde völlig recht«, sagte Tarrajel. »Im Buch steht die Wahrheit – oder zumindest eine Art von Wahrheit. Es ist eine Wahrheit, die durch das Fensterglas der Zeit und Tradition verzerrt und verwischt wurde, aber trotzdem ist es die Wahrheit – leider.«

»Keine *Art* von Wahrheit!« widersprach Ilsewidna. »*Die* Wahrheit!«

Tarrajel hob abwehrend eine Hand. »Ja, Ilsewidna. Dieses Buch – *Das Heilige Buch des Exils* – erzählt in unklarer und verwirrender Sprache die Geschichte, wie unser Volk vor Tausenden von Jahren ein anderes, unschuldiges Volk versklavte und mißbrauchte. Irgendwann erhob es sich gegen unsere Herrschaft und vertrieb uns von unserer Heimatwelt.«

»Gemeint sind die Krann«, stellte Data fest.

»So scheint es«, sagte Tarrajel. »Historische Ereignisse werden im *Buch des Exils* nicht auf eindeutige Weise genannt, aber man kann die alten Schriften so interpretieren, daß sie die Invasion der Krann vorhersagen. Es überrascht mich nicht, daß Sie und Ihre Frau noch nie von diesem Buch gehört haben, Porratorat. Nur wenige in Ihrem Alter besitzen es, und noch weniger haben es gelesen. Das *Buch des Exils* ist seit der Revolution verboten.«

»Ich habe es gelesen«, sagte Data. »Ein Bekannter hat mir vor kurzem ein Exemplar geliehen.«

»Das ist ungewöhnlich, Porratorat«, sagte Tarrajel. »Nun, was meinen Sie dazu?«

»Ich denke, die alten Überlieferungen dieses Buches können auf unterschiedliche Weise interpretiert werden«, antwortete Data völlig selbstverständlich. »Sie lassen demnach durchaus die Interpretation zu, daß sie die gegenwärtige Krise vorhersagen.«

»Wie haben Sie von diesem Buch erfahren, Tarrajel?« wollte Ro wissen.

Der junge Mann grinste. »Ich habe etwas Geschichte studiert, bevor ich mich den Rechtswissenschaften zuwandte. Ich dachte, ich sollte das *Buch des Exils* lesen, um mein gewähltes Thema besser zu verstehen. Ich hatte schon immer eine gewisse Neigung, so viele illegale Dinge wie möglich zu tun, und ich glaube nicht, daß die Regierung das Recht hat, mir zu sagen, was ich lesen soll und was nicht. Ich habe das *Buch des Exils* sehr gründlich studiert – als historischen Text natürlich, nicht aus einer religiösen Perspektive. In religiöser Hinsicht gibt es meiner Ansicht nach nicht viel her.«

»Die *Wahrheit*!«

»Ja, Ilsewidna«, sagte Tarrajel. »Wie ich schon sagte, ist es die Wahrheit – wenn auch nur in gewisser Weise.« Er wandte sich wieder an Data und Ro. »Das Buch gründet sich offenbar auf unsere frühesten schriftlichen Aufzeichnungen, die wir von unserer Heimatwelt mitbrachten. Diese Urtexte gingen natürlich alle in den dunklen Jahrhunderten verloren, die auf unsere Ankunft in dieser Welt folgten. Wir glauben, daß das Buch nach mündlichen Überlieferungen aus jener Zeit geschrieben wurde. Deshalb wurde die Geschichte zwangsläufig in Teilen verfälscht.«

»Die dunklen Jahrhunderte?« fragte Ro. »Ich fürchte, ich war nie sehr gut in Geschichte, Tarrajel.«

»In diesem Punkt gibt es nicht viel, was man sich merken könnte«, sagte Tarrajel. »Als wir hier eintrafen, wurde die Zivilisation, die wir während der langen Reise von unserer Heimatwelt an Bord der Asteroidenschiffe bewahrt hatten, sehr schnell zerstört. Unser Volk zerstreute sich über den ganzen Planeten. Es dauerte Jahrhunderte, bis unsere Vorfahren sich wieder zusammenrauften und eine planetare Zivilisation begründen konnten. Das *Buch des Exils* datiert aus dem Anfang jener Zeit.«

»Sie sagten, das Buch repräsentiere in gewisser Hinsicht die Wahrheit«, sagte Data. »Wie haben Sie das gemeint, Tarrajel?«

»Zumindest in einer sehr wichtigen Hinsicht hat sich erwiesen, daß das Buch die Wahrheit sagt«, erwiderte der junge Mann. »Die wichtigste Aussage des Buches betrifft genau die Situation, in der wir alle uns gegenwärtig befinden. Es heißt, wenn wir nicht unsere Sünden gegen das versklavte Volk bereuen, wird es uns eines Tages finden und vernichten.«

»Und wir haben nicht bereut, und das Volk hat uns gefunden, und nun werden wir alle sterben!« jammerte Ilsewidna. Sie zeigte mit dem ausgestreckten Finger auf Tarrajel. »Die Mönche haben die Gefahr durch ihre heiligen Opfer gebannt, aber Ihre radikalen Freunde in der Regierung haben sie alle getötet oder in den Kerker geworfen!«

»Ich bitte Sie, Ilsewidna ...«, setzte Tarrajel zu einer Erwiderung an.

Doch die alte Frau ließ ihn nicht zu Wort kommen. »Die Radikalen haben die Kirche zerstört«, klagte sie verbittert an. »Sie haben alle Einrichtungen zerstört und sie durch Lügen und noch mehr Lügen ersetzt. Sie veränderten unsere heilige Lebensweise, die Welt, in der Erwachsene und Kinder gemeinsam arbeiteten, hart arbeiteten, um eine heilige Welt voller Hoffnung und ohne Furcht aufzubauen. Sie zerstörten die Wahrheit und schufen ein falsches Paradies, das die böse Macht der Krann anzog, wie ein Magnet Eisen anzieht. Und jetzt werden wir alle in Feuer und Schrecken sterben, genauso wie es das heilige Buch verkündet.«

»Es ist nicht gesagt, daß die Krann wirklich angreifen, Ilsewidna«, sagte Data. »Es besteht immer noch Hoffnung auf eine friedliche Lösung.«

»Nein«, sagte Ilsewidna trostlos und drückte das Buch wieder an die Brust. »Nein, es gibt keine Hoffnung mehr. Die Krann sind gekommen, und sie werden den Tod über uns alle bringen. Das ist der Preis für unsere Sünden. Wir haben den Gesetzen nicht gehorcht, also werden wir sterben. So steht es im Buch.« Ihre Augen füllten sich mit Tränen. »Ich habe drei Enkelkinder«, sagte sie bedrückt. »Haben sie das Recht verloren, erwachsen zu werden? Sie haben niemandem etwas getan. Sie haben niemanden versklavt, sie haben niemals etwas Unrechtes getan. Es sind gute Kinder, sie sind wohlerzogen und immer nett zu ihrer Großmutter. Ich habe sie gelehrt zu beten, obwohl ihre Mutter nicht damit einverstanden war und ihr Vater mich schlug und mir drohte, die Polizei zu rufen, um mich ins Gefängnis zu werfen. Sie sind so klein. So klein und unschuldig ...« Sie verstummte betrübt.

»Ilsewidna ist nur eine von Millionen«, sagte Tarrajel. »Zweifellos haben Sie in letzter Zeit viele Gläubige gesehen. Sie sind überzeugt, daß die Krann uns das Verderben bringen und daß wir es sogar verdienen. Es wird zwar in der Öffentlichkeit vertuscht, aber einige Gläubige wurden dabei erwischt, wie sie versuchten, die Verteidigungsmaßnahmen zu sabotieren. Sie glauben, daß sie dadurch mithelfen, die Prophezeiung des *Buches des Exils* zu erfüllen. Deshalb ist die Interpretation der Prophezeiung so wichtig. Wenn genügend Menschen daran glauben und danach handeln, werden sie jeden Versuch vereiteln, uns gegen die Krann zu verteidigen.«

»Der klassische Fall einer sich selbst erfüllenden Prophezeiung«, stellte Data fest.

»Aber wie kann ein Buch, das von einer primitiven Kultur geschrieben wurde, so exakt vorhersagen, was jetzt mit uns geschieht?« fragte Ro. »Das ist doch unmöglich!«

Tarrajel schloß die Augen und lehnte sich gegen eine Kiste. »Ich hätte es selbst für unmöglich gehalten«, sagte er traurig. »Doch in Anbetracht der schrecklichen Verbrechen, die unser Volk vor so langer Zeit beging, ist die Rache der Krann beinahe genauso leicht vorherzusagen wie der morgige Sonnenaufgang. Die Wahrscheinlichkeit ist einfach zu hoch.«

»Die Krann werden uns töten«, murmelte die alte Frau. »Sie werden uns in Feuer und Rauch vergehen lassen.«

»Ich weiß, Mutter«, sagte Tarrajel leise. Er schloß die Augen. Dann war es eine Weile still im Bunker. Nur noch Ilsewidnas leises Gewimmer und das ferne Geräusch tropfenden Wassers waren zu hören.

Plötzlich ertönte in weiter Ferne eine Reihe dumpfer Schläge. Alle vier spürten, wie der Fußboden, auf dem sie saßen, erzitterte.

Ro beschloß, keine Rücksicht mehr zu nehmen, und tippte auf ihren Kommunikator. »Ro an *Enterprise*«, rief sie. Es gab keine Antwort.

»Was machen Sie da, Fessalahka?« fragte Tarrajel erstaunt.

Der Fähnrich hörte nicht auf ihn. »Bitte versuchen Sie es noch einmal, Commander«, bat sie Data.

Der Androide aktivierte seinen Kommunikator. »Data an *Enterprise*«, sagte er. Wieder keine Antwort.

»Ich komme nicht durch«, sagte er nach einer Weile zu Ro. »Ich glaube, das Signal wird irgendwo blockiert. Oder das Schiff ist außer Reichweite.«

»Oder es wurde zerstört«, sagte Ro besorgt.

»Diese Möglichkeit existiert.«

»Wovon reden Sie beide überhaupt ...?« wollte Tarrajel wissen.

Plötzlich wurde das ganze Gebäude wie ein Boot in schwerer Brandung durchgeschüttelt, und Gegenstände flogen durch die Luft. Kurz darauf ertönte ein entsetzlicher Lärm, und die Erschütterungen hielten unvermindert an.

»Das Gericht!« schrie Ilsewidna. *»Nun ist die Zeit des Gerichts gekommen!«*

Ro blickte Data an. »Ich würde jetzt gerne den Tricorder einsetzen, Commander. Geben Sie die Erlaubnis, ab jetzt offen zu operieren?«

»Erlaubnis erteilt. Sie bluten am Kopf, Fähnrich. Haben Sie Schmerzen?«

»Nur unwesentlich.« Ro holte ihren Tricorder hervor und setzte das Gerät ein, ohne es vor Tarrajel und Ilsewidna zu verbergen. Nach einer Weile seufzte sie besorgt. »Das hatte ich befürchtet«, sagte sie. »Es war ein Nuklearangriff. Wenn auch keine große Detonation, sonst könnten wir uns jetzt nicht mehr darüber unterhalten. Das Explosionszentrum liegt sechs Komma drei Kilometer östlich von hier.«

»Ich glaube, an dieser Stelle befindet sich – befand sich ein Flughafen«, sagte Data.

»Es gibt noch weitere unangenehme Neuigkeiten«, sagte Ro. »Das Gebäude über uns steht in Flammen und könnte demnächst einstürzen. Wir sollten uns hier nicht mehr allzu lange aufhalten.«

»Einverstanden«, sagte Data. »Wir werden sofort von hier verschwinden.«

»Ich gehe nicht«, sagte Tarrajel kategorisch. »Draußen ist es zu unsicher.«

»Sie scheinen mich nicht richtig verstanden zu haben«, erwiderte Ro. »Hier unten ist es auch nicht sicher.«

Tarrajel schüttelte entschieden den Kopf. »Sie werden uns weiter bombardieren, Fessalahka – oder wie Ihr richtiger Name lauten mag.« Er legte eine Hand auf den Betonfußboden. »Man kann es sogar spüren.«

»Sie werden bei lebendigem Leib verbrennen!« sagte Ro eindringlich. »Das Gebäude steht in Flammen! Sie und wir und die alte Frau haben eine gewisse Überlebenschance, wenn wir unverzüglich gemeinsam von hier verschwinden.« Sie warf wieder einen Blick auf ihren Tricorder. »Wir liegen im Windschatten des Flughafens. Wenn also kein weiterer Nuklearschlag in der Nähe erfolgt …«

»Woher wollen Sie das alles wissen?« schnaufte Tarrajel. »Wer sind Sie überhaupt?«

»Grüne Männchen aus dem Weltall«, antwortete Ro sarkastisch. »Was haben Sie denn gedacht?«

»Ich wußte es!« rief Ilsewidna. »Ich wurde nicht vergessen, obwohl das Ende so nah ist. Lob und Dank sei den Mönchen!«

»Gut, Mutter«, sagte Ro geistesabwesend. »Commander, ich würde sagen, wir gehen zum Regierungshaus.«

»Müßte es nicht eins der wichtigen Angriffsziele für die Krann sein?« fragte Data.

»Nicht unbedingt, Commander. Der Angriff auf den Flughafen war ein taktischer Schlag. Wenn die Krann die ganze Stadt vernichten wollten, hätten sie es schon längst getan. Ich glaube, sie werden die politische Führung nicht ausschalten, damit noch jemand übrig ist, der vor ihnen kapitulieren kann, wenn dies alles vorbei ist. Auf den Rest des Planeten würde ich allerdings keine zwei Streifen Latinum verwetten.«

»Ich verstehe.« Data tippte erneut auf seinen Kommunikator. Wieder erhielt er keine Verbindung. »Also gut. Wir gehen zum Regierungshaus.«

»Sie können den Bunker nicht verlassen«, sagte Tarrajel. »Die Panzertür wird sich erst öffnen lassen, wenn Entwarnung gegeben wurde. Und wenn man Sie während des Alarms auf der Straße erwischt, werden Sie erschossen.«

»Zuerst müssen sie uns erwischen«, sagte Ro. »Die Tür ist für uns kein Problem. Wie öffnet man eigentlich diese Tür hier unten?«

»Mit der roten Kurbel auf der linken Seite, Kind«, sagte Ilsewidna. »Sehen Sie sie?«

»Ja. Vielen Dank, Mutter. Kommen Sie beide jetzt mit oder nicht?«

»Nein«, sagte Tarrajel. »Ich fühle mich hier sicherer. Und Sie beide sind völlig verrückt.«

»Ich werde hierbleiben und mich um ihn kümmern, Tochter«, sagte Ilsewidna. »Schließlich wird *mir* nichts Schlimmes zustoßen.«

»Ich hoffe, Sie behalten recht, Mutter«, sagte Ro. Mit leichter Verlegenheit beugte sie sich herab und küßte Ilsewidna hastig auf die Stirn. »Mutter Ilsewidna, geben Sie gut acht auf sich.«

»Sie auch, Kind«, sagte die alte Frau. »Und passen Sie auch auf Ihren Gatten auf. Er ist recht still, aber er scheint äußerst klug zu sein. Geben Sie acht, daß niemand ihn vor Ihrer Nase wegschnappt.«

»Ach, keine Sorge«, sagte Ro und unterdrückte ein Lächeln. »Das werde ich zu verhindern wissen.«

»Das ist gut.« Ilsewidna sah ihr in die Augen und streichelte mit den Fingern ihre Wange. »Ich hatte einmal eine Tochter wie dich«, sagte sie. »Sie ist schon seit vielen Jahren fort. Ist eines Tages einfach so verschwunden. Lebhaft, klug und hübsch wie ein Sonnenaufgang. Dann war sie weg. Ich vermute, sie ist fortgelaufen, aber ich weiß nicht, warum. Ich glaube nicht, daß sie tot ist, aber sie hat mir nie geschrieben, nicht ein einziges Mal.« Ihre Augen wurden feucht, so daß sie heftig blinzeln mußte. »Nimm dich in acht, Tochter«, sagte sie schließlich, während sie Ros Wange tätschelte.

»Sie auch, Mutter. Wir werden die obere Tür offenlassen, falls Sie es sich doch noch anders überlegen.« Ro drehte an der Kurbel, worauf die Tür des Bunkers fast lautlos zur Seite glitt.

»Danke, meine Liebe«, flötete die alte Frau, »aber jetzt wird alles gut. Du wirst sehen.«

Ro blickte sich nicht mehr zu ihr um. »Commander?« rief sie. »Ich bin bereit. Wir treffen uns oben.« Damit verließ sie den Bunker und stieg die Treppe hinauf.

»Gut«, sagte Data und wandte sich noch einmal zu den beiden Lethanta um. »Ich wünsche Ihnen viel Glück«, sagte er. »Doch Sie werden nicht so sehr auf ein Wunder hoffen müssen, wenn Sie diesen Ort demnächst verlassen.«

Tarrajel schwieg hartnäckig. »Danke, mein Sohn«, sagte Ilsewidna, »aber wir kommen schon zurecht. Gehen Sie jetzt. Und passen Sie auf Ihre Frau auf.«

»Ach so. Ja, natürlich. Auf Wiedersehen.« Data verließ den Luftschutzbunker und nahm die Treppe, bis er im Erdgeschoß wieder auf Ro stieß. Hier war deutlich zu spüren, daß Rauch in der Luft lag.

»Darf ich Ihnen die Ehre überlassen, Commander?« fragte Ro.

Data nickte, zog seinen Phaser und feuerte auf die Panzertür. Sie glühte auf und stürzte dann mit einem lauten Krachen auf die Straße. Sie traten über die Trümmer und blickten sich um.

»Warten Sie!« sagte Data und hob eine Hand. Eine Sekunde später hörten sie, wie die untere Tür des Bunkers wieder geschlossen wurde. »Auch gut«, sagte er. »Gehen wir!«

Data und Ro überblickten den Boulevard, während sie vom Gebäude fortliefen. Die Straße war mit Trümmern von Häusern und Fahrzeugen übersät. Trotz der strengen Vorschriften der Zivilverteidigung hatte nicht jeder einen Bunker aufgesucht, denn überall lagen Leichen. Außerdem bemerkten sie andere Leute, die noch lebten und durch Feuer und Rauch über den Boulevard rannten. Niemand wußte, wohin sie wollten – vielleicht waren sie auf dem Heimweg, obwohl ihr Zuhause wahrscheinlich gar nicht mehr existierte.

Die Kämpfe waren noch nicht vorbei. In der Ferne waren helle Blitze zu sehen, wenn konventionelle Waffen gegen die Zivilbevölkerung der Hauptstadt eingesetzt wurden. Im Rauch, der jetzt über der Stadt hing, erkannten Data und Ro das unversehrte Regierungshaus. Es reckte sich wie ein trotziger schwarzer Finger in den blutroten Himmel.

Ro konsultierte erneut ihren Tricorder. »Die Krann scheinen aus dem Orbit anzugreifen, Commander«, meldete sie, während sie den Boulevard entlangliefen. »Die Luftfahrzeuge, die sich über uns befinden, greifen die Stadt nicht an. Also vermute ich, daß es keine feindlichen Einheiten sind.«

»Es scheint so, Fähnrich.« Data blickte sich um. »Wir sollten uns beeilen, um bald zum Regierungshaus zu gelangen ...« Er wurde durch einen krachenden Lärm genau hinter ihnen unterbrochen. Die zwei Offiziere von der *Enterprise* wirbelten herum und sahen, wie das Gebäude, in dem sie Zuflucht gesucht hatten, erzitterte und zusammenstürzte. Die Trümmer begruben alles unter sich, was sich noch darin befand.

Ros Tricorder registrierte keine Lebenszeichen mehr. Sie liefen weiter.

14

Fünf der sechs überlebenden Mitglieder des Ministerrats von Nem Ma'ak Bratuna saßen am Tisch im Konferenzraum des Regierungshauses, das immer noch unversehrt war. Ein oder zwei der Männer blickten mit entschlossener Miene, während die anderen eingeschüchtert und unsicher wirkten. Drei von ihnen waren infolge des Angriffs durch die Krann tot und vermißt – eines Angriffs, den der Rat selbst herausgefordert zu haben schien.

Picard kochte vor Wut, obwohl er seine Gefühle nach außen hin erfolgreich verbarg. Er saß in seinem Sessel im Kommandobereich der Brücke und hoffte, daß er damit eine unausgesprochene Botschaft übermittelte, die die politische Führung der Lethanta beruhigte und den Ministern Zuversicht gab. Derartige Subtilitäten hatten schon des öfteren Erfolg gehabt, und sie waren zu einem Markenzeichen von Captain Picard geworden. Bedauerlicherweise schien es in diesem Fall nicht sehr gut zu funktionieren.

»Erster unter Gleichen«, begann der Captain, »es war nicht sehr hilfreich, daß Sie das Militär planetenweit in Alarm versetzt haben – auch wenn die Maßnahmen, wie Sie sagen, einzig und allein Verteidigungszwecken dienen. Wie ich bereits erwähnte, faßte der Präsident Hek von der Krann-Flotte Ihre Aktionen als aggressive Handlung auf und ordnete deshalb einen Erstschlag gegen Nem Ma'ak Bratuna an. Diese Offensive hält immer noch an und hat schwere Verluste auf beiden Seiten zur Folge. Ich muß Ihnen außerdem sagen, daß ein vielversprechender Weg zu einer friedlichen Lösung dieser Krise plötzlich verschüttet wurde. Der einzige Ausweg besteht im Augenblick darin, sofort die Kämpfe einzustellen. Ich schlage einen vorläufigen Waffenstillstand vor ...«

Kerajem öffnete den Mund, um etwas zu sagen, doch Sicherheitsminister Jemmagar kam ihm zuvor. »Verzeihen Sie, Erster, aber der Captain hat die Autorität des Ministerrats angegriffen, und ich muß darauf antworten.« Kerajem nickte, ohne Jemmagar anzusehen.

»Captain Picard«, sagte der Sicherheitsminister, »ich bin sicher, daß wir alle Ihre Bemühungen zu schätzen wissen, eine friedliche Lösung zu finden ...«

»Davon bin ich überzeugt, Minister Jemmagar«, sagte Picard höflich.

»Äh, ja, so ist es. Aber der Ministerrat hat außerdem die verantwortungsvolle Aufgabe, dafür zu sorgen, daß unser Volk sich der unzweifelhaften Bedrohung durch die Krann entgegenstellt. Die Verteidigungsübung war schon vor längerer Zeit auf diesen Termin festgesetzt worden ...«

Picard kniff die Lippen zusammen. »Minister Jemmagar, Ihr Übungsalarm war eine äußerst unkluge Maßnahme. Für die Krann sah es so aus, als wollten Sie einen Präventivschlag gegen die Vorhut ihrer Flotte vorbereiten – gegen Einheiten, die Sie orten konnten, wir jedoch nicht, weil sie uns Ihre Entdeckung vorenthalten haben, daß die Krann ihre Tarntechnik modifiziert haben, um unsere Sensoren zu täuschen. Andernfalls hätten wir diesen Waffengang vielleicht verhindern können.« Er machte eine kurze Pause. »Ich muß Sie bitten, von jetzt an auf militärische Aktionen jeglicher Art zu verzichten. Ich kann nicht die Verantwortung für die Konsequenzen übernehmen, wenn Sie sich nicht daran halten.«

»Der Rat trägt die Verantwortung für das Volk«, betonte Jemmagar. »Wir lassen uns nicht wie Schuljungen von Ihnen tadeln, Picard.«

»Ja«, erwiderte Picard gehässig. »Ja, Sie tragen die Verantwortung für Ihr Volk, Minister Jemmagar. Und das bedeutet, daß Sie es so sicher wie möglich aus dieser Krise herausführen sollen, so daß Ihre Zivilisation einigermaßen intakt überlebt.« Er wandte nun Kerajem seine Aufmerksamkeit zu. »Erster unter Gleichen, wie lautet Ihre Entscheidung? Geben Sie uns die Chance, diese Situation ohne weitere Verluste an Leben zu lösen, oder sollen wir alle Hoffnung aufgeben, weil Prinzipien wichtiger sind? Der Frieden ist immer noch möglich, wenn beide Seiten nicht mehr überstürzt handeln.«

Kerajem dachte kurz nach und nickte dann. »Es wird keine weiteren Übungen geben«, sagte er. »Wir werden die Krann nicht mehr provozieren. Ich gebe Ihnen mein Wort, Picard.«

»Erster ...«, setzte Jemmagar zu einem Protest an.

Kerajem hob eine Hand. »Ich will keine Einwände mehr hören. Sie haben mein Wort darauf, Captain Picard – aber unser Eingeständnis setzt voraus, daß die Krann ihre feindseligen Aktionen einstellen und ihrerseits keine weiteren aggressiven Handlungen unternehmen.« Er zögerte. »Bitte übermitteln Sie dem Präsidenten Hek und den Mitgliedern des Flottenkongresses den Respekt des Ministerrates von Nem Ma'ak Bratuna.«

»Das werde ich tun«, sagte Picard sofort. »Danke, Kerajem. Ich werde dem Präsidenten Hek sofort Mitteilung über Ihre Entscheidung machen. Picard Ende.« Der Captain erlaubte sich erst einen Seufzer der Erleichterung, als das Bild des Konferenzraumes durch die gewohnte Ansicht des Weltraums ersetzt worden war. »Mr. Worf«, sagte er nach einer Weile. »Rufen Sie das Krann-Flaggschiff. Ich möchte mit dem Präsidenten Hek sprechen.«

Die Menge im Bistro war wieder in Unruhe geraten, doch diesmal aus einem anderen Grund. »Große Leere, der Rhythmus hat sich verändert«, sagte Bitt, während er zu den Leuchtkörpern aufblickte. »Drei-drei-drei. Ich glaube, das bedeutet ...«

»Entwarnung«, sagte Wiggin schleppend. »Der Alarm ist vorbei. Du bist nicht der einzige, der die Alarmsignale kennt, mein Freund. Kennt jemand das Alarmsignal für einen leeren Krug?« Er hob sein Trinkgefäß und schwenkte es. »Bedienung? Bedienung! Die Show ist vorbei, und meine Freunde wollen noch etwas trinken.«

»Ich glaube, Lettana und ich möchten jetzt gehen«, sagte Bitt und blickte wieder auf. »Mir ist gerade eingefallen, daß ich schon lange nicht mehr mit meinen Eltern gesprochen habe. Wahrscheinlich ist es bereits jetzt schwierig, eine Verbindung zu bekommen.« Er wandte sich an Wiggin. »Wenn du erlaubst ...«

»Ja, sicher doch!« erwiderte Wiggin. »Danke, daß ihr uns Gesellschaft geleistet habt und so weiter. Einen schönen Verkündungstag noch. Bis dann!«

»Ich denke, wir werden auch gehen«, sagte Nozz und nahm Sharras Hand. »Wir danken dir für deine Gastfreundschaft, Wiggin, und wir hoffen, daß wir uns irgendwann erkenntlich zeigen können.«

Bitt drehte sich zu Riker und Troi um. Er tippte sich dreimal auf die Brust. »Es freut mich, euch kennengelernt zu haben, Dex und Pralla. Es ist schön, daß wir Freundschaft schließen konnten.«

Die zwei verkleideten *Enterprise*-Offiziere erhoben sich von ihren Sitzen und erwiderten die Geste. »Wir ebenfalls, Bitt. Wir wünschen dir und Lettana einen angenehmen Verkündungstag. Auch euch, Nozz und Sharra.«

»Danke, Dex und Pralla. Auf Wiedersehen.« Die beiden Paare entfernten sich durch die Menge.

»Nette Leute«, sagte Wiggin. »Zu schade, daß sie so plötzlich aufbrechen mußten.« Er zwinkerte Troi zu. Sie lächelte und zwinkerte zurück.

Riker beugte sich zu Troi herüber. »Was hat das zu bedeuten?« fragte er sie flüsternd.

»Unser Freund Wiggin würde offenbar gerne ein Weilchen mit mir allein sein«, entgegnete Troi, »und ich möchte ihm die Gelegenheit dazu geben. Möchtest du vielleicht die Toiletten aufsuchen, Will? Sie befinden sich da hinten, rechts von der Bar. Es gibt zwei verschiedene, die nach Geschlechtern getrennt sind. Du mußt dem Symbol folgen, das wie die Zahl Acht aussieht.«

»Gute Idee. Ich könnte die Gelegenheit dazu nutzen, den Captain anzurufen und herauszufinden, was geschehen ist.« Er sprach wieder lauter. »Wenn du mich für einen Moment entschuldigen würdest, Wiggin«, sagte er freundlich. »Ich bin in wenigen Minuten wieder zurück. Vielleicht könntest du meinen Krug nachfüllen lassen, während ich fort bin.«

»Willst du deine Sanitäreinrichtungen inspizieren?« rief Wiggin, worauf sich alle Köpfe in der Nähe zu ihnen herumdrehten. »Ich hoffe, das Abflußrohr ist nicht verstopft, Dex!« Er lachte hysterisch über seinen eigenen Witz.

Riker warf Troi einen Blick zu, lächelte matt und ging dann.

Wiggin grinste Troi an, wodurch er auf einmal noch jungenhafter wirkte. Dann beugte er sich vor, stellte die Ellenbogen auf den Tisch und stützte sein Kinn mit den Händen ab. »Hallo, Pralla«, sagte er. »Schön, daß wir uns hier getroffen haben.«

Troi lächelte. »Ich finde es auch sehr angenehm, Wiggin. Es ist ein großer Tag für uns alle.«

»Der beste Verkündungstag, den ich je erlebt habe. Das steht fest. Darf ich dir etwas sagen?«

»Natürlich.«

»Du bist die schönste Frau, der ich je begegnet bin.« Wiggin bedachte Troi mit einem Blick, der offenbar Sinnlichkeit ausdrücken sollte, aber die Betazoidin mußte sich zusammenreißen, um nicht laut aufzulachen.

»Weißt du, Wiggin«, sagte Troi nach einer Weile, »hier neben mir ist ein leerer Stuhl. Ich glaube, Dex wird noch eine Zeitlang fort sein.«

Wiggin schien zunächst verblüfft, doch dann lächelte er. »Gut!« Er kam zu ihr herüber. »So ist es besser.«

»Ja«, sagte sie und tätschelte Wiggins Hand. »So ist es *viel* besser.«

»Du hast dir während des Alarms große Sorgen gemacht«, sagte Wiggin. »Das habe ich genau bemerkt.«

»Ja, ein wenig«, sagte Troi und ließ einen gewissen Grad von Nervosität in ihre Stimme einfließen. »Es war recht ungewöhnlich, nicht wahr?«

»Das war es«, erwiderte er. »Ich habe noch nie zuvor einen Alarm miterlebt.«

Troi lächelte. »Um die Wahrheit zu sagen, ich auch nicht.«

Wiggin winkte gelassen ab. »Kein Grund zur Besorgnis. Hier kann uns nichts passieren.« Er rückte etwas näher an sie heran. »Ich wünschte, ich könnte darüber reden, aber ich kann es nicht.« Er legte einen Finger auf die Lippen.

»Aha? Nun, ich werde auf jeden Fall deine Privatsphäre respektieren ...«

»Nein«, sagte Wiggin und schüttelte entschieden den Kopf. »Ich darf nicht einmal eine Andeutung machen. Ich habe meine Befehle. In der Waffenkonstruktion werden wir strengstens überwacht, weißt du. Ich würde großen Ärger bekommen, wenn ich jemals darüber sprechen sollte. Weißt du, ich habe praktisch überhaupt kein Privatleben.«

»Das tut mir leid. Wirklich.«

Wiggin schien nachzudenken. »Vielleicht könnte ich es dir zeigen.«

»Wie bitte?«

»Vielleicht könnte ich dir die Abteilung zeigen, in der ich arbeite, meine ich. Manchmal kommen Besucher. Verwandte und so weiter. Du weißt schon. Laß mich überlegen. Wieviel Ärger könnte ich bekommen? Große Leere, du bist die Ehefrau eines Direktors. Du müßtest eine hohe Sicherheitsbefugnis haben, oder?«

Troi nickte schnell. »Äh, ja, natürlich.«

»Und der Abend ist noch jung«, sagte Wiggin. Er zwinkerte Troi zu. »Es könnte ein zauberhafter Abend werden.«

»Vielleicht«, sagte Troi. »So zauberhaft, daß ich mich möglicherweise einfach so in Luft auflöse.« Sie schnippte mit den Fingern.

»O nein, du nicht!« sagte der junge Krann. »Du bist eine heißblütige Frau. Eindeutig.«

»Wiggin!« sagte Troi und tätschelte sanft seine Hand. »Hör auf damit! Was würde mein Gatte dazu sagen?«

»Wenn ich das wüßte!« erwiderte er. »Wir könnten abwarten und es herausfinden.«

Troi zögerte. »Nein, das möchte ich nicht«, sagte sie und trank ihren Krug aus. »Laß uns gehen.«

»Die Rechnung!« rief Wiggin, worauf sofort eine Kellnerin neben ihn trat. Sie reichte ihm einen Zettel, den Wiggin mit seinem Daumenabdruck versah. »Gut«, sagte er grinsend. »Das wäre erledigt. Jetzt können wir aus diesem *Lagga* verschwinden.«

Troi tippte auf ihren Kommunikator. »Ich werde dir folgen, Wiggin.«

Im hinteren Bereich des Bistros gab es zwischen den Toiletten und der Küche einen Lieferanteneingang, wie es aussah. Da die Toiletten stark frequentiert wurden und alles andere als ein stilles Plätzchen waren, ging Riker weiter und trat durch eine Tür mit der Aufschrift *KEIN AUSGANG*.

Dahinter befand sich ein enger Gang, in dem sich niemand aufhielt. Er führte mehrere Meter in beide Richtungen und bog dann ab. Auf beiden Seiten des Korridors gab es mehrere Türen, die jener glichen, durch die er gerade gekommen war. Riker glaubte, daß der Korridor zu einer Art Frachtlieferungssystem gehörte, das die Promenade frei von Warenverkehr halten sollte.

Riker griff in die Tasche seiner Krann-Kleidung und steckte sich den akustischen Empfänger ins linke Ohr. Dann aktivierte er seinen Kommunikator. »Riker an *Enterprise*«, sagte er leise. »Können Sie mich empfangen?«

»Laut und deutlich, Commander«, hörte er Geordis Stimme. »Können Sie uns hören?«

»Als würden Sie direkt neben mir stehen.«

»Gut. Ich stelle Sie jetzt zum Captain durch.«

Es gab eine kurze Pause. »Hallo, Will«, begrüßte Picard seinen Ersten Offizier. »Ist Counselor Troi bei Ihnen?«

»Nein, Captain. Aber sie ist nicht weit entfernt. Wir sind nicht in Gefahr. Ich würde jetzt gerne meinen Bericht abliefern.«

»Sprechen Sie!«

Riker sammelte seine Gedanken. »Captain, die Leute in diesem Flaggschiff scheinen überhaupt keine Ahnung zu haben, daß sie kurz vor einem Krieg gegen die Lethanta stehen. Gegenwärtig wird an Bord ein wichtiger Feiertag begangen, und praktisch jeder scheint an den Feierlichkeiten teilzunehmen. Ich habe erlebt, wie sich Zivilisten gewöhnlich während eines Krieges verhalten, und was ich hier erlebe, entspricht überhaupt nicht diesem Muster. Diese Leute leben in Frieden, oder zumindest glauben sie es. Das einzige Anzeichen für eine bevorstehende Kampfhandlung war ein Alarm vor etwa zwei Stunden, der alle Anwesenden völlig überrascht hat. Die Leute waren schockiert und ängstlich.«

»Wir wissen von diesem Alarm, Will. Die Lethanta haben auf ihrem Planeten eine militärische Übung abgehalten, und die Krann haben das Manöver als Provokation aufgefaßt. Darauf haben einige Teile der Krann-Flotte einen Angriff gegen verschiedene Ziele auf Nem Ma'ak Bratuna geführt, gegen militärische sowie zivile Einrichtungen. Auf beiden Seiten gab es hohe Verluste, doch die Folgen für die Lethanta sind verheerend. Ich habe einen vorläufigen Waffenstillstand erreichen können, um weitere Verhandlungen zwischen den Lethanta und Krann vermitteln zu können. Alle Krann-Einheiten kehren zur Zeit zu ihren ursprünglichen Positionen zurück oder sind bereits zurückgekehrt. Ich muß Ihnen außerdem mitteilen, Will, daß Commander Data und Fähnrich Ro seit dem Angriff auf die Hauptstadt der Lethanta vermißt werden. Wir konnten bislang keine Verbindung mit ihnen aufnehmen.«

Riker kratzte sich nachdenklich am Kinn. »Ich verstehe. Trotzdem bleibt die Frage, warum niemand von den Krann in unserer Umgebung verstand, was vor sich ging.«

»Wo waren Sie zu diesem Zeitpunkt?«

»Auf einer Party, Captain.«

»Oh! Eine ausgezeichnete Möglichkeit, um Leute kennenzulernen. Was haben Sie herausgefunden?«

»Heute ist ein bedeutender Feiertag für die Krann, der Verkündungstag, Captain. Es ist der Tag, an dem die Führung der Krann verheirateten Paaren die Genehmigung erteilt, Nachwuchs zu bekommen.«

»Ich verstehe«, sagte Picard. »Also wird die Fortpflanzung streng kontrolliert.«

»Es scheint so, Captain. Die Genehmigungen werden nur alle paar Jahre erteilt und sind offenbar selbst dann nur schwer zu bekommen. Beziehungen scheinen eine gewisse Rolle zu spielen. Ein Ehepaar, das die Genehmigung erhalten hat, veranstaltet eine große Party – je größer, desto besser. Wir sind in eine solche Feier hineingeraten. Die Größe und der Ort der Feier ist eine Frage des Status, wie wir erfahren haben.«

»Also ähnlich wie bei einer Hochzeit auf der Erde. Ihre Meinung, Nummer Eins?«

»Captain, ich habe den Eindruck, daß diese Leute nicht die geringste Ahnung haben, was zwischen den Krann und den Lethanta vor sich geht. Die Partygäste sind zahlreich und verhalten sich sehr entspannt. Counselor Troi und ich sprachen mit einigen jungen Leuten, die noch nie etwas von den Lethanta gehört haben. Die Krann, denen wir begegneten, wissen zwar, daß sie in einem neuen Sternsystem eingetroffen sind, aber man hat sie nicht informiert, daß es hier zwei Planeten der Klasse M gibt.« Er hielt kurz inne. »Captain, Präsident Hek sagte, wir könnten uns von seinen friedlichen Absichten überzeugen, wenn wir uns an Bord umsehen. Ich frage mich, ob er uns die Wahrheit gesagt hat.«

»Captain, Commander«, wurde er von Geordis Stimme unterbrochen. »Counselor Trois Subraumverbindung wurde soeben geöffnet, aber sie spricht nicht zu uns. Ich habe sie lokalisiert.«

»Steckt sie in Schwierigkeiten, Geordi?« fragte Riker sofort.

»Ich glaube nicht, Commander. Offenbar führt sie ein normales Gespräch mit einer Person namens Wiggin. Und sie entfernt sich von Ihnen. Inzwischen beträgt der Abstand dreißig Meter, in Richtung vier fünf vier Komma fünf. Der Abstand vergrößert sich mit normaler Schrittgeschwindigkeit.«

»Aber die Counselor hat kein Notsignal gesendet, oder, Mr. LaForge?« fragte Picard.

»Nein, Captain.«

»Dann glaube ich nicht, daß sie gegen ihren Willen fortgebracht wird«, sagte Picard. »Wenn sie den Übertragungskanal ihres Kommunikators öffnen konnte, hätte sie genauso problemlos das Signal für den Nottransport senden können. Nein, Counselor Troi möchte uns lediglich informieren, daß sie sich entfernt. Nummer Eins, erzählen Sie mir schnell alles über diesen Wiggin.«

»Wir haben ihn auf der Party getroffen«, sagte Riker. »Er ist ein junger Krann, der behauptet, eine Art Waffenkonstrukteur zu sein. Ich habe den Verdacht, daß er möglicherweise nicht der ist, als der er sich ausgibt.«

»Sie glauben, man hat ihn auf Sie angesetzt?«

»Ja, Captain. Ich glaube, er ist erst kurz nach uns auf der Feier eingetroffen, obwohl er behauptet, er hätte sich schon längere Zeit dort aufgehalten.«

»Ich verstehe. Also gehen Sie davon aus, daß man Sie an Bord des Flaggschiffs lokalisiert hat.«

»Ja, Captain.«

»Wenn das stimmt, haben die Krann zumindest vorläufig nichts gegen Ihre Anwesenheit einzuwenden«, stellte Picard fest. »Man hat nichts unternommen, um Sie auszuschalten. Ich frage mich, warum.«

»Wir haben das Einverständnis der Krann, uns an Bord ihrer Schiffe umsehen zu dürfen, Captain.«

Riker hörte, wie Picard leise lachte. »Ja, aber ich habe eigentlich nicht damit gerechnet, daß sie es uns so einfach machen würden. Nun, wir sollten Heks Großzügigkeit so lange wie möglich zu unseren Gunsten nutzen. Nummer Eins, Mr. LaForge wird Sie an Counselor Trois gegenwärtige Position dirigieren. Folgen Sie ihr und diesem Wiggin, aber lassen Sie sich nicht erwischen. Ich überlasse Sie jetzt der Obhut von Mr. LaForge. Picard Ende.«

»Verstanden, Captain. Geordi?«

»Ich habe Sie genau im Visier, Will.«

»Gut.« Riker öffnete die Tür zum Bistro und blickte sich um, bevor er eintrat. »Ich begebe mich jetzt auf die große Promenade genau vor dem Restaurant«, sagte er sehr leise. »Wie weit sind die beiden jetzt entfernt?«

Troi und Wiggin waren auf der Promenade unterwegs. Die Menge, die sich hier bewegte, war genauso dicht wie vorher. Möglicherweise waren es sogar noch mehr Leute geworden, trotz oder vielleicht sogar wegen des Alarms vor nicht allzu langer Zeit. Troi überlegte, daß einige der Krann ihre Erleichterung über die Entwarnung feiern mochten.

»Warte ab, bis du es gesehen hast!« sagte Wiggin begeistert. »Bisher war jeder beeindruckt – und ich habe natürlich meinen wesentlichen Beitrag zur Konstruktion geleistet.«

»Also wirst du mir jetzt eine Art Waffe zeigen, oder?« fragte Troi beiläufig.

»Vielleicht, vielleicht auch nicht«, antwortete der junge Krann grinsend. »Es ist eigentlich ein Geheimnis. Du wirst sehen.«

»Counselor, hier spricht Picard«, hörte Troi eine Stimme in ihrem Ohr. »Wir haben alles mitgehört und verfolgen Ihre Bewegungen anhand Ihres Kommunikatorsignals. Ich gehe davon aus, daß Sie ihren Ohrempfänger tragen. Wenn es so ist, tippen Sie bitte einmal auf Ihren Kommunikator.«

Troi tat es unauffällig.

»Sehr gut. Sie bewegen sich in Richtung einer Zone,

die auf unseren Plänen als wichtige Transporteinrichtung des Flaggschiffs verzeichnet ist. Tippen Sie einmal, wenn Sie verstanden haben.«

Troi tat es.

»Gut«, sagte Picard. »Wir konnten feststellen, daß eine Linie des Röhrensystems genau in den Bereich des Flaggschiffs führt, den wir bislang mit unseren Sensoren nicht einsehen konnten. Falls Wiggin Sie dorthin bringt, werden wir den Kontakt mit Ihnen verlieren, wie Mr. LaForge sagt. Commander Riker folgt Ihnen in einem gewissen Abstand. Er wird Ihnen nötigenfalls auch in den grauen Bereich folgen und sich bereithalten, Ihnen zu helfen, wenn es nötig wird. Ich wünsche Ihnen viel Glück, Counselor. Picard Ende.«

Die Rohrbahn hielt in einer Station mit der Bezeichnung *FRACHTHANGAR 14* an, und Troi und Wiggin schoben sich auf den Bahnsteig hinaus. Der Bahnhof war mit Passagieren überfüllt.

»Entschuldige, Pralla«, sagte Wiggin, »aber jetzt ist gerade Schichtwechsel. Es ist eine denkbar ungünstige Zeit. Schieb dich einfach durch die Leute hindurch. Hier entlang!« Er zeigte in die Richtung.

Troi folgte seinen Anweisungen. »Ich dachte, heute wäre ein Feiertag!« beschwerte sie sich.

»Hier unten jedenfalls nicht, und schon gar nicht zum jetzigen Zeitpunkt.« Wiggin drängte sich durch die Menge und nahm Troi wieder an der Hand. »Ich werde dir zeigen, was ich meine«, sagte er und zerrte sie mit sich. »Komm!«

Die Station hatte zwei Ausgänge – einen großen Torbogen, durch den die Pendler Zugang zu einer weiteren Promenade hatten, und eine kleine verschlossene Tür, bei der es sich um eine Sicherheitssperre zu handeln schien. Dorthin wurde sie von Wiggin geführt.

Der Durchgang war geschlossen und wurde von

zwei bewaffneten Wachen flankiert, die in kleinen Wandnischen links und rechts von der Tür standen. Troi konnte ihre Fähigkeiten nicht dazu nützen, um irgend etwas über ihre Stimmung zu erfahren. Doch nach der Körpersprache zu urteilen, schienen die beiden Männer entspannt zu sein …

Troi hoffte, daß Will es geschafft hatte, denselben Röhrenzug zu besteigen, den Wiggin und sie genommen hatten, so daß er ihr immer noch folgte. Geordi hatte recht gehabt, was den Ausfall der Kommunikationsverbindung betraf. Sie hatte nichts mehr von der *Enterprise* gehört, seit der Wagen in die graue Zone eingefahren war. Der Kommunikator war völlig tot, was vermutlich am selben Effekt lag, der auch die Sensoren wirkungsvoll abschirmte. In diesem Fall konnte sie nicht einmal Kontakt mit Will aufnehmen. Troi hätte sich gerne auf dem Bahnhof umgesehen, ob sie ihn irgendwo entdecken konnte, aber wenn Wiggin es bemerkte, wurde er möglicherweise mißtrauisch.

Die ganze Idee war Wahnsinn, dachte sie besorgt. Sie ärgerte sich, daß sie sich so mühelos von diesem betrunkenen Jungen hatte einwickeln lassen. Und was war mit Will Rikers Mutmaßung, daß man ihre Anwesenheit an Bord des Flaggschiffs entdeckt hatte und daß dieser junge Krann in Wirklichkeit auf sie angesetzt worden war? Falls Wiggin es ehrlich meinte, bedeutete das, daß Troi in einem Hochsicherheitsbereich gefangen war, aus dem sie sich nicht herausbeamen lassen konnte. Aber wie sollte sie überhaupt eine Sicherheitsüberprüfung durch die Krann überstehen, ohne daß ihre Tarnung entdeckt wurde? Wiggin hatte offenbar von Anfang an vermutet, daß sie als Ehefrau eines Direktors keine Probleme damit haben würde.

Troi wußte, daß sie auch Will in Gefahr gebracht hatte, falls es ihm gelungen war, ihr bis hierher zu folgen. In Anbetracht der Umstände hoffte sie, daß er nicht in der Nähe war. Als sie sorgfältig darüber nachdachte, entschied Troi, daß sie vielleicht die Gelegenheit erhielt, sich aus dem Staub zu machen, während Wiggin am Sicherheitseingang von den Wachen überprüft wurde. Sie mußte nur losrennen, um durch den Torbogen auf die Promenade neben dem Bahnhof zu gelangen. Dort konnte sie in der Menge untertauchen. Dann mußte sie nur noch versuchen, den grauen Bereich zu verlassen, um wieder Kontakt mit dem Schiff aufnehmen zu können. Wenn Will ihr immer noch folgte, würde er ihren Plan erkennen und das gleiche tun.

Aber Troi wußte auch, daß ihr keine Gefahr drohte, wenn Wiggin wirklich im Auftrag der Krann-Führung handelte, weil er sie bislang auf überzeugende Weise an der Nase herumgeführt hatte. Das würde bedeuten, daß sie aus einem bestimmten Grund in diese Sektion gebracht wurde. Sie sollte sich dort etwas ansehen, und in diesem Fall durfte es eigentlich keine Probleme mit der Sicherheitsüberprüfung geben. Falls die Krann von ihrer Anwesenheit wußten und sie gefangennehmen wollten, hätten sie es inzwischen längst tun können.

Es war zwar absurd, aber Troi wußte, ihre Sicherheit hing davon ab, daß Wiggin sie hinters Licht führte. Falls er es ehrlich meinte, bedeutete das ihren Tod. Sie würde es in Kürze erfahren.

»Hier arbeite ich«, sagte Wiggin. »Glaube mir, drinnen ist es wesentlich beeindruckender.«

Das erste, was Troi bemerkte, als sie und Wiggin sich dem Eingang näherten, war die Tatsache, daß die Leute recht nachlässig von den Wachen durchgewunken wurden. Das war ein gutes Zeichen.

»Ist es hier immer so überfüllt?« fragte Troi, während sie sich langsam von der Menge zum Tor treiben ließen.

»Demnächst ist Wachablösung«, sagte Wiggin. »Es ist ein ungünstiger Zeitpunkt, wie ich schon sagte.« Er kramte in einer Tasche und holte ein kleines, rundes Objekt hervor, das wie eine Münze aussah. »Halt deine Scheibe bereit, dann wird man uns ohne Probleme durchlassen.«

»Nun, es ist mir etwas peinlich, Wiggin, aber ich habe meine Scheibe nicht dabei.«

»Wie bitte?«

»Ich sagte, ich habe meine Scheibe nicht dabei. Ich habe sie ... äh ... wohl irgendwo liegenlassen. Vielleicht auf der Party. Du weißt ja, wie das ist. Es tut mir leid.«

»Große Leere! Warte mal. Wir sind fast am Eingang.« Wiggin winkte einem der Wachmänner zu, einem älteren Krann in grüner Uniform. »Guss! *Guss!*« Endlich bemerkte der Mann ihn. Wiggin nahm Troi wieder an der Hand und scherte seitlich aus, bis sie vor der Wachnische standen.

»Hallo, Wiggin!« sagte der Wachmann. »Was machst du denn hier? Willst du eine Extraschicht einschieben?« Er blickte Troi von oben bis unten an, während seine Augen zu fragen schienen: *Schon wieder eine, Wiggin?*

»Nein, diesmal hat es nichts mit übertriebenem Pflichtgefühl zu tun«, erwiderte Wiggin. »Ich wollte meiner hübschen Freundin den Laden zeigen, aber sie hat ihre Scheibe irgendwo verloren. Ob sie wohl einen Besucherausweis bekommen kann?«

Der Wachmann zuckte die Schultern. »Im Augenblick herrscht kein Alarm mehr, und ich habe keine Befehle erhalten, die es mir verbieten würden. Also gehe ich davon aus, daß es damit keine Probleme gibt.« Er grinste. »Oder sind Sie eine Spionin, meine Dame?«

Troi lächelte zurück. »Sehe ich wie eine Spionin aus?«

»Um ehrlich zu sein, irgendwie schon. Aber das macht nichts.« Der Wachmann griff in ein Fach und holte eine gläserne Platte hervor, die etwa dreißig mal fünfzehn Zentimeter maß. »Geben Sie mir Ihren Namen und Daumenabdruck. Sie wissen ja, die Bürokraten ... Müssen alles dokumentieren.« Damit reichte er ihr die Glasplatte.

Aus der Nähe erkannte Troi, daß das Formular aus zwei Glasscheiben bestand, zwischen denen sich irgendwelche Schaltkreise befanden. An der Seite war ein Schreibstift befestigt.

Troi war froh, daß sie die Schrift der Krann geübt hatte, als sie sorgfältig »Pralla Backbord-Lebensmittelüberwacherin« auf das Glas schrieb. Der Stift hinterließ eine goldene Spur auf der Schreibfläche. Dann drückte sie ihren rechten Daumen in ein markiertes Kästchen und gab dem Wachmann lächelnd das Formular zurück.

»Sie haben ja eine ziemlich große Handschrift!« sagte er. »Du bürgst für sie, Wiggin?«

»Sicher.«

»Dann setz hier deinen Daumenabdruck hin.« Wiggin tat es, worauf Guss den Stift nahm und etwas auf das Glas kritzelte. Schließlich reichte er Troi eine kleine Scheibe. »So, meine Gute. Das ist ein Besucherabzeichen. Stecken Sie es irgendwo an, damit die Sensoren es registrieren können. Geben Sie es wieder ab, wenn Sie den Sicherheitsbereich verlassen.« Er grinste. »Andernfalls kommen Sie auf die Fahndungsliste.«

Troi heftete das Abzeichen neben ihren Kragen. »Vielen Dank, Guss.«

»Keine Ursache.«

»Gehen wir«, sagte Wiggin. Gemeinsam traten sie durch den Eingang.

15

Heks Gesicht füllte den gesamten Hauptsichtschirm auf der Brücke der *Enterprise*. Er sah wie jemand aus, dem gerade ein komplizierter, aber äußerst erfolgreicher Kartentrick gelungen war. Seine hellen, aquamarinblauen Augen schienen zu tanzen.

Captain Picard war leicht irritiert. »Das ist wirklich eine gute Neuigkeit, Präsident Hek«, sagte er, während er sich aus seinem Sitz erhob. Obwohl Picard normalerweise großes Geschick besaß, seine persönlichen Gefühle zu verbergen, während er diplomatische Verhandlungen führte, wollte es ihm diesmal nicht so recht gelingen. Seiner Stimme war eine gewisse Überraschung anzuhören, als er weitersprach. »Ich bin überzeugt, daß der Ministerrat Ihr Angebot willkommen heißen wird, ein vorläufiges Friedensabkommen zu schließen, während die offiziellen Verhandlungen zwischen Ihren beiden Völkern beginnen.«

Hek zuckte die Schultern. »Sie haben wohl nicht damit gerechnet, daß wir so vernünftig sein können, oder, Captain Picard?« Er lachte. »Ich schätze, das hätte mir klar sein müssen. Vielleicht haben wir uns bislang nicht allzu vernünftig verhalten.«

Picard schüttelte den Kopf. »Das ist es nicht, Präsident Hek. Ich hatte nur keine Ahnung, daß Ihr Flottenkongreß wünscht, so schnell in Verhandlungen mit den Lethanta zu treten – oder so umfangreiche Gespräche mit ihnen zu führen, sobald Sie zu Verhandlungen bereit sind.«

Hek nickte. »Ich sehe den Grund«, sagte er. »Ich bin kein Dummkopf, Captain. Ich weiß, daß wir in dieser Situation als Aggressor betrachtet werden. Wir sind mit der Absicht in dieses System gekommen, uns für Verbrechen, die an uns begangen wurden, zu rächen. Wir wollten jahrtausendealte Rechnungen begleichen, unsere Unterdrücker aufspüren und sie vernichten. Nach wie vor hegen viele Mitglieder unseres Volkes den Wunsch, Rache an den Lethanta zu nehmen. Doch der Ausbruch von Kämpfen zwischen unseren beiden Völkern hat dem Kongreß so viel Angst gemacht, daß etliche der Mitglieder nun nach einer anderen, friedlicheren Lösung suchen wollen. Ich bin natürlich nur das ausführende Organ des Flottenkongresses.«

»Natürlich«, sagte Picard. »Dürfte ich mich nach Ihren Bedingungen erkundigen, Präsident?«

Hek zögerte eine Weile, während er seine Fingernägel studierte. »Gelegentlich wurde ein unbewohnter Planet der Klasse M erwähnt, der sich in diesem System befinden soll«, sagte er schließlich. »Ich glaube, wir können sinnvollerweise mit der Erkundung der Möglichkeiten beginnen, was mit diesem Planeten geschehen soll.«

»Ich werde diesen Punkt so bald wie möglich vor dem Ministerrat ansprechen«, sagte Picard. »Dürfte ich fragen, wann unser nächstes gemeinsames Treffen stattfinden soll?«

»In zehn Stunden«, sagte Hek und unterdrückte ein Gähnen. »Es war ein langer Tag, Captain Picard. Ich muß etwas schlafen, bevor wir mit der folgenden Phase beginnen können. Die nächste Besprechung wird an Bord unseres Flaggschiffs stattfinden, wenn Sie keine Einwände haben. Solange die Krise anhält, möchte ich mein Schiff nur ungern verlassen.«

»Dafür habe ich Verständnis, Präsident Hek«, sagte Picard. »Darf ich dem Rat mitteilen, daß Sie die Flotte in einem Abstand von, sagen wir, einer Million Kilometern vor Nem Ma'ak Bratuna parken? Als Zeichen Ihres guten Willens? Die zweite Welle Ihrer Flotte wird diese Marke in Kürze erreicht haben.«

Hek runzelte die Stirn. »Zuerst möchte ich sehen, wie sich die Gespräche mit den Lethanta entwickeln«, sagte er. »Unsere Schiffe werden ihnen nichts tun, solange die Gespräche erfolgversprechend verlaufen. Wäre das im Augenblick alles, Captain?«

»Ich denke schon«, erwiderte Picard. »Nochmals vielen Dank, Präsident Hek.«

»Dann sehen wir uns in zehn Stunden. Ende.« Der Bildschirm zeigte wieder den Weltraum, während Picard sich setzte. »Nun denn«, sagte er mehr zu sich selbst. »Ich finde, das war eine beeindruckende Vorstellung. Natürlich glaube ich ihm kein einziges Wort. Mr. Worf?« fragte er und drehte den Kopf. »Was denken Sie?«

»Er versucht Zeit zu gewinnen, Captain. Er hat seine Entscheidung längst getroffen. Er will kämpfen. Und er wird notfalls auch gegen uns kämpfen.«

Picard nickte. »Das sehe ich genauso. Dieses Gerede vom ausführenden Organ seines Flottenkongresses ist ausgemachter Blödsinn. Hek trifft die Entscheidungen, nicht der Flottenkongreß. Was geht hier also vor? Warum will Hek Zeit gewinnen?«

»Captain«, sagte Worf, »wenn die Krann ihre gegenwärtige Verzögerungsrate beibehalten, wird der Hauptteil der Flotte in zehn Stunden den Standardorbit um Nem Ma'ak Bratuna erreicht haben. Also genau zu dem Zeitpunkt, wenn Sie sich das nächste Mal mit dem Präsidenten Hek treffen sollen. Es war sein Vorschlag.«

Picard rieb sich die müden Augen. »Mr. Worf«, sagte

er nach einer Weile, »ich möchte mit dem Ersten unter Gleichen Kerajem sprechen.«

»Verstanden, Captain.«

Troi und Wiggin betraten einen großen Raum mit Dutzenden von Kabinen. Männer und Frauen verschiedenen Alters liefen zielstrebig herum. Jeder schien einer wichtigen Aufgabe nachzugehen oder war zumindest davon überzeugt, eine wichtige Aufgabe zu haben. Es herrschte eine Atmosphäre der Betriebsamkeit.

»Hier arbeite ich«, sagte der junge Krann nicht ohne Stolz. »In der Konstruktionsabteilung.«

»Es ist wirklich beeindruckend«, stellte Troi fest. »Wie lange bist du hier schon verpflichtet?«

»Seit meiner Lehrzeit. Es war reines Glück, daß mir dieser Posten zugewiesen wurde. Und es war das Beste, was mir in meinem ganzen Leben passiert ist. Ich liebe diese Arbeit.«

»Das ist mir nicht entgangen. Und was genau machst du?«

Wiggin schüttelte den Kopf und lächelte. »Ich darf es nicht sagen. Wirklich nicht. Flottensicherheit. Du verstehst. ›Waffenkonstrukteur‹ muß genügen.«

»Das sehe ich ein«, sagte Troi.

»Hier entlang«, sagte Wiggin. »Ich will dir meinen Arbeitsplatz zeigen.« Gemeinsam schlängelten sich Troi und Wiggin zwischen den Kabinen hindurch. Fast alle waren mit einer Person besetzt, die sich tief über einen kleinen Arbeitstisch beugte. Einige zeichneten freihändig auf größeren Versionen der Glasplatten, die Troi am Sicherheitseingang gesehen hatte, während andere an Computerterminals oder ähnlichen Geräten arbeiteten. Troi fand es ungewöhnlich, daß niemand aufblickte, wenn sie vorbeikamen.

»Alle scheinen sehr beschäftigt zu sein«, sagte sie.

»Kein Wunder«, sagte Wiggin. »Das große Schiff stellt ein ziemliches Problem dar.«

Troi tat völlig unschuldig. »Was für ein großes Schiff?«

»Ich meine die Aliens«, sagte Wiggin mit einer unbestimmten Handbewegung. »Angeblich sind sie ein großes Geheimnis, aber du als Ehefrau eines Direktors bist bestimmt informiert. Richtig?«

Troi nickte. »Sicher.«

»Wir wissen nicht das geringste über sie, und genau das ist das Problem. Hier ist meine Kabine.« Als sie eintraten, drückte Wiggin auf einen Knopf in der kleinen Arbeitsfläche, worauf das Terminal zum Leben erwachte. Er setzte sich auf den Stuhl direkt vor dem Arbeitsplatz. »Nimm Platz, während ich meine Nachrichten abrufe. Wird nicht lange dauern.«

Neben dem Arbeitstisch gab es einen gepolsterten Hocker, auf den sich Troi setzte. Sie blickte sich um. Die Kabine war zweckmäßig eingerichtet, aber keineswegs steril. An den gemusterten Metallwänden waren hier und da Bilder von jungen Frauen angeheftet – einige von Wiggins früheren Eroberungen, wie Troi vermutete. Neben Wiggins Arbeitstisch war kaum mehr Platz als für eine Kaffeetasse, falls es hier etwas Derartiges gab. Die Kabine wirkte normal, bewohnt und bequem. Troi fragte sich, wem dieser Arbeitsplatz in Wirklichkeit gehörte.

»Es ist nichts von Bedeutung«, sagte Wiggin nach einer Weile und lächelte dann. »Wo waren wir stehengeblieben?« Er rückte mit seinem Stuhl etwas näher an Troi heran.

»Du wolltest mir von den Aliens erzählen«, erinnerte sie ihn. »Du sagtest, sie seien ein großes Problem.«

»Das sind sie«, erwiderte Wiggin. »Wenn man überhaupt nicht weiß, was einen erwartet, ist es äußerst schwierig, sich auf einen Angriff vorzubereiten«, sagte er. »Was für Waffen besitzen sie? Wie viele? Werden sie kämpfen, bis wir vernichtet sind? Oder uns gefangennehmen? Oder werden sie uns nur kampfunfähig schießen? Vielleicht sollte ich es nicht erwähnen, aber es gibt Gerüchte, nach denen die Aliens einen überlichtschnellen Antrieb besitzen.«

Troi bemühte sich um einen möglichst neutralen Gesichtsausdruck. »Ich dachte, so etwas wäre unmöglich«, sagte sie.

»Offenbar nicht. Und damit stellt sich die Frage, wie ihre übrige Technik aussieht. Aber ich glaube, wir sind einer Antwort sehr nahe. Es geht dabei um eine Sache, an der wir schon sehr lange arbeiten – allerdings für andere Anwendungen. Seit kurzem besitzt das Projekt höchste Priorität und ist fast einsatzbereit. In letzter Zeit waren wir pausenlos mit den abschließenden Tests beschäftigt.« Er grinste. »Ich kann dir die Pläne natürlich nicht zeigen, aber du kannst dir das Ding selbst ansehen, wenn du möchtest – zumindest aus einer gewissen Entfernung. Erst gestern haben wir es einer Schulklasse im Verlauf einer Führung gezeigt.«

»Das Ding? Was soll das sein?«

»Die Antwort auf das Schiff da draußen. Wenigstens hoffen wir das. Komm, Pralla! Es befindet sich in einem umgebauten Frachthangar direkt hinter dieser Wand da drüben.«

Troi und Wiggin verließen den Bereich der Arbeitskabinen und gingen durch einen engen Korridor, bis sie vor einer schweren Metalltür standen. Darüber befanden sich große rote und grüne Lampen, von denen nur die grüne brannte.

»Was haben die Lampen zu bedeuten?« fragte Troi.

»Vakuumwarnung«, sagte Wiggin. »Wir sind unmittelbar vor der Außenhülle. Der Frachthangar läßt sich zum Weltraum öffnen. Diese Tür hier ist in Wirklichkeit eine Luftschleuse.« Wiggin legte seine Hand auf eine glatte Metallfläche an der Wand rechts neben der Tür, und nach einigen Sekunden rollte das Schott langsam zur Seite.

»Hinein- und hinauszukommen ist ein recht umständlicher Vorgang, fürchte ich«, sagte Wiggin. »Aber das hier ist eine der kleineren Luftschleusen. Ein paar Decks weiter in Rotationsrichtung befindet sich eine viel größere, die für Wachablösungen und so weiter genutzt wird. Wir können innerhalb weniger Minuten mehrere Hundert Leute hinein- und herausbringen. So, jetzt können wir.«

Wiggin und Troi betraten die Luftschleuse. Sie war groß genug für sechs Personen, wenn sie sich ein wenig drängten. Wiggin griff hinter Trois Schulter und drückte seine Hand auf eine weitere Metallplatte. Darauf schloß sich das Schott wieder.

»Und was machen wir jetzt?« wollte Wiggin von Troi wissen, als sich die Tür vollständig geschlossen hatte. Sein Grinsen hatte etwas leicht Anzügliches.

»Du wolltest die andere Tür öffnen«, sagte die Counselor entschieden.

»Oh.« Er klang enttäuscht. »Bist du sicher?«

»Sehr sicher.« Ihr Tonfall ließ keinen Zweifel, daß sie es wirklich so meinte. »Du wolltest die zweite Tür öffnen.«

Wiggin nickte. »Wie du meinst«, sagte er resigniert. »Dann wird es wohl so sein.« Er legte seine Hand auf die Schaltfläche neben der inneren Schleusentür, worauf sie zur Seite rollte.

Troi schnappte nach Luft, als sie in die Halle blickte. Der Frachthangar war gewaltig, aber das Gerät, das sich darin befand, füllte den Raum fast völlig aus.

»Nun?« fragte Wiggin und grinste, als hätte er das Ding ganz allein gebaut. »Was meinst du dazu?«

Troi hatte die Augen aufgerissen. »Ich bin beeindruckt«, sagte sie. »Ich bin wirklich sehr beeindruckt.« Sie betraten den Frachthangar und gingen langsam auf das Gerät zu.

Die Waffe hatte eine gewisse Ähnlichkeit mit einem altertümlichen Flugabwehrgeschütz. Das Gerät war mit einem dicken, glatten Rohr bestückt, das wie ein optisches Teleskop aussah, wie es früher auf Planeten eingesetzt wurde. Es zeigte auf eine Wand des Frachthangars – oder besser auf zwei riesige Türhälften, die offenbar dazu gedacht waren, sich zu öffnen, damit das Geschütz nach draußen gefahren und in den Weltraum abgefeuert werden konnte. Es war auf einer Vorrichtung montiert, mit der sich der Lauf in verschiedene Richtungen drehen ließ. Dicke Kabel führten vom Geschütz in den Boden des Frachthangars. Scharen von Krann-Technikern umschwärmten das Gerät und kletterten darauf herum, um letzte Einstellungen und Reparaturen vorzunehmen. Die Betriebsamkeit war beinahe hektisch.

Troi wünschte sich verzweifelt, sie hätte einen Tricorder auf diese Mission mitnehmen können. Statt dessen versuchte sie sich jedes Detail einzuprägen. »Wozu ist dieses Ding gut?« fragte sie Wiggin immer noch etwas atemlos. »Ich meine, wie funktioniert es? Feuert es einen Strahl ab oder etwas Ähnliches?«

»Es dient zur Verteidigung der Flotte«, sagte Wiggin prahlerisch. »Soviel darf ich dir verraten.« Er zeigte nach oben. »Siehst du das große Gelenk zwischen dem ersten und zweiten Teil der hinteren Sektion? Das ist mein Werk.«

»Ja, es ist ganz nett«, sagte Troi geistesabwesend.

»Also bist du beeindruckt?«

»Hmm?« machte Troi. »O ja. Ja, ich würde sagen, daß ich beeindruckt bin. Aber nicht nur von diesem Gelenk.«

»Ich wußte es. Machst du dir immer noch Sorgen wegen dieser großen, bösen Aliens, Pralla?«

»Mehr als je zuvor, um ehrlich zu sein.«

Wiggin lachte. »Dann ist dir nicht mehr zu helfen. Hast du genug gesehen?«

»Ich denke schon.«

»Dann laß uns gehen«, sagte Wiggin. »Ich muß nicht an meinen Arbeitsplatz zurückkehren, so daß wir durch die Hauptluftschleuse gehen können. Sie ist da drüben. Von dort aus können wir überall hingehen. Wohin du willst. Der Verkündungstag ist noch nicht zu Ende, und der Abend ist immer noch jung.«

Troi war im Augenblick nur daran interessiert, so schnell wie möglich Verbindung mit der *Enterprise* aufzunehmen, und dazu mußte sie die vor den Sensoren abgeschirmte graue Zone verlassen. Außerdem wollte sie Will wiederfinden, und der Ort, wo sie ihn mit größter Wahrscheinlichkeit treffen konnte, war …

»Vielleicht sollten wir in das nette Restaurant zurückkehren, wo wir uns getroffen haben«, sagte Troi.

»Ja, vielleicht könnten wir das tun«, erwiderte Wiggin. »Zumindest vorläufig.«

»Also können wir auf dem Weg zurückgehen, den wir gekommen sind, oder?«

Der junge Krann zuckte die Schultern. »Na gut.«

Troi und Wiggin verließen den Hangar durch die kleine Luftschleuse und kehrten danach zum Sicherheitseingang zurück.

Und genau dort hatte Will die ganze Zeit auf sie gewartet. Er wirkte sehr verärgert. Es machte ihm keine Mühe, große Wut zu zeigen.

»Dex!« flötete Troi. »Sieh mal, Wiggin, Dex ist hier!«

»Ach du große Leere!« brummte Wiggin. »Eine nette Überraschung.«

Riker marschierte auf die beiden zu und versperrte ihnen direkt vor den Wachnischen den Weg. Eine kleine Menge aus neugierigen Krann versammelte sich.

»Wo bist du gewesen?« fauchte Riker. »Jedesmal, wenn ich dir den Rücken zukehre, Pralla, machst du dich mit irgendeinem jungen Kerl davon ...«

»He, warte mal ...!« setzte Wiggin zum Protest an.

»Sei still!« schnauzte Riker zurück.

»Wiggin?« rief Guss, der immer noch am Eingang Wache hielt. »Möchtest du, daß ich die Sicherheit rufe?«

Riker drehte sich zu ihm um. »Wache, ich bin Dex Backbord-Sanitärsystemdirektor.« Die Menge schnappte hörbar nach Luft. »Ich habe diesen Zwischenfall unter Kontrolle. Im Augenblick benötige ich kein Sicherheitspersonal zur Unterstützung.«

Guss blinzelte. »Natürlich nicht, Direktor.«

»Nun zurück zu dir«, sagte Riker, als er sich wieder zu Troi umgedreht hatte. »Du kommst jetzt sofort mit mir nach Hause, Pralla. Auf der Stelle!«

»Ja, Dex«, sagte Troi mit beschämt gesenktem Kopf.

»Ich werde dir noch einmal verzeihen«, sprach Riker mit strenger Miene weiter. »Wir wollen die Schuld an diesem Zwischenfall der ausgelassenen Stimmung des heutigen Tages zuschreiben.«

»Ja, Dex.« Troi wirkte aufrichtig reuevoll.

»Und was Sie betrifft«, sagte Riker, als er sich Wiggin zuwandte. »Wenn ich Sie jemals wieder in der Nähe meiner Frau erwische, werde ich Sie in den nächsten Abfallschacht stopfen. Habe ich mich deutlich genug ausgedrückt?«

»Ja, Dex«, antwortete Wiggin hastig.

»Wie haben Sie mich genannt?« gab Riker zurück. »Diese Art der Anrede ist nur zwischen Freunden und Gleichgestellten üblich, und zwischen uns besteht keine derartige Beziehung.«

Wiggin richtete sich auf. »Ich entschuldige mich für mein Benehmen, Dex Backbord-Sanitärsystemdirektor. Ich wollte Sie nicht beleidigen.«

Riker nickte langsam. »Dann ist es gut. Gehen Sie wieder an Ihre Arbeit, und zwar schnell.«

»Ja, Direktor.« Wiggin wirbelte herum und eilte durch den Sicherheitseingang in den Hangar vierzehn zurück.

»Laß uns von hier verschwinden«, murmelte Riker. »Gleich kommt eine Rohrbahn. Wir müssen die graue Zone verlassen, um Verbindung mit dem Captain aufnehmen zu können.«

»Außerdem müssen wir reden«, flüsterte Troi ihm ins Ohr, während der Zug eintraf und langsam zum Stehen kam. »Wollen wir auf unser Schiff zurückkehren?«

Riker schüttelte den Kopf. »Wir sind hier noch nicht ganz fertig. Doch zuerst wollen wir uns zurückmelden, damit der Captain weiß, daß wir noch unter den Lebenden weilen.« Er lächelte plötzlich. »Ich habe ein nettes Plätzchen für uns gefunden. Dort können wir uns zurückziehen.«

»Ein Plätzchen? Meinst du ein Quartier?«

»Ja. Es ist eine Art Hotelzimmer, aber kostenlos. Ich mußte nur unterschreiben. Es erinnert mich an diese billigen Übernachtungsmöglichkeiten in Europa ... wie nennt man sie noch gleich? Ach ja, eine *Pension*. Ich glaube, die betreffende Pension ist für Betrunkene gedacht, die ihren Rausch ausschlafen sollen. Vielleicht kostet die Übernachtung deshalb nichts. Es ist eine Art öffentliche Dienstleistung.« Er hielt kurz inne. »Deanna, ist dir aufgefallen, daß man uns an der Nase herumführt?«

»Du meinst ...? Ja, das denke ich allmählich auch. Warte ab, bis ich dir erzählt habe, was ich gesehen habe!«

Sie bestiegen den Wagen. Als er sich in Bewegung setzte, kam Wiggin wieder aus dem Eingang zum Sicherheitsbereich hervor und sah zu, wie der Zug die

Station verließ. Als er verschwunden war, gestattete sich der junge Krann ein kurzes Lächeln. Dann klopfte er dreimal an die Wand von Guss' Wachnische und trat dann auf den Bahnsteig, um auf den nächsten Zug zu warten. Er hatte gute Arbeit geleistet, aber jetzt war sein Dienst vorbei. Außerdem war immer noch Verkündungstag, und irgendwo warteten bestimmt ein Getränk und ein oder zwei Frauen auf ihn.

16

Picard hielt sich im Bereitschaftsraum auf und führte ein weiteres Gespräch mit dem Ersten unter Gleichen.

»Die Lage ist hier sehr angespannt, Captain Picard«, sagte Kerajem. Er befand sich in seinem Büro im Regierungshaus. »Das Kabinett wird immer unruhiger. Die älteren Minister haben soviel Angst, daß sie überhaupt nicht mehr zu sprechen wagen, und die jüngeren möchten den Krann eine Lektion erteilen, wie dieser Idiot Jemmagar es während unserer letzten Dringlichkeitssitzung formulierte.« Kerajem war sichtlich wütend. »Wie sollten wir den Krann jemals eine Lektion erteilen können!«

»Und wie lautet Ihre Meinung in dieser Angelegenheit«, wollte Picard wissen.

»Ich stehe wie gewöhnlich in der Mitte und hoffe auf ein Wunder. Captain Picard, gibt es wirklich eine Hoffnung, daß Präsident Hek einer friedlichen Lösung gegenüber aufgeschlossen sein könnte?«

Picard dachte genau nach, bevor er sprach. »Ich bin mir nicht sicher, Erster«, sagte er. »Ich weiß nicht, was er beabsichtigt oder welche Art von Vereinbarung er akzeptieren würde. Ich habe mir alle Mühe gegeben, um es herauszufinden, aber dieser Mann ist sehr schwer zu durchschauen.«

»Also glauben Sie, daß er gar nicht wirklich an einer friedlichen Beilegung des Konflikts interessiert ist.«

»Wie ich bereits sagte, ich bin mir nicht sicher«, erwiderte Picard. »Aber ich bin davon überzeugt, daß er ein praktisch denkender Mann ist. Wenn eine friedliche Lösung für ihn attraktiv genug ist, und wenn er sie ohne Verlust seiner Autorität akzeptieren kann, dann wird er sich einverstanden erklären.«

Kerajem nickte. »Ich hoffe, Sie haben recht, Captain.«

»Es gibt einen konkreten Punkt, der uns Hoffnung machen sollte, Erster unter Gleichen«, sagte Picard. »Im Verlauf unseres letzten Gesprächs schien Präsident Hek die Möglichkeit anzudeuten, daß die Krann sich auf dem vierten Planeten dieses Systems niederlassen könnten.«

»Sie wollen sich niederlassen? Und ihre Flotte im Weltraum zurücklassen?« Kerajem schüttelte den Kopf. »Ich bezweifle, daß sie so etwas jemals tun würden, Captain Picard. Sie haben seit Tausenden von Jahren im Weltall gelebt, und sie haben sich viel zu sehr daran gewöhnt. Ich kann mir denken, daß einzelne Krann vielleicht gerne auf einem Planeten leben würden, aber daß alle es wollen, halte ich für ausgeschlossen. Das ist einfach nicht ihre Art.«

»Sie haben früher einmal auf einem Planeten gelebt«, gab Picard zu bedenken.

»Das war vor langer Zeit.« Kerajem seufzte. »Captain, die Sitzung des Kabinetts geht in einer Minute weiter. Ich werde Sie in der nächsten Pause zurückrufen.«

»Gut«, sagte Picard. »Ich wünsche Ihnen viel Glück, Erster unter Gleichen.«

»Auch Sie mögen niemals vom Glück verlassen werden, Captain. Ich weiß, daß Sie Ihr Bestes tun.« Der Bildschirm wurde dunkel.

»Ich hoffe nur, daß das genügt«, murmelte Picard.

»Captain«, meldete sich Worfs tiefe Stimme. »Commander Riker möchte Sie sprechen.«

»Oh. Vielen Dank, Lieutenant.« Picard drückte eine

Taste. »Hallo, Nummer Eins«, sagte er. »Ist alles in Ordnung?«

»Ja, Captain. Uns geht es gut. Haben Sie schon etwas von Commander Data oder Fähnrich Ro gehört?«

»Ich fürchte, nein.«

»Verstanden, Captain. Deanna steht neben mir und kann sich über meinen Sender am Gespräch beteiligen.«

»Gut. Sind Sie allein? Können Sie ungehindert sprechen?«

»Ja, Captain«, antwortete Riker. *»Wir sind in einer Art Billighotel, das kurz vor der grauen Zone liegt. Außer uns beiden hält sich niemand im Zimmer auf.«*

»Ausgezeichnet. Ich kann Sie direkt herbeamen lassen, damit Sie persönlich Ihren Bericht abliefern können …«

»Entschuldigen Sie, Captain, aber ich denke, das wäre nicht sehr klug. Ich habe Grund zur Annahme, daß die Krann es bemerken, wenn wir den Transporter benutzen. Wenn wir uns an Bord der *Enterprise* beamen lassen, könnten sie es erfahren, und ich möchte sie lieber im Glauben lassen, daß wir immer noch hier sind, um sie im Auge zu behalten.«

»Verstanden. Dann berichten Sie mir, was sich seit Ihrem letzten Anruf zugetragen hat.«

»Mit Ihrer Erlaubnis möchte ich Counselor Troi den Vortritt lassen, Captain. Sie hat das Innere der grauen Zone erkundet.«

»Sprechen Sie, Counselor!«

»… und aus diesem Grund stimme ich mit Commander Rikers Einschätzung überein, Captain. Man hat mir etwas gezeigt, das wir sehen sollten, und ich sollte die Möglichkeit erhalten, über meine Beobachtung zu berichten.« Troi winkte Riker, ihr das Glas Wasser zu reichen, das auf dem Nachttisch stand. Sie bedankte sich mit einem Kopfnicken. »Wir sollten von der Existenz der Waffe in Frachthangar vierzehn erfahren, und man hat nichts unternommen, um zu verhindern, daß ich Ihnen Meldung mache.« Sie trank einen Schluck.

»Aber worum handelt es sich?«

»Das konnte ich nicht erkennen, Captain. Es hatte keine Ähnlichkeit mit Waffensystemen, die mir bekannt sind.«

»Hat Ihr Krann-Freund erwähnt, daß er uns mit diesem unbekannten Gerät Schaden zufügen kann? Hat er irgendeine Andeutung gemacht, wozu es imstande ist? Ob es eine Rakete oder ein Projektil abschießt?«

»Wiggin wollte es mir nicht sagen, Captain. Ich habe etwas von einem Todesstrahl gemurmelt, aber er ist nicht darauf eingegangen.«

»Gibt es nur ein Exemplar dieses Geräts?«

»Ich hatte diesen Eindruck, Captain.«

»Himmel, ich komme mir vor wie bei einem Ratespiel! Schon gut. Offensichtlich wollten die Krann sicherstellen, daß Sie das Gerät zu Gesicht bekommen, was auch immer es anzustellen vermag. Vielleicht soll die Konstruktion uns nur einschüchtern oder zumindest unsicher machen. Was glauben Sie, Will?«

»Ich bin ebenfalls der Meinung, daß eine Absicht dahintersteckt«, sagte der Erste Offizier der *Enterprise.* »Allerdings kann ich mir nicht vorstellen, aus welchem Grund. Möglicherweise versuchen die Krann nur, uns in die Irre zu führen – was ihnen in diesem Fall gelungen wäre. Vielleicht geht etwas anderes an Bord dieses Schiffes vor, von dem wir nichts bemerken sollen.«

Es folgte ein kurzes Schweigen, als Picard darüber nachdachte. »Ich glaube nicht, daß eine Waffe, von der die Krann nur ein einziges Exemplar besitzen, irgend etwas gegen uns ausrichten kann«, sagte er schließlich, und Troi sah, daß Riker nickte.

»Ich möchte darauf hinweisen, Captain«, fügte Riker

hinzu, »daß Wiggin zu einem Zeitpunkt Kontakt mit uns aufnahm, als wir uns noch nicht sehr lange an Bord des Flaggschiffs aufhielten. Das halte ich für einen wichtigen Punkt. Irgendwie haben die Krann bemerkt, daß wir an Bord gebeamt wurden. Man kann uns nicht auf andere Weise erkannt haben.«

»Das sehe ich auch so, Will. Entweder wissen sie vom Transporter, oder sie haben anderweitig einen Rückschluß auf seine Funktion erhalten. Auf jeden Fall glaube ich, daß Ihre Tarnung durchschaut wurde, obwohl ich denke, daß wir sie weiterhin aufrechterhalten sollten. Wir werden für die nächste Verhandlungsrunde mit einem Shuttle zum Flaggschiff fliegen. Manchmal kann es von großem Wert sein, wenn der andere nicht weiß, ob man selbst weiß, was der andere weiß.«

Riker wirkte verwirrt. »Äh, ja, Captain.«

»In diesem Sinne möchte ich, daß Sie und die Counselor an Bord des Flaggschiffs bleiben, bis die nächsten Gespräche in … etwa acht Stunden beginnen. Hek hat diesen Zeitpunkt vorgeschlagen, und zufällig deckt er sich mit der Ankunft der Hauptangriffsflotte über Nem Ma'ak Bratuna.«

»Das klingt nicht sehr gut«, sagte Troi.

»So ist es. Ich möchte, daß Sie beide Ihre Mission fortsetzen, um mich über alles zu informieren, was Sie dort sehen – vorausgesetzt, die Krann lassen es zu, daß wir Verbindung halten. Der Transporterraum ist bereit, Sie jederzeit zurückzuholen. Also sollten Sie nicht in den grauen Bereich eindringen, sofern es nicht absolut notwendig ist. Gibt es sonst noch etwas?«

»Ich glaube nicht, Captain«, sagte Riker.

»Ich habe auch weiter nichts zu berichten«, fügte Troi hinzu.

»Dann ruhen Sie sich eine Weile aus. Gute Nacht. Picard Ende.«

»Gute Nacht, Captain. Riker und Troi Ende.«

»Immer noch nichts Neues von Data und Ro«, sagte Deanna besorgt. »Das ist kein gutes Zeichen, Will.«

»Die beiden werden sich schon nicht so leicht unterkriegen lassen«, beruhigte Riker sie. »Wir sollten sie noch nicht abschreiben.«

Deanna versuchte, ein Gähnen zu unterdrücken, doch es mißlang ihr. »Es war ein langer Tag«, sagte sie und schloß die Augen.

»Es gibt nichts Schlimmeres als Feiertage«, bemerkte Riker trocken. »Meinst du nicht auch?« Er blickte sich im Zimmer um und massierte sich das Genick. Es war klein, aber sauber. Die Wände waren vor nicht allzu langer Zeit gestrichen worden, und es gab sogar einen Teppich. An Möbeln waren nur ein schmales, aber bequemes Bett, eine kleine Kommode und ein noch kleinerer Tisch ohne Stuhl vorhanden. »Zumindest gibt es ein Badezimmer«, stellte Riker fest. »Und vor allem eine Dusche. Eine, die mit Wasser funktioniert, meine ich. So etwas habe ich schon lange nicht mehr gesehen.«

Deanna öffnete die Augen. »Eine Wasserdusche, sagst du? Ist das Wasser warm?«

»Ich werde mal nachsehen.« Will ging hinüber und öffnete den Hahn. Schon nach kurzer Zeit schoß ein prasselnder Strahl hervor. »Ja«, rief er. »Es ist richtig heiß. Und der Druck ist auch genau richtig. Hier gibt es einen Behälter, in dem sich offenbar Flüssigseife befindet – oder etwas Ähnliches. Und man hat auch an Handtücher gedacht.«

»Klingt ja großartig!« sagte Troi und streckte sich. »Will, würde es dir etwas ausmachen, wenn ...«

»Hmm? O nein, überhaupt nicht.«

Deannas Gesicht verzog sich zu einem müden Lächeln. »Danke, Will. Wir können eine Münze werfen, wer das Bett benutzen darf, falls es hier so etwas wie eine Münze gibt.«

»Nein, du kannst es haben.«

»Aber ...«

»Keine Diskussion!« widersprach Will. »Ich möchte dich nur bitten, mir ein Kissen abzugeben. Ich werde es mir auf dem Boden bequem machen. Ich bin auch ziemlich müde.«

»Mit Vergnügen«, sagte Deanna lächelnd. »Danke. Ach, hier wäre auch noch eine zweite Decke.« Sie warf sie ihm quer durch den Raum zu. »Die Leute haben wirklich an alles gedacht.«

»Sehr gastfreundlich.« Als Deanna im Badezimmer verschwand, breitete Will die Decke neben dem Bett auf dem Fußboden aus, knickte sie der Länge nach ein und legte das Kopfkissen an ein Ende. Hastig zog er seine Krann-Kleidung aus, nahm den Empfänger aus der Hosentasche und steckte ihn sich ins linke Ohr, falls sie nachts einen Anruf von der *Enterprise* erhalten sollten. Dann kroch er zwischen die Hälften der Decke und machte es sich bequem. Der Teppich gab eine akzeptable Polsterung ab, und nach kurzer Zeit schlief er ein.

Etwa zwanzig Minuten später kehrte Deanna zufrieden und entspannt aus dem Badezimmer zurück. Ein Handtuch hatte sie sich um den Körper geschlungen und im anderen ihr Haar eingeschlagen. Sie hörte Wills von früher vertrautes entschlossenes Schnarchen aus der Nähe des Bettes. *Es ist nicht ganz so wie damals,* dachte sie, *aber fast.* Deanna lächelte über die angenehme Erinnerung, als sie die Beleuchtung ausschaltete, ein Handtuch neben den Nachttisch warf und ihren Kommunikator am anderen Handtuch befestigte, bevor sie ins Bett stieg. Nach wenigen Minuten war sie eingeschlafen. Wills Schnarchen hatte sie früher nicht gestört, und es störte sie auch heute nicht.

17

»Erstaunlich«, sagte Präsident Hek einige Stunden später. »Sie befinden sich immer noch an Bord des Flaggschiffs, Graff. Wieso?«

»Ihr Captain hat ihnen befohlen, vorläufig hierzubleiben«, antwortete sein Attaché. »Captain Picard möchte, daß sie an Bord sind, wenn unsere Angriffsspitze Nem Ma'ak Bratuna erreicht, damit sie ihm über alles berichten, was hier geschieht.«

»Woher wissen Sie das?« fragte Hek. »Ich dachte, Sie hätten mir gestern gesagt, daß Sie nicht in der Lage sind, ihre Kommunikation abzuhören.«

»Das ist richtig, Präsident, aber ich lasse ihr Zimmer abhören. Wir konnten ihre Äußerungen während des Gesprächs aufzeichnen und den Rest mühelos aus dem Zusammenhang schließen.«

Hek grinste. »Das gefällt mir«, sagte er fröhlich. »Sie entwickeln Initiative. Ich dachte schon, man hätte uns ausgetrickst.«

»Vielleicht haben sie das sogar getan«, sagte Graff.

»Wie bitte? So etwas höre ich gar nicht gerne, Graff.«

»Und ich erwähne es auch nur äußerst ungern. Ich hatte jedoch erwartet, daß sie auf ihr Schiff zurückkehren würden, nachdem Deanna Troi vor Frachthangar vierzehn wieder auf Commander Riker traf und sie gemeinsam den abgeschirmten Bereich verließen.«

»Ach, das ist alles?« Hek zuckte mit einer Schulter.

»Wenn es sein muß, können wir sie ohne große Mühe loswerden. Solange sie zum Zeitpunkt X wieder dort sind, wo sie hingehören, bin ich zufrieden.«

»Dann soll es so sein, Präsident.«

»Das genügt mir.«

»Guten Morgen!« rief Deanna.

»Uff!« erwiderte Will. Er drehte den Kopf, blinzelte und erhob sich vom Fußboden. Sein Haar war zerzaust, und im Mund hatte er den Geschmack von Seife. »Ich wette, im Umkreis von einer Million Kilometern gibt es nirgendwo eine Tasse Kaffee.«

»Damit hast du vermutlich recht«, sagte Deanna. Sie rückte gerade die Spangen ihrer Krann-Kleidung zurecht. »Das Badezimmer gehört dir, Will. Ich bin fertig.«

»Oh. Vielen Dank. Ich glaube, ich könnte jetzt auch eine Dusche vertragen.«

Deanna warf ihm ein Handtuch zu. »Danke«, sagte er. »Ich bin gleich zurück.«

»Will?« rief sie ihm nach. »Soll ich das Schiff anrufen?«

Das Wasser lief bereits, und Dampf quoll durch die Tür ins Schlafzimmer. »Ja, tu das«, antwortete Will. »Sag einfach, daß bei uns alles in Ordnung ist. Der Captain ist im Augenblick viel zu beschäftigt. Also sollten wir ihn nicht behelligen, wenn wir ihm nur einen guten Morgen wünschen wollen. Wenn es etwas Wichtiges gibt, kann er uns jederzeit zurückrufen. Ah! Verdammt!«

»Was ist los, Will?«

»Nichts Besonderes«, rief er zurück. »Ich habe vergessen, den Ohrempfänger herauszunehmen, bevor ich mich unter den Wasserstrahl gestellt habe, das ist alles. Mach jetzt deine Meldung, ja?«

»Okay«, sagte Deanna und tat es.

Etwa fünf Minuten später kehrte Will in wesentlich besserer Verfassung aus dem Badezimmer zurück. Er zog sich schnell an.

»Meine Güte!« sagte Deanna. »Sie haben sich wirklich gründlich abgeschrubbt, Commander.«

»Danke«, sagte Will. »Jetzt sieht der Tag schon viel freundlicher aus.« Er warf einen Blick auf sein Chronometer. »Es wird allmählich Zeit. Der Captain müßte inzwischen bereit sein, die *Enterprise* zu verlassen, um sich auf den Weg zu diesem Schiff zu machen. Also sind wir längst im Dienst. Hast du Hunger?«

»Nein, eigentlich nicht. Ich frühstücke ohnehin nur selten.«

»Gut. Ich bin auch nicht hungrig.« Er sah sich um, ob sie irgend etwas vergessen hatten. »Wenn ich es richtig verstanden habe, können wir einfach gehen. Wir sollten uns wieder auf den Weg zur Promenade machen und mal schauen, was los ist.«

»Gut. Ach, Will?«

»Ja?«

»Danke, daß ich das Bett benutzen durfte. Das war sehr nett von dir.«

Will verbeugte sich nach vollkommener Krann-Manier. »Es war mir ein Vergnügen.«

Gemeinsam verließen Riker und Troi das Zimmer und betraten durch einen kleinen Korridor die Lobby der Pension. Mit einiger Überraschung stellten sie fest, daß sich niemand hier aufhielt, nicht einmal der Wachmann. »Das gefällt mir nicht«, sagte Riker. »Es sieht aus, als hätte man diese Räumlichkeiten gezielt evakuiert.«

»Laß uns gehen, Will«, sagte Troi. »Wenn du recht hast, befinden wir uns hier auf dem Präsentierteller.«

Sie verließen die Pension und entfernten sich über die Promenade weiter von der grauen Zone.

»Heute sind viel weniger Leute unterwegs«, stellte Troi fest.

»Wahrscheinlich, weil heute wieder ein normaler Arbeitstag ist«, sagte Riker. »Aber wenigstens scheint Ruhe zu herrschen – hoppla!«

Plötzlich blinkte wieder überall die Beleuchtung – im Rhythmus vier-vier-vier.

»Was das wohl zu bedeuten hat?« fragte sich Troi.

»Ich weiß es nicht«, antwortete Riker, »aber es ist schon das dritte Mal in zwei Tagen, daß die Krann Alarm geben. Es hat bestimmt nichts Gutes zu bedeuten.«

Troi drehte sich um und blickte in die andere Richtung über die Promenade – dort, wo die graue Zone lag. »Will? Schau mal!«

»Wie?« Riker wirbelte herum. In der Ferne erkannte er eine Gruppe schwarz gekleideter Leute, die durch den breiten Korridor genau auf sie zuliefen. Außerdem konnte er erkennen, daß sie bewaffnet waren, da die metallischen Läufe ihrer Waffen silbern im blinkenden Licht aufleuchteten.

»Ich glaube, dieses Alarmsignal bedeutet: ›Macht Jagd auf die Spione aus der Föderation‹«, sagte Troi.

»Sieht ganz danach aus«, sagte Riker und tippte auf seine Spange mit dem Kommunikator.

Keine Reaktion. Er versuchte es noch einmal.

»Meiner funktioniert auch nicht«, sagte Troi.

»Sie haben die graue Zone ausgedehnt«, sagte Riker gepreßt. »Nichts wie weg!« Er packte Troi am Arm und lief mit ihr in einen schmalen Verbindungsgang, der sie zu einer anderen Promenade führte. Riker hielt kurz inne, um erneut zu versuchen, den Kommunikator zu aktivieren. Diesmal hörte er ein leises Summen im Ohr.

Er blickte zurück und sah, daß andere Krann ihnen folgten. Einige waren bereits bedenklich nahe.

»Wir wollen weiter in diese Richtung laufen«, sagte er zu Troi. »Hier scheint die Interferenz schwächer zu werden.« Sie bogen in eine andere Passage und entfernten sich immer weiter von der ursprünglichen Grenze des grauen Bereichs.

Captain Picard und Worf befanden sich im Hauptshuttlehangar und wollten gerade die *Justman* besteigen, um sich auf den Weg zum Krann-Flaggschiff zu machen, als Picard einen Anruf erhielt. »LaForge an Captain Picard.«

»Sprechen Sie!«

»Commander Riker und Counselor Troi scheinen in Schwierigkeiten zu sein.«

»Was für Schwierigkeiten?« erwiderte Picard.

»Sie versuchen, mit dem Subraum-Kommunikatoren Kontakt aufzunehmen, aber die Krann stören das Signal mit demselben Effekt, mit dem sie den grauen Bereich vor uns abschirmen. Wir können keine dauerhafte Verbindung herstellen. Und das bedeutet, daß auch der Transporter sie nicht mehr richtig erfassen kann.«

»Wenn Sie die Position der beiden haben, müßten Sie doch ...«

»Das ist zur Zeit nicht möglich, Captain, weil sie sich innerhalb des Flaggschiffes bewegen. Nach den bruchstückhaften Daten, die ich erhalte, scheinen sie zu rennen. Ich vermute, daß sie verfolgt werden.«

»Halten Sie die Verbindung, Mr. LaForge. Picard an Transporterraum zwei.«

»Captain, hier ist Dodson.«

»Dodson, suchen Sie zusammen mit Chefingenieur LaForge nach einer Möglichkeit, um Commander Riker und Counselor Troi von Bord des Krann-Flaggschiffs zu holen. Vielleicht finden Sie gemeinsam eine Lösung.«

»Verstanden, Captain.«

»Picard Ende.« Er wandte sich an Worf. »Lieutenant, bitte kehren Sie auf die Brücke zurück. Setzen Sie sich mit dem Präsidenten Hek in Verbindung und teilen Sie ihm mit, daß sich unser Eintreffen bedauerlicherweise um einen unbestimmten Zeitraum verzögert.«

»Ich bin sicher, das weiß er bereits, Captain.«

»Davon bin ich ebenfalls überzeugt, Mr. Worf. Trotzdem wollen wir das Spiel weiterspielen. Ich glaube, ich weiß jetzt auch, warum wir Commander Data und Fähnrich Ro nicht lokalisieren konnten. Ich wette, die Hauptstadt, mit Ausnahme des Regierungshauses, wurde von den Krann in eine ›graue Zone‹ verwandelt, um uns zu irritieren. Mr. Worf, ich möchte, daß ein Suchtrupp auf den Planeten gebeamt wird und nach den Vermißten Ausschau hält. Sie sollen die Strecke zwischen dem Schutzbunker und dem Regierungshaus absuchen.«

»Dem Regierungshaus, Captain?«

»Ja. Wie ich Data einschätze, wird er davon ausgehen, daß das Regierungshaus vermutlich der sicherste Ort in der ganzen Stadt ist. Ich hoffe nur, daß ihm und Ro auf dem Weg dorthin nichts zugestoßen ist.«

Worf holte tief Luft. »Ich bitte um Erlaubnis, den Suchtrupp anführen zu dürfen«, sagte er förmlich.

»Erlaubnis erteilt. Nehmen Sie ein Shuttle, Mr. Worf. Dieses hier ist startbereit. Wir müssen davon ausgehen, daß alle unsere Kommunikationsfrequenzen nach Belieben von den Krann gestört werden können, womit der Transporter praktisch unbrauchbar wird. Ich werde die Lethanta informieren lassen, daß jemand landen wird. Lassen Sie sich nicht zuviel Zeit.« Picard lächelte schwach. »Dies ist einer der Momente, in denen ich Sie an mindestens zwei Orten gleichzeitig benötige. Ich bin in Transporterraum zwei, falls Sie mich brauchen.«

Der Klingone nickte. »Ja, Captain.« Er drehte sich um und verließ den Shuttlehangar, um schnell einen Suchtrupp zusammenzustellen.

»Verdammt!« rief Riker, als er und Troi plötzlich anhalten mußten. »Eine Sackgasse.« Er sah sich hastig um. Es gab nur eine Tür, die allem Anschein nach fest verschlossen war.

Ihre Verfolger waren etwa hundert Meter entfernt und kamen immer näher.

»Will!« rief Troi. »Ich glaube, ich kann etwas hören!« Sie legte eine Hand auf ihr linkes Ohr und tippte erneut auf den Kommunikator.

»... bleiben ... Riker ... zusammen ...«, drang eine vertraute Stimme durch das Rauschen. *»Transpor ... Notsig ...«*

»Will!« rief sie. »Komm her und halt dich an mir fest! Wir müssen gleichzeitig unsere Rücktransportsignale senden, damit sie uns erfassen können!«

Riker lief zurück und legte einen Arm um Trois Hüfte. »Eins, zwei, drei, *jetzt*!« sagte Riker, während einer der Krann-Wachmänner ihnen so nahe kam, daß er bereits zum Sprung ansetzte, um sich auf Riker zu werfen. Beide *Enterprise*-Offiziere schlugen gleichzeitig auf ihre Kommunikatoren.

Und entmaterialisierten.

Und rematerialisierten.

»Ich bin verdammt froh, Sie wiederzusehen!« sagte Riker. »Das war ziemlich knapp.«

»Willkommen an Bord, Nummer Eins, Counselor ...«, begrüßte Picard die beiden.

Plötzlich gab der Transporter ein lautes Alarmsignal von sich.

»Captain«, meldete Dodson, »der Transporter hat eine biologische Kontamination an Commander Riker und Counselor Troi registriert. Ich habe sie mit einem Eindämmungsfeld abgeschirmt.«

»Dr. Crusher, bitte kommen Sie sofort in den Transporterraum zwei!« befahl Picard.

»Bin schon unterwegs, Captain.«

»Brücke an Captain Picard.«

»Picard hier.«

»Captain, die Vorhut der Krann-Flotte hat das Feuer auf mehrere Einrichtungen der Lethanta im Orbit um ihren Planeten eröffnet. Die Lethanta setzen ihre Streitkräfte in Bewegung, um die angreifenden Krann-Schiffe abzuwehren.«

»Ich bin sofort bei Ihnen. Öffnen Sie eine Verbindung zum Präsidenten Hek und halten Sie sie geöffnet. Ich will mit diesem ... dieser Person reden. Will, Deanna, wir werden schon bald mehr über diese Situation wissen. Ich denke, ich habe bereits eine gewisse Ahnung.«

»Ich ebenfalls«, sagte Riker gepreßt. »Die Krann haben sich einen recht dreisten Schachzug erlaubt.«

»Er wird sie teuer zu stehen kommen. Wir sehen uns später.« Damit verließ Captain Picard den Transporterraum und machte sich mit schnellen Schritten auf den Weg zum Turbolift, den die Brücke bereits für ihn nach unten geschickt hatte. Er betrat die Kabine und kochte innerlich, als der Lift ihn ohne Verzögerung zur Brücke brachte.

Endlich hatten sie es geschafft.

»Worf an Suchtrupp«, sagte der Klingone in seinen Kommunikator. »Ich habe den Commander und den Fähnrich lokalisiert. Begeben Sie sich unverzüglich zum Shuttle zurück.«

»Es wurde höchste Zeit, daß Sie nach uns suchen«, sagte Ro mühsam, da ihre Lippen blutig waren.

»Sie sind verwundet«, erwiderte Worf. Er hielt eine

Tasche mit medizinischer Ausrüstung in der Hand. »Erlauben Sie mir, Ihnen zu helfen.«

»Ich könnte jetzt eine Pille gegen die Schmerzen vertragen«, gestand Ro ein. »Es war eine lange Nacht.«

»Fähnrich Ro wurde unterwegs von der Polizei angeschossen«, berichtete Data. »Wir haben gegen die hiesigen Vorschriften verstoßen, als wir uns während eines Angriffs auf der Straße aufhielten. Ich hatte Bedenken, den Fähnrich in diesem Zustand von der Stelle zu bewegen, daher haben wir unseren Weg zum Regierungshaus nicht fortgesetzt. Ich bin bei ihr geblieben und habe verhindert, daß ihr durch Passanten weiterer Schaden zugefügt wird.«

»In der Umgebung halten sich einige recht verzweifelte Lethanta auf«, sagte Ro. »Vielen Dank, Commander.«

»Warum sind Sie dieses Risiko eingegangen, ins Freie zu gehen?« fragte Worf.

»Das Gebäude, in dem wir uns aufhielten, brannte und stand kurz vor dem Einsturz«, sagte Data. »Wir mußten es verlassen. Ich wurde angeschossen, als ich den Fähnrich in Deckung zu bringen versuchte.«

»Das ist mir nicht entgangen«, sagte Worf. »Sind Sie beschädigt, Commander?«

»Nur unwesentlich. Danke der Nachfrage. Wie geht es Fähnrich Ro?«

»Nicht allzu schlecht.« Worf kramte in der medizinischen Ausrüstung. »Ich werde ihren Zustand stabilisieren, bevor wir sie zum Shuttle bringen.«

»Das erleichtert mich«, sagte Data. »Ich hatte mir große Sorgen gemacht.«

»Ich bin gerührt«, sagte Ro und verzog das Gesicht zu einem schmerzhaften Grinsen. »Was ist mit den Kommunikatoren geschehen, Worf? Nach der Bombardierung haben wir nichts mehr vom Schiff gehört.«

»Der Captain glaubt, daß sie von den Krann gestört

werden. Allerdings konnten wir mühelos eine Verbindung zum Regierungshaus herstellen. Wir gehen davon aus, daß die Krann uns dadurch zusätzlich verunsichern wollen. Da die Krann nur die Verbindung zu Ihnen beiden unterbrachen, uns aber ungestört mit dem Regierungshaus sprechen ließen, haben sie anscheinend gehofft, daß wir glauben, Sie seien tot. Dieser Punkt hat uns in der Tat irritiert.« Worf runzelte die Stirn. »In den letzten Stunden ist viel geschehen – und nichts Gutes. Ich werde Sie auf dem Rückweg über alles informieren.«

Die Türen des Turbolifts öffneten sich, und Picard marschierte quer durch die Brücke direkt zu seinem Sessel. »Haben Sie den Präsidenten Hek erreicht, Fähnrich Harkey?« fragte er.

»Nein, Captain«, antwortete die Frau. »Noch nicht.«

»Versuchen Sie es weiter.«

Worfs Stellvertreter Lieutenant Gomez besetzte während der Abwesenheit des Klingonen die Sicherheitsstation. »Mr. Gomez«, sprach Picard ihn an, »geben Sie mir einen Bericht über den Stand der Kampfhandlungen.«

»Captain, die Lethanta werden von schwerbewaffneten Einheiten der Krann-Flotte angegriffen«, sagte Gomez. »Praktisch sämtliche Orbitaleinrichtungen in der Umgebung von Nem Ma'ak Bratuna wurden zerstört, wobei es viele Tote gab. Bislang haben die Verteidigungskräfte der Lethanta größere Zerstörungen auf der Planetenoberfläche verhindern können, doch einige Städte wurden von mehreren mittelstarken Atomraketen getroffen, und die Bodenverteidigung wird schwächer. Eine große Lethanta-Raumflotte nähert sich dem Hauptteil der Krann-Flotte, offenbar um einen Vergeltungsangriff wegen der Übergriffe gegen die Zivilbevölkerung zu fliegen.«

»Gut. Fähnrich Harkey, senden Sie folgende Botschaft an den Präsidenten Hek und den Ersten unter Gleichen: ›Als Vertreter der Vereinten Föderation der Planeten schlage ich beiden Seiten vor, einen Waffenstillstand zu schließen, bevor dieser Krieg größere Ausmaße annimmt.‹« Picard überlegte kurz, um seine nächsten Worte mit Bedacht zu wählen. »›Diese Kämpfe sind sinnlos. Es gibt nichts, wofür es sich zu kämpfen lohnt. Wir müssen die Vergangenheit hinter uns lassen und eine hoffnungsvolle Zukunft errichten, aber diese Hoffnung schwindet zusehends. Ich erwarte eine positive Antwort auf diese Botschaft.‹ Ende.«

»Captain?« sagte Gomez. »Die Lethanta haben das Feuer auf den Hauptteil der Krann-Flotte eröffnet. Drei große Krann-Schiffe wurden zerstört. Es waren Wohnschiffe, Captain.« Er hielt kurz inne. »Geschätzte Bevölkerung aller drei Schiffe eins Komma vier Millionen.«

Picard seufzte. Jede Hoffnung auf Frieden schien endgültig zerstört.

»Der Erste unter Gleichen ruft uns, Captain«, meldete Harkey.

»Auf den Schirm!« Bevor Picard weitersprechen konnte, stutzte er schockiert. Er hatte noch nie einen Mann gesehen, der über Nacht so alt geworden war.

»Kerajem«, begann Picard in beinahe sanftem Tonfall, »bitten stoppen Sie diesen Wahnsinn. Dieser Krieg kann nur zur Vernichtung beider Völker führen. Sie müssen doch einsehen ...«

»Ich weiß es besser als jeder andere, Captain Picard, aber wir haben in den ersten sechs Minuten dieser Wiederaufnahme des Krieges drei große Städte verloren, ganz zu schweigen von den Tausenden Lethanta, die in den Orbitalstationen und an anderen Orten starben. Das können wir nicht tatenlos hinnehmen.«

»Wir haben gesehen, wie Ihre Schiffe vor wenigen Minuten drei große Schiffe der Krann zerstörten. Diese

Schiffe hatten eine Bevölkerung von fast anderthalb Millionen Zivilisten.«

»Diese Schiffe wurden als Vergeltungsmaßnahme für den Verlust unserer Städte vernichtet. Wir sind es, die angegriffen werden, Captain. Nicht die Krann.«

»Dann sind Ihre Toten jetzt gerächt, Erster. Können wir an diesem Punkt aufhören?«

Kerajem beugte erschöpft den Kopf. »Wir werden aufhören, wenn sie aufhören, eher nicht«, sagte er. »Wir haben diesen Krieg nicht gewollt, Captain Picard, aber wir werden nicht davonlaufen.«

»Wenn ich einen Waffenstillstand arrangieren kann, werden Sie sich daran halten?«

»Ja – falls es Ihnen gelingt. Bis dahin werden wir weiterkämpfen.«

»Ich werde mein Bestes tun. Picard Ende. Geben Sie mir Hek!« sagte er gepreßt zu Harkey.

Harkey blickte auf. »Der Präsident Hek möchte *Sie* sprechen, Captain.«

»Stellen Sie ihn durch.« Picard holte tief Luft, um sich zu beruhigen. »Präsident Hek«, sagte er, »ich möchte Ihnen einen Waffenstillstand vorschlagen …«

»Vergessen Sie es!« sagte der Anführer der Krann. Seine Augen schienen zu glühen. »Jetzt ist nicht die Zeit für einen Waffenstillstand. Mein Volk hat seit Jahrtausenden auf diesen Tag gewartet. Heute werden wir jene vernichten, die uns beinahe vernichtet hätten. Sie können uns nicht aufhalten, Captain Picard. Niemand kann das. In Kürze wird sich unsere dritte Angriffswelle gegen Nem Ma'ak Bratuna in Bewegung setzen.« Er lachte. »Endlich ist der Tag gekommen, an dem die verhaßten Lethanta sterben werden«, rief er. »Meine Vorfahren werden endlich Ruhe finden!«

»Die Lethanta zerstören Ihre Schiffe«, sagte Picard. »Haben Sie es nicht bemerkt?«

»Sie haben drei Schiffe zerstört«, erwiderte Hek. »Damit bleiben uns immer noch läppische einhundertsechzigtausend. Wie fühlen Sie sich, wenn Sie mir die Frage gestatten, Captain?«

Picard runzelte die Stirn. »Ihr Versuch, unser Schiff zu infizieren, wurde sofort bemerkt, Hek. Auf diese Weise können Sie uns nicht überrumpeln.«

Hek grinste. »Ich muß gestehen, daß ich enttäuscht bin, Picard. Trotz Ihres erklärten neutralen Status macht es mich nervös, daß Sie sich immer noch in diesem System aufhalten. Ich traue Ihnen einfach nicht, Captain. Meine Leute haben mir versichert, daß das eingesetzte Virus nicht zu entdecken ist.«

»Für Sie vielleicht nicht, aber für uns schon.«

»Große Leere!« sagte Hek. »Sie verfügen wirklich über ungeahnte Möglichkeiten.«

»Und die Superwaffe im Hangar vierzehn war ...?«

»Ein Teleskop, das wir ein wenig aufgemotzt haben, damit es so aussieht, als könnten wir damit ein Loch in Ihre kostbare *Enterprise* schießen. Sie sollten dieses Manöver sofort durchschauen, was ja auch geschehen ist – genauso wie Sie bemerken sollten, daß der junge Wiggin von unserem Geheimdienst zur Party bestellt wurde. Captain, wir wußten seit dem Eintreffen Ihrer Leute an Bord unseres Flaggschiffs jederzeit ganz genau, wo sie sich aufhielten. Wir hatten Jahrhunderte Zeit, jeden Winkel dieses Schiffes mit Sensoren auszustatten. Hier geschieht nichts, was unserer Aufmerksamkeit entgeht. Nicht das geringste. Als Ihre beiden Agenten plötzlich auftauchten, schlußfolgerten wir, daß Ihre Zivilisation über eine Art von Materietransmitter verfügen muß. Das ist übrigens ein Geheimnis, das ich gerne mit Ihnen teilen möchte. Auf jeden Fall haben wir Riker und Troi unmittelbar nach ihrer Ankunft in unsere strategische Planung einbezogen.«

»All dieser Unsinn mit Wiggin sollte uns nur von Ihrem eigentlichen Plan gegen uns ablenken«, sagte Picard, »der darin bestand, Counselor Troi mit dem Virus zu infizieren.«

»Korrekt«, erwiderte Hek. »Es wird sehr schnell durch Hautkontakt übertragen, und Wiggin hat Troi immer wieder die Hand getätschelt. Darauf gab Troi es unwissentlich an Commander Riker weiter. Es ist ein wunderbares kleines Virus, Captain. In den ersten Stunden bewirkt er nicht mehr, als den Infizierten schläfrig zu machen und ihm den Appetit zu nehmen. Irgendwann im Verlauf des zweiten Tages entzünden sich plötzlich die Lungen und das Herz, und dann ist bald alles vorbei. Wir selbst sind natürlich dagegen immun.«

»Sehr zweckmäßig.«

Hek unterdrückte ein Gähnen. »Gibt es sonst noch etwas, Captain? Denn falls nicht …«

»Ich denke, im Augenblick gibt es nichts weiter zu sagen.«

»Dann auf Wiedersehen.«

»Captain?« sagte Gomez. »Shuttlehangar drei meldet, daß das Shuttle mit allen zur Zeit abwesenden Besatzungsmitgliedern zurückgekehrt ist. Fähnrich Ro ist verwundet. Dr. Crusher hat sich bereits auf den Weg gemacht.«

Picard seufzte. »Gut.«

Die führenden Offiziere der *Enterprise* – mit Ausnahme von Riker und Troi – hatten sich im Konferenzraum getroffen, um über die Krise zwischen den Krann und Lethanta zu sprechen. Der Erste Offizier und die Counselor waren von Dr. Crusher unter Quarantäne gestellt worden, aber sie konnten über das Kommunikationssystem des Schiffes an der Besprechung teilnehmen.

»Gegenwärtig läuft die dritte Angriffswelle«, berichtete Worf. »Heks Hoffnung auf einen schnellen Sieg scheint inzwischen jede Grundlage verloren zu haben. Die Lethanta haben sich gut gehalten, aber ihre Reserven sind nicht unbegrenzt. Wenn sie aufgebraucht sind, werden sie schon nach kurzer Zeit unterliegen.«

»Wann werden ihnen die Reserven ausgehen, Worf?« fragte Riker.

»In zwei oder drei Stunden, Commander. Das Ende ist nahe. Die Lethanta haben sich sehr gut auf diesen Kampf vorbereitet, aber die Krann führen einen gnadenlosen Krieg. Die Lethanta mußten ihre Reserven früher als geplant in die Schlacht werfen. Im Augenblick versuchen sie nur noch, die Stellung zu halten. Damit können sie keinen Erfolg haben.«

»Wie schnell werden sie Ihrer Einschätzung nach unterliegen, nachdem die Reserven aufgebraucht sind, Mr. Worf?« fragte Picard.

»Nach Lage der Dinge würde ich sagen, unmittelbar danach, Captain«, antwortete der Sicherheitsoffizier. »Die Krann haben nicht die Absicht, Nem Ma'ak Bratuna zu besetzen, sondern wollen den Planeten mit radioaktiven Isotopen sterilisieren. Die meisten Lebensformen auf der Planetenoberfläche werden innerhalb von Stunden oder Tagen sterben, je nach Staubmenge und Verteilung durch Winde. Diese Verteilung kann nicht gleichmäßig sein, da sie durch natürliche Kräfte bestimmt wird. Daher könnten sich einige Lebensformen in isolierten Gebieten des Planeten noch für mehrere Wochen oder sogar Monate halten, aber irgendwann werden auch sie dem vergifteten Ökosystem zum Opfer fallen. Früher oder später wird ganz Nem Ma'ak Bratuna tot sein.«

»Wie können wir das verhindern?« fragte Picard.

»Ein Waffenstillstand ist in dieser Situation nicht mehr zu erreichen«, meldete sich Troi von ihrem Krankenbett. »Für einen Frieden sind beide Seiten nötig, aber für einen Krieg genügt eine Seite, und die Krann wollen keinen Frieden.«

»Könnten wir die Krann aufhalten?« fragte Geordi. »Könnten wir die Krann-Schiffe irgendwie daran hindern, den Planeten mit radioaktivem Staub zu verseuchen?«

Picard schüttelte langsam den Kopf. »Nein, das können wir nicht. Uns sind die Hände gebunden. Wir dürfen uns in keiner Weise an diesem Krieg beteiligen. Wir haben von beiden Seiten lediglich die Erlaubnis erhalten, als Vermittler aufzutreten. Wir unterliegen nach wie vor der Ersten Direktive.«

»Harkey an Captain Picard«, meldete sich eine Stimme.

»Ja, Fähnrich. Was gibt es?«

»Captain, der Erste unter Gleichen möchte Sie sprechen.«

»Stellen Sie bitte die Verbindung durch«, sagte Picard. »Kerajem?«

»Captain Picard, ich muß Sie auffordern, unverzüglich unser Sonnensystem zu verlassen. Ich weiß, daß Sie in der Lage sind, sich mit hoher Geschwindigkeit zu entfernen.«

Im Konferenzraum rührten sich alle Anwesenden. Picard hob eine Hand. »Warum, Kerajem?«

»Ich glaube, ich muß Ihnen den Grund dafür nicht erklären, Captain. Wie ich Ihre Erste Direktive verstehe, dürfen Sie sich nur solange hier aufhalten, wie wir es wünschen. Und jetzt wünschen wir es nicht mehr.«

»Das ist in der Tat ein Teilaspekt der Ersten Direktive«, sagte Picard langsam. »Ja.«

»Und sind Sie gewillt, sich daran zu halten?«

»Wir haben geschworen, uns daran zu halten. Wir alle handeln gewissenhaft nach der Ersten Direktive.«

»Dann tun Sie es bitte und gehen Sie. Verlassen Sie

sofort unser System.« Der Erste unter Gleichen machte eine kurze Pause. »Trotzdem möchte ich Ihnen noch einmal für Ihre Hilfe danken, Captain. Es ist nicht Ihre Schuld, daß ein Friede zwischen uns und den Krann nicht möglich ist. Wir wünschen Ihnen alles Gute.«

»Die Verbindung zu den Lethanta wurde unterbrochen, Captain«, meldete Harkey.

»Das gefällt mir nicht«, sagte Riker. »Es kommt zu plötzlich. Es paßt einfach nicht zu Kerajems bisheriger Handlungsweise.«

»Ich stimme Ihnen zu, Nummer Eins«, sagte Picard. »Es gibt keinen erkennbaren Grund dafür. Picard an Harkey!«

»Harkey hier, Captain.«

»Fähnrich, von wo aus hat Kerajem angerufen?«

»Er befand sich in seinem Büro im Regierungshaus, *Captain.*«

»Sehr gut. Picard Ende.« Er stand vom Tisch auf. »Ich werde persönlich bei Kerajem vorstellig werden. Wir werden dieser Sache auf den Grund gehen. Mr. Data, begeben Sie sich auf die Brücke und übernehmen Sie das Kommando.«

»Ich bitte um Erlaubnis, Sie begleiten zu dürfen, Captain«, sagte Worf sofort.

»Abgelehnt. Diese Mission muß ich allein erfüllen.«

»Captain, Sie können sich nicht mitten in ein Kriegsgebiet beamen lassen, und ich kann nicht …«

»Sie haben Ihre Pflicht erfüllt, indem Sie mich vor der Gefahr warnten, Lieutenant. Ich habe Ihre Bedenken zur Kenntnis genommen und Ihren Wunsch abgelehnt.«

Worf schien zu resignieren. »Verstanden, Captain.«

»Entschuldigen Sie, Captain«, fragte Geordi. »Aber hat Kerajem uns nicht gerade im Namen seines Volkes aufgefordert, von hier zu verschwinden?«

»Das hat er getan.«

»Wäre es dann nicht eine Verletzung der Ersten Direktive, wenn Sie sich weiterhin um Verhandlungen bemühen?«

»Keineswegs«, sagte Picard. »Die Krann haben ihren Auftrag an uns nämlich nicht zurückgezogen. Und wenn ich jetzt Kerajem aufsuche, werde ich es als Friedensvermittler im Auftrag der Krann tun.«

18

Picard materialisierte genau vor Kerajems Schreibtisch. Der Erste unter Gleichen blickte auf.

»Ich wußte, daß Sie noch einmal kommen würden, Picard«, sagte der Erste mit unendlicher Erschöpfung. »Ich dachte mir, daß Sie sich nicht von irgendeinem Schwur hindern lassen würden.«

»Ich handle immer noch im Sinne meines Schwurs, Kerajem«, sagte Picard. »Ich nutze lediglich ein Schlupfloch. Bitte sagen Sie mir, was vor sich geht.«

»Wir verlieren den Kampf um unser Leben. Mehr nicht. Die anderen Minister sind nach Hause gegangen oder an irgendwelche Orte, wo sie einen gewissen Trost finden können. Wir haben abgestimmt und einen Beschluß gefaßt, und jetzt gibt es für uns nichts mehr zu tun. Mit Ausnahme von mir, versteht sich.« Kerajem erhob sich von seinem Sitz und trat ans Fenster, um über die Ruinen der Hauptstadt zu blicken. Am Horizont standen dichte Rauchwolken. »Die Berge stehen in Flammen«, sagte Kerajem beinahe geistesabwesend. »Ich stamme von dort, wissen Sie.«

»Sie haben es gelegentlich erwähnt.«

»Ja, richtig. Ich vermute, daß meine Heimatstadt nicht mehr existiert. Sie müßte ziemlich genau in der Mitte der größten Rauchwolke liegen, rechts vom Berggipfel. Sehen Sie die Stelle?«

»Ja.«

Kerajem blickte in den klaren grünen Himmel hinauf. »Es heißt, daß dort oben eine schwere Schlacht geschlagen wird, etwa zweihundert Kilometer über unseren Köpfen.«

»Wir behalten alles im Auge.«

»Genauso wie wir, wie Sie sicher verstehen. Ich hörte, daß einer Ihrer Leute im Anschluß an den ersten Angriff schwer verwundet wurde. Wird die Frau es überleben?«

»Sie ist bereits wieder auf den Beinen.«

»Das freut mich. Captain Picard, wissen Sie, warum wir dieser Welt den Namen ›Das letzte Aufgebot‹ gegeben haben?«

»Nein. Bitte sagen Sie es mir.«

»Weil sie genau das ist.« Kerajem wandte sich vom Fenster ab. »Diese Welt ist unsere letzte Hoffnung auf Überleben, unsere letzte Zuflucht. Hier ist der Ort, wo wir vor Urzeiten beschlossen, daß die Jahrtausende des Wahnsinns ein Ende haben sollten, falls die Krann jemals unsere Spur wiederfinden. Auch wenn wir unseren Ursprung vergessen haben und in die Barbarei zurückfielen, so hat sich nichts an diesem Entschluß geändert. Als wir vor einigen Jahrzehnten die Wahrheit wiederentdeckten, entdeckten wir gleichzeitig unsere Entschlossenheit wieder, das Ende dieses wahnsinnigen Unternehmens herbeizuführen. Das letzte Aufgebot steht bereit, wir haben uns zum letzten Gefecht gerüstet. Heute wird der Wahnsinn enden – und das ist der Grund, warum Sie und Ihr Volk dieses System unverzüglich verlassen müssen.«

»Wovon reden Sie, Kerajem? Bitte sagen Sie es mir!«

»Hören Sie mir zu! Wenn Sie hierbleiben, werden Sie mit uns sterben!«

»Sagen Sie mir, wovon Sie reden!« drängte Picard weiter. »Es gibt immer Hoffnung, Kerajem. Auch wenn ich jeden Glauben verlieren würde, daran würde ich immer glauben.«

Kerajem wandte sich von ihm ab. »Wir haben ein Projekt entwickelt. Es war ein Verteidigungsprojekt. Wir haben es Plan Blau genannt. Es handelt sich um ein Waffensystem. Kurz vor Ihrem Eintreffen haben wir die letzten Testläufe durchgeführt.«

»Kurz vor ...?«

»Die Tests waren erfolgreich, so daß wir das System einsatzbereit machten. Doch wir hofften, es niemals aktivieren zu müssen.« Kerajem kehrte an seinen Schreibtisch zurück. »Wir hatten die Hoffnung, daß es niemals so weit kommen würde, aber jetzt bleibt uns keine Zeit mehr. Der Wahnsinn muß aufhören, und es ist meine Aufgabe, dafür zu sorgen, daß er aufhört.« Er öffnete ein Schubfach. Darin befand sich ein schwarzes Kästchen. Kerajem öffnete den Deckel, drückte auf einen Knopf und legte einen Schalthebel um.

»Was haben Sie getan, Kerajem?« fragte Picard.

»Ich habe gerade meine Aufgabe erfüllt.«

»Einen Moment bitte«, sagte Picard. »Wir sind in Ihr System gekommen, weil wir drei kurze Impulse zur Erzeugung eines Warpfeldes registrierten ... O nein!« Der Captain wurde plötzlich blaß. »Es kann nicht das bedeuten, was ich glaube, das es bedeutet.«

»Wie ich sehe, haben Sie endlich verstanden«, sagte Kerajem kopfschüttelnd. »Verzeihen Sie mir, mein Freund, aber ich habe erst heute morgen erkannt, daß unsere Plan-Blau-Technologie und das, was Sie als Warpfeld bezeichnen, ein und dasselbe sein müssen. Zumindest beruhigt es mich, daß ich Sie nicht bewußt angelogen habe, als Sie mich fragten, ob wir über Warp-Technologie verfügen. Ich wußte nicht, daß wir sie bereits entwickelt hatten.«

Picard wurde noch blasser. »Und Sie haben bereits entdeckt, daß die Aktivierung eines Warpfelds innerhalb des Cochrane-Radius um einen Stern der Hauptreihe zu einer Nova-Explosion führt.«

»Ja, das haben wir. Drei unserer Warpfeld-Generatoren umkreisen die Sonne innerhalb des kritischen Abstands. Mit dieser Fernsteuerung habe ich einen dieser Generatoren aktiviert. Die Krann werden verschwinden – und wir ebenfalls. Sie sollten sich jetzt auf den Weg machen, Captain.«

Picard schlug auf seinen Kommunikator. »Transporterraum zwei, hier ist Picard. Bringen Sie mich unverzüglich auf die Brücke!«

Als sein Freund sich in Luft auflöste, empfand Kerajem kein Bedauern. Er wäre unter den gegebenen Umständen genauso schnell verschwunden.

Alle Köpfe fuhren herum, als Picard auf der Brücke materialisierte. »Mr. LaForge«, rief er. »Wir müssen sofort mit höchstmöglicher Geschwindigkeit starten. Unser Ziel ist die Sonne dieses Systems.«

»Ja, Captain«, antwortete Geordi mit leichter Verwirrung in der Stimme. »Sie bekommen alles, was wir haben.«

»Fähnrich Ro, setzen Sie Kurs auf die Sonne. Maximale Warpgeschwindigkeit. Energie! Picard an Dr. Crusher.«

»Ja, Captain?«

»Wann bekomme ich meinen Ersten Offizier wieder?«

In diesem Augenblick öffnete sich der Turbolift, und Riker und Troi kamen auf die Brücke. »Wir melden uns zum Dienst zurück, Captain«, sagte Riker, während die Betazoidin ihren Platz einnahm.

»Schon gut, Doktor«, sagte der Captain. »Danke. Bitte hören Sie mir jetzt genau zu. Alle! Ich habe soeben mit dem Ersten unter Gleichen gesprochen. Vor etwa vierzig Sekunden hat er ein Funksignal abgeschickt, um einen Warpfeld-Generator zu aktivieren, der den Zentralstern dieses Systems innerhalb des Cochrane-Radius umkreist.«

»Die Lethanta wollen ihre eigene Sonne explodieren lassen?« keuchte Troi. »Warum?«

»Um die Krann mit ins Verderben zu reißen«, sagte Picard. »Kein Krann-Schiff wäre in der Lage, der Schockwelle einer Nova zu entkommen. Jeder, der sich in diesem System aufhält, würde sterben. Außer uns. Wir könnten schnell genug fliehen.«

»Was werden wir jetzt tun, Captain?« fragte Worf im Namen aller.

»Es handelt sich um ein lichtschnelles Radiosignal, das zu den primitiven Warpfeld-Generatoren im Orbit um die Sonne unterwegs ist. Dieses Signal überholen wir gerade mit Überlichtgeschwindigkeit. Ich beabsichtige, den Generator zu finden und ihn zu zerstören, bevor er aktiviert werden kann.« Seiner Stimme war ein eiserner Wille anzuhören. »Ich will verhindern, daß die Sonne zu einer Nova wird.«

Data meldete sich zu Wort. »Ihnen ist bewußt, Captain, daß wir von der entstehenden Nova-Explosion betroffen werden, wenn es uns nicht gelingt, rechtzeitig den richtigen Generator zu finden.«

»Deshalb sollten wir uns beeilen«, sagte Picard. Der Captain setzte sich in seinen Kommandosessel und wirkte nach außen hin völlig ruhig. Counselor Troi, die genau neben ihm saß, wußte es jedoch besser. In all den Jahren, die sie den Captain kannte, war er noch nie so aufgeregt gewesen.

19

Das Radiosignal würde knapp acht Minuten benötigen, um die Entfernung zwischen Nem Ma'ak Bratuna und dem Warpfeld-Generator zu überwinden. Es war vor sechs Minuten gesendet worden. Jeder Sensor der *Enterprise* hielt nach dem Generator Ausschau, um ihn zu finden, bevor das Signal ihn aktivieren konnte.

Es war schwieriger als die sprichwörtliche Suche nach der Stecknadel im Heuhaufen. Sie versuchten, einen winzigen Krümel Materie im größten Meer aus elektromagnetischer Strahlung in diesem Teil des Weltraums auszumachen.

Troi empfing eine neue Empfindung von Captain Picard. Es war ein Gefühl, das sie von ihm überhaupt nicht kannte.

Verzweiflung.

»Captain«, sagte Data unvermittelt. »Ich glaube, ich empfange das Radiosignal, das von Kerajem abgeschickt wurde.«

»Sind Sie sicher, Data?« fragte Picard. Troi blinzelte, als sich Picards Stimmung so plötzlich veränderte.

»Es besteht eine hohe Wahrscheinlichkeit. Das Signal ist gebündelt und offenbar technischen Ursprungs. Es breitet sich ungefähr in der richtigen Richtung aus.« Er hielt inne. »Ich habe den Weg extrapoliert, den das Signal nimmt. Dürfte ich vorschlagen, daß wir unsere Suche nach dem Generator auf das Zielgebiet konzentrieren?«

»Tun Sie das«, sagte Picard. »Mr. Worf, ich möchte, daß Photonentorpedos bereitstehen und auf mein Kommando abgefeuert werden können. Uns wird nicht viel Zeit bleiben.«

»Ja, Captain.«

»Captain!« rief Harkey. »Ich habe etwas geortet, auf drei zwei zwei Komma eins sieben. Entfernung dreiundvierzigtausend Kilometer.«

»Ich möchte es sehen.« Das Bild auf dem Hauptsichtschirm der Brücke wurde für einen Augenblick undeutlich. Es schien einige Interferenzen zu geben, weil die *Enterprise* der Sonne so nahe war, aber ... War es das? Hatten sie es gefunden?

»Die Torpedos sind bereit, Captain«, meldete Worf. »Ich habe jedoch Schwierigkeiten, das Ziel zu erfassen. Die Strahlung des Sterns stört unsere Systeme.«

»Tun Sie, was Sie können, Lieutenant. Wann wird der Generator die Zerstörungssequenz empfangen, Mr. Data?«

»In zwanzig Sekunden, Captain.«

»Mr. Worf«, sagte Picard gepreßt, »zielen Sie auf das verdammte Ding und feuern Sie!«

»Automatische Zielerfassung versagt«, meldete Worf. »Ich ziele manuell. Torpedos sind abgefeuert.«

Picard und alle anderen beobachteten auf dem Schirm, wie die vier rotglühenden Torpedos sich schnell vom Schiff entfernten. Der Captain glaubte, Worfs Konzentration körperlich zu spüren, während der Klingone schnell und routiniert hinter seinem Rücken arbeitete.

»Noch zehn Sekunden«, sagte Data.

»Zweite Photonenstaffel abschußbereit, Captain«, meldete Worf.

»Ganz gleich, wie es ausgeht, Mr. Worf, eine zweite Staffel wird nicht nötig sein.«

»Fünf Sekunden, Captain«, sagte Data.

In dreiundvierzigtausend Kilometern Entfernung breitete sich ein grelles weißes Licht aus, gefolgt von einem zweiten Blitz.

»Ziel zerstört, Captain«, meldete Worf.

»Das Signal hat die Position des Generators erreicht«, sagte Data.

Alle warteten einen Augenblick ab.

»Nun«, brach Troi erleichtert das Schweigen, »wir sind immer noch da.«

»So ist es«, sagte Picard. »Ich vermute, wir haben den richtigen getroffen. Ein guter Schuß, Lieutenant. Harkey, bringen Sie uns zurück nach Nem Ma'ak Bratuna. Maximale Warpgeschwindigkeit. Ich möchte noch einmal mit Kerajem sprechen, bevor er sich zu einer neuen Wahnsinnstat entschließt.«

»Kurs liegt an, Captain.«

»Energie!«

Es konnte nicht mehr lange dauern. Kerajem fragte sich, ob ihm genügend Zeit blieb, um zu sehen, wie der Himmel kurz vor dem Ende erstrahlte. Wahrscheinlich nicht, dachte er. Einige der Wissenschaftler, die an der Entwicklung von Plan Blau beteiligt waren, hatten gemeinsam ein geheimes Dokument verfaßt, in dem beschrieben wurde, welche voraussichtlichen Auswirkungen die Nova auf Nem Ma'ak Bratuna hatte. Zunächst wurde die Atmosphäre zerstört, dann verdampften die Meere, und schließlich verglühte möglicherweise sogar die Planetenkruste. Die Kernaussage lief darauf hinaus, daß niemand etwas spüren würde, wenn die Welt von der Schockwelle der Nova getroffen wurde.

Das war gut. Kerajem war zu müde, um noch irgend etwas empfinden zu wollen.

Als er nur noch zehn Sekunden zu leben hatte, hörte Kerajem plötzlich eine Stimme hinter seinem Rücken. »Da bin ich wieder, mein Freund.«

Er wirbelte herum. »*Picard?* Was machen S
hier?«

»Ich bin gekommen, um Sie zur Vernunft zu br gen. Nein, Ihre Sonne ist nicht zur Nova geworden. Wir haben es verhindert.«

Kerajem erblaßte. »*Wie?*«

»Das spielt jetzt keine Rolle. Es wäre eine Verzweiflungstat, jeden töten zu wollen. Es gibt immer noch Hoffnung auf Frieden. Haben Sie das verstanden?«

Kerajem nickte langsam.

»Gut. Jetzt kommen Sie bitte mit. Wir kehren auf die *Enterprise* zurück. Picard an Transporterraum drei, zwei Personen hochbeamen!«

Picard stand wieder auf der Brücke, und diesmal war Kerajem an seiner Seite.

»Ich möchte es noch einmal klar und deutlich ausdrücken«, sagte Picard zum Krann-Bürokraten, dessen Gesicht auf dem Bildschirm zu sehen war. »Der Erste unter Gleichen und ich werden innerhalb der nächsten drei Minuten mit dem Präsidenten Hek sprechen.«

»Der Präsident ist im Augenblick für niemanden zu sprechen«, sagte der Bürokrat. »Die Flotte befindet sich im Ausnahmezustand.«

»Der Präsident wird mit mir sprechen«, sagte Picard, »andernfalls wird die gesamte Krann-Flotte vernichtet – nicht durch uns, sondern durch die Lethanta. Ich versichere Ihnen, daß sie über die nötigen Mittel verfügen. Es wäre wirklich besser, wenn er mit mir reden würde.«

Der Bürokrat schien leichte Zweifel zu hegen. »Der Präsident hat eindeutige Befehle ...«

Plötzlich wurde die Verbindung unterbrochen. »Schon gut«, war eine vertraute Stimme zu hören. Dann wurde das Bild des Bürokraten durch das Gesicht des Präsidenten Hek ersetzt. »Ich überwache neɔenbei sämtliches Geschwätz, Picard, sogar während einer Sitzung des Flottenkongresses.« Der Anführer der Krann stand am Pult im Großen Saal. »Sie sprechen im Augenblick zum gesamten Kongreß«, teilte Hek dem Captain mit, worauf ein lauter Jubel ausbrach. »Was wollen Sie nun schon wieder?«

»Ich möchte, daß Sie mir zuhören, Hek«, sagte Picard. »Und zwar sehr sorgfältig. Ohne daß wir davon wußten, haben die Lethanta eine Technologie entwickelt, mit der sie ihren Stern zur Explosion bringen können. Es ist eine Vernichtungswaffe, die dazu gedacht ist, die gesamte Krann-Flotte zu zerstören, wenn Sie die Zivilisation der Lethanta vernichten. Der Zentralstern dieses Systems wird zur Nova, und Sie werden der Schockwelle nicht entkommen. Nicht nur ein Volk, sondern beide Völker werden restlos ausgelöscht werden.«

Aus dem Hintergrund war das Raunen der Kongreßmitglieder zu hören, doch Hek lachte nur. »Warum sollte ich Ihnen diesen Unsinn glauben?« erwiderte er spöttisch. »Diese Geschichte klingt nicht einmal unterhaltsam.«

»Schauen Sie mich an, Hek«, forderte Picard ihn auf. »*Sehen Sie mich an!* Sie sind der uneingeschränkte Anführer eines Volkes von drei Milliarden Individuen. Sie müssen über einige Menschenkenntnis verfügen. Und jetzt sagen Sie mir bitte, ob ich lüge!«

Hek sah Picard sehr lange schweigend an. »Also gut, Picard«, sagte er schließlich. »Entweder Sie sagen die Wahrheit, oder Sie sind der größte Lügner, dem ich je begegnet bin. Aber ich kann mir nicht vorstellen, daß Sie es in dieser Kunst sehr weit gebracht haben.« Einige der Kongreßmitglieder lachten. »Eine Vernichtungswaffe, sagen Sie? Die Lethanta sollen wirklich in der Lage sein, einen Stern vom Typ G_0 explodieren zu lassen? Nach allem, was ich über Sterne weiß, ist das unmöglich.«

»Es ist möglich.«

Hek hob abwehrend eine Hand. »Also gut. Gehen wir einmal theoretisch davon aus, daß die Lethanta es wirklich können. Was müßten wir in diesem Fall tun, um es zu verhindern?«

Picard zählte Kerajems Forderungen an den Fingern ab. »Erstens muß die Krann-Flotte sofort jede Feindseligkeit gegen die Lethanta einstellen. Zweitens ziehen sich alle Krann-Schiffe aus dem Planetenorbit zurück. Und drittens werden die Krann und die Lethanta unverzüglich mit der Föderation als Vermittler in Verhandlungen treten, um ihre Konflikte beizulegen.«

Ein großer Teil des Flottenkongresses reagierte mit Buhrufen, und Hek grinste süffisant. »Sie verlangen ernsthaft von uns, daß wir mit den Leuten verhandeln, die unsere Welt zerstört haben?« fragte er kopfschüttelnd. »Picard, Sie erstaunen mich. Vielleicht werden wir sie am Leben lassen, wenn das, was sie über diese Waffe sagen, wahr ist. Aber eine *Beilegung des Konfliktes*? Sie halluzinieren!«

»Hören Sie auf mit diesem Quatsch!« sagte Picard, ohne seine Verärgerung zu verbergen. »Ihr Krieg gegen die Lethanta ist kein ehrenhafter Kreuzzug, Hek. Er ist nicht mehr als eine elitäre Strategie, die der zivilen und militärischen Führungsschicht der Krann zu Reichtum und Macht verhelfen soll. Der größte Teil Ihres Volkes hat noch niemals etwas von den Lethanta gehört und ist noch weniger daran interessiert, in einen Krieg gegen sie zu ziehen.«

Die Tür des Turbolifts öffnete sich, und Beverly Crusher trat auf die Brücke. Picard drehte sich zu ihr um. »Da sind Sie ja, Doktor. Haben Sie Ihre Arbeit abgeschlossen?«

»Ja, Captain, und Mr. LaForge ist ebenfalls fertig. Ich habe die Ergebnisse, um die Sie gebeten haben – und den Beweis.« Sie blickte auf den Sichtschirm und hielt einen isolinearen Chip hoch.

»Was bezwecken Sie mit dieser Vorstellung, Picard?« wollte Hek wissen.

Picard verschränkte die Hände hinter dem Rücken und begann mit seiner Erklärung. »Wie Sie wissen, Präsident Hek, besuchten wir vor kurzem die Heimatwelt Ihrer Vorfahren und sammelten eine große Anzahl von biologischen Proben. Dabei fielen uns zwangsläufig auch einige Proben des Erregers in die Hände, der sich auf Ihrer Heimatwelt ausbreitete und sämtliche höheren Lebensformen tötete. Dr. Crusher hat sehr viel Zeit damit verbracht, alles über diesen Erreger herauszufinden. Möchten Sie fortfahren, Dr. Crusher?«

»Gerne, Captain. Präsident Hek, ich habe eine gründliche Untersuchung dieses Virus vorgenommen, und hier sind meine Ergebnisse. Ich muß Ihnen leider mitteilen, daß das Virus nicht von den Lethanta stammt. Er stammt von der Heimatwelt der Krann, und es hat sich völlig natürlich entwickelt.«

»Wie?« sagte Hek verwirrt. »Was sagen Sie da?«

»Das Virus, das fast alles Leben auf Ihrem Planeten zerstörte, ist natürlichen Ursprungs. So etwas kommt gelegentlich vor, Präsident Hek. Die Katastrophe, der Ihre Heimatwelt zum Opfer fiel, war ein völlig natürliches Ereignis. Die Lethanta haben Sie nicht angegriffen. Als Sie ihre Welt bombardierten, haben die wenigen Überlebenden so schnell wie möglich das Sternsystem verlassen. Sie haben niemals einen Vergeltungsschlag gegen das Volk der Krann geführt.«

»Das glaube ich nicht!« tobte Hek. »Die Lethanta haben unsere Welt vernichtet! *Das Virus war kein Unfall!*« Die Mitglieder des Flottenkongresses riefen aufgeregt durcheinander.

Kerajem wäre beinahe zusammengebrochen, wenn

Beverly nicht an seine Seite geeilt wäre, um ihn zu stützen. »Es tut mir leid«, sagte sie. »Ich konnte nicht ahnen, daß es für Sie ein solcher Schock sein würde.«

»Es übersteigt mein Fassungsvermögen!« sagte der Erste unter Gleichen. »Dr. Crusher, Captain, unser ganzes Volk lebt mit der schrecklichen Schuld des Wissens, daß wir einst die Welt der Krann aus reiner Bösartigkeit zerstörten. Jetzt stellt sich heraus, daß die Wahrheit ganz anders aussieht. Es war niemals unsere Schuld.« Dem Ersten war anzusehen, daß er von dieser Neuigkeit völlig überrascht war.

Picard wandte sich an den Krann-Anführer. »Präsident Hek, in diesem Augenblick werden Dr. Crushers Untersuchungsergebnisse an Ihre gesamte Flotte gesendet. Jedes Gerät, das in der Lage ist, Informationen zu speichern oder auszudrucken, erhält eine Kopie von Dr. Crushers Bericht. Ihren Wissenschaftlern steht es frei, die Ergebnisse zu überprüfen. Und wie ich die Wissenschaftler kenne, werden sie auf jeden Fall alles überprüfen, ob es Ihre Zustimmung findet oder nicht. Außerdem gibt es eine Zusammenfassung in allgemeinverständlicher Sprache, die so weit wie möglich über Ihre Informationsnetze verbreitet wird. Und es gibt auch einen kurzen, aber sehr interessanten Bericht über die Rolle der Regierung in diesem unnötigen Krieg gegen die Lethanta.«

»Wie können Sie es wagen?« schnauzte Hek.

Picard blieb völlig ruhig. »Es gibt eine Reihe von Dingen, in denen wir recht gut sind, Präsident Hek, und dazu gehört unser Geschick, Informationen in die richtigen Hände gelangen zu lassen. In unserem Volk gibt es ein Sprichwort: ›Die Wahrheit macht frei.‹«

EPILOG

Es hatte zwei Wochen gedauert, bis ein offizielles Verhandlungsteam der Föderation abgestellt worden war, um die Gespräche zwischen den Lethanta und Krann zu vermitteln, und eine weitere Woche, bis die Leute ausreichend informiert waren, aber schließlich war es geschafft. Die Diplomaten machten ihre Arbeit, und die *Enterprise* konnte weiterfliegen.

Captain Picard befand sich im Gesellschaftsraum und blickte durch die Aussichtsfenster auf Nem Ma'ak Bratuna. Riker stand neben ihm. »Ich denke, sie werden jetzt zurechtkommen«, sagte Picard. »Nachdem Hek abgesetzt wurde, haben etwas gemäßigtere Kräfte die Macht im Flottenkongreß übernommen. Wobei die Betonung natürlich auf *etwas* liegt.«

»Ja, Captain«, pflichtete Riker ihm bei. »Es gibt viel, worüber sie reden müssen. Viele Krann, vor allem aus der jüngeren Generation, möchten sich in diesem Sternsystem niederlassen.«

»Viele aber auch nicht«, warf Picard ein. »Damit steht eine riesige Flotte praktisch vor unserer Haustür, und es ist nur eine Frage der Zeit, bis die Lethanta einen Warpantrieb entwickelt haben, der in Raumschiffen statt in Vernichtungsmaschinen Verwendung finden kann. Was ist, wenn beide Völker sich zusammentun?«

»In diesem Fall wollen wir hoffen, daß sie friedlich bleiben.«

»So ist es. Da wäre allerdings noch etwas anderes ...«

»Und was, Captain?«

»Ro Laren erwähnte es, und ich muß gestehen, daß ich überhaupt nicht an diesen Punkt gedacht hatte. Sie sagte, sie hätte überall geparkte Bodenfahrzeuge gesehen, während Data und sie sich in der Hauptstadt aufhielten. Aus irgendeinem Grund beunruhigte sie diese Beobachtung, aber sie erkannte erst viel später den Grund dafür. Es gibt nämlich eine Art von geparkten Fahrzeugen, die wir nirgendwo gesehen haben.«

»Und was wären das für Fahrzeuge, Captain?«

»Die Asteroiden, Will. Die Asteroiden, in denen die Lethanta dieses System erreichten. Sie befinden sich weder auf einer stabilen Umlaufbahn innerhalb dieses Systems, noch sind sie auf irgendeinen Planeten gestürzt. In diesem Fall hätten wir die Spuren dieser Einschläge bemerkt, denn es waren sehr große Brocken. Wohin sind sie also verschwunden?«

Riker dachte eine Weile darüber nach. »Ich hätte da eine Idee, Captain.«

»Ich ebenfalls. Aber ich wage kaum, daran zu denken.«

»Haben Sie Kerajem danach gefragt?«

»Nein«, sagte Picard. »Das würde ich niemals tun, Will. Ich möchte ihn nicht dazu bringen, mir das größte Geheimnis seines Volkes zu verraten.«

»Ja«, sagte Riker. »Wenn alle anderen Möglichkeiten ausgeschöpft sind ...«

»Genau«, sagte Picard und betrachtete die unzähligen Sterne. »Ich frage mich, ob wir den Mut hätten, das gleiche zu tun.«

Die Zelle war kalt und ungemütlich, doch Hek Backbord-Außenhüllentechniker hatte sich an Unbequemlichkeiten gewöhnt, seit er sein Büro überstürzt hatte verlassen müssen. Er hatte seine Karriere allein und ohne Hoffnung begonnen, und wenn er auf die gleiche Weise endete, konnte er damit leben. Hier gab es eine Pritsche, eine Toilette und einige Insekten, mehr nicht.

Doch Hek langweilte sich sehr. Man hatte ihm in den drei Wochen, die er hier festgehalten wurde, nichts zum Lesen oder Schreiben gegeben, und es war niemand dagewesen, mit dem er hätte reden oder den er hätte anschreien können. Seine Zelle war als einzige im gesamten Block belegt. Wenn er hingerichtet werden sollte, wünschte er sich, daß es bald geschah. Man hatte ihm das Amt entzogen, weil er ohne Grund einen Krieg angezettelt hatte, und dann hatte man ihn wegen aller möglichen Verbrechen in Abwesenheit zum Tode verurteilt – nicht zuletzt dafür, daß viele seiner Untergebenen während seiner Zeit als Präsident Angst vor ihm gehabt hatten.

Hek fragte sich, ob man ihn in ›Heks Kabinett‹ schicken würde. Das wäre zumindest angemessen. Was immer man ihm antun mochte, es war bestimmt freundlicher und schneller als das, was mit Graff geschehen war, dem armen Kerl.

Plötzlich war ein lautes Klappern zu hören, und dann näherten sich Schritte. Jemand kam zu ihm. Obwohl er keine Uhr hatte, wußte Hek, daß es zu früh für die nächste Mahlzeit war. Jemand kam, um ihn zu sehen – oder um ihn in den Weltraum zu stoßen.

Es war Drappa Brennstoffilterprüfer, der Anführer der Nord-Nation und der neue Präsident. »Hallo, Hek«, sagte er mit seiner krächzenden Stimme.

»Ich grüße Sie, Drappa. Und ich sollte Ihnen wohl gratulieren.«

»Sie sind nicht in der Position, sich Scherze erlauben zu können.« Drappa öffnete die Zellentür und trat ein. »Darf ich mich setzen?« fragte er und ließ sich auf Heks Pritsche fallen. »Ich möchte Ihnen einen Vorschlag machen.«

»Ich höre.«

»Der Flottenkongreß hat vorgeschlagen, daß unser Volk sich auf dem vierten Planeten dieses Systems niederlassen und daß die Flotte verschrottet werden soll. Wir werden diesen Vorschlag in der nächsten Gesprächsrunde mit der Föderation vorbringen, und wir sind überzeugt, daß er akzeptiert werden wird. Die Föderation ist bestimmt sehr damit zufrieden.«

Hek war schockiert. »Warum? Damit würden wir alles verraten, wofür wir jemals eingetreten sind!«

»Weil die Bevölkerung es so will«, erwiderte Drappa. »Viele von uns glauben, daß die Tage der Flotte gezählt sind, weil wir bald selbst einen Warpantrieb entwickeln werden, nachdem wir jetzt Hinweise erhalten haben, daß der Überlichtflug möglich ist. Damit werden unsere gegenwärtigen Schiffe überflüssig, aber das spielt im Augenblick kaum eine Rolle.«

»Nein?«

»Nicht für den größten Teil der Bevölkerung. Man hat uns eine unberührte Welt angeboten, ein neues Ma'ak Krannag. Nur wenige Krann möchten im Weltraum bleiben und weiterhin so leben, wie wir all die Jahrhunderte gelebt haben, frei und unbeschwert. Doch der entsprechende Anteil unseres Volkes würde gerade ausreichen, um vielleicht fünfzig unserer größeren Schiffe zu füllen. Und es gibt da noch etwas.«

»Was?«

»Die Friedensgespräche könnten erfolglos sein, Hek. Im Augenblick scheint alles gut zu laufen, aber es könnte immer noch ein Krieg zwischen uns und den Lethanta ausbrechen. Jahrtausende voller Haß und Mißtrauen lösen sich nicht einfach in Nichts auf, nur weil ein Doktor irgend etwas Merkwürdiges in einem Mikroskop gesehen hat. Und es gibt noch einen anderen Punkt. Selbst wenn die Verhandlungen erfolgreich abgeschlossen werden, könnte es immer noch in ein- oder zweihundert Jahren zum Krieg kommen. Genauso ist es schon einmal vor langer Zeit geschehen – in unserem Heimatsystem. Das gleiche könnte sich hier wiederholen.«

»Das leuchtet mir ein. Und wenn es dazu kommt …?«

»Wenn es dazu kommt«, sagte Drappa, »will ich, daß kein einziger Lethanta unserer Rache entgeht. Ich will nicht, daß ihre Überlebenden uns verspotten können, falls wir ausgelöscht werden sollten. Hek, ich habe etwas erfahren. Etwas von entscheidender Bedeutung. Als unsere Flotte vor mehreren Jahren von den Lethanta entdeckt wurde, kehrten die Lethanta in den Weltraum zurück, dorthin, wo sie vor Jahrtausenden ihre Asteroidenschiffe zurückgelassen hatten, und sie machten die Schiffe wieder einsatzbereit. Sie beluden sie mit Freiwilligen und Vorräten und schickten sie erneut auf den Weg ins Ungewisse. Deshalb nannten sie diesen Planeten *Das letzte Aufgebot*, Hek. Weil sie sich hier opfern wollten, um uns zu vernichten und die kleine Gruppe ihres Volkes zu schützen, die sich auf die Reise gemacht hatte.«

»Zu welchem Ziel sind sie aufgebrochen?«

»Wir wissen es nicht«, sagte Drappa. »Die Asteroiden sind vor unseren Sonden und Sensoren abgeschirmt – und auch vor denen der Föderation. Sie könnten in jede denkbare Richtung geflogen sein. Aus Sicherheitsgründen wurde ihr Ziel erst ausgewählt, nachdem sie dieses Sternsystem verlassen hatten. Die Asteroidenschiffe könnten zusammengeblieben sein oder sich aufgeteilt haben, um unterschiedliche Richtungen einzuschlagen. Und sie sind schon seit Jahrzehnten unterwegs. Wir werden sie niemals aufspüren, außer durch einen unglaublichen Zufall. Damit komme ich zu Ihnen, Hek. Wie würde es Ihnen gefallen, zum Befehlshaber einer Siebten Flotte zu werden, einer neuen Flotte, deren Aufgabe es ist, nach diesen entflohenen Lethanta zu suchen und sich um sie zu kümmern, wenn sie schließlich ihr Ziel erreicht haben?«

»Eine Siebte Flotte?«

»Ja. Ihre Mission wäre die gleiche wie die unserer geliebten Vorväter von der Ersten Flotte – die Suche nach den Lethanta. Sie werden nicht lange genug leben, um die Aufgabe zu erfüllen, Hek, aber es wäre eine Aufgabe, mit der Sie den Rest Ihres Lebens ausfüllen könnten. Wenn es zum Krieg kommt und es Überlebende gibt, wollen wir, daß es Krann sind und keine Lethanta.«

»Und Sie wollen, daß ausgerechnet ich diese Mission übernehme?« fragte Hek. »Warum?«

»Ich kenne niemanden, der für diese Aufgabe besser geeignet wäre. Ich brauche Ihre Entschlossenheit und Unerbittlichkeit.« Er lächelte, aber es war ein gefährliches Lächeln. »Sie hinzurichten, wäre eine unverantwortliche Vergeudung.«

Hek dachte eine Weile nach. »Wird man es nicht bemerken, wenn sich diese Siebte Flotte auf den Weg macht?«

»Wir haben die Tarnsysteme der ausgewählten Schiffe verändert«, sagte Drappa. »Jetzt sind sie wieder unsichtbar. Die Föderation weiß, daß ihre Zählung der Schiffe ungenau ist. Fünfzig von einhundertsechzigtausend Schiffen wird niemand vermissen. Sie wären frei, Hek, Sie könnten selbst entscheiden, wohin Sie gehen wollen. Sie und Ihre Nachfahren werden andere Sternsysteme besuchen und neue Schiffe bauen, ganz nach Bedarf.« Er hielt inne. »Es wird wieder so sein, wie es einmal sein sollte.«

»Ja«, sagte Hek leise. »So wird es wieder sein.« Seine aquamarinblauen Augen schimmerten im schwachen Licht der Zelle.

»Sie können eine Weile darüber nachdenken, wenn Sie möchten«, sagte Drappa und erhob sich von der Pritsche.

»Ich muß nicht darüber nachdenken«, erwiderte Hek.

STAR TREK™

in der Reihe
HEYNE SCIENCE FICTION & FANTASY

STAR TREK: CLASSIC SERIE

Vonda N. McIntyre, Star Trek II: Der Zorn des Khan · 06/3971
Vonda N. McIntyre, Der Entropie-Effekt · 06/3988
Robert E. Vardeman, Das Klingonen-Gambit · 06/4035
Lee Correy, Hort des Lebens · 06/4083
Vonda N. McIntyre, Star Trek III: Auf der Suche nach Mr. Spock · 06/4181
S. M. Murdock, Das Netz der Romulaner · 06/4209
Sonni Cooper, Schwarzes Feuer · 06/4270
Robert E. Vardeman, Meuterei auf der Enterprise · 06/4285
Howard Weinstein, Die Macht der Krone · 06/4342
Sondra Marshak & Myrna Culbreath, Das Prometheus-Projekt · 06/4379
Sondra Marshak & Myrna Culbreath, Tödliches Dreieck · 06/4411
A. C. Crispin, Sohn der Vergangenheit · 06/4431
Diane Duane, Der verwundete Himmel · 06/4458
David Dvorkin, Die Trellisane-Konfrontation · 06/4474
Vonda N. McIntyre, Star Trek IV: Zurück in die Gegenwart · 06/4486
Greg Bear, Corona · 06/4499
John M. Ford, Der letzte Schachzug · 06/4528
Diane Duane, Der Feind – mein Verbündeter · 06/4535
Melinda Snodgrass, Die Tränen der Sänger · 06/4551
Jean Lorrah, Mord an der Vulkan Akademie · 06/4568
Janet Kagan, Uhuras Lied · 06/4605
Laurence Yep, Herr der Schatten · 06/4627
Barbara Hambly, Ishmael · 06/4662
J. M. Dillard, Star Trek V: Am Rande des Universums · 06/4682
Della van Hise, Zeit zu töten · 06/4698
Margaret Wander Bonanno, Geiseln für den Frieden · 06/4724
Majliss Larson, Das Faustpfand der Klingonen · 06/4741
J. M. Dillard, Bewußtseinsschatten · 06/4762
Brad Ferguson, Krise auf Centaurus · 06/4776
Diane Carey, Das Schlachtschiff · 06/4804
J. M. Dillard, Dämonen · 06/4819
Diane Duane, Spocks Welt · 06/4830
Diane Carey, Der Verräter · 06/4848
Gene DeWeese, Zwischen den Fronten · 06/4862
J. M. Dillard, Die verlorenen Jahre · 06/4869
Howard Weinstein, Akkalla · 06/4879
Carmen Carter, McCoys Träume · 06/4898
Diane Duane & Peter Norwood, Die Romulaner · 06/4907
John M. Ford, Was kostet dieser Planet? · 06/4922
J. M. Dillard, Blutdurst · 06/4929
Gene Roddenberry, Star Trek I: Der Film · 06/4942
J. M. Dillard, Star Trek VI: Das unentdeckte Land · 06/4943

STAR TREK™

David Dvorkin, Die Zeitfalle · 06/4996
Barbara Paul, Das Drei-Minuten-Universum · 06/5005
Judith & Garfield Reeves-Stevens, Das Zentralgehirn · 06/5015
Gene DeWeese, Nexus · 06/5019
D. C. Fontana, Vulkans Ruhm · 06/5043
Judith & Garfield Reeves-Stevens, Die erste Direktive · 06/5051
Michael Jan Friedman, Das Doppelgänger-Komplott · 06/5067
Judy Klass, Der Boaco-Zwischenfall · 06/5086
Julia Ecklar, Kobayashi Maru · 06/5103
Peter Norwood, Angriff auf Dekkanar · 06/5147
Carolyn Clowes, Das Pandora-Prinzip · 06/5167
Michael Jan Friedman, Schatten auf der Sonne · 06/5179
Diana Duane, Die Befehle des Doktors · 06/5247
V. E. Mitchell, Der unsichtbare Gegner · 06/5248
Dana Kramer-Rolls, Der Prüfstein ihrer Vergangenheit · 06/5273
Barbara Hambly, Der Kampf ums nackte Überleben · 06/5334
Brad Ferguson, Eine Flagge voller Sterne · 06/5349
J. M. Dillard, Star Trek VII: Generationen · 06/5360
Gene DeWeese, Die Kolonie der Abtrünnigen · 06/5375
Michael Jan Friedman, Späte Rache · 06/5412
Peter David, Der Riß im Kontinuum · 06/5464
Michael Jan Friedman, Gesichter aus Feuer · 06/5465
Peter David/Michael Jan Friedman/Robert Greenberger, Die Enterbten · 06/5466
L. A. Graf, Die Eisfalle · 06/5467
John Vornholt, Zuflucht · 06/5468
L. A. Graf, Der Saboteur · 06/5469
Melissa Crandall, Die Geisterstation · 06/5470
Mel Gilden, Die Raumschiff-Falle · 06/5471
V. E. Mitchell, Tore auf einer toten Welt · 06/5472
Victor Milan, Aus Okeanos Tiefen · 06/5473
Diane Carey, Das große Raumschiff-Rennen · 06/5474
Diane Carey, Kirks Bestimmung · 06/5476
L. A. Graf, Feuersturm · 06/5477
A. C. Crispin, Sarek · 06/5478
Simon Hawke, Die Terroristen von Patria · 06/5479
Barbara Hambly, Kreuzwege · 06/5681
L. A. Graf, Ein Sumpf von Intrigen · 06/5682
Howard Weinstein, McCoys Tochter · 06/5683
J. M. Dillard, Sabotage · 06/5685
Diane Carey, Invasion – 1: Der Erstschlag · 06/5694

STAR TREK: THE NEXT GENERATION
David Gerrold, Mission Farpoint · 06/4589
Gene DeWeese, Die Friedenswächter · 06/4646
Carmen Carter, Die Kinder von Hamlin · 06/4685

STAR TREK™

Jean Lorrah, Überlebende · 06/4705
Peter David, Planet der Waffen · 06/4733
Diane Carey, Gespensterschiff · 06/4757
Howard Weinstein, Macht Hunger · 06/4771
John Vornholt, Masken · 06/4787
David & Daniel Dvorkin, Die Ehre des Captain · 06/4793
Michael Jan Friedman, Ein Ruf in die Dunkelheit · 06/4814
Peter David, Eine Hölle namens Paradies · 06/4837
Jean Lorrah, Metamorphose · 06/4856
Keith Sharee, Gullivers Flüchtlinge · 06/4889
Carmen Carter u. a., Planet des Untergangs · 06/4899
A. C. Crispin, Die Augen der Betrachter · 06/4914
Howard Weinstein, Im Exil · 06/4937
Michael Jan Friedman, Das verschwundene Juwel · 06/4958
John Vornholt, Kontamination · 06/4986
Mel Gilden, Baldwins Entdeckungen · 06/5024
Peter David, Vendetta · 06/5057
Peter David, Eine Lektion in Liebe · 06/5077
Howard Weinstein, Die Macht der Former · 06/5096
Michael Jan Friedman, Wieder vereint · 06/5142
T. L. Mancour, Spartacus · 06/5158
Bill McCay/Eloise Flood, Ketten der Gewalt · 06/5242
V. E. Mitchell, Die Jarada · 06/5279
John Vornholt, Kriegstrommeln · 06/5312
David Bischoff, Die Epidemie · 06/5356
Peter David, Imzadi · 06/5357
Laurell K. Hamilton, Nacht über Oriana · 06/5342
Simon Hawke, Die Beute der Romulaner · 06/5413
Rebecca Neason, Der Kronprinz · 06/5414
John Peel, Drachenjäger · 06/5415
Diane Carey, Abstieg · 06/5416
Diane Duane, Dunkler Spiegel · 06/5417
Jeri Taylor, Die Zusammenkunft · 06/5418
Michael Jan Friedman, Relikte · 06/5419
Susan Wright, Der Mörder des Sli · 06/5438
W. R. Thomson, Planet der Schuldner · 06/5439
Michael Jan Friedman & Kevin Ryan, Requiem · 06/5442
Dafydd ab Hugh, Gleichgewicht der Kräfte · 06/5443
Michael Jan Friedman, Die Verurteilung · 06/5444
Simon Hawke, Die Rückkehr der Despoten · 06/5446
Robert Greenberger, Die Strategie der Romulaner · 06/5447
Gene DeWeese, Im Staubnebel verschwunden · 06/5448
Brad Ferguson, Das letzte Aufgebot · 06/5449
Dean Wesley Smith & Kristine Kathryn Rusch, Invasion – 2: Soldaten des Schreckens · 06/5754
J. M. Dillard, Der erste Kontakt · 06/5457

STAR TREK™

STAR TREK: DIE ANFÄNGE
Vonda N. McIntyre, Die erste Mission · 06/4619
Margaret Wander Bonanno, Fremde vom Himmel · 06/4669
Diane Carey, Die letzte Grenze · 06/4714

STAR TREK: DEEP SPACE NINE
J. M. Dillard, Botschafter · 06/5115
Peter David, Die Belagerung · 06/5129
K. W. Jeter, Die Station der Cardassianer · 06/5130
Sandy Schofield, Das große Spiel · 06/5187
Dafydd ab Hugh, Gefallene Helden · 06/5322
Lois Tilton, Verrat · 06/5323
Esther Friesner, Kriegskind · 06/5430
Diane Carey, Die Suche · 06/5432
Melissa Scott, Der Pirat · 06/5434
Nathan Archer, Walhalla · 06/5512
Greg Cox/John Gregory Betancourt, Der Teufel im Himmel · 06/5513
Robert Sheckley, Das Spiel der Laertianer · 06/5514
Diane Carey, Der Weg des Kriegers · 06/5515
Diane Carey, Die Katakombe · 06/5516
Dean Wesley Smith/Kristine Kathryn Rusch, Die lange Nacht · 06/5517
L. A. Graf, Invasion – 3: Der Feind der Zeit · 06/5519

STAR TREK: STARFLEET KADETTEN
John Vornholt, Generationen · 06/6501
Peter David, Worfs erstes Abenteuer · 06/6502
Peter David, Mission auf Dantar · 06/6503
Peter David, Überleben · 06/6504
Brad Strickland, Das Sternengespenst · 06/6505
Brad Strickland, In den Wüsten von Bajor · 06/6506
John Peel, Freiheitskämpfer · 06/6507
Mel Gilden & Ted Pedersen, Das Schoßtierchen · 06/6508
John Vornholt, Erobert die Flagge! · 06/6509
V. E. Mitchell, Die Atlantis Station · 06/6510
Michael Jan Friedman, Die verschwundene Besatzung · 06/6511
Michael Jan Friedman, Das Echsenvolk · 06/6512
Diane G. Gallagher, Arcade · 06/6513
John Peel, Ein Trip durch das Wurmloch · 06/6514
Brad & Barbara Strickland, Kadett Jean-Luc Picard · 06/6515
Brad & Barbara Strickland, Picards erstes Kommando · 06/6516
Ted Pedersen, Zigeunerwelt · 06/6517

STAR TREK: VOYAGER
L. A. Graf, Der Beschützer · 06/5401
Dean Wesley Smith/Kristine Kathryn Rusch, Die Flucht · 06/5402
Nathan Archer, Ragnarök · 06/5403
Susan Wright, Verletzungen · 06/5404

STAR TREK™

John Betancourt, Der Arbuk-Zwischenfall · 06/5405
Christie Golden, Die ermordete Sonne · 06/5406
Mark A. Garland & Charles G. McGraw, Geisterhafte Visionen · 06/5407
S. N. Lewitt, Cybersong · 06/5408
Dafydd ab Hugh, Invasion – 4: Die Raserei des Endes · 06/5409
Karen Haber, Segnet die Tiere · 06/5410
Jeri Taylor, Mosaik · 06/5811
Melissa Scott, Der Garten · 06/5812

DAS STAR TREK-UNIVERSUM, 2 Bde.,
von *Ralph Sander* · 06/5150
DAS STAR TREK-UNIVERSUM, 1. Ergänzungsband
von *Ralph Sander* · 06/5151
DAS STAR TREK-UNIVERSUM, 2. Ergänzungsband
von *Ralph Sander* · 06/5270

Ralph Sander, Star Trek Timer 1996 · 06/1996
Ralph Sander, Star Trek Timer 1997 · 06/1997
Ralph Sander, Star Trek Timer 1998 · 06/1998
Ralph Sander, Star Trek Timer 1999 · 06/1999

William Shatner/Chris Kreski, Star Trek Erinnerungen · 06/5188
William Shatner/Chris Kreski, Star Trek Erinnerungen: Die Filme · 06/5450

Phil Farrand, Cap'n Beckmessers Führer durch STAR TREK – DIE CLASSIC SERIE · 06/5451
Phil Farrand, Cap'n Beckmessers Führer durch STAR TREK – DIE NÄCHSTE GENERATION · 06/5199
Phil Farrand, Cap'n Beckmessers Führer durch STAR TREK – DIE NÄCHSTE GENERATION – Teil 2 · 06/6457

David Alexander, Gene Roddenberry – Die autorisierte Biographie · 06/5544
Judith & Garfield Reeves-Stevens, Star Trek Design · 06/5545
Nichelle Nichols, Nicht nur Uhura · 06/5547
Leonard Nimoy, Ich bin Spock · 06/5548
Lawrence M. Krauss, Die Physik von Star Trek · 06/5549
Judith & Garfield Reeves-Stevens, Star Trek – Deep Space Nine: Die Realisierung einer Idee · 06/5550
Judith & Garfield Reeves-Stevens, Star Trek – Phase II: Die verlorene Generation · 06/6470
Herbert F. Solow & Robert H. Justman, Star Trek – Die wahre Geschichte · 06/6499
J. M. Dillard, Star Trek: Wo bisher noch niemand gewesen ist · 06/6500

Diese Liste ist eine Bibliographie erschienener Titel
KEIN VERZEICHNIS LIEFERBARER BÜCHER!